又见洛阳

曾明路 著

河南人民出版社
·郑州·

图书在版编目(CIP)数据

又见洛阳 / 曾明路著. —郑州:河南人民出版社,2025.1
ISBN 978-7-215-13413-3

Ⅰ. ①又… Ⅱ. ①曾… Ⅲ. ①长篇历史小说-中国-当代 Ⅳ. ①I247.5

中国版本图书馆 CIP 数据核字(2024)第 031534 号

河南人民出版社 出版发行
(地址:郑州市郑东新区祥盛街 27 号 邮政编码:450016 电话:0371-65788012)
新华书店经销 河南大美印刷有限公司印刷
开本 710mm×1000mm 1/16 印张 26.5
字数 473 千
2025 年 1 月第 1 版 2025 年 1 月第 1 次印刷

定价: 69.80 元

家族大迁徙中的精神史诗

——《又见洛阳》序

◎江少川

虔谦（曾明路）从小就怀揣文学梦，后来考进北京大学中文系，本科、硕士学习历时七年之久，文学写作已经渗透到她的肌体与血脉之中。20世纪80年代末移居美国后，她竟然找不到与母语相关的工作，打过各种杂工，后转行学电脑做计算机程序员，然而少年时代魂牵梦萦的文学梦深入骨髓，走到天涯海角她也不离不弃方块字。所谓工作，对她来说只是为了谋生存，而写作是她的生命与灵魂。她认为，“写作只和生命本身有互动，写作这个生命运动外在于任何物质功利”。这是何等可贵的识见，何等纯真高远的胸怀与境界，引起我内心深深的感动与共鸣。在美国，她坚持用母语创作。近30年来，她在诗歌、小说、散文与评论等方面都有作品集问世，在海内外获得多种奖项。近几年，她以扎实的语言文字功底、丰富的人生经验与开放的文化视野，书写中国好故事，创作了视角新颖、意蕴深厚、有独特审美追求的优秀长篇历史小说《又见洛阳》。

一　观照历史的新视野

中国人自古以来就有尊重历史的优良传统，尤其重视修史，所以史学最为发达。梁启超曰："中国于各种学问中，惟史学为最发达，史学在世界各国中，惟中国为最发达。"黑格尔在《历史哲学》一书中评价道："中国历史作家层出不穷，继续不断，实在是任何民族所比不上的。"在古代，史学与文学曾经合二为一，有所谓"文史不分家"之说。随着时代的发展，史学与文学逐渐分道，研究历史为史学，艺术地演绎历史为历史文学，然两者又存在密不可分的关系。中国古代，若论历史文学，历史小说中最为经典的首推《三国演义》。进入当代，20世纪五六十年代的历史剧创作曾一度繁荣，70年代中期以后至今，从姚雪垠的《李自成》、凌力的《少年天子》、刘斯奋的《白门柳》，到二月河的帝王系列《康熙大帝》、熊召政的《张居正》，以及台湾高阳的历史小说，都取得了令人瞩目的成绩，产生了广泛的影响。概括来说，当代优秀历史长篇小说的题材比较集中在三个方面：第一，早期比较集中在写历代的农民起义，《李自成》无疑是这类小说中的翘楚；第二，帝王将相仍然是历史小说家的钟爱题材，从凌力的《少年天子》，到二月河的帝王系列，写王朝兴衰，风靡一时，取得了很高的艺术成就；第三，写古代文人名士与名妓的浪迹生涯，如《白门柳》。高阳的历史小说亦擅长写帝王后妃，他笔下的《胡雪岩》倒是一部少见的写红顶商人的历史小说杰作。

虔谦的《又见洛阳》以崭新的视野观照历史，没有沿袭那些名家走过的老路，不以我们惯见的帝王将相或文人雅士为舞台中的主角，即使在叙述、背景中出现，也只是点到为止，并以开阔的思路，另辟蹊径，聚焦战争频繁的乱世年代一个家族的大迁徙，由此再现那个时代下层百姓的生存状况，以及在这个分裂动荡岁月中民族的大融合、文化的大交融，直至国家由分裂到统一的历史进程。作家的历史视野与选材，体现出深邃的历史洞见与浓郁的历史感，给人一种新的艺术感受。

长篇历史小说《又见洛阳》穿越到1700多年前的魏晋南北朝，飞回中华大地的南北山水。作品以新颖的视角、厚重的思想含量，展现出波澜壮阔的历史画卷。这是一部弘扬中华多民族文化，蕴含正能量，极具当代价值与艺术魅力的历史长篇佳作，标志着虔谦的创作攀上了新的文学高峰，进入了一个新的文学境界。虔谦说："《又见洛阳》不仅是我文学创作的里程碑，也是我人生的里程碑。"这部作品是当代长篇历史小说创作的新收获。

魏晋南北朝历时300多年，是中国历史上内战频繁，社会动荡不安，战祸深重的年代。如何把握这一历史题材，是对作家严峻的挑战。虔谦用一种全新的视角，以左氏家族的迁徙为线索，展现了在那个分崩离析的年代，老百姓在苦难中的追求与奋斗历程，对国家统一、天下太平、国泰民安的美好岁月的祈盼与向往。《又见洛阳》是一部民族迁徙史、民族情义史，还是一部中华多民族的融合史。

本作品展现出民族大迁徙的历史，而造成这种迁徙的，是那个时代的战争灾祸。小说多处直面这种惨烈现实，写出这种混战给老百姓带来的深重苦难。下面是小说中展示的一段魏、宋交战后惨不忍睹的景象：

> 这一路，左江不断看到离乡背井、衣衫褴褛的逃难人群。有的人饿了，就在荒野上扒野草树皮吃。路边时而可见白骨零落……

宋朝江北的南兖、徐、兖、豫、青、冀六州地方，全都遭受破坏。魏兵一见丁壮者就杀，刺婴儿在长矛上，舞矛以为戏乐，还掳去生口一万多人。后听说宋兵来追，遂把生口全部杀死。魏兵经过的郡县，遇房便烧，所过之地，化为灰烬，淮南一带，几乎成了无人区。

而魏军自己的六十万大军也折损过半，狼狈退回魏境。

然而战争本身，战争中的双方谁胜谁负、是非对错，并非作家关注的焦点所在。对于南北朝年间的战争描写只是作为时代背景展现。作家的意图在于："南迁的左家儿女对故园不变的赤子心和信念，以及他们保家卫国的整体意识，是贯穿小说的灵魂主线。"为什么远在福建南部有一条河叫晋江，有一座桥叫洛阳桥？原来它是历史上民族迁徙留下的印迹。从西晋开始的八王之乱到永嘉之乱，战火逼近洛阳，为逃避战祸，左江率左氏宗亲，不远千里，两次南迁，落脚广陵（今扬州），后又迁至江东。"动乱和战争主宰了左家十代儿女的命运，给他们的生活带来了难以估量的艰难、动荡、牺牲和痛苦哀伤。”在颠沛流离中，左江次子左民千里寻母到福建惠安，并在那里成家生子。左氏第五代左战英通过经商贸易，一支去徽州做生意，留下左氏的根系。左家的后辈儿孙中有被胡人虏去的，与鲜卑人通婚后，在北方武川繁衍，北方也留下左家的后裔。北方左家后人左随，在隋朝统一全国后终于回江南寻到宗亲。小说中的左家是当时众多南迁家族中的一支，左氏家族分分合合的迁徙史是那个时代的一个缩影，也是一个民族的缩影。

本小说浓墨重彩地表现出在左氏家族大迁徙的过程中，绵延多代的家族情义史。左氏家训四言诗中的“唯孝父母，慈爱无穷。同胞手足，中流砥柱。仁义礼信，有朋四方”是维系、滋养这种情义的信条与准则。这种情义生动地表现在家族亲人、主仆及家族之外的亲朋好友之间。小说对祖孙情、父子情、兄弟情、夫妻情、母子情都有生动感人的展现。其中，对左氏好几代兄弟，如对第二代的左纳与左民、第五代的左文秀与左战英，以及养子左岸生的后裔左彰鸿与左弦飞、双胞胎左之龙与左之翼等兄弟情义的描写亲切动人，感人肺腑。左民从戎在外，以后又千里寻母，每次离家，左纳与左民兄弟都难舍难分。与左家没有血缘关系的左岸生，被收为养子，也融入左氏门中，与左家兄弟亲如一家。左氏家族的情义还表现在左家与下人、与经商伙伴（如孙掌子）之间的诚信朋友关系上。值得一提的是，左家与少数民族的和睦相处，如左战英与羌族少年丹木、左弦飞与鲜卑将领的关系等，在小说中都有精彩呈现，表现了中华民族传统中的五伦八德。

本小说在描写魏晋南北朝四分五裂中表现出极为可贵的大中华民族观。其在汉胡混战的动乱长卷中，既展现了东晋及南朝频繁更迭的各朝政权的腐败，也写出了北方少数民族政权南下对老百姓太平生活的侵扰。对汉胡战争的态度，作家摆脱了所谓二元对立、敌我之争的写作范式，摒弃了狭隘的大汉族主义偏见，小说中对战争的描写，不是要吃掉、消灭对方，并非你死我活。其一，将战争作为背景，表现出战争是造成经济凋敝、百姓颠沛流离、民不聊生的根源。其二，表现那个时代，年轻人出于保家卫国的志向从戎投军的血性男儿本色。其三，很重要的一点，当时的汉胡之战是内战，在这个朝代频繁更迭的混战中，汉族与少数民族的百姓都亲身感受到战争给人们带来的深重苦难，期盼结束战争，国家统一，国泰民安，过上太平安稳的生活。

小说中，左弦飞爷孙有一段对话意味深长：

> 左之龙没有回答，却问："爷爷，我们现在是哪一国啊？"
>
> 左弦飞一听，不禁一愣。是啊，哪一国？儿子左淮已经生在北魏，对孙子来说，他们生在这里，长在这里，要让他们认定南方那个朝廷才是自己的国，是有点拗……一个念头闪过脑海，左弦飞脱口而出："北方南方，本来就是一国。"

北魏南朝，北方南方都是一个国家，汉族与胡人，都属于中华民族。在迁徙中的民族大融合，促进了中华民族的形成。小说中借叙述者之口说："我们左姓，本来就有许多源头，来自许多个不同的民族。今日的左氏，就是一个民族混合的结晶和象征。"

二　恢宏的史诗品格

这里说虔谦的历史小说具有史诗品格，不是指像《伊利亚特》《奥德赛》那样人类"童年"时代"原始的书"，那时民族的历史还只是传说而已。巴尔扎克评价英国历史小说家司各脱时，认为他的小说之所以具有史诗性，是因为"具备史诗的两种元素——奇妙和真实"。巴尔扎克所言的"真实"，即历史，而所说的"奇妙"，显然就是故事传奇了。虔谦的历史小说就具有"历史"和"传奇"的史诗性。这里所说的史诗品格，是指《又见洛阳》具有一种历史真实、史诗精神、史诗结构和磅礴气势。

第一，《又见洛阳》是一部家族大迁徙的史诗。小说中的主要人物虽然是虚构的，但是特定历史时代发生的重大事件的时间、地点，确凿真实，有据可查。就此而言，它传承了中国历史小说的传统。比如，八王之乱、永嘉之乱，南北朝代的多次更迭，几次重大战争的所在地、时间，如祖逖北伐、盱眙保卫战、钟离之战，最后隋灭陈统一中国等都有史为证，绝非虚构杜撰。借用美国学者海登·怀特提出的概念，就是“历史场”真实（指历史书写中五个重要范畴的真实）。小说中出现在那个时代中的帝王将相等上层人物，历史上都实有其人，但这些大人物并非小说的主要人物，只是叙述中讲到而已。小说的主要人物是下层人士，正如卢卡契评价英国著名历史小说家司各脱所言：“在司各脱那些最重要的小说里，扮演主角的往往是历史上默默无闻的半历史性或完全非历史性人物。”这是西方历史小说的传统。在这部长篇中，虔谦继承、借鉴了中西历史小说的传统，吸纳其优长，并恰到好处地融合到自己的历史小说创作中。

左氏家族的命运从第一代掌门人左江写起，他掌管的士族庄园，唤作左庄园。由于小说的时间跨度长，小说中的人物不可能贯穿始终，于是左氏家族及其庄园成为小说的主轴，铺演了左氏家族从左江到左随绵延两百多年十代人“多主角、多线索”的“家族树”。

第二，表现了中华民族的精神内核。黑格尔曾这样论述史诗：“史诗就是一个民族的‘传奇故事’‘书’或‘圣经’”，且“显示出民族精神的全貌”。小说以左氏家族的迁徙为主线，表现出一种精神力量、精神品格。它就是一种民族凝聚力、向心力。在南北朝时期，左氏家族的儿女，因为战乱，有分有合，但不论走向哪里，走得多远，左家的根系、血脉、祖辈的遗训、家风总是把宗亲族人维系凝聚在一起，而尤为可贵的是它能世代相传，生生不息。

小说中左江时代立下、经过后代修改的家训四言诗，成为凝聚左氏家族世代子孙的传家瑰宝。它的精髓可以概括为以下三点。一是对待国家天下的使命感：时达则进，兼济天下；唯敬天地，恩泽自然。二是对家庭亲人的血脉亲情：唯孝父母，慈爱无穷。同胞手足，中流砥柱。三是艰难创业建业：日无懈怠，家业乃宏。商通大厦，根基务农。家国情怀、血脉亲情、创业建业是左氏家族民族精神的精髓与体现，这种精神使他们在时代废墟上创造了乱世中的辉煌。家训、家风是中华民族的优良传统，是教育子孙后代的传家宝典，具有强烈的凝聚向心力。

第三，具有宏大的结构与磅礴气势。时间跨度为三百多年的历史岁月，空间上涉及当时中原大地的黄河、长江与淮河流域的南北大地，而贯穿小说主线的左氏家族前后延绵十代人。从左江逃避战祸南迁开始，直到左随跟随着隋军最后统一中国，结束三百多年的分裂局面。《又见洛阳》架构宏伟，气势浩然。小说中呈现的左氏千里南迁，一路历经艰险曲折，大别山天堂寨、祖逖北伐、盱眙保卫战、拓跋冶比武、钟离之战都展现出恢宏气象。小说中以左氏宗族为主线的世代人物形象，及与其相关的人氏，有名有姓者有几十位之多，共同构成小说庞大的人物群像，构成具有史诗品格的人物谱系。左氏家族三百多年间繁衍发展在当时版图的东西南北，有广陵、闽南、信阳、安徽、武川等地的多个分支。

三　多元的文化蕴涵

中华民族具有悠久的文化传统，中华民族文化原本就是多民族、多区域、多形态多元共生的文化。它是汉族与少数民族大融合、大碰撞的产物。魏晋南北朝时期，“文化经历了由单一走向多极化的历史进程，以儒佛道为代表的文化思想，在不断地斗争和碰撞中，实现了相互的渗透和融合，呈现多元文化融合的特色”。《又见洛阳》赋予作品丰富的历史文化内涵，渗透在小说的情节链、场景与细节描述之中。它“打开了一扇窥视这种矛盾与融合如何造就了华夏深厚文明的窗”。借小说中一位艄公的话说：“你们左家真是魏晋南北朝的一面镜子！”《又见洛阳》广泛涉及政治、军事、商贸、宗教、建筑、礼仪、饮食、服饰、民俗、诗文、音乐、武打等方面，而且通过左家人迁徙、从戎、经商、通婚等，生动展现出乱世时代却是民族融合、文化相互渗透的大转折时期。就此而言，小说以史为鉴，温故知新，其弘扬民族文化的历史价值，今天读来，仍然具有强大的精神感召力量，彰显出中华民族的自信。

其一，汉、胡多民族文化的互化融合。

《又见洛阳》多方面描写了汉、胡文化的相互交流与渗透，形成你中有我、我中有你的互化与融合。以宗教为例，佛教传入中国，最后成为中国人信仰的一大宗教，其实它先是传入西域一带的胡地。小说中有这样一段关于羌族少年丹木的故事：

> 丹木会朝西部腹地去，那里有和他的族人同宗的党项人，他们的穿着服饰很相似。丹木常看到党项族人用蘸着彩色原料的毛笔在崖壁或是山洞里绘画。从他们的绘画里，丹木知道了西土佛祖的故事。那些彩色壁画，特别是神女飞天，常让丹木惊艳不已。他会为那些了不起的绘画师傅吹笛献曲。

佛教故事最先是由鲜卑、党项族等胡人彩绘在崖壁或是山洞里的，那里是他们的故乡。小说通过这段情节形象地演绎出佛教传入中国的途径，这个途径就是通过胡人即少数民族传入汉族。这使人联想到中国佛教的三大石窟，龙门、云冈等石窟其实都是当时北魏鲜卑族集国家与民间的力量共建而成的。据史料记载，西晋以前出家当和尚的全都是胡人，没有汉人。小说中有一段写佛像进左家南迁后重建的左园的情景：

> 左宅的建造已经初具规模。整栋大宅坐东朝西。正门进来是一个很大的前堂过道，接着是横向的长方形大天井。天井里面再设一厅，有长案，上面摆着一尊三尺高的石雕佛像。这是不久前少虎去淮西时孙掌子送的，说是西域来的佛像，经过洛阳传到了淮右。在左江看来，这尊佛像有守护的神力。家庭一再遭受劫难，左江深感需要神明的护佑。

西域来的佛像，经过洛阳传到了淮右。作为佛教文化象征的佛像，从山洞的绘画、从寺庙再传到汉人的厅堂，这个过程也是汉、胡交流融合的历史过程。

汉族的先进文化也传播到了西域，被胡人所接受。小说中有一段情节。

胡兵从客栈带走在这里商谈生意的左纳，胡人头领听说他是汉人庄园主，有学问，懂典籍，竟然要他担任汝南太守，说："我们大单于在北方尚且起用了许多汉人当官，这汝南满郡皆汉人，听说你很有学问，你来当这个太守正合适。"这颇具喜剧性的情节，生动展现出汉文化对胡人潜移默化的影响以及胡、汉文化的通融。后来北魏（鲜卑族）皇帝就下令学汉语、着汉服、行汉礼仪。可见汉文化对胡人影响之广泛。

其二，引汉诗、胡音入小说之中。

中国章回小说与诗词的关系密切，这是古典文学的优秀传统。古典小说的经典名著，如《三国演义》《红楼梦》等莫不如此。《又见洛阳》继承了这种传统，小说中穿插有爱情诗、咏怀诗、家训诗、谜语诗，形式上有四言诗、五言诗及当时出现不久的七言诗，富有魏晋风格。这些诗歌或用于表现人物情感，或用于渲染氛围，具有浓郁的文化气息、鲜明的时代特色。小说中人物的咏怀诗委婉儒雅，而民谣小曲通俗明快。用诗谜猜地名的情节也生动有趣，很吸引人，特别是小说中还引入了少数民族歌谣。

左战英在造纸作坊里收留了羌族少年丹木，给他的羌笛系上漂亮的中国结。丹木后来在益州和当地的女子结婚生子，成家立业。有一次他遇到了好友，一起饮酒聊起各自祖先流浪的故事，吐谷浑朋友唱起家乡歌谣：

一百六十年前哟，首领吐谷浑
领着一千七百户哟，离开徒河青山。
大风呼啸哟，大雪飘飘，
踏破了靴子哟，吹丢了毡帽。
眼前矗立着大地的脊梁哟
绵延不断的阴山。
褐色的山坡哟，直垂草原，
带我们到一条大河的岸边。
青草茵茵哟，牛羊肥壮，

想躺下歇息哟，首领喊向前！
日出我们出发哟，月升我们睡下。
虎豹咆哮哟，为我壮胆，
羊儿叫唤哟，我心忧伤。
跨过陇山哟，蹚过河滩，
峻岭重叠哟，天外有天。
几个春秋哟，几个冬夏，
终于来到我们族人的新家。
赤色的土岗哟，绿色的水潭，
千秋万代哟，永远平安……

丹木听着歌谣叙述民族的历史，想着自己族人类似的艰辛旅程，竟两泪涟涟。

这一节，出现了汉族、羌族、吐谷浑人。左战英为羌族少年丹木的笛子系上中国结，吐谷浑朋友唱起家乡民谣，一幅多民族和睦相处的场景令人陶醉，美不胜收。

其三，多姿的汉、胡地理风情文化。

该小说对当时中原地理文化的观照涵盖豫皖、闽越、荆楚以及北方等地的自然山川、建筑景观、风俗民情等，展现出鲜明的地理志特色。第一，生动表现了左氏家族人物的活动踪迹与命运，从洛阳到广陵再到江东，一路书写左江与左纳两代人的庄园迁徙；闽南惠安的地域风情中藏有“三姓交叉的悲喜和温馨的传奇”；徽州地域的左家坚守着他们文房四宝的工艺传统；北方武川一带，左氏后裔与鲜卑人通婚又安家北方。第二，展现各具特色的地域文化，包括黄河、淮河、长江流域的农耕文化与西域大漠的游牧文化。其中有自然山川、建筑客栈、文学景观等，如洛阳左氏庄园、尹阳河、大别山天堂寨、闽南的“七闽八方”、清净佛寺、荆楚古城孝感的千年古迹、八公山等地理背景，中原地带的楼台楼阁、古代的宅院民居、佛教的寺庙经堂、乡镇的客栈旅店等自然与人文景观，都给人以强烈的审美愉悦与艺术感染力，大大增强了小说历史书写的真实性。第三，展示具有民族特色的民俗文化，如兵法、饮食、家训、五禽戏、诗谜、古筝音乐、医术、信物饰品、中国结等。比如，小说写左氏兄弟与小蝶少年时代的一段情缘，小蝶姑娘把女娲陶像当作爱情的信物珍藏多年。

四　建构有温度的文学

近读沈从文的《文学闲话》，对他的创作观感触很深。他认为“不管是故事还是人生，一切都应当美一些”，“美就是善的一种形式，文化的向上也就是追求善或美的一种象征”。杨义也谈道：“这就要求我们的文学史不是冷冰冰的而是有血脉流注于‘体温’的，对文化精神的总体把握，对美之历程的深刻洞见，对文学魅力的深度参悟，应该成为我们有可能启示着和感动着一代又一代读者的工作原则。”虔谦写这部长篇怀有深厚的情感，她说：“《又见洛阳》改变了我，因了它，我对中国历史，特别是隋以前的历史越发情深意长。我热爱养育了中华民族的黄河文化，尤其是秦关、河洛，它们让我神魂颠倒。”作家将对中国历史，对中华民族文化、灵魂性格的一腔热血灌注在小说的文字符号之中，让读者感受到它的温度。创作主体的意识与情怀，是产生有温度文学的温泉。“温暖不只是指作者的情感和小说的情感倾向，也是指作者进入世界的方式，是一种文学观、世界观。”有温度的文学，体现为一种温暖的美学。所谓温度或温暖，体现在揭示人性的真善美，对民族、家园、家族的维系，体现在对人的关怀、理解与信赖。

我此前读到虔谦的另一部长篇小说《无房》，就感受到作家的这种情怀。小说中处于社会底层的阿信一家，身处困苦的艰难岁月，在这种悲苦的经历中得到了许多好心人的搭救与相助。小说从头至尾的情节链条中，渗透着一种情感：人与人之间的患难相助，真诚的爱。以阿信为线索，小说塑造了一系列“好心人”形象。它贴近现实生活，着意表现社会下层普通小人物的命运，表现他们的喜怒哀乐、酸甜苦辣，挖掘小人物善良、美好的人性。《无房》之后创作的《又见洛阳》将这种情怀穿越至汉魏六朝，营造出这段历史温暖向上的美学境界，读后一阵暖意袭来。

> 在攻破洛阳城外一个堡垒时，一个羌族兵满脸是血，腰间还别着一根笛子。战英马至，挥刀就要往下砍。忽然，从那羌兵口中传出来一阵笛声。战英住手，大喝一声："怎么回事？"
>
> "回不去了，吹给家中老母和妻儿听的。"羌兵头也不抬，神色黯然地说。
>
> 左战英瞬间心颤，闭了一下双目，然后对羌兵说："留下刀子，赶紧回家去！"

在战场上，普通的士兵，也是无辜者，他面临的羌族部落也并非死敌，左战英放过了他，表现出深厚的人道主义的悲悯情怀。

同在北魏长大的双胞胎兄弟，由于哥哥南下寻亲，后参军到梁，弟弟却在北魏军队，钟离之战中，哥哥目睹梁兵杀死了弟弟：

> "不要打了，弟弟呀！我是之龙，我是哥呀！"就在左之龙拼命呼喊着跑过去的时候，左之翼倒在了血泊里。
>
> 左之龙跌跌撞撞地奔过去，跪在地上，抱起了垂死的弟弟。"弟弟，看看我，我是哥哥呀！"左之龙数场战役不怕伤不怕苦不怕死，现在，却血泪齐下。
>
> 左之翼睁开眼睛，吃力地看了一下哥哥，说："真没想到，是哥啊，好啊！回家去，告诉爷爷，之翼下辈子还做他的孙子，还做之龙的双胞弟弟……"就在兄弟俩的目光相遇的一瞬间里，左之翼一口血涌了出来，断了气。

这里，作家没有写报仇雪恨、血债血还一类感情指向的文字。弟弟临终前，忘不了双胞胎的哥哥，舍不得爷爷。这是写民族内战酿成的悲剧，弟弟惦念亲人，亏欠亲人，在离开人世时，涌出一种生命缺憾之美——不能陪伴亲人，揪人心肠，动人心怀。

另外，本小说描写了民间世态中的人情。由于历史原因，汉族与少数民族之间曾经有矛盾存在，这是无法回避的。但是，虔谦的笔墨聚焦于写下层老百姓的民间生存状态，作家面对人生，写汉人、胡人的下层百姓，是平视，而不是居高临下、贵族似的俯视。她在世俗中写人物的日常起居、婚姻、家庭、友情等，因而其作品更富人情味，更接地气。

如左氏武川一支的左家，左弦飞被虏到北魏，有汉人血统的鲜卑军营副将拓跋冶见年轻的左弦飞身手不错，为留住左弦飞在北魏当兵，给他改姓为拓跋（因汉人不能参加北魏军队）。左弦飞后来与一个鲜卑女结婚，不久得一子。这时，给儿子起什么名字让拓跋弦飞犯难。最终，因为难以忘怀广陵之痛，他给儿子起名拓跋淮。这个名字是鲜卑的姓，而名是淮河的淮，汉人的名。

左弦飞 44 岁时当了一对双胞胎的爷爷，亢奋中的他望孙成龙，分别为双胞胎兄弟起名左之龙、左之翼，起鲜卑名拓跋龙、拓跋翼。北魏皇帝下令着汉服，说汉话，双胞胎的鲜卑名从此改为元之龙和元之翼。爷爷还经常教他们汉文，特别是给儿孙讲他们的根——左家的故事。

在以往的历史文学文本中，我们看到的更多是公主赴西域和亲一类的故事，其中演绎的多为皇亲公主与少数民族部落首领的联姻，这类通婚主要为政治因素所促成，读起来哀婉凄惨，似乎总有寒意袭人之感。而在这部小说中，左弦飞与鲜卑女子通婚后，在武川安居乐业、繁衍后代的故事，却是暖人心的。

小说的书名中耀眼地出现了“洛阳”，这里的洛阳是地名，华夏的发源地，十三朝的古都，是中华文化的象征，也是中华民族图腾的发祥地。小说的书名“又见洛阳”几个字，掷地有声，寓意深厚丰盈。魏晋南北朝经过几百年的分裂、动乱，终于走向统一。正因为有这段历史，才出现了以后唐代的辉煌文明盛世。

（江少川，华中师范大学文学院教授，武昌首义学院中文系主任，硕士生导师，长期在高校从事写作学、台港澳暨海外华文文学的教学与研究。）

历史再现，激情传承

——《又见洛阳》简介

本作品于2019年7月荣获首届大湾区杯（深圳）网络文学大赛（由深圳作协和阿里文学联合主办）“历史大奖”，2019年11月荣获首届大运河网络文学征文大赛三等奖，2022年荣获首届华人影视文学优秀创意奖。

《又见洛阳》的写作始于2017年春，到2019年时只有前五部，后来增加了第六部。2020年秋至2023年之间又做了数次修改。

这是一部史诗般的开山之作。它以一个家族为主角，细致描绘、生动再现他们在两晋南北朝的大动乱中迁徙、分合、奋斗、发展的过程，塑造了一个个鲜活的人物形象，讲述他们家国信念、重建家园和人间情长的许多故事。

西晋所谓“五胡乱华”时期，洛阳士族左江率领族人一路艰辛南迁，路上目睹了生灵涂炭的种种惨象。在经历了家人中途离散、生离死别之后，他们终于到达淮左的广陵（今扬州），开始了在异乡建家立业和落地生根的里程。左江的儿子们继往开来，不仅帮助打理父辈创下的家业，也奔赴北伐战场，梦想着重返北方老家。

左家南迁后的第二代左纳继承父志，在扬州继续经营盐业，并完成了左家的二度迁徙，圆了进驻江左的梦。左民则在北伐不果后南下闽地寻找生母，其后裔终于在闽生根开花。

该小说进而写到左江的五世后代左战英在北伐战后毅然奔赴豫南，深入鄂西北开创文房事业，造福百姓，并创造左氏新的人文荣光。

该小说第五部把故事延伸到了北魏以及北魏和南朝的战争和关联上。左家后代被掳至北魏，他们身在武川，心系左家，历尽千辛万苦下江南，却在残酷战争的刀光剑影里生离死别。

该小说第六部从侯景之乱、梁朝式微及西魏兵临梁地、江陵焚书为起始历史背景，从左战英后裔左小微战死，其妻携两幼儿投奔江左左家宗亲这样一系列事件写起，铺开了左家青个人的情感发展，及其养子左志文少年离家出游，历经北周北齐诸地，又见洛阳不果的种种传奇经历，其妻久等不归、刚烈不苟的事迹，埋下了左氏最终返回故土的伏笔。

左氏家族的迁徙、奋斗、悲欢离合的故事，建立在西晋末年到整个南北朝至隋的历史大背景下。除了动乱、迁徙、创业、征战，小说也涵盖或涉及了那个历史阶段里主要的历史事件，如佛教的兴起、纸张的发明、大运河的建成以及闽越、荆楚等地不同的历史文化风貌，乃至当时西北境少数民族的足迹，等等。正传在时间背景上跨越 300 多年，以左氏一族的发展轨迹和跋涉的脚印，反射了两晋南北朝时期的不凡历史。

该小说以真实的历史为地基和依据，展开人物（包括虚构的和真实的）的层层故事。作为作者的“我”是小说中左家的后裔，故事中的一个角儿。写作过程中，作者自己全然融入，因此增加了小说的逼真性和亲和力。

息澎：

这就是根据你路上所述而写出来的书稿，请指正！

我常听钢琴协奏曲《黄河》、小提琴协奏曲《梁祝》。这些史诗般的音乐都讲述着一种故事：在某个地方，在某一群人的家乡，原本是多么安宁静好，人们是多么安居乐业。然后，突然发生了不幸的事情，或是被侵，或是内乱，于是原有的生活形态被打乱了，摧毁了。然而，不言放弃的人们经过不懈的努力，终于达到了另一种和谐的形态。

我就在想，人们通过音乐、童话或传说所叙述出来的那些故事脉络是否真实。是不是说，我们祖先在故乡的起始总是和平的，而人们也正在走向犹如西方童话千篇一律式的结尾：在经历了中间一大段的艰难困苦之后，达至永远的快乐与和谐。

然而，历史的真相是不管什么新思维、旧脑筋的。如果说人们无法天天平安快乐，那么传统的心愿和理性脉络所指向的，应该是人类所能有的最美好的足迹和历程了。

兄弟的祝福！

愚兄曾（左）山约

戊戌年 七月初八（2018年8月18日）

福建晋江安海

目录

引子

第一部　出洛阳

第二部　淮左中原

第三部　二度南迁

第四部　左英辈出

第五部 北魏梦缘

第六部　无关后庭花

大结局　洛阳：穿越沧海桑田，生死契阔

引　子

一　曾姓

很早以前，父亲和我说，我们闽南人都是所谓“五胡乱华”时从北方下来的，就是从河南、山西一带下来的。“你看，”父亲说，“我们这里有一条‘晋江’，还有一座‘洛阳桥’，这些名字都是从北方带下来的；我们的话，就叫河洛话。”

每次想到“晋江”“洛阳桥”和“河洛话”，我都会有一种莫名的感动，因为穿过一千七百多年的历史轨迹，我能体会到当年那些被迫离乡背井的人的那种不舍和悲凉。尽管福建和晋豫隔着两条大河、一脉秦淮，人们始终坚守着对故土的那份情思和执着。

具体到曾姓，父亲最早的说法是，我们来自曾国藩那一支；后来又很肯定地说，我们来自曾公亮。曾公亮，字明仲，号乐正，晋江人，是我们正格的老乡，北宋著名的政治家和文学家。曾公亮的祖父曾穆也是晋江人，曾任德化县县令。据载，他对儿子们管教严格，曾约法三章：一是不得泄露家父的县官身份；二是不许懒惰；三是不拿他人赠物，做到“清约自持”。

再后来，我又从父亲嘴里了解到，天下一曾无二曾，曾国藩也好，曾公亮也好，最早是一脉传自禹的后裔太子巫，四千年前是一家，没有任何分岔杂糅。曾姓最初发源于山东省临沂市兰陵县西北一带。传说夏朝建都于阳城，即今河南登封市的东南部。夏王少康将鄫（今山东省临沂市兰陵县向城镇）这个地方封给他的次子曲烈，以封地为姓，曲烈从此姓鄫。鄫国历经夏、商、周，到了春秋时期，公元前567年，被莒国所灭。痛失故国的太子巫出奔到邻近的鲁国。他的后代用原国名“鄫”为氏，去掉邑旁（阝）以表示离开故城，不忘先祖，“曾”姓从此确立。去邑以记祖，算是曾姓由来的一个传奇了。

说到我们曾姓这家子，由于祖父母已不在世，凭借父亲的回忆录，我只能上溯到我的曾祖父曾友升那一辈。我查了许久，查不到曾祖父的祖先又是谁。我猜想，曾祖父的祖先应该和祖父、曾祖父一样，世代居住在多石的惠安，以打石和农耕为业，与外面的世界老死不相往来。

可是，后来发生了一件事，改变了我们惠安县东岭乡曾家的命运轨迹。那是在民国早期，大约1919年，我的二叔公意外打死了一名地方军阀的勤务兵，二叔公、三叔公随即逃匿。事发突然，曾家人危在旦夕。曾祖父和他的长子，当时二十岁上下的祖父，带着曾祖母、祖母以及襁褓中的大姑，仓皇离开祖祖辈辈耕耘劳作、休养生息的东岭乡。

当一家人跌跌撞撞走到洛阳桥南端桥头时，曾祖父突然转身趴跪在地，面向曾家世代子孙的乌篮血迹东岭乡磕了三个响头。

曾家人对故土那一份浓浓的心、厚厚的眷恋，可上溯近两千年，是古代先辈基因的一脉传承。

父亲和我讲了这许多后，后来突然又“爆料”，原来我们本姓苏，并不姓曾。这下我吃惊不小。三十几年了，我对“曾”的感情如胶似漆，怎么突然变成苏姓了？原来，曾祖父是抱养的。曾祖父双亲早亡，而另一户好心的曾姓人家想要一个男孩，就把曾祖父抱过去养，曾祖父便从苏姓改为曾姓。

二 曾，苏，还是左？

我把家史稍作整理，发表在了一份可见度蛮高的报纸上。半个月后的一天，有人敲我的门。开门一看，是一位三十岁上下的姑娘。“你好，我叫左息澎，中原历史研究院的。”姑娘说着，向我伸出手来。我愣了一下，难道我那不起眼的家史，竟惊动了中原研究院？！我也伸出手去："你好，左小姐，请进！"

她大大方方地进来了，顺着我的手势坐在了窗前的茶几旁。我看着她，长长的鹅蛋脸，一头直直的披肩发，一副太阳镜撂在她的头发上，恰似一个别致的发卡。

"我仔细拜读了你的家史。还真巧，我的家史与其有相同之处。我这次来，一是想一睹闽南古镇的风采，二是想邀你和我一起到河南走走。你看如何？"

这位左姑娘真是个惊奇制造者，让我应接不暇。我们素未谋面，她就要邀我一同旅游？更何况她是女，我是男。

"你的名字很别致。"我不得不拦截她的攻势，回到陌生人见面的开头。

"我爹给我起的名字是左佳丽。长大以后我把它改过来了。"她说着，递给了我一张报纸，"上面有关于我的报道。"

"左佳丽这个名字很美啊，为什么要改？"我来不及看那个整版报道。

"那就是为什么我要请你一同去河南看看的原因之一吧。"她很快恢复了攻势。

我泡了茶，给她斟了一杯。她喝了一口："嗯，好喝，有劲！这本地的铁观音就是不一样！"

我自己也喝了一口，问："为什么要我跟你一起去河南？"

"因为我们有缘。"她说。

"有缘？"我看着她，心想这缘是你硬造出来的，还是真实沉淀在时空某一处？

"是，有缘。我知道你本姓左，后姓曾；而我姓左，但我相信我的祖先中有姓曾的。"

她把我彻底说迷糊了。"等等，我所知道的，我本姓苏，你怎么说我本姓左呢？"

她露出了一丝得意。"嗯，左，苏，曾——你看，很纠葛吧？为了理清它，我们必须一起去一趟河南，我的老家，也是你的老家。"

"我老家在惠安。"我试图纠正她。

她嘿嘿一笑："惠安以前呢？我们要去见证的，是一千七百多年前你的祖先，我的祖先。你既然写了家史，何不把它写彻底？"

见我犹豫的样子，她就说："看看这上面的报道。"

我这才展开报纸，细细读了起来。那上面配了好几幅图，我很快就抓到了重点。原来这位左息澎非常不一般。她是历史系博士生，中原研究院研究员，而且，她还通灵！据说她的不少推断得到了考古和历史学方面的印证。

我合上报纸："哇，左小姐，我这是有眼不识泰山，幸会，幸会！"

"彼此，彼此。"她反而低调了。

几天以后，我随左息澎一起来到了洛阳。第二天一早，她就领着我去了老城街区，临行前还神秘地叮嘱我要带纸和笔。我们走进一家叫"北河南江"的小饭馆。我要了一碗胡辣汤和一份煎饼；她要了一碗米酒汤圆和一份薄饼。时间还早，小饭馆里只有我们两个人。我们坐在一个临街的角落，一边看外面的街景，一边品尝地方风味。"这是真正的老街，几千年了，每一块石头都有故事。"左息澎说。

她的话打动了我。被众多故事所环绕的这家饭馆其实很古朴，外面的街道也是。有那么一阵子，我竟然起了时空的迷糊，依稀自己是处在古时的某一个朝代里，我呼吸的全是故事，包括我自己的故事……

早餐用完了。左息澎看了看手表，又要了两杯红茶。"现在，拿出纸和笔来，我来讲，你来记。"

"讲什么？"我问。

"讲一千七百多年前开始的一系列故事。这些事，我可是第一次跟人讲。"

当我问起那么早以前的事她是怎么知道的时，她又是诡异一笑，说："中医不是有望、闻、问、切吗？我也是靠这四大方法了解的那段故事。一次讲不完，我们分段讲。"

从那天起，左息澎带我走了许多地方：白马寺，白园，博物馆，牡丹园，帝陵区……专找一些比较僻静的角落，让我拿着纸笔，她讲，我记……

从河南回来后，我开始整理这一路所听所记，竟写下了这么多——

在唐宋辉煌的堆积层底下，是晋朝痛苦和倔强的喘息；晋朝，是我的回忆常常到达的地方……

——左息澎

第一部　出洛阳

一　洛阳左家

一千七百多年前的西晋时代，在洛阳城郊有一个叫左梁村的僻静乡镇。一条称作尹阳的河流弯弯地流经乡镇西北端，使那个角落成了左梁最神奇的地方。尹阳河北岸上有一株不知活了多少岁的古槐。初寒乍起，古槐就迫不及待地掉光了叶子。即便它的叶子落光了，但它的枝枝杈杈依然撑着左梁的半个天空。当春季来临，百花急急争艳时，古槐却是慢条斯理，不慌不忙。五月里的一个早晨，当人们一觉醒来，会发现那株古槐一夜之间新绿全上。左梁人抹抹眼睛，看着古槐半空抖擞的一树嫩叶，感觉它们好像睡了一季。

尹阳河南岸，一丛丛灌木，铺盖着一片满是碎石瓦砾的土坡。那里，有废置的石磨盘，有黝黑的土墩子，像是一个个失落了主人的故事。沿着河滩，人们不时能拣到一些怪异的，或是漂亮的石子。

那时，三国的混战才结束没多久，刘备、曹操、诸葛亮、吕布、关羽、周瑜等英雄好汉的事情，人们记忆犹新，即便不说出来，心里也清楚得很。那时有句话说：三国尽归司马懿。

国家一统了，应该有段安静日子过了才是，却不料，晋朝灭东吴的十一年后，八个皇族成员为了争夺权力而展开了你死我活的厮杀。这场恶斗，也顾不上天下苍生了，战乱断断续续延续了十六年之久。烽火连天，土地荒芜，平民百姓苦不堪言不说，国家内耗，外敌自然觊觎。洛阳，这座历经夏、商、周、东汉、魏晋两千多年的古都，处在内外不安宁的境况里，预示着即将面临更大的烽火。

尹阳河南岸有一座很大的士族庄园，它的主人叫左江，庄园便唤作左庄园。左庄园里有住宅，有农田、作坊、宗祠、学堂等，范围几乎和整座左梁村重叠。

左江，字公卿。他的曾祖父少年从军，跟随魏朝太祖武皇帝曹操逐鹿中原。那时曹操打了官渡之役，以不足两万之将士勇溃袁绍十万大军，进而平定北方。左江的祖父是高祖文皇帝曹丕麾下的将军，曾随军在魏的北方疆域大败鲜卑人，后又随司马懿南征北战。父亲左干数十载戎马生涯，奉命西征，后又千里南下，参加灭吴之战。由于战功卓著，被当朝皇帝恩赐了这座左庄园。灭吴后的第五年，也许是嗅到了朝廷及各亲王之间的火药味，也许是厌倦了左家长年卷入军事和政治的漩涡，左干告老还乡，全心经营这座庄园。那年，左江十六岁。四年后左干身染重疾，临终前叮嘱左江远离朝政。二十岁的左江谨遵父嘱，挑起了庄园重任。

也是在那一年，晋朝世祖武皇帝司马炎驾崩，其次子司马衷继位。不久后便有传言，司马衷有些痴傻，大权尽落外戚太傅杨骏之手。

其间朝堂暗潮汹涌，朝外清谈之风日盛。为了表示清者自清，左干在庄园里设立清谈台。平时一些熟习老庄学问的谈客会到庄园里饮茶，高谈阔论，吟诗作画，谈的都是些和朝政无关的事情，比如天上大雁、穴间蟋蟀、草里螳螂……左干称其为“左园清谈”。左江接掌庄园仅仅一年后，“八王之乱”骤起，已然是置身事外的左江，不得不佩服和感谢父亲左干的先见之明。

左梁乡里住着一户曾姓人家，男主人叫曾献工，女主人叫张二娘。夫妇俩养有一个女儿叫曾小蝶。曾家乃寒门，曾献工在左庄园当工匠，二娘当织布女。曾献工和二娘在小蝶之后还生过两胎，均不幸夭折，故而对独女十分疼爱。

小蝶长得超级可爱，大眼睛，双酒窝，圆圆的脸，温润的下巴，头上一对乌黑的双平发髻。她常随爹娘到庄园里玩耍。当时等级制度森严，左家不让自家孩子混在寒门中玩耍。无奈小蝶实在太惹人喜欢，左家三公子左纳及二公子左民会趁家里不注意时偷偷去和小蝶玩。终于有一次，这二男一女小娃娃玩起了过家家。小蝶该过哪家去呢？两个小兄弟争执了起来。左民以大卖大，说他是哥哥，该他娶小蝶才对。弟弟不服，说他和小蝶同岁，他们俩才般配。小蝶一双水灵灵的眼睛在两兄弟间来回瞅。左民长脸，浓眉宽鼻，一脸敦厚；左纳方脸，眉目俊秀。小蝶抿嘴笑了一声，小手指向了左纳。

“看见了吧，小蝶喜欢我！”左纳对着哥哥鼻孔朝天，一副胜者的得意样。

左民不语，眼睛里露出了隐隐的忧郁。从此，在这玩耍游戏里，他就常常缺席。那一年，他十岁，小蝶和左纳都是八岁。

好景不长，两年后，左庄园遭遇了一场离奇的火灾，左氏宗堂被烧缺了一个角，学堂也被烧毁了一间房舍。十三岁的大哥左玄在那场火里受了刺激，从此神经异常。十二岁的左民拼死帮父亲从宗堂里抢出了祖先牌位。后来有话传出来，说左家和成都王司马颖有涉，招致东海王司马越部下嫉恨，所以指使人来放了那场毒火。当时，关中及洛阳数家士族已经开始离开北方南下，左江的好友，庄园总管焦裕仁劝说左江离开洛阳这个是非之地。然而，左江念着祖辈的功勋，不忍放弃北方老家和祖产，说一动不如一静。还好，同年，关中纷乱；次年，晋惠帝被毒死，无人有暇继续关注和左家有关的无稽猜忌。等到怀帝接位，经历了十六载的“八王之乱”才终于平息。

二　三月心苍茫

曾小蝶从小聪明伶俐，喜爱诗书，可出身卑微，又是女孩子，无缘学堂。有心的她，从十岁开始，便时常在庄园的学堂外偷听偷学，过耳不忘，回到家里再悄悄温习。这样过了一年多，有一次，小蝶又在窗外伫立偷听，被左纳发觉。左纳好奇，眼睛时不时往窗外偷视，终于引起了老师的注意。

小蝶被带进了课室。这位叫师庾的老师看着她，十分惊愕，遂试着考考她。不料小蝶不慌不忙，对答如流，竟好过堂内的富家子弟。师庾啧啧称奇，遂跟庄主竭力说情，允许小蝶在学堂中跟班，并说小蝶可以顺便帮忙做一些堂内杂活儿。这样“半工半读”，庄主才勉强答应。

有一天，下课了，孩子们都走了，课室里只留下师庾和小蝶。

小蝶歪着头问：“老师，他们说您是孔子学生颜渊的后代？”

师庾点了点头：“嗯。我问你，关于颜渊，夫子是怎么说的？”

小蝶不假思索就诵念了出来：“论语雍也：子曰：‘贤哉回也！一箪食，一瓢饮，在陋巷。人不堪其忧，回也不改其乐。贤哉回也！’”

师庾高兴地笑了：“好样的，小蝶，没让为师失望！”

小蝶在庄主的私塾学堂里学到十四岁时，才华已经名冠乡里。长成少年的左纳喜欢上了小蝶。小蝶也喜欢左纳，却不知道，比自己大两岁的左民，悄悄爱着自己许多年了。当时社会上门户等级观念很强，世族与寒门是不能联姻的。木讷的左民本来就不知道怎么表达自己的感情，加上他看出来左纳和小蝶互相爱慕，便把自己那份爱恋锁在了心房里。庄园很大，有的是隐秘的角落。聪灵的左纳会通过一些玄秘的诗句约小蝶出去幽会。这一切，左民都看在眼里。有一次，他压抑不住内心的冲动，在一张纸上写了一首诗，把它呈给了小蝶。小蝶接过纸来，见上面端端正正写着四行字：

心中蒹葭
远山苍苍
我思伊人
日夜神伤

小蝶看完问左民：“想知道我的看法吗？”

左民见小蝶感兴趣，当然愿意听听她的看法。

“这首诗，用了《诗经》典故，却不出《诗经》的意境。”

左民脸色顿然黯淡，心想：自古男子喜欢女子，还能有什么新意可出？嘴上却说：“依你看，要怎么写才能超出《诗经》的意境？”

小蝶眼睛眨了两下："你看这样如何？"说着便随口诵出：

蒹葭遮尹阳
三月心苍苍
忽然和风过
草低伊人现

左民不语，只呆呆地看着小蝶。

"怎么，我写得不好吗？"

"不，你写得真好！好像……一幅画。我记下了。"

左纳正好走过来，见左民发呆，眼睛还不时看着小蝶，便问："怎么了，二哥？发什么呆呢？"

左民缓过神来，忙说："没什么。小蝶帮我改诗。她改得真好！"

左纳既好奇又纳闷："哦，是吗？小蝶，你帮我二哥改什么诗了？"

小蝶低调了起来："我哪敢改左民二哥的诗呢？我只是临时瞎吟几句罢了。"

"吟诗？"左纳的神态忽然变得诡异，即时吟了两句，"后未河卯光，三柳不成行。"

小蝶双眼闪出两束灵光，捂嘴嫣然，把个左民搞成丈二和尚。

左纳两句诗的意思，就是约小蝶在下午三点钟的时候，到尹阳河滩边那三棵柳树下见面。从那里北望，就是巍巍的洛阳都城了。

河滩往上，草木葱葱。簇簇野花，未开先香。忽然，几声雁鸣，只见早归的雁队从南而来，返回它们北方的家园。

小蝶看着大雁朝洛阳而飞，留下声声鸣唱在河间回响，突然有些发愣。

"怎么了，小蝶？"左纳问。小蝶摇摇头，身上微微颤动了一下。

"你冷吗？"左纳问，忍不住碰了碰小蝶手臂上单薄的衣裳。

"没事。"小蝶的头发在风里飘着。

“大雁北飞，人却南去。”左纳吟说了两句。

“什么意思？”小蝶诧异地问。左纳说：“你知道吗，陆青留要随她父母去南方了。”

“去南方？你怎么知道的？”

“陆庄主特地来跟我父亲说的。我父亲挺舍不得他们走的。”

“那你呢？你也舍不得青留走吧？”小蝶一双敏感的眼睛盯着左纳。左纳被看得有些经受不住：“我？有什么舍不得的？”

小蝶见左纳装蒜躲闪，便直截了当地说：“哼，还装呢！你不是说，你父亲做主，要你们订婚吗？”

左纳被击中要害，竭力支招：“是啊，我父亲做主，又不是我愿意。”

“我看哪，你心里也痒痒着呢！”小蝶说着，把头甩向一边。

“怎么，又生气啦？”左纳连忙凑过去。有一年，学堂里演戏，他照着老师的本子背台词，对青留说：“我是西楚项羽，你就是那虞姬！”那时，小蝶就在一旁瞅着，小嘴顿时呶了起来。

“生气？我什么时候生过气啦？”小蝶嘴上说着，心里却庆幸陆家要迁到南方去。说实在的，如若不然，左陆两家还真有可能会联姻！反观自己清贫卑微的家世，想和左纳成亲，不说左家绝对不依，就是自己的父母，也断然不会让自己去“高攀”的。这些天来，父母几乎每天暗里叮嘱，要她远离左家三公子；而左纳那头，听他说，也不轻松。想到这些，小蝶一阵怅然，却于心不甘。

庄园中心的铜钟响了起来，小蝶的眼睛里条件反射般地闪出一缕惊慌。

还没来得及把小蝶刚才的情绪稳定下来，又得要离开了，左纳露出了无奈的表情。“小蝶，没事，明天还这个时候，还是这里……”

三　小蝶抗婚

小蝶家就在庄园外围部分的一间青瓦平房里。她到家的时候，见娘的织布机在飞转，爹还没有回家。她不声不响走到炉前，生火做饭。母亲已经烤好了饼，她只要做一锅玉米粥就行了。

玉米粥捣熟的时候，爹回来了。爹整天弯着腰叮叮当当钉东西，三十几岁，背就有些驼了。

“二娘，你过来一下。”爹一回来就喊娘过去，这似乎有些异乎寻常。

娘过去了，两人就在墙角窃窃私语起来。小蝶本能地觉得，爹娘悄悄说着的话和自己有关。

果然，不多时，爹娘把她叫过去了。“爹，娘，出什么事了吗？”小蝶心里忐忑不安。

娘叹了一口气：“闺女，娘以前跟你说过的，离庄家三公子远些，你不听……”

小蝶心惊了起来，屏住声不言语。

曾献工：“小蝶，今天庄家跟我说，他们的大公子要娶你。”

小蝶大惊失色：“爹，不要啊！”

原来，这庄主家本来才貌双全的大公子左玄，几年前在那一场火灾中变成了傻痴。二公子虽然人好，却是左江一段妓院亲密情缘落下的种。四公子左健还小，又身体羸弱。且不说门第等级森严，就凭左纳是左家唯一健康纯正的香火苗子，这媳妇也得千挑万选。偏偏左纳不理父母的茬，跟一个普通人家的女孩打得火热。为了这事，左庄公甚是头疼。这天，他眉头一皱，计上心来：何不顺水推舟，将曾小蝶迎进来照顾成了废人一个的左玄呢？左玄是父亲的心头病。极端聪明的他，本来被父亲寄予厚望，却好端端被摧残成这样。现在在左江心里，由一个寒门才女来陪他最合适不过！也可乘机让小蝶断了和左纳的念头，可谓一石双鸟。

左江长方脸，下巴消瘦，鼻梁坚挺，两道剑眉与时常紧闭、两边朝下撇的嘴唇相呼应，构成他刚毅、不服输的基本神情。

左江和夫人玉容谈起，玉容却不是十分附和，但左江主意已定。如意算盘打了一天，次日，左江便不失时机找曾献工来说话。

曾献工一听庄主如此安排，心里非常为难，可又不好顶回去，只能一边感谢庄主瞧得起，一边含含糊糊地说小蝶还小，怕还不能胜任照顾大公子的责任。

左江与曾献工的谈话，被有心的左民听见了。曾献工一走，左民思量片刻，便走进父亲的堂室。“父亲……”他上前，欲言又止。

“有什么话就快说。”左江面对自己这位次子时总有一种莫名其妙的焦躁。

左民也是长方脸，整个脸庞简直就是父亲左江的翻版。

左民鼓起勇气，说：“小蝶是个姣好的姑娘，要她嫁给大哥，怕是不合适……”

左江一听，啪啦一声放下手里的书简。“关你什么事？”他眼光如锥，盯着左民看。

左民不知哪里来的一股雄胆，竟不慌不忙地说：“孩儿的身世，孩儿自己知道。我虽生在左家，实则无异于坊间平民。孩儿与小蝶，也许更为般配一些……”

左江一听，额头顿时发红。“我的老天，你什么时候变得这么大胆的？你既生在左家，便有左家的贵气，更有一份左家之责！你小小年纪，便被儿女私情羁绊，今后如何为左家挑大梁？！”

左民站着不言语，没有想过父亲会让自己挑大梁。“你还有事情吗？”左江怒眼瞪着左民迟疑的神色。“今日我与父亲所言，还望不要让三弟知道。”“这你就不用操心了。”

左民带着一颗忧心退出了父亲的堂室。左江瞟一眼他的背影，皱着眉头，心中是一种极不舒服的感觉：“怎么搞的，左家二子皆追曾小蝶？！”

曾献工回家后，第一件事就是和妻子女儿提这事。“小蝶，庄主说出口，咱们很难顶回去的。你看……”

小蝶咬着唇，半晌说出了一句话：“我问左纳去！”

曾献工：“左纳？问他有什么用？他还不得听他父亲的？”

小蝶低头不语，目光在地的两端来回摆动，仿佛想看穿命数。在心底她从来不服命。

“咱命不好，这一劫怕是躲不过去了。”二娘面带愁容走了过来，“我琢磨呀，一个傻子倒还好，起码不会虐待咱小蝶。听说他的养子左丘，动不动就发脾气打身边的人。庄主还算有良心，没让咱嫁那不正格的。”

“我这辈子只嫁左纳，嫁别人，我宁愿去死！”小蝶一口气冲出喉咙。

爹娘一听吃惊不已，看了看她，又互相看了看，没想到小女这么性烈。“闺女啊，你可千万不要想到歪处去了呀！”二娘求女儿，“庄主可是咱的主啊，供咱吃穿住的。他的话咱顺着，还能有活路，过个安稳日子……”

没等二娘说完，小蝶咬牙又挤出了一句话：“我到南边去！”

曾献工和二娘更傻了：“南边？哪里？”

小蝶说：“当下朝廷的人互相打仗，洛阳周遭的人都开始往南边去。我也可以南下。”

原来如此，二娘说：“闺女，且不说你一个小小丫头离家独行有多难多险，你要是真离开了，左家找上门来，你让爹娘怎么办？”

小蝶道：“爹，娘，我们可以一起走。听说涧河陆家要离开了，我们可以跟着其他人一起走。”

曾献工直摇头：“小蝶，你想得太容易了。背井离乡，无依无靠，没根没基，我们吃什么？住哪里？”

小蝶问：“那陆家怎么就可以？”

曾献工摊开双手：“陆家是世族大家，有钱有势，我们怎比？！”

四 盟誓女娲陶像前

第二天，曾献工起大早到左庄园去赶木工。刚出门，走没两步，隐约就听远处有马蹄声和喊杀的声音。鼻子嗅了嗅，觉得有股火烟味。曾献工心头一紧。他知道这阵胡人南犯，陆续看到有逃难的人群路过这里。才稍微消停了几日，难道说这战事又吃紧了？唉，就算是战端又起，他小老百姓又能怎样？听天由命，庄主应该有主意，一切跟着庄主走吧。想到这里，他走进了庄园的石拱门。

当天下午，小蝶把左纳约到了河边那个废弃的磨盘边。这次，她的神色大异。

“小蝶，出什么事了吗？”其实，左纳也已经被告知，见小蝶的样子，他心里大致有数。

小蝶一双迷惑的眼睛看着他：“你父亲没有告诉你左玄的事？”

左纳一听，顿时像泄了气的皮球一般。因了小蝶的事，左庄主几天前就把他唤入内屋训斥。昨天再次唤他，告诉他：“小蝶之事，我已有安排！”

左纳不安：“父亲，什么安排？”

“小蝶天资不错，配左玄正合适。”

左纳震惊：“父亲，左玄现在那个样子，曾家怕是会不从。”

左江“哼”了一声：“咱们什么人家，能嫁给左玄，算是老天爷赐给他们曾家的福分了，岂有不从之理。”见左纳愣在一边，左庄主继续说：“明白了吧？趁早和小蝶分开，为父会为你另择佳女。”左纳见情势危急，鼓足了勇气说：“如果不能娶小蝶，恕儿今生不娶！”

左江一拍长案：“放肆，你敢！”

一直在一边沉默不语的左夫人玉容，连忙扶了扶丈夫，又转头对儿子说：“左纳，不可对父亲这样说话，快跟父亲赔礼！”

玉容是左江的第二任妻子，脸如鹅卵，身姿绰约，温良端庄。左江的发妻生了左玄后不久就过世了。左江非常伤心。玉容嫁过来以后，温存体贴，抚平了丈夫的伤口，深得左江的喜爱和信任。后来，她为他生了两个儿子：左纳和左健。

左纳勉强鞠了鞠躬，作揖道：“孩儿有失恭敬，请父亲恕罪。”

“下去吧。”玉容用眼神示意儿子。

事后，玉容找到了郁闷着的儿子。左纳脸庞的轮廓不似父亲那样坚挺，更近母亲的柔和温润。玉容看着他，说：“左纳，你的心思为母明白，但是母亲也要告诉你，那是不可能的。为母只能尽力为你物色一个你喜欢的……”

左纳：“母亲，你不明白，我不会喜欢别的女子了。”

玉容轻轻叹气："再看看吧，顶多……"

左纳眼里现出一抹希望的光："顶多什么？"

"顶多，为母说服父亲，为左玄另择他女，以后准你纳曾小蝶为妾。"

想到这里，左纳说："小蝶，这事我刚知道，正在想要怎么应对才好。"

"你可想到什么好法子？"小蝶急问。

左纳咬了咬嘴唇："我已经告诉我父亲，非你不娶。"

小蝶稍稍松下了一口气："我也跟我爹娘说了，非你不嫁。"

左纳忍不住抓起小蝶的手："只要我们俩同心，他们能把我们怎么样！"

小蝶蹙眉："你父亲是庄主，怎么会没办法。我爹告诉我，如果曾家不应此事，庄主便会将我们逐出庄园。"

左纳听了一怔，进而咬牙："他真敢这么做，那，我就跟曾家一起走！"

天色转阴，有云从远方飘了过来。左纳环顾四周，突然想起了什么。他走到离磨盘不远处一个树桩旁，蹲下身来。

小蝶跟了过来，"左纳，你找什么？"

左纳没回答，只让小蝶帮他找个有尖角的石头。小蝶在周遭地上找到了一个，递给了左纳。左纳拿过尖石头，就在树桩旁的地上挖了起来。不一会儿，他挖出了一尊小陶像。小蝶好奇地凑近一看，那陶像是个女的，留着一头长发；一件舒宽的裙袍遮掩她半敞的胸部。小蝶见了，十分惊奇，竟有些羞涩起来。"左纳，这是谁？"

左纳手持那尊女像，想着什么。"小蝶，这是我母亲的。小时候，有一回，我看见她偷偷地把这尊陶像埋在了这里。我冷不防在她身后问了一句：'娘，这是谁呀？'我娘吓了一跳，回答说：'这是女娲神女。我把它埋在这里，等你长大了送给你。'十年了，这里从来没人动过。"

左纳所述让小蝶感到了一点震撼。她歪起脑袋，看着那有几分神秘的陶像。"女娲神女……"记得课堂上老师讲过，不过她从来不曾想过女娲是这个样子的，"不是不让动吗，你挖它干吗？"

"我长大了。今天把它挖出来，作为我们相爱的见证。来，小蝶，咱们在这尊女神像前立个誓，今生今世，永永远远，我们两个人都在一起，我不他娶，你不他嫁。”

小蝶犹豫了一下：“左纳，我们要不要在左氏宗堂里去立盟誓？”

左纳：“小蝶，女娲造人补天，我们在女娲神女像前立誓再合适不过。再说……再说左家并不想我们两人一起。”

小蝶点点头，觉得有道理。两人手拉手，在那尊女娲陶像前立下了盟誓，祈求女娲女神的福佑。

两人在一起窃窃私语的情形，被无意经过的左民看见、听到了。原来，左民是个忧国之种。庄园里的护卫军头领霍少虎是当年骠骑将军霍去病的后世宗亲，武艺高强。三年前，他就开始跟霍少虎习练武功，平时自己会找僻静处练练身手。今天，他刚好到河边操练，见左纳慌慌张张朝磨盘那边去，便不觉跟了过来。

左纳和小蝶立了誓、祈了愿后，便把那尊女娲陶像重新埋了起来。

两人走了，左民过来，好奇地扒拉开那堆土。他看见了女娲像，宛如一尊爱神一般。左民明白了什么，情绪翻滚起来。想到小蝶和自己的弟弟已然在这尊女神前发了誓盟，他心里绝望地尖痛起来。

五　南迁之计

就在几个年轻人在石磨边为情所困时，左江已经不得不开始谋划南迁的事。一方面，当朝皇帝与东海王司马越争斗加剧，另一方面，王聪、石勒的军队屡屡进犯，中原形势比五年前的单纯皇室内乱时更加险恶，左江感到此处的确非久留之地。空气中越来越浓的烟火味，使得在北方根基深固的左江终于萌生了南下之意。这天，他走到庄园入口处那个大方铜壶边，久久伫立着。远远望去，尹阳河对岸的古槐还是光秃秃的，而大铜壶边的两棵苦楝树却已经绽出了淡紫色的花。这两棵苦楝是三十几年前娘放种子种下的，又是娘精心照顾养大的。左江手抚着苦楝树干，轻轻说道：“爹，娘，看样子孩儿不得不离开这里了……”

庄园总管焦裕仁正好匆匆赶来，一见左江便急言：“公卿，再不走，我们怕就走不了了！”

左江低着头说道：“你马上去把东琅和少虎找来，商议南下之计。”

王东琅是左园的账房总管，霍少虎则是庄园卫队领军。焦裕仁字稼乾，和左家的交情始于上一辈人。他一开始提议先到皖地淮南避一避再看，前可进后可退。左江摇头说：“看这架势，淮南也不安全。当年的琅玡王司马景文，现为安东将军，坐镇建邺。我们肯定要朝那个方向去。江左地阔，总有平安立身之地。不似皖淮区域，朝里奸臣也好，北边胡人也罢，轻易就能到达。”

王东琅，字求均，脸长得扁平，嘴唇长而薄，下面一颗痣和痣上的一撮毛成了他最引人注目的地方。听了左江的分析，王东琅附议说：“庄主所言极是。我在广陵倒是有一友人，是江南大户，左园南下时可先去投靠。”

左江兴奋而称许：“广陵江淮美地，毗邻建康，又有人可接应，这样甚好。”

其他几位也顿时感到踏实许多。

焦总管问起左庄园打算如何处置。左江想了想，说：“于今之计，也只有寻找合适的人，当掉此地。”

“这种时候，怕是也没人有心做典当了。”焦裕仁说，“只是……公卿想多少年回来赎？”

左江闭目片刻，深深叹了一口气：“唉，时局这样，搬迁一次脱几层皮，就做十年的准备吧！”

“好的。”焦裕仁轻轻答道，心里琢磨，“庄主不舍，十年恐太短。一旦到了江左，怕是难再回北方故园！”

几位走了，玉容走了过来：“公卿真的要走？”

左江道：“这次看来不走不行。胡人迟早会把洛阳给吞了。”

玉容不禁环顾四周：“可这园子……叫我如何放得下！”

“放不下也得放，留得青山在。听说江南地方好，我们身上有钱，可以在江南再置家业。等时局清明了，再赎回来。”

玉容无奈地拭着泪眼。

左民从石磨那边一回到家里，焦总管的手下人就匆匆跑过来说：“二公子，庄主找您！”

左民很感意外。向来在几个兄弟中，他是备受忽略的一个，怎么突然之间父亲要找自己？

左民来到左江的书房，只见左江神色严肃，前面案台上堆满了书简、卷宗等类的东西。左民行了礼，问：“父亲，找孩儿有事？”

左江说：“左民，形势不妙，我们得尽快离开洛阳。焦总管已经吩咐木工部准备好车子和木箱，你去盯着，让他们快点。不得有误！”

左民听说要离开洛阳，感觉十分突兀。听父亲不由分说的口气，看来兹事体大。这种时候父亲能分配自己任务，足见自己还是被信任的。至少，在父亲眼里，自己还是比那个养子左丘强。想到这里，左民满口应承：“是，父亲，孩儿这就去办！”

左民在庄园小径上碰见了左纳。“二哥，你匆匆忙忙要去哪里？”左纳看出来左民神色有异。

左民本想告知实情，又一转念，觉得事关重大，父亲肯定会亲自告知，就搪塞说：“没什么，出去遛遛。”

果不其然，左纳一进门，就被左江唤了去。左江告诉他，胡人声势日盛，洛阳危急，庄园被迫要南迁，要他从现在起就帮忙整理家里的文书，还有帮忙照看大哥左玄和四弟左健。

一听要举家迁徙，左纳一急，第一件事就是直奔曾家。

曾家里，小蝶正陪着母亲织布，机子的声音吱吱作响，落在了小蝶和母亲七上八下的心间。左纳一出现，母女俩都愣住了。

“左纳，你来了？……”小蝶一下子站了起来。

二娘也止住了织机：“三公子……”

左纳也顾不得许多，径直走上前来对小蝶说：“小蝶，我来是要告诉你一件事，我们可能要搬出左梁。”

小蝶愕然：“搬出左梁？！你们要去哪里？”左纳摇摇头：“我也不清楚，不过，看样子是要出远门。”

小蝶看了看左纳，又看了看母亲，一时说不出话来。几天前她和他在女娲陶像前的盟誓还在耳边回响。

二娘端过来一杯茶：“三公子喝杯热茶吧！”左纳接过茶，却没有心思喝，他也在回想着那天下午他和小蝶一起立的永不分离的盟誓，想到这个动乱的朝代，不知要碾碎多少盟誓……

二娘询问：“三公子怎么知道左家要搬家的事？”左纳回道：“父亲亲口告诉我的，还要我帮忙整理东西，照顾兄弟。”

小蝶急问左家什么时候走，左纳说应该很快了。“很快了……”小蝶心头生乱，自言自语。二娘劝慰女儿：“小蝶，着急也没有用。等你爹回来了，问问再说。”

曾献工一回到家里，小蝶便急不可耐地告诉他左家要搬迁的事。

“我已经知道了。”曾献工说，“今天左家大总管和二公子都找了我。左家要做新的马车，还有小船，看样子是要出远门了。”

“庄园搬走，那我们怎么办？”二娘忧虑地问。

曾献工眉头微皱：“是啊，我也在担心哪。”

六　代价

平生第一次，曾献工站在了那块写着“左公庄园”四个隶书大字的庄园界碑旁。离界碑没多远有一个铜制的大方壶，是晋朝开国时皇上赐给老庄主左干的。二十几年来，左庄园就是曾家的一切，它是百年坚固的。而今，突然之间庄园眼见着要散架，曾献工一时感到没有了主心骨似的惶恐不安。

碰到了在左庄园里跑差的阿宽，曾献工抓住他，问起左家搬迁的事。阿宽说，他确实听说了。他还听说正步步逼近的胡人非常凶悍，北边开始死人了。

三十六计，走为上计。

“那我们这些人怎么办？”曾献工急问。

阿宽压低了声音说：“庄主这次是要出远门，听说要到江左，怕是不能带很多人。留下来的人，就得自谋生路了。”

曾献工左手拍右手，焦虑地说：“当下战乱，我们草民连活着都难，要如何自谋生路？”

阿宽叹了口气：“说的是啊。你不如去求求庄主，兴许他会把你一家都带着过江去。我得赶紧出去了。先告辞。”

曾献工听了阿宽的话，觉得也不无道理，事到如今，没有什么会比留在这火海边上更糟糕，不如去试试运气。

心事重重的曾献工缓步来到左庄主跟前，举手作揖道：“下人曾献工见过庄主。您先前吩咐我做的木箱都做好了，庄主要如何处置？”

左江正筹划大搬迁的事，一听有木箱子，便说：“行，你把它们送到北厢房去吧。”

曾献工应道：“是。”原地站着不动。

左江脑袋转了一圈，才发现曾献工还站在那里。“你还有什么事？”

“呃……”曾献工有些结巴起来，“听说庄主有意乔迁，不知园里人家您会留下多少？”

左江两腮一拉：“此事还未最后定夺，你们都吵吵些什么！”

反正都这样了，曾献工索性豁出去了：“是这样的，庄主，我们曾家随庄主二十几年了，一听外面有传言说庄主要离开，心里不安不舍，故来询问。”

左江看了看曾献工，这才想起来曾经谈过的联姻的事情。曾家人嘛，忠厚老实，种田、织布、手工样样会，小蝶那姑娘也是个宝。想到这里，左江说：“实不相瞒，左家现在乃多事之秋，有些自顾不暇。你若能定下心来将女儿许配给左家大公子，我们就一起过江去。”

左庄主的话此时是如雷贯耳，曾献工几乎要不相信自己耳朵。他知道庄主是在开条件，他也知道小蝶不同意这桩婚事，可比起曾家的身家性命、生计和世代延续来说，这算是什么条件呢？小蝶的意志又有什么重要可言呢？没有任何犹豫，曾献工连声应承：“能随庄主，是曾家三生有幸！能嫁左大公子，更是我们小蝶的福气。此事曾家没有二话，择何时日，庄主吩咐便是。”

左江满意地“嗯”了一声，说道：“眼下大忙，就先这么定下来。等我们落脚江淮，便办婚事。既乔迁，又婚喜，岂不是吉事两桩！”

曾献工沿着庄园的土路小跑着回家，路上被什么东西绊了一下，踉跄了两下，却不改脸上遮掩不住的微笑。踏进自家门，他竟有些气喘。

二娘一见丈夫的样子，就觉得有好事。不过，她没像丈夫那样喜上眉梢，在她心里，这乱世年头，好事的门槛降得很低。

“左庄主搬迁的事情你可打听到什么了？”

曾献工颇为得意地回道：“不光打听到了，事情还都商议好了！”

二娘眉毛扬起：“夫君都跟庄主商议好什么了？”

曾献工见小蝶在一边读书，便拉了拉二娘衣袖，低声说：“过来，这边说。”

那小蝶聪灵，岂会没有注意到父亲进来时的兴奋样。爹娘在一旁窃窃私语，肯定和搬迁有关。现在从曾家到左庄园，没有什么事大过此事了。她于是把视线移开，竖起耳朵听着。虽然爹娘压低嗓音说话，还是给她听到了一点眉目：她听到他们提“左玄”这个名字。不用说，她最害怕的事情终于要发生了！

小蝶径直走了过去：“爹，我不是说了我不嫁！”

曾献工瞪了她一眼：“你说的能算数吗？”

小蝶脸涨红了，反问：“我的婚事，我自己说了不算？！”

二娘一看又要吵，连忙止住小蝶：“小蝶呀，你不要使性子好不好啊？你爹把这事答应下来，我们曾家才能跟着南迁呀！你这么任性，难不成你愿意看着亲爹娘给胡人撕了？”

小蝶说不出话来了，她折身坐回自己的木案旁。可现在她一个字也读不进去了。

小蝶感到时运、命运难挡。自从知道了父亲和左庄主之间的交易后，她害怕见到左纳，可又很想再见他的面。这天，她去到河滩那三棵柳树下。一连下了几场雪，雪水消融，尹阳河泛着白浪花，水流湍急。她坐在一块河石上，突然想到，如果她就这样跳入水中，是不是能跟着河水一起向东漂流，一直到海？……海好大，好大，能容万物。如果真能那样，那真可谓是一了百了，那她就彻底自由了！她和左纳都读过精卫的故事。他们都相信心意精诚的人投入沧海会羽化成仙。到了那个时候，还愁不能在一起吗？

“左纳，你在哪里？为什么不到这里来见我？……”她喃喃道。

小蝶俯身，和水中自己的身影脸庞对望。一阵风来，自己的身体波动了起来。一阵晕乎，她一头栽入水中。

七　左民救蝶

左民在庄园四周巡视，路过河滩三棵柳处，记起来左纳曾经在小蝶跟前赋的诗句，下意识地走了下来。不料刚走下河滩，便见到小蝶落水的那一幕。左民心头一惊，三步并作两步冲入水中，一把将小蝶拉了出来。

“小蝶，小蝶！你怎么了……你没事吧？”

小蝶只是一时意识恍惚，并非真的想跳水。被拉出水面的那一刻，她还以为拉她的是左纳。“左纳，我在等你……你怎么现在才来？”一抬头，愕然，“左民二哥，怎么是你！”她一下子挣脱了左民的手，身上却一阵冷战。左民一看，连忙取下自己的披巾，披在小蝶身上。“小蝶，左纳这几日都被我父亲叫在身边，动弹不得。你怎么……现在局势不好，不管发生什么事情，都不能想不开，要保重好自己！”

小蝶猜想左民一定知道左庄主的决定，她淡淡地说：“我知道。我没事。”

左民看着她，心里有百般的话要说，却一句都说不出来。不管是在小蝶自己的心里，还是在父亲左江的心里，小蝶都没有他左民的份儿。他多么想让她知道，他爱她，也只有他能够保护她，使她幸福。可他能说吗？这样的话一出口，他便成了不孝不悌之人。

“小蝶，衣服湿了，我带你回家吧？”

小蝶摇摇头，取下左民为她披上的披巾，递还给了他。“谢谢左民二哥！”

左民默默地接过那披巾，茫然地看着她步伐沉沉地离开河边。

这年的过年期间，洛阳下过一场罕见的大雪。如今，这座六朝古都好像除了洁白的雪，什么也没有。这晶莹的雪，似乎安抚了一下洛阳人这些年饱受的惊吓、煎熬和伤痛。大家指望着它给洛阳乃至中原一带带来好运。然而，一开春，情况便一步一步走向更糟。

晋军被石勒的军队全歼于鹿邑的消息传来，危城洛阳内外惶惶不可终日。左江再次紧急招来焦裕仁、王东琅和霍少虎兄弟等几位，商讨南下的路线。那霍少虎和弟弟霍二虎，是左江继承左园十年后来投靠的，当年少虎十六岁，二虎十四岁。两人都是高个头，虎背熊腰。哥哥霍少虎告诉左庄公，他们来自河东郡平阳县，是汉代名将霍去病的宗亲，自小就会武功。左江喜欢，便留下了他们兄弟。

这会儿，霍少虎说了自己的看法：“路线倒是有许多，依我看，最近的一条，应该是穿过嵩山南麓的登封，先至许昌，然后进入皖境内的亳州，再到宿州，从宿州水陆兼程到广陵找求均的朋友。诸位看如何？”

“这应该是最便捷的一条了。”王东琅表示赞同。

“不可。”左江马上说。

“为什么？”霍少虎和王东琅同时问。

左江说：“许昌历来为兵家重镇，司马越之弟司马模驻扎过许昌，现在恐怕仍有他的部属在。我们不能冒这个险。何况石勒刚在豫西打败晋军，我们如何还能去接近那个虎狼之地？”

焦裕仁：“庄主所言极是。我们宁可多绕一点路，但求平安。”

少虎摊开了他绘的地图，说：“那这个路可就要绕远了。我们南下平顶山，再往南去汝南，从汝南直奔淮水北岸，然后水陆两路到淮左。”

左江看着霍少虎的路线图，不时点着头。“是远了些，不过南端会安全一些。这一路怕是少不了风餐露宿。”

霍少虎：“恐怕是的。我们得多备一些毡布帐篷之类，车子最好安上篷子。

出发时该到五六月了，正是雨水多的时候。”

焦裕仁赞同道：“嗯，沿路村镇应该有地方歇息补给，不过我们还是得自己多带些粮草。”

左江问：“这一路山高路远，哪位有什么亲戚友人可以帮衬一下的？”

霍少虎想了想：“我倒有个江湖朋友在平顶山。我这就差从恩快马去打探接洽一下。”

焦裕仁说：“现在朝廷无力，盗贼横行，若能有江湖上的朋友护送我们一程，那是最好不过了。”

近来左民一直在琢磨着心事。他听说祖逖正筹划率洛阳市民南迁，并有志将来北伐，便找了个机会，策马过桥去。

此时洛阳城内已是七零八落，北部城角战事时起。左民找到了祖逖住处，说有事想见祖逖大人。守门的人说：“大人忙得很，没空见你！”

左民一急，说：“我有意跟随祖逖大人一起南下。我从小习武，得知大人有抗击胡人之志，希望将来和大人一起杀敌！”

守门的一听，有些动容，心想鹿邑那边刚死了十万军人，这年头当兵等于去死，居然还有人送上门来，拒之不义。于是就让他进去了。

左民终于见到了心仪的祖大人。祖逖大人方脸，剑眉。他个子不高，却是很英武，就连他挺挺的胡须也显得威严。他听了左民的来意后，对这个十七岁的青年非常欣赏。“难得你有这份报国心。现在洛阳城里要粮没粮，要车没车，难哪！你可要做好吃大苦、耐大劳的准备！”

左民说：“我既有心跟随大人，就不怕吃苦！”

祖逖满意地拍拍左民的肩膀：“好，你回去好好准备一下，过几日我们大队从洛阳东南角门外集结出发。”

八　左门虎子

左民策马回家，告诉父亲他已经见过祖逖，决定和祖大人的人马一同南下。

左江一听就火了："什么！现在庄园搬迁在即，正缺人手，你却要到别人的地方去？"

左民连忙作揖赔罪："父亲，祖大人不是别人。孩儿听说他要亲自带领洛阳乡亲南下，并有心在很短的时间内打回来，赶走胡人。左民从小习武练剑，为的正是有朝一日为国而战，而今难得有祖大人这样有志气的将军，孩儿不想错过这机会。"

左江一听，如梦初醒一般。没想到自己从不经意的这个儿子，一个娼妓之后，竟然有如此志向。也难怪，毕竟，左民身上流着左家戎马先辈的热血。想到从军可能涉政，眼下又世道险恶，一般人躲之唯恐不及，左民心地醇厚，左江现在心里更多的是为自己的二儿子担忧。

"想不到我们左家又要出虎子，躲都躲不过。左民，你可知道，兵戎路处处险恶，朝堂上也不太平？"

左民眼睛眨都不眨地回道："有祖大人在，孩儿就不怕。"

想到左民离家出征，家里又要少一个男丁，一个帮手，左江心里未免有些愠怒。"此事做以前，你本该先来问我的。也罢，既然如此……你先做你的，到了南方即来广陵找我们！"

父亲宽容，左民动容，心里多了几分愧疚，连声道："孩儿记住了。孩儿报国心切，孝道未尽，还请父亲万谅！"

"别啰唆了，去吧，小心点！走以前和你玉容母亲聊几句，难得她把你照看大。"

左民作揖："孩儿遵命。"

这些天，庄园上上下下的人都在忙着搬家的事。主屋厢房外面摆着一堆木箱子，总管家焦裕仁在指挥众人装箱。"这个不要了！放值钱的、主要的东西。路很远，什么都带能行吗？"

厢房另一头，左玄看着来来往往的人傻笑。他的四弟左健则靠在案儿上，神色萎靡。一个丫鬟端着一碗药走了过来："四公子，喝药了。"

众人还在打包装箱，焦裕仁和霍少虎一起到了左江的堂室。没等他们开口，左江先问话了："怎么样，护送的事谈好了吗？"

霍少虎："谈好了。我这些弟兄还蛮讲义气，他们说会把我们护送过平顶山。只是过了平顶山，就得全靠我们自己了。"

左江说："那就已经是帮了我们大忙了。从洛阳到平顶山这段路当下最险。南下淮水也不容易。我们只能走一步是一步了。"

霍少虎："庄主放心，过了平顶山，我们自己的兵丁就足以保护我们南下了。淮水边我们可以找到船坞过河。"

左江叹了一口长气："生不逢时，好好的家园不能待，要这样颠沛流离！"

焦裕仁竭力安慰："庄主无需忧叹，我们这是闯江南去了。江南富庶，又无战乱，这是好事一桩，我们一定能在那里闯出一片天来的。"

霍少虎接过话茬："大总管说得好，我们在江南的园子也应该称左庄园！"

两人的话让左江稍稍觉得安慰。"对了，"他问焦总管，"看见三公子了吗？"

"看见了，他帮着打包呢。"

"叫他来一下。"

不多会儿，左纳便站在了父亲跟前："父亲，您唤我有什么事？"

左江的案台上堆满了文件和物品，他用一双略带疲惫的眼睛却是殷殷的目光从两堆物件的中间注视着左纳。"左纳，你也知道，你两个哥哥一个身弱，一个智残，你是左家未来的希望。我们父子都赶上了乱世，庄园被迫南迁。我只希望，你以后的运气会比我好，能够在江南大展身手，中兴左家。"

左纳像一尊雕像那么站着，双唇动了一下："孩儿明白，父亲。"

"你明白就好。"左江的双眼依旧紧紧盯着左纳看，"到了江南，我们会为你找到豪门之女联姻，现在已经有些眉目……"

左纳一听，那雕像一般的脸出现了裂痕："可是父亲，儿子已经有了匹配之女并立下盟誓了！"

"啪"的一声案响，左江立了起来："刚才还说你明白，你竟敢背着祖宗立什么婚誓！曾小蝶已经是你大哥的人了，不许你再去见她！"

左纳睁着一双迷茫的眼睛："什么，小蝶她……"

"我说得还不够明白吗？自古家国存亡为先，儿女之情为后。现在家国都有难，你不思奉献，只图一己，你难道不明白皮之不存毛将焉附的道理吗？白白学了那么多经书！"

左纳带着哭腔道："父亲，您可知道小蝶对我……"

"你现在就死了此心，不然我现在就叫少虎将你绑起来，先渡过江去！"

左纳垂下了绝望的眼睛。

曾家这边也在积极准备。虽说要走那么远的路，可是跟着左庄主，心里踏实。听说江南比豫州要安定富庶许多，天气暖和，雨水还多，想到这些，曾献工和二娘都感到有盼头。唯有小蝶一人杵在一旁，闷声不语。曾献工示意妻子过去劝说。二娘摇头，悄声道："这次得你去！"

曾献工走到了女儿跟前，思虑片刻，然后出声："小蝶呀，不是爹妈不管你的心思，我们生在乱世，保住全家的性命和生计要紧……"

"嫁给左玄，我宁可死！"小蝶没让爹说完。

曾献工激动了起来："这不是你一个人的事，这是我们一家子的事，你不能为了自己，把爹妈也给毁了！曾家还要延续下去，不能就这么断了呀！"

小蝶不说话。

"就算，就算爹娘求你，委屈你了！"曾献工说着，竟在女儿跟前跪了下来。

小蝶惊心，不知所以了片刻，随即双眼含泪，扶着父亲的双臂，跟着也跪了下来："爹这样，叫女儿如何是好！"

二娘见状，趋身过来。"夫君万不可这样！"又对小蝶说："闺女呀，若不是万般无奈，爹娘断不会这样求你。你就应承爹娘这一回吧！爹娘这辈子，会尽力补偿你的！"

"小蝶应承便是。"小蝶一语既出，眼泪也簌簌下坠。

晚间，一家三口围着木案吃着简单的晚饭，二娘告诉女儿，左曾两家商定，一到江南，就为她和左玄办喜事，为左庄园南迁增加喜庆。

小蝶默默不语，一口饭咽不下去，呛着了，大咳起来。

“闺女，你没事吧？”二娘问。

“没事……”小蝶说着，放下碗筷，跑出屋外。

九　跪别左梁

阿宽本来心喜，因为左庄主要他也一起走。这会儿，他正紧着打包。

阿宽娘个子矮小，梳着一个银色的发髻，眯着眼睛走了过来，问：“你打包要干吗？”

阿宽回答：“娘，您不知道呀，左庄主要搬家了，我们也要跟着搬。”

阿宽娘诧异：“搬家？搬哪儿去呀？”

阿宽犹豫了一下，说：“搬，搬到南边去。”

“南边？那这个房子咋办？”

阿宽：“娘，咱顾不了这么多了。胡人的兵很快就要杀过来了。”

阿宽娘头一扭：“我不走，李家祖祖辈辈在这里，我哪儿也不去！”说着一屁股坐在了床榻上。

和曾家不同，李家自己在庄园外有一处世家小居，李母死也不肯离开这间祖屋。

“娘呀，就怕乱兵过来，烧了咱们家呀！”阿宽苦苦哀求。

“儿呀，你快走吧！娘年纪大了，你不用管娘。如果他们烧咱祖屋，娘就跟祖屋一块儿死！”李母一边对儿子这么说，一边拿手推他，让他走。

阿宽怎么能放下老母自己南下？没办法，只好跟庄主解说谢罪。“庄主到了南边，请一定给阿宽一个信儿。等阿宽给老母送终之后，定赴江南继续伺候庄主！”

左江叹了口气。不愿意走的人，并非只李母一人。“阿宽，我明白。这样也好，你和其他几位留下来帮忙看管园子，新来的人兴许也有用得着你们的地方。你们自己要多加保重！有机会，我会回来的；再不然，就把你接到江南去。”

阿宽扑通一声跪到了地上：“谢左庄主！庄主，您可一定要记得阿宽啊……

老天保佑您！”

几天后，左江领着庄园左氏宗亲，在左氏宗堂前跪拜道别。此时，堂内的牌位已经全部撤走。

“左氏列祖列宗，左江无能，未能在乱世中保住左氏的洛阳祖产。今日带领左家诸亲友暂且离开洛阳，下豫南，渡淮水，请左氏列祖列宗的英灵保佑我们此行平安顺利，保佑左江能在江南撑起左氏另一片天。来日时机成熟，左江定渡淮北上，光复左氏洛阳祖园！”说到这里，左江忧伤满怀。他含泪三作揖，磕了三个响头。身后一行人也跟着向左氏先祖的圣堂跪拜行礼。

左民前来送自己的父母兄弟和宗亲乡友，见此情形，心好难受。“父亲，母亲，一路保重！孩儿随祖大人几天后出发。我们会在淮左团聚的！”说完深深鞠躬。

玉容走上前来，伸手摸了摸左民的肩膀：“民儿，看到你来送我们，我心里真高兴！你自己一人闯荡，刀枪无情，千万要小心，照顾好自己！”说完哽咽泪下。

左民鼻子一酸，说道：“母亲不要为孩儿担心。倒是您，身体素来单薄，望好好珍重！”

左民又到左纳那里去道别。想到兄弟在一起时间不多，现在又要背井离乡，天涯分离，心里实在不是滋味。“三弟，我不在身边，大哥和四弟就交托你照顾了。我们淮左再见！”

左纳看着左民，知道他要跟随祖逖去打仗，忍不住上前抱住了他：“二哥，我们说好了，淮左见！”兄弟俩相拥在弥漫的烟火味中，同恋小蝶的那些日子，竟成了难以再续的静好岁月！

几辆马车装着一些木箱什物停靠在庄园大门前，等待出发。几个拭着泪抽泣着的女人陆续走出了左庄大屋。

曾家这边，大部分的东西带不走，二娘挎着一个大布包，愣愣地看着屋子里的一切。曾献工在催，她眼睛红红的，跟在丈夫后头，时不时回头看两眼曾家栖身二十几年的地方。“夫君，我们应该跪下来感谢这里的土地神。”说着自己对着老屋正门跪了下来。曾献工一看，也跪了下来。

突然，曾小蝶想起了什么，转身跑入庄园。

“小蝶，就要走了！你跑哪里去？哎呀，急死人了！”

小蝶奔向庄园深处，跑到那个弃置的石磨旁，在那个树桩边蹲了下来，双手急切地刨着，从土里刨出来那尊女娲陶像。一看，她愣住了：原来好好的一尊女娲神像，现在竟成了无头像——她的头不知道哪里去了！小蝶焦急地四下找着，就是看不到那个女娲的头颅。

“小蝶，快回去，就要出发了！”从后面赶来的左民连声催道。他跑过来，看到小蝶手里拿着一尊无头陶俑发呆。“你在找什么？”

“你看，她的头断了！”小蝶绝望地说。

左民匆匆看了那陶俑一眼，说：“我回头帮你找。找到了给你带到江东去！”

“那，谢谢你了，左民二哥……”小蝶把那截陶像藏到自己衣袖里，急急要走。

“小蝶！”左民追上她，唤道。

小蝶站住了。

“珍重！我们，就此告别……对了，你的诗，我还记得。”他念了起来：

蒹葭遮尹阳
三月心苍苍
忽然和风过
草低伊人现

小蝶第一次凝神端详着他，片刻后说了一句：“左民二哥，我现在才觉得，你原来写的那首，其实比我的好。珍重，再见！”

车夫吆喝声起，数马嘶鸣，人群开始缓缓行走。路上没有说话声，只有轻轻的抽泣声和那似乎在呜咽着的风声。当人群走出左梁村地界时，左江突然从马车上下来，转身朝北跪了下来。跟在后面的人们也纷纷面北而跪，向生养他们的左梁谢恩道别。

“左梁的地神，请保佑我们一路平安南下；来年有机会，我们当重返故乡，供拜这里的地灵神仙！”说到这里，两滴泪珠砰然落地。

车马刚走了两里路左右，忽然听到身后轰的一声。左江急回头，就见洛阳方向火光冲天，浓烟遮住了大半天。

“左梁！我的左梁！”左江不顾一切跳下马车来，疯狂地往回跑去。

少虎一见，赶忙下马追了过来。“庄主！庄主，不能去啊！”

焦裕仁也大步赶了过来，和少虎一起，拦住了左江：“公卿，洛阳，我们回不去了……”

这是六月初，天，突然下起了太阳雨。

一〇　细雨飘咫尺

左庄园的队伍从晴日走入了阴天，快速南行。马车不够，年轻力壮的只能先步行，然后一路轮流替换。

车篷里，玉容担心地对左江说：“洛阳着大火，不知民儿怎样了，真让人担心哪！”

左江心里又怎么会不担心，只是，如今左家上下都在这乱世之魔的掌控之下，担心又有什么用！跟着祖逖将军，相信会好的。他只能这么想。

玉容看看天，又说：“昨天还好好的，怎么这天说阴就阴了？”

左江没有言语，看着车篷外迷茫的原野，心中也迷茫。不可思议的南下之路才刚迈出第一步，前方等着他们的，是难以预测的风雨雷电、曲折坎坷和关关卡卡。而他，是这一支队伍、这群人的主心骨，他们的眼睛都看着他；大家都依赖着他，指望他把他们带到一个平安的、有前途的地方安居落户，建立家业，休养生息。左江，从来没有像现在这样感到自己任重道远。

“公卿是不是哪里不舒服？”玉容见他半晌不言语，不安地问。

“没有。”左江的思绪被打断了，他随而问道，“夫人，可记得我和你说过的左家先辈从关中入豫的事情？”

玉容答：“记得。”

“先祖征战凉州的事你可能不清楚。当年我曾祖奉命西征平定凉州，正逢天寒，他当场诵出了一首五言古风：

天寒锁大河，
策马大散关。
故里冬至暖，
凉州三月寒。

“说的就是在家日日好，出门朝朝难这个理啊！”玉容感叹。

左江继续说：“出门是难，可如果不是当年祖辈南征北战，最后进入商洛，也就没有今天左家的繁荣。如今，晋室溃败，如果我们不速速离开烽火地洛阳，能不能挨到中秋月圆时都不知道。”

玉容点头表示理解：“公卿说得是。”

雨转而飘飘洒洒。左江对前面的马车夫说：“传话下去，大家快马加鞭，越往南就越安全。我们先苦后甜。”

马车夫：“是！”

左庄马队速度加快了起来。

左纳和两个兄弟坐在车篷里，默默无语。他知道小蝶家的马车在后头，他也知道到了江南后，小蝶就要嫁给他身边这个痴呆的大哥，可他不能去看她。他知道小蝶现在也想着他，她心里一定非常伤心难过。左纳不由得看看车外，只见柳条依依，白杨耸立，漫雨无边无际，遮天蔽日。左纳一时心感，吟出了一首五言古风：

初夏离左庄，

扬鞭向淮南。
细雨飘咫尺，
伊人如隔天。

诗音刚落，身边的左玄突然嚷嚷着要下车。“大哥，这里不能下去！”左纳拉住哥哥的手。

左玄不理，就是要下去，两脚在马车上来回踢。“下面有马蜂窝！”左纳提高嗓音说。左玄小时候误捅马蜂窝，给叮得鼻青脸肿。后来每次提马蜂窝，他都会吓得躲藏起来。

“不要啊，不要啊！”左玄挣脱左纳的手，遮住自己的脸。左纳趁机说：“大哥不怕，你不下去就没事。”

好不容易把大哥给制住了，另一边的左健却呻吟了起来：“我要喝水！”

左纳俯身，拿起那个铜壶，为四弟倒了一杯水。“小蝶不知道会不会渴？曾家马车上怕是没有水喝……”他心想，不禁回了一下头。

曾家坐的那套马车其实离左家三兄弟的并不远，中间只隔着三辆马车。小蝶臂上挎着一个布包，里面藏着那尊无头女娲像，她的手不时会伸进去摸摸它，摸到它的脖子处——割手！

雨停了，马车没有停。周围的景观，渐渐变得有些陌生起来。小蝶突然觉得想家，好想家。她也想念那间被火烧毁了的学堂，想念赏识她，把她领进学堂的老师师庾——当年孔子大弟子颜渊的后裔。

身边的娘咳嗽了两声，惊醒了打瞌睡的爹。小蝶摸着女娲像的手连忙伸了出来，给娘捶了捶背。左梁乡的那个家是渐行渐远了，可爹娘，就在身边。想到此念，小蝶心头稍安。不光如此，左纳坐的马车，就在前面。此生无缘结连理，但只要能常看见，也应该感谢女娲神的仁慈了。

“小蝶，给你娘披件褂子。”爹在一旁对她说。

“哎！”小蝶应着，从脚边的大布包里取出来一件褂子，轻轻给母亲披上。

马车走了有一个多时辰，她突然觉得口渴。风一吹，更觉着口渴难忍。看看爹娘，他们都歪着头打盹儿，她耐下性来，心想：还是忍忍吧，何时该停车喝水进食，庄主定会有安排的。

离开左梁乡后车马已经走了近两个时辰（四个钟头），速度显然慢了下来。先行探路的少虎带回来好消息，前面不远处有个驿站，有水有食物以及马匹粮草！左江欣喜，遂让马车夫到前方驿站停靠。

驿站到了，肚子空空的人们急着找东西吃，找水喝。左纳陪着两个兄弟去解手，又带他们回到了马车上。他吩咐两个兄弟：“大哥、四弟，外面风大，还有马蜂窝，你们就待这儿，我去拿点东西来给你们吃。”

这头，小蝶扶着母亲下了车，朝摆着食物汤水的亭子走去。在靠近亭子处，她和正寻找自己的左纳互相看见了。“小蝶，你还好吗？”左纳过来打招呼，呆呆地看着小蝶有些发紫的干干的双唇。

“我还好，你呢？”小蝶问，也呆视了他片刻。

“我……也还好。”

“路还远得很，你多保重！”

“我知道，你也是，保重！”

匆匆数语后，小蝶便扶着母亲继续往前走去。

一一　多福栈外杀声起

从驿站出发，又赶了一程路，眼看天色转暗，左江便让少虎加紧找客栈落脚。应霍少虎之请前来护送的平山帮头领胡冲对这一带很熟悉，带着长途跋涉的这一队人马找到了一家叫多福的客栈。那胡冲，虎虎的个子，大胡须，斜挎着一盘绳索，手持三叉剑，腰间还别着把斧子。大家看看胡冲的装束，又看看那从容的迎风招展的“多福客栈”帘子，想着离北境战火有些距离了，都松了一口气，脸上也第一次露出了笑意。客栈主人见突然间来了这么一个大生意，更是喜上眉梢，连忙吩咐手下人好生伺候这些远方来客。

客栈地处偏远，不似洛阳地带那么人多物博。客栈能提供的只有粗茶淡饭和几壶浊酒。不过这一行人实在是又累又乏、又渴又饿，哪还在乎什么粗茶淡饭，一概狼吞虎咽。因为潮湿，几壶浊酒被喝得点滴不剩。

虽说是风尘仆仆，吃完饭后，许多人是躺下便睡，更顾不得洗涮。

左江和玉容来到他们要下榻的房间，一进去，两人都不约而同皱了皱眉。那房间里有股霉味不说，床铺很小，枕头很黑，边上的柜子还缺了角。

两人对视了一下，左江说："这大出门的，这就不错了，咱们都将就点吧。"

左江相当疲乏了，基本上是躺下便睡。玉容则是辗转几回入不了眠。外面有风，什么东西咣当咣当的，叫她心神不宁。那马厩里的马还不时出声，好像是有人要牵它们走的样子。玉容不放心，爬了起来。

"外面有胡冲他们看着，你就安心睡吧……"左江在睡梦中对妻子说。

早晨醒来，左江本能地要到屏风后去，走了两步才意识到这不是在他左园的卧室。他折回身来坐在床榻上，怅然若失。"左梁那边不知怎么样了？"他自言自语。

"公卿怎么不多歇一会儿？"玉容也醒了，一看丈夫发着呆，便坐到了他身边。两人静静地坐了一会儿。

离家的第一夜总算是平安度过了。"多福客栈，名字起得好哇！"左江对少虎说，脸上露出了一点笑。一夜酣眠，大家恢复了精力，又得上路了。

离开了多福客栈后，周遭变得荒凉起来，大家的心也不由自主地揪了起来。走到一处，气味异常，满天乌鸦。少虎和弟弟二虎策马在前，正觉不安，突然，二虎指着野地对少虎说："哥，你看！"少虎望去，就见野地里到处是碎尸残肉，大批乌鸦正在食腐。

"天哪！"少虎叫了一声，"这里不久前肯定有战事。二虎，你过去，让大家走快点！"

二虎过去了，对大家说："这里有战事，大伙儿快点走！"

其实队伍里不少人也闻到了异味，看到了路边的尸块，个个眉毛鼻子都拧到了一起。二虎一催，车夫扬鞭，走路的咬咬牙加快了步伐。

“不是说这一线安全吗，怎么又有战事？……”队伍里有人嘟囔道。

“现在什么时候，哪里都不太平！”有人回应。

走了将近两个钟头的样子，大家正觉得累，突然，随着几声喊杀声，不知从什么地方闯出了一支人马来。

“留物不死，不留必杀！”跑在前面的那个汉子高声喊道。他戴着一个老虎面具，龇牙咧嘴。

马队里有女人尖声惊叫了起来。

说时迟那时快，只见胡冲飞身跃马前奔，一边奔驰一边挥动长长的套绳。“哪里来的山盗土贼，看你真正虎爷爷的招！”

那虎皮蒙面的汉子显然是闻声想后撤。胡冲哪里肯罢休，追了几马蹄子，奋臂一挥，那套绳不偏不倚套在了蒙面汉子的身上。他就势一拉，汉子应声倒地。

胡冲一挥手，平山帮的弟兄一拥而上。对方一群人见势，纷纷夺路自逃，剩下蒙面汉子一人斜倒在地。

胡冲下得马来，虎虎生风地走到那男子身边，俯身一扬手，扯开了汉子的面具，露出了一张满带伤疤血迹的四方脸。胡冲再三打量，还是不认识眼前人，便哼了一声：“你，自报姓名！”

汉子俯首：“在下周田，冒犯了大人，请大人饶命！”

“说，为什么要抢劫？”

周田带着沙哑的哭腔诉说道：“大人，连年战乱不停，周家村年轻的都被征去打仗，周田两兄弟也被掳去当战灰，荒了田地。家里上有老母，下有妻儿，我没有活路哇！又怕给兵家认出，只好以虎皮遮面……”

周田说的又岂不是实话，胡冲听着没了脾气。“走吧！你和你那帮弟兄，还是一窝回到田里去实在，不要再干抢劫的亡命缺德事了！”

周田眼里露着一种绝望的忧伤，还是连声应允：“是，感谢大人不杀之恩！”说完站起来，朝他的马走过去。

车上的左江看到了这一幕，喊了声“慢”，便叫车夫策马跟上。到了周田跟前，左江掏出一些铜钱，递给周田：“拿去买点东西，和你老母妻儿吃顿饱饭！”

惊讶不已的周田扑通一声双膝着地，连连磕头：“感谢恩人，感谢恩人！”

周田走了，左江转身朝胡冲作揖拜谢：“今天，要不是胡大侠在，真不知道会怎么样！”

胡冲回礼道：“左公客气了。在下和贵府少虎是血盟兄弟。自己人，不言谢！”

左纳坐在马车里，心里多少受了刚才的惊吓。

突然，他想起了二哥左民。

“二哥现在在哪里呢？”左纳心想。听爹说他和祖逖将军的人马南下，好好的，他为什么不和左家自己的人马南下呢？要是他在这里，该多好啊！

却说左家车队离开多福客栈时，祖逖率领的南迁队伍也上了征程。比起左家队伍来，祖逖队伍的南迁行程更加艰巨。这时候晋怀帝已经被刘聪的人马掳走。还在他们离城前，洛阳的东阳门和城内一些建筑就已经被烧毁。洛阳在遭遇烧杀抢掠后，一片狼藉。祖逖甚至找不到几辆像样的马车，大队人马只能步行。南迁的西晋臣民丢君丧家，黯然出了洛阳城。心情忧伤，可步伐还得加快。因为他们走的是北线，石勒的追军时刻会到。

怀帝的被掳，显然让祖逖的心情更加沉重。左民看出来了，就安慰他：“祖大人，虽然我们现在被迫离开，但只要我们有决心，重整旗鼓，就有返乡的那一天。”

祖逖问左民：“你今年十七？”左民点头：“是的，大人。”

祖逖赞叹：“当年霍去病首战漠南时年即十七,二十一岁便封狼居胥。看来‘自古英雄出少年’之语不虚。此英灵常在，华夏不灭。”

正说着，后面有人喊腿疼。祖逖下车一看，是一位上了年纪的老妪。祖逖立刻让人扶她上自己的马车。左民一看，随即也下了车，和祖逖一同步行。

走了近两个时辰路，队伍里有人过来向祖逖行礼，说：“祖大人，此去路途遥远，请大人还是上车，您是行主啊！”众人齐声说：“行主请上车，为我们多保重！”

祖逖向众人挥挥手，说："放心吧，我自有分寸。再说，现在我身边有这位年轻人相助，各位不必为我担心！"

人群暂时平静下来了，马蹄声和车轮的转动声，被人群的脚步声掩盖了下去。他们途经之处，常有胡兵出没。祖逖和左民等几位，一方面催着队伍赶路，一方面四处张望，保持着警觉。

突然，路边响起狗的嚎叫声。祖逖和左民顺声看去，眼前出现了惨不忍睹的情景：两只野狗正在为争食一个人的尸体而厮杀。

年轻的左民惊心而掩面，耳边却响起祖逖沙哑的声音："我祖逖一定要杀回洛阳，抚慰百姓！"

左民不禁转过脸来，看到将军的胡须在颤抖，眼睛里有火，也有水……"几年前我到过这里。"祖逖说，"也是六月，当时还有不少农民在田里忙收成。现在，你看……我们不打回老家，对得起百姓吗？！"

打回老家，这也是父亲心里的梦想。左民的目光随着祖逖的手望去，哪里还有什么庄稼啊，眼前是一片焦黄！

走了几日，他们走上了一个河岸。"这是古汴河，东接泗水。"祖逖告诉左民，"不知流了多少千年了！从秦到汉几经修整维护。可惜我们没有舟楫，不然借这条河运会轻松许多。"

左民一眼望去，只见河水滚滚流，岸上芦苇迎风摇曳，应着那河水的节拍。河上有舟船行驶。虽是天青水蓝，左民心里却一点也不清朗，水流在他眼里仿佛是在无声呜咽。他不禁想起了自己的家人，忧虑不安袭上心头。他知道左家绕的是远路，不知爹他们现在到了哪里了？情况怎样……

一二　到达平顶山

左家队伍又走了一整天，特别是下午的一段路，上上下下的，十分颠簸。周围找不到客舍落脚，太阳快下山时，胡冲领着众人到了一处有围墙的地方，告诉左江：往前一带较荒凉，太靠山林处夜间怕有毒蛇猛兽。这里曾经有人烟，应该是最合适过夜的地方了。

左江下来看了看地形。眼前是一片残垣断壁，一个大水缸坐落在半截墙和一扇歪斜的门之间，缸底还有一点水。这一处房舍应该是被前朝兵火所毁。不远处有个木亭子，似乎是不久前才搭建的，为这一处增添了一点人的气息。“也好。”左江说，心想，有这一处总比露宿野岭要好。

一行人下马歇脚。家家户户各自取出随身带的干粮和饮水，就地吃了起来。

喝的水有，洗的水成问题。几个人上去，那个大水缸接天雨仅剩的一点水即刻被舀光。少虎一看，便携几个随从带着破宅外的水桶外出找水。

几个人跑遍方圆几里路，才终于找到一处水源：一个小水潭！

夜幕降临了。废宅外石铺的院子成了理想的卧身处。左江和玉容铺上毡布，头枕随身带的布包，就这么躺了下来。

其他几家，只能自寻所有，各显其能。开始有人私语：“这才刚开始呢，就跟乞丐似的，还不如就待左梁的好！”“就是嘛！”有人带着牢骚气附和。

左江听见了，起身说：“宗亲们，咱们出左梁是为保命而迫不得已。什么都有个开始，咱们咬咬牙，闯过这一关，会越来越好的！”

“庄主说得在理！”总管焦裕仁说话了，“庄主都能忍着，大家有什么不能忍的。我们还应该庆幸是夏日出门，少了许多寒冬的麻烦。如果还嫌凉，多盖一点衣物便是！”

焦总管的话音刚落没多久，左健就在一边喊冷。总管一听，立刻把自己垫底的一块厚布毯交给了左纳。玉容见状说：“使不得，焦总管年纪大些，身子骨不硬朗，正需要多保暖。我这边有毡布，焦总管不需担心！”说着把自己的毡布给左健盖上。左江见玉容没了垫身的，想把自己的给妻子，却被玉容推开了。一旁的婉心——就是左江的小妾——见了，忙把自己的布毯递给玉容，也被玉容推开了。

这群人七手八脚的，好不容易安静下来了。人安静了，夏虫便出来吵吵了。格外柔和的月光，从似近又远的天空上照着这些背井离乡的人。

残垣断壁里，是横七竖八打着鼾的一帮人。那景象，让人觉得好像过了几个朝代一般……

一轮又鲜又嫩的朝阳，悄悄爬上了天际。残垣断壁，都被蒙上了一层红色的朝晖。原野上还弥漫着早晨的雾气。

一早起来，玉容就咳嗽了几声。

“你没事吧？不让你给出那个毡布的，偏不听。”左江说了几句。

“我没事，公卿放心吧！”玉容若无其事地说。

左江心里纳闷：“奇怪，夏至了，还这么凉！莫不是天公也要来为难离家的人！”

胡冲到了，好像猜到了左江的心思，主动解释说：“这地方叫天怪沟。因为四周地形的关系，夏天也会寒冷。”

“天怪沟，原来如此……”左江露出了一丝苦笑。

胡冲到来的时候，一些人还在早晨的梦中。胡冲对大家说：“各位早啊，今日我们早些上路，加把劲，争取到达平顶山。那边有我们平山帮的朋友开的客栈，很大。到了那里，我们给大家接风洗尘，痛饮几杯。好吧？”

一席话把左江说得兴奋了起来：“好啊，谢谢胡大侠了，我们不饮不散，呵呵！”

这一路走得可辛苦，因为都是山地路，起起落落，坎坎坷坷。不过胡冲一路上不住跟大家描绘那平顶山客栈有多么好，如何菜香酒好，蜚声豫州。尽管几位困惑怎么没听说过，不过胃口还是给吊了起来，也就暂且忘却了疲劳和旅途的那些烦心事。

其实左江、焦总管和少虎几位都知道，平顶山是个好去处。如若不是离洛阳太近，倒实在是一个落脚居住的好地方。

当晚他们还是没能赶到平顶山，只有在野外扎营。大伙儿刚刚坐下来想喘口气，一个女人尖着嗓子叫了一声。胡冲快步过去一看，原来是一条梗梗的大蛇。只见他取出三叉剑，迅速举起来，猛劈下去，在那女人的第二声尖叫响起之前，当场把那蛇劈成两段。

少虎升火，把蛇烤了，众人分着吃。远离城镇，食物有限，体能消耗又大，就连平日不沾野味的人，此时也不得不拿它来充饥，增补体力。“蛇肉又补又解毒，人在野外，大有帮助！”焦裕仁告诉一众。

累极的人们顾不得害怕，就在这荒郊野外酣睡了一宿。

第二天下午时分，这一队趺趺撞撞的人马终于到了胡冲盛夸的平顶山客栈。还在百米之外，他们就已经看出来这个客栈的确不一般——只见红蓝相配的屋檐楼角，屋檐楼角之间还有灯笼高悬。走近了，他们看到这客栈原来有连着的三排房舍，呈马蹄形。正中那排有两层楼。一层和二层楼之间伸出来一杆旗帜，上面端端正正写着“平顶山客栈”五个大字。客栈三面均是宽敞的场子，其中侧面还有一个大台子。

一行人马刚一走近，便有两个小二出来迎接：“诸位客官辛苦，欢迎光临！”

和左庄园比，这座客舍总算比较靠谱。这些逃难的人们，经过几天狼狈不堪的劳累困顿，脸上终于稍稍露出了昔日的荣光神气。

晚餐是正式和丰盛的。那饭厅上面挂着商相伊尹的画像，下面写着“美味之宗，万世烹师”。饭案上摆着锅鸡、汤鱼、辣面、馅饼，还有各式下酒小菜。几天没吃没喝的这群人一看，口水都快要流出来了。不过大家还要耐着性子憋着，等左庄主举杯致辞后方能开吃。

左江知道大家已经憋了好几天了，所以举起酒杯来，只说了一句：“大家趁热吃吧！”话音一落，四周便是一片急促的碗筷汤勺碰撞声。

美美吃了一顿饱饭后，还第一次有温水洗澡。“这一路要都有这样的客栈该多好呀！”账房王东琅的妻子忍不住说道。“不可能的啦！”左江养子左丘说。

馆舍侧面的台子上还可以唱戏听曲。不过洗完澡后大家顿觉困乏，无心听戏，早早地便熄灯歇息。

美梦苦短，乐后有悲。第二天早晨，大家在客栈吃了一顿既清淡又可口的早餐后，胡冲一行便过来和大家拜别。

“送君千里，终有一别。这一路照顾不周之处，还请各位多多见谅！”胡冲对大家说。

大家心理上一下子接受不了这事实，舍不得这几位“保镖”就这么离开，都很不好受。这些天如果没有他们在，真不知会怎么样。不过人家有自己的家和生计，总不能这么一直陪着。左江明白大家的心情，他又何尝不是这样想。百般无奈，只能谢别。“胡大侠，这些日子辛苦你们了！大恩不言谢，期望来日我们有缘再会！”

“会的。”胡冲说，“这里离淮水还有将近三百里路。中间经过汝南时，好好休息几日无妨。那里也有我们平山帮的人，告诉他们你们是胡冲的友人，他们会善待你们的。各位多多保重，祝你们平安到达淮东！我们后会有期！”

大家互道珍重，依依惜别。左家车队缓缓离开平顶山时，每个人的脚步都显得格外沉重。他们知道，难挨的日子，还在前头。

才走了没几步，忽听马蹄声从后面响起，一回头，发现是胡冲打回头追过来。

“胡兄，怎么又回来了？”少虎问。

“想提醒你们，这里出去不远会有沼泽湿地，你们一定要小心！”

少虎一听连忙道谢：“谢谢胡兄！小弟知道了。请胡兄放心，我们一定留意！”

一三　马陷前蹄，雨桥碎语

从左梁到平顶山，这队人马已经走了一百七十多里路。过淮水前还有三百里路要走，看着这么一群拖家带口之众，少虎深感自己责任重大。现在平山帮几位兄弟又走了，自己更不可放松怠慢。

过了平顶山，感觉天气暖和了一些，少虎心里稍稍安慰。远望地平线，少虎恨不得早点到达汝南。到汝南，离淮水就很近了。

左丘过来了，对少虎说：“我们也绕得太远了。要是走许昌那一线，早都快到了吧！”

少虎说：“丘弟，无益的话还是少说吧。再说了，如果走许昌，队伍没准都被胡人冲散了。”

左丘悻悻而去。

天公不作美，走了一个时辰不到，便开始下雨。这雨下得真不小，虽说众人马车上都有篷子，可究竟经不起大风雨连续的飘打，没过多久，车内便湿了。

女人和体弱的现在已经开始冷得牙齿打架，嘴唇发紫。左纳心里挂念着小蝶，心里正焦虑，身边的两个兄弟，却一个突然神经质地嚷嚷起来，一个开始喊湿了。出发前父亲叮嘱过他，要好好看着自己两个兄弟。这个时候别无他法，他只能一手抓住左玄的手，另一手抓住左健的。

“愿老天保佑小蝶好好的！”左纳心里喊着。他知道，小蝶也是个怕冷的体质。

现在是前不着村后不着店，少虎只能率众人咬牙往前去。突然，他想起来胡冲临别时的叮嘱，便决定先带从恩前去探路。

少虎策马前行，眼睛注视着远处。忽然，马一声嘶鸣，前蹄陷入泥淖。少虎顿然心惊，连忙下马，并喝令走在后面的从恩停行。那马两前蹄挣扎着，狠命想脱陷，却是越陷越深，整个马身前低后高。少虎一边死死抓住缰绳，一边嘴里不停地喊“吁”。从恩站在一旁呆看着，一时束手无策。“怎么办，少护卫？”这一问，少虎突然计上心来：“快，去搬两块大石头过来！”

“那你这里……”

“我行，你快去！”

“我这就去！”从恩疾策马。

“小心看路，别你也陷进去了！”少虎高声喊道。

“是，少护卫放心！”

少虎一边紧拉缰绳不放，一边不停地和爱马说话：“乖，别动啊，耐心点，别动！”这一人一马就这么耐着性子等待生机。

那大力士从恩不负众望，不知从哪个角落里搬来了两块石头。两人一起小心翼翼地将大石头轻轻推到马前腿后面的湿地上。接着，少虎一边往后拉着缰绳，一边唤着：“来，踩石头上，撑出来！”

那马似乎懂得主人的意思，拔出一只前脚来，撑在石头上。

少虎松了一口气，继续紧抓缰绳往外牵引，那马借着三条腿的力，另一条陷进泥淖的腿也出来了，撑在了第二块石头上。它终于完全出了泥淖。

“好样的，蒙仔！”少虎喜极，拍着爱马的头，当场给了它一个名儿。这马是塞外来的种。

左江等一行人的马车正好赶到，看到这一幕，都惊呆了。少虎大声喊道：“正前方有泽地，大家快转一下马头，朝偏西方向走！”

雨还是不眠不休地下。少虎急得团团转，不经意朝右手边看去，一时，他欣喜得心都快蹦出来了——他看到了一座陆上石桥和它的桥墩！

“庄主，你看！”他跑过来对左江喊道。

顺着少虎手势，左江也看到了那座路上桥。“快，咱们避雨去！”

一行人到了桥墩下，走出马车时，身上都是湿的。焦总管取出了一些从庄园带来的柴火和打火石，让少虎给生上了火。

“稼乾，亏得你想得这么周到！”左江感激地说，转身拉过嘴唇发紫的玉容，“来，快烤烤火！”

众人围着几堆救命火，烤着湿衣服。左纳帮左玄烤着衣服，一抬头，赫然看到小蝶就坐在他边上的那堆人里！他想过去和她叙两句，又怕给父亲看见。可看着她那似乎在打冷战的娇小身子，他终于忍不住站起来，弯着腰走了过去。

“小蝶。”他轻轻唤道。那声音是那么轻细，可传到小蝶耳膜里却奇大无比。她吓了一跳，一抬头，左纳已经在跟前。

“左纳。”她轻叫了一声。

“小蝶，你怎么样？”他看到她湿漉漉的头发往下淌水珠。

听到左纳的问候，饥寒交迫的小蝶喜出望外，周身回暖。“挺好，你呢？”她关切的目光送了过来。

“我也还好，只是一想到你，想到我们，我心里就好难过！”

小蝶一声叹：“左纳，眼下我们流浪在路上，今日不知明朝的事。我们各自多珍重，互相能看到就好，别再挂意我了。”

左纳默不作声，明白她句末一个“了”字的含义。过了片刻他问：“带够衣服了吗？”说完下意识地去动她腿边的布包。

一个陶像露了出来。

左纳一看大惊：“女娲像！小蝶你……把她带上了？”

小蝶的脸看上去很平静：“这一离乡，不知道什么时候再返乡，当然要带上她了。”

左纳动容：“小蝶，我，我对不起你……”左纳说着，忘情地抓起了小蝶冰凉的手。

“左纳，你没对不起我，这都是时和运。碰到这般时局，你我纵有山盟海誓，又能怎样？所以我才说……”

小蝶话未说完，那边就响起来左江的话音：“左纳哪儿去了？怎么丢下哥哥弟弟不管了？”

小蝶一下子抽回手来：“快去，快去！”

“小蝶，多珍重啊！”左纳且走且说。

一四　无眠荒野岭，北斗指故园

雨停了，虽然大家懒洋洋的，可这桥墩下毕竟只是避雨处，少虎侧身上马，催大家上路。这群人，懒洋洋地只好又站了起来，强打精神继续上路。现在，大家的期盼都在汝南。汝南离平顶山一百五十里左右，是个南北东西的交通要道。到了汝南，肯定能一顿好歇。

今天因为下雨的缘故，没走多少路。现在，丘陵原野两茫茫，今晚将落脚何处没有人知道，唯一可做的，就是咬紧牙关往前去。

走着走着，竟有些热了起来。走上一个矮斜坡，正感觉倦意袭来时，赫然看到有菜地，有溪流，一群人如获至宝地涌了过去。

那田地似乎是被废弃了的，因为上头的瓜菜有一半是蔫儿了的。另一半靠近泉水的地方倒是长得自在。几个歪歪斜斜的支架上挂着冬瓜和葫芦。四周有青草，依稀可见的田埂上还放着麦秆。少虎见状大喜，连忙吩咐马车夫放马出来吃东西。“真是天助我等！”少虎对从恩说。

其他人，喝水的喝水，洗涮的洗涮，吃瓜果的吃瓜果，一屁股坐下来，就再也没有了走路的意愿。

少虎知道大家累了，催也没用。难得有这么好的地方，若再前行，今晚怕是要寄宿更荒芜的野地。他跟左江商量，今天不走路了，就在这有吃有喝的坡地上过夜。

躺下没多久，就有人喊肚子痛。焦裕仁过去一看，喊肚子痛的是左江的堂弟左孟陵。那左孟陵捂着肚子在地上打滚。左孟陵的妻子吕氏吓得直喊：“怎么办哪，怎么办哪！”

焦裕仁连忙取出随身带的散药，给左孟陵吃了。药吞下去了，可左孟陵还是喊痛。左江过去问吕氏：“他刚才吃了什么？”

吕氏慌乱中使劲想着：“他好像捡了一个青果子吃……”

左江蹲下去，把左孟陵扶起来，叫他张开嘴。堂弟忍痛张开了嘴，左江便把另一只手伸进他嘴里，在他的喉咙口扒拉着。左孟陵一阵恶心，哇啦啦吐出了好几口东西。东西出来了，左孟陵不喊痛了。左江回头对焦裕仁说：“再给他吃一粒胃药，喝几口水。”

周围终于安静了下来。

夜里，躺在这旷野上，星空显得特别清亮和壮阔。玉容和婉心都累了，不一会儿便进入梦乡。左江却睡不着。他看着满天寒星点点，思绪万千。他们左家好像注定就是一个迁徙的命。曾祖、祖父都是少年从戎，四方征战。在父亲之前，左家立命关中。到了父亲的时候，左家出关中，进河洛，并领得新君奖赏。自己接过祖产，不再涉兵戎和官场，全力营运庄园。本以为躲进庄园自成一统，怎料遭逢乱世牵连，不得不割舍心头肉，离开故园，趋身南下。这辈子不曾想过有一日会率领左园宗亲露宿荒野，人生真如梦，下一场梦境是什么，他说不好。奔赴江南安身立命的路上尚有两条大江阻隔，不要说江南，连淮南都还十分遥远……

不远处传来沙沙的声响，顺声望去，见一个人影朝边上移动。黑暗中左江觉得那应该是焦总管。

他的眼力没有错，的确是焦裕仁。他半夜睡不着，起来解手。等他回身时，左江便起身轻轻唤他。

焦总管过来了，挨着左江坐了下来。焦裕仁的父亲焦乃亲和左江的父亲左干乃马背上的生死之交。他们建立起来的友情传到了下一代。

“稼乾睡不着啊？”左江转头问。

“是啊……”

左江把头转回去，凝视星空。“记得小时候有一次和我爷爷一起出去打猎，夜间也是睡在这样一个荒野处，听爷爷给我讲二十八星宿。”

焦裕仁：“那可不。夜行之人就是靠这星辰指点方能走夜路。”

“怎么样稼乾，星辰在上，赋一首吧？”

焦裕仁有些讶异地看了看身边的老友：这种时候还有心情吟诗？“很多年没赋诗了，怕是生分了。”他说。

“所以才更要赋。夜里睡不着，天上星星这么亮，机会难得！”

“唉，好吧！”焦裕仁闭了会儿眼睛，然后重新睁开，看着苍穹。

“日离平顶山，古桥雨阑珊。”他开始慢慢地吟道，“无眠荒野岭，有心向汝南。”

“真不错，把经历都吟出来了。”左江赞道。“该你了哟。”焦裕仁说。

左江清了清嗓子，也诵出了四句：

长庚挂西天，
北斗指故园。
江淮千里外，
风雨志弥坚。

“公卿不愧是将门之后，意志过人！”夜幕里焦裕仁由衷地赞叹。

第二天凌晨，一阵奇痒把少虎催醒了。睁眼一看，只见自己的双手不知被什么东西咬了好几个大包。左江也给虫咬了。玉容不放心，过来问焦总管。总管懂点医术，随身带了点药水，便过来帮几个人擦药。

“没见过这么大包的，这虫子不一般！”焦裕仁说。

左江呵呵笑了两声：“没遇上毒蛇猛兽就是万福了，这点包不算什么。”

“幸亏总管心细，带了这么多便药。”少虎说。

“皇帝御医也不过如此啊！”一边的王东琅也忍不住称赞。

焦裕仁低调地说：“求均弟过奖了。”

王东琅的妻子刘氏手也被虫咬了好几个大包，加上几天来的劳顿，她忍不住说话了：“走了好几天，前面还有那么远的路，昨天差点掉进污泥里去，还要过两条大江……这啥时是个尽头！不如我们还是回去吧，在家不比什么都强！”

王东琅瞪了她一眼：“你以为我们的家还在左梁吗？再说这种扰乱人心的话，你就自己回去！”

刘氏委屈地噘了噘嘴，不敢吭声了。

一五　同为逃难人

这一路，左江不断看到背井离乡、衣衫褴褛的逃难人群。有的人饿了，就在荒野上扒野草树皮吃。路边时而可见白骨零落……

在离汝南还有大约一百里处，左园一行人碰到了同样要南下的一家人，他们的马车歪歪斜斜地停靠在路边。左江过去问他们：“你们从哪里来？要去哪里？”

“我们从长平下来，本打算到汝阴去。可你看这，”马车边一位五十多岁的老汉回应道，又指了指那个断了的车轱辘接着说，“车破了，我们打算就先在汝南落脚。”

一旁的少虎一听“长平”二字，忍不住看了老汉一眼。长平，那是当年的赵国一战下来被秦军坑杀四十多万兵卒的地方。这华夏处处埋忠骨！

曾献工走过来，看了看那散了架的车，对老汉说：“老哥，我帮您修一修吧？”

老汉看了看曾献工，又看了看左江，迟疑地说：“这，能行吗？”

左江说：“行。他手艺甚佳，让他试试吧。”

老汉作揖道：“不好意思，劳烦了。”

曾献工拿出工具，叮叮当当敲了起来。小蝶走上前来看，左纳趁机跟了过来。

“小蝶，还好吧？”左纳问。

“还好，真没想到，我们走了这么远了！”

“是啊，洛阳离我们好远好远了……”左纳不禁极目远眺，思绪飞到了左梁村，尹阳河，河滩上那三棵柳树，那个大磨盘和它底下泥土中的女娲陶像……

“前面的路还有好长。”小蝶下意识地往回看，心分作了两半，一半向北，一半往南。

“听说快到汝南了。”左纳说，“过了汝南，过了淮水，就会越来越好……”

越来越好？……小蝶不清楚这“好”的标准是什么。

曾献工神奇般地修好了老汉的车轱辘，站起来对老汉说：“好了，可以走了。”

老汉睁大了眼睛，看着重新站直了的马车，连连行礼道谢：“神匠好功夫，老夫要如何感谢你才好？”

曾献工低调地摆摆手，心里很高兴能帮上逃难人的忙。

左江说：“不用谢。同是南下的人，理应互相帮助。老伯还打算去汝阴吗？”

老汉说：“去。听说那里安定一些，有地种，人多兴旺。北边太乱！这年头，不就是寻一个能平安落脚活下去的地方嘛。”

左江一边听着一边点头称是，又问老汉家里都有谁。老汉说：“这次南下，本来有老母、老伴儿、两个儿子和一个儿媳妇。到了晋城郊外，老母下车来，到路边取水，被一队胡兵的人马撞倒，再也没能起来……”说到这里，老汉语噎泪下。左江连忙安慰：“战乱年代，逝者已往，生者节哀！”

走了几里路后，在一个路口，老汉一家便和左家一行互相道安、拜别。“好人有好报，老夫祝愿先生一行平安到达淮东！”左江也同样行礼祝福。道完别，老汉一家往东南，左家往正南，就这么分道扬镳。

左庄的马队在离开平顶山的第五天下午，终于到达了汝南。由于这两处中间全是荒郊野岭，没有好的歇息地，这群人拖着疲惫的步伐，衣衫不整地来到了汝南一个叫作“驻马店”的客栈楼前。他们仰望楼门上写着“驻马店”字样迎风招展的布帘，疲惫的眼神里露出了一丝欣慰，却没有特别的喜悦。

原来，这驻马店客栈的外观和前一站的平顶山客栈比，逊色了许多。没有那些神气的飞檐翘角和上彩的楼墙，楼房院落也没有那么大，只是些普通的平房。

没有灯笼，也没有人出来迎接。

“呵呵，真不容易呀，咱们终于到了可以躺下来歇息的地方了！来呀，都进来歇息歇息喝口汤水吧！”左江呵呵笑着，给大伙儿打气。神色萎靡的玉容也强打精神，跟着说：“大伙儿进来吧！”

一行人一听庄主开腔，脸上露出了一点笑的光彩。大家纷纷下车，辛苦的马车夫们先去拴马，寻找饲料，其余人等一个接一个步入了客栈。

少虎和从恩等几人殿后。

再怎么说也是客栈酒店，有汤有饭还有酒。焦总管特别叮嘱大家都喝一点酒，为的是活络筋骨，驱散一路沾染的寒气湿气。包括玉容在内的几个人自从路上遇雨后，好像是染了风寒，咳嗽、鼻塞等症状都有，所以焦裕仁特别请客栈的人帮忙熬一锅姜汤让大家喝。

折腾了一阵，月上树梢。和洛阳的月相比，这汝南驻马店的月似乎少了点清高和从容……

一六　汝南离散

那顿晚饭玉容吃得很少，匆匆卧床后开始咳嗽不已。左江觉得不对，一摸她额头，滚烫！左江吓了一大跳，方觉得自己大意了，连忙出去问客栈小二："附近可有大夫？"

小二盘着双手说："有倒是有，俺可以去叫，只是，除了付大夫钱，还要付俺跑路费。"左江急道："没问题没问题，你快去吧！"

大夫倒是蛮快就到了。他给玉容把脉、观舌、审相后，皱紧眉头，脸色阴沉了下来。

"大夫，怎么样？"左江问。大夫："到外边去，开处方时说。"

左江跟到外面，大夫对他说："实不相瞒，贵夫人遭风寒入侵，外加劳顿，寒毒已入肺。此乃伤寒大症，在下只能尽量用药解救……"

左江心惊肉跳："什么，你是说她得了肺痨？"大夫："正是。"

万没想到会遭到这样的情况，左江恳请："大夫，请您尽量医治，务必医好夫人的病，钱没有问题！"

大夫："我们行医人的本性，就是要尽全力医病救人；只是有些重症，人力有所不逮。无论如何，从现在起，尊夫人要静养保暖，千万不可再劳累或着凉！"

大夫开了七天的药。玉容喝了第一服药后，情况有了缓解。烧退了一些，咳嗽也减轻了。左江也稍稍松了一口气。为了玉容能好好养病，左江决定暂时在汝南住几日。怕大家待着无聊，他吩咐少虎带大伙儿到外面逛逛，还介绍说："听说盘古开天地，最先开出来的就是这汝南郡了。咱轩辕黄帝的帝后嫘祖就出生在这里。先帝时期，汝南可是天下最富庶的地方。趁这机会，你带大伙儿出去走走，散散心。这一阵，大家着实太累了。"

"是，庄主。那您不去了？"少虎问。

左江："我要陪着夫人。"

一群人逛完回来，左江刚好有事离身，左江养子左丘先嚷嚷："汝南真好呀，我看咱们就这么住下来吧，别走了！"

其他人附和："就是啊。这里地大，能种田，能开作坊，为什么一定要去江东呢？"

一直辛苦地护卫着大家的霍少虎怒了，朝那些人嚷了一句："你们懂什么！目光短浅！"

左丘朝向霍少虎："霍护卫，你说我目光短浅？"

霍少虎连忙作揖道："左公子误会了，少虎不敢。"

左丘做脸色，哼了一声说："你有什么不敢的！"

就在里面隔着一堵墙的玉容听了，她强撑起来，走出房门，呵斥左丘："丘儿休得对少护卫无礼，也不要说那些不懂事理的话，免得你父亲听见了生气。"

此时，两个左庄园的农民走过来，朝霍少虎鞠躬作揖，说："请求霍护卫，就让我们在这儿落根好了。"

霍少虎左右为难，对两个农民说："我做不了主，你们还是去求庄主吧。"

左江回来了，见状就怪玉容："叫你不要出来，怎么偏要出来？"霍少虎忙过来说："庄夫人是听见有人想待在汝南不愿去江东，才着急出来的。"

左江一看表情不逊的左丘和他身边的一伙人，明白了。他顿时来了气，说道："我左江想把大家带到江东，是因为江东的日子会比其他地方都好，都平安。现在既然有人不想去，我也不勉强。想去江东的，跟我走，想留的就自行留下。只是留下来的生计，我左江就管不了了。"

那些想留下来的一听，没有了把握，大都表示愿意继续走。左丘和那两个农民互视会意后，便出来对左江说："养父，孩儿想留下来。"

左江心中一股怒火。当初认这个养子，一半的原因也是因为感到左家男丁不足。可左丘性格桀骜不驯，每每忤逆自己。如今南下情势重大，玉容又染了重疾，左江没有精力和这个养子计较，遂说："你要留，就留吧！"

玉容在一边气喘吁吁，左江连忙扶她进去。

等左江出来了，两个农民就朝他下跪，请求主人允许他们和左丘一起留在汝南。

左江闭了一下眼睛。本来带着庄园几个农民一起下来，是指望到了南方后继续庄园的农耕。现在看来，到广陵后还能不能有土地耕作都是一个未知数。眼前这两个农民如此想留下，唉，这个乱世，就成全他们吧。

“你们自由了，想做什么就做什么吧！”左江对他们说。

左丘和两个农民还真的说走就走，当场就要离开。“左丘，你等一下！”左江喊住了他，走上前去，把一包铜钱放到他的手里。“你我父子缘分一场，今后的日子，全要靠你自己了。不知道跟我在一起的时候你是否学到了点什么，记住了，生计不易！靠己，也要靠人。万一不行，去广陵找我。”

左江又走到两个农民跟前，也分别给了他们一点钱，说：“左某携众人落难在外，只能给你们这么一点了。我看汝南地广，倒是种地的好去处，祝你们好运！”

霍少虎、焦裕仁几位站一旁看着，心里好生难受。玉容在内屋，更是一人悄悄抹泪。

一七　魂留淮水

玉容深知左庄园南迁兹事体大，不能耽搁，就对左江说：“公卿，我已经好多了，我们还是早些上路。这么多人，不好在这里逗留太久。”

左江看她依旧病容满脸，遂说：“你养病要紧，放宽心在这里多待几日，其他的我会应付。”

玉容压低嗓音对左江说：“我只怕夜长梦多。今天客栈来了几个北方下来的，我听他们说石勒的军队要下到这里来。”

左江惊：“有这事？”

玉容：“我听得真切，断无误。我们须得尽快赶路，过了淮水才能稍安。”

左江无奈地长叹口气，只得吩咐下去，稍作整顿，次日离开客栈继续南下，争取两天以后渡过淮河。

在驻马店待了三天，众人都感到身体疲软懒动。左江只好告诉大家，听说石勒的军队要南下，我们必须尽快离开这里！

从汝南到淮水北岸，一片蛮荒，找不到驿站落脚。更糟糕的是，又下雨了。行到一半路，玉容突然再发高烧，烈咳带血。左江、焦裕仁几位急得没办法，只好临时找个地方住脚，打火熬药。靠着那些药的效力，玉容勉强跟着大队继续前行。

一行人一早赶路，第三日晌午便赶到了淮水北岸。众人站在淮水堤岸，简直不敢相信他们南下要过的第一条大河就在眼前！

而玉容却瘫在了车篷内，动弹不得。“玉容，你振作起来，坚持一下，过了河我们就平安了！”左江扶着玉容的双肩，竭力为她打气。

玉容却答不上话，只一手捂着胸部，使劲喘着气。

“来，靠我肩上，我扶你起来！”左江从一旁搀扶着玉容，又转身喊左纳，“左纳，你过来帮一下忙！”

左纳应声而至，一看母亲的样子，吃了一惊：“娘，娘！您这是怎么了？”

玉容伸手握住左纳的手：“孩儿呀，照顾好自己和你的父亲……”又转头很艰难地对丈夫说：“公卿，我不行了，你带大伙儿先过去吧！”

左江情急：“怎么能把你撂这里！来，左纳，用力扶你母亲起来！”

玉容心里忧伤。一路来，自己感觉时好时差。本以为还有机会和左江相守些时日，多说些话，怎料快到淮河时情况急转直下。现在她高烧骤起，呼吸艰难，头晕无力，思绪开始模糊。“公卿啊，玉容对不起你，这辈子怕是不能……”

“别说傻话！”

“娘，您会好的！您静静歇着，我和爹搀扶您。”

父子俩一起把玉容扶下了车。

少虎过来了，一看玉容走不动的样子，便喊从恩过来：“快，你背庄夫人到船上去！”

岸边站着许多和左家一样南下的人，大家看上去都疲惫不堪，口干舌燥，衣衫不整，神情焦虑。今天，他们倒是赶上了好运，几条大船在岸边等着。大家争相要上船，艄公喊道：“慢点，慢点，大家都能上！”

左江赶忙过去和艄公解释，说他们这家里有人犯了重病，急需过河去。艄公一看从恩背着瘫了一般的玉容，还算好说话，一竿子挡住了其他的人，而让玉容的马车先上了。

一上船，左江就急问艄公："请问这南岸上附近可有大夫？"艄公说淮水常泛滥，最近的城镇淮安镇也要走半个时辰。镇上倒有一家仁远轩医堂。左江吩咐少虎从恩："一上岸，就直奔淮安镇仁远轩！"

船驶到南岸时，左江顾不得别的，告诉大家不要停下来，立马急趋仁远轩。"玉容，挺住，你可一定要挺住啊！"只见玉容双目闭着，仿佛听不见他的话。

好不容易，载着玉容的马车赶到了仁远轩。医堂外一块横匾刻着一行大字："救死扶伤，吾医之宗。"医堂里的沈姓大夫过来仔细看了看，摸了摸，最后撑开玉容的眼睛看瞳孔，转身摇头对左江说："她已经走了，抱歉，我们无力回天！"

左江听了，顿时变脸。"没有！她没有走！她上船前还跟我说话哪，她怎么会就这么走了？！你们怎么骗人哪？！"

大夫："客官节哀！她已经走了有一会儿了……"

左纳听了大夫的话，看着母亲冷冰冰的脸，他简直不能相信这是真的。"娘啊，您都没跟我说句话，怎么就这样离开我了呀！"左纳哀喊着，哇的一声哭了出来。

左江没有办法接受这个事实，喉咙哽咽："玉容，你答应过我要白头偕老的。我们淮河都过了，大好的日子等着我们，你怎么能在这个时候离开我？"说完已是泪水纵横。"都怪我，是我对不起你玉容！我太大意了……我们本该在驻马店多住几日的！"

左江心里的痛都反映到了焦裕仁的心里。可他只能强压自己的哀伤，尽量劝慰自己的好友和主人："庄主节哀，不要过分自责。我们匆匆离开驻马店是因为有追兵赶过来。要怪就怪这个乱世，由不得我们啊！"

左家大队人马赶到了仁远轩，一听噩耗全都惊呆。

那婉心先是震惊，不知所措，之后便止不住地抽泣起来。

焦裕仁和王东琅、霍少虎等几位聚一起商议，都认为眼下得赶紧找个地方住下，先为庄夫人办后事再说。这时那位沈姓大夫走过来了，说："我看你们老远南下，人生地不熟的，又新逢不幸，我认识一位开客栈的，叫孙掌子。此人大义，我想你们现下往他那里住一住最合适。我可以写一封简信给你们带上。”

焦裕仁大大松了一口气：“这样就最好了，万分感谢沈大夫相助！”

沈大夫：“客官不必客气。路见有难，出手相助也是我们医者该做的。”

一八　凤林山

少虎和一直帮忙其他杂事的弟弟二虎，还有从恩等几位，寸步不离悲伤至极的左江和左纳父子几位，一行人到了孙掌子客栈，气氛凝重。焦总管走上前去，对小二说：“有人介绍我们来找孙先生。”小二说进去通报，请他们稍候。不久，一个小矮个儿中年男人走出来了。中年男人脸型扁扁的，和他的身材很般配。“你们找我？”他问站在前面的焦裕仁，小小个头，声音却蛮洪亮。

“正是。渡口边的沈大夫介绍我们来的。这是他写给您的亲笔信。”焦裕仁说着，将信笺递了上去。

孙掌子接过信笺，细细读过。他看了看眼前这队人群的狼狈样，回身对小二说：“去，帮忙拴马。”又对焦总管说：“先生等远道而来，辛苦了。来，先跟我过来。各项事宜，我们慢慢商议。”

焦裕仁等几位对望了一下，心中一块大石悄悄落地，暗暗庆幸在这个不幸的时候遇上了贵人……

一行人在厅堂里坐了下来。一直沉浸在突发悲剧伤痛里的左江，起身作揖，拜谢孙先生的大义相帮。“我们素未谋面，孙先生如此侠义，左某感激涕零！来日有机会，定当回报先生恩德！”

孙掌子赶紧起身：“左庄主言重了！孙某久闻北方侠士左庄主的大名，今日得见，孙某幸甚！对庄夫人不幸仙逝，孙某感同身受，还请左庄主节哀。丧葬事项，孙某当尽力帮忙善后，左庄主只管保重身体，勿担忧。”

是夜，焦裕仁对婉心说：“庄夫人不在了，你要好好照顾庄主。”

婉心心中亦伤，低头回复：“谢过总管，婉心会尽力照顾庄主。”时年只有二十四岁的婉心，还从来没有见过左家和左江这样的脆弱和落魄模样。夫人突然去世，她心里更是猝不及防。

左江独枕，却不让婉心陪着。婉心帮他捶了一会儿背后，只得默默离开。

淮安客栈位居淮南一隅，主人孙掌子谙熟淮南一带。次日，他来告诉左江：“左庄主若不嫌弃，我们已为左夫人在凤林山风水佳处择了一处安息处。您要不要去看一看？”

左江疲惫的眼睛里闪出几线光亮：“谢谢孙先生费心，左某这就去看一看。”

凤林山离客栈不远。山高一千多尺。在高处可以俯瞰淮安全镇和淮河周围。山上树木葱茏，百鸟鸣唱。左江一看，此处仿佛世外桃源，的确是个不错的风水之处。只是，从来没有想过会把玉容葬在一个离家千里的地方！思当下，这是流浪途中可能有的最佳处了。想到这里，左江感谢说：“此处仙境，感谢孙先生恩德指路。左江尽听孙先生安排。”

第四天早晨，披麻戴孝的一群人排成一队，哭哭啼啼地上了凤林山。几乎所有的人都转不过这个弯来：怎么这个南迁路，竟然出现了这样大的一个岔道？！

山风阵阵，林木摇曳，时而迎来北去的雁鸣声声。

左江走在前头，默不作声。紧跟其后的是大儿子左玄、三子左纳及四子左健。左玄东张西望，并不知道伤心难过。左健连哭的力气都没有，只是泪流满面，被两个人搀扶着。

左纳跟在左玄后面，心坎痛裂，脑海昏晦，哭泣着，几步一拭泪。离开庄园时，他意识到前程艰难，可没有想到会难到这个份儿上，更没有想到竟会在此行失去母亲！母亲是一个男人生命中的第一个女人。少年丧母，或使一个男人过早挺立，但是伤痛也就此深深烙下。

曾献工和二娘走在队伍中间。本来，他们和左家约定一到江南就为左玄和小蝶办喜事，现在看来，这个喜事得延后三年了。他们并不觉得委屈。他们知道最委屈的要数左庄主了。对他们来说，这是一个乱世，一个不正常的世道。

他们的女儿晚三年嫁人，嫁给一个神志不健康的人，都是这个乱世造成的，他们完全无能为力。

小蝶低着头走在母亲身边，想着玉容生前的样子，想着左纳现在的情形，如果天是四根柱子撑着，左纳现在天的一角怕是塌了……泪水不由自主涌出她的眼眶。

玉容的棺椁下土时，左江突然情绪失控，连连喊着："玉容！玉容！"之后便一头栽到地上。焦总管和从恩连忙过来，一把扶起。这时，包括左玄在内的左家三兄弟齐声叫了起来："爹爹！"

左江因连日跋涉，本已疲劳过度，再加失亲的剧痛，终致体力不支。几个人不得不把他背回客栈，并请来大夫诊治。

一九　缘结淮安孙掌子

左江原来的计划是渡过淮河，略加休整后，便沿着淮河南岸东行而下，直达江淮之间的广陵。而今，玉容没能活着相随，躺在了这里，左江顿觉失去了东去的动力。玉容下葬几天后，焦裕仁问左江几时起身离开淮安。左江说："玉容在这里安眠，我就在这里落脚了。"

焦裕仁一听，有些急了。"庄主，我看这淮安一带非常荒凉，我们这么多人落脚这里，住哪里？吃什么？再说了，此处离洛阳不远，战火随时可能延烧到这里。然而，江东远离乱世，人杰地灵，物产丰盛，我们又有友人可以接应，定能在那里重振左庄园的兴旺。如今之计，当尽速东移。夫人的灵柩，过些年我们可以来迁移。"

左江："友人接应？我们在这里不是有孙先生接应吗？"

左江这一提，焦裕仁索性把孙掌子请来一起商议。一聊起来，孙掌子的意见和焦总管的不谋而合。"此处淮河常泛滥，所以百业难兴旺。左庄主既然千里迢迢从洛阳南下，不如趁机往江左一带去发展。有风水家说了，江淮之东，迟早会兴旺过关中和洛阳。那里气候好，临江近海，先生不如听从焦总管所言，捷足先登。”

左江低头不语。这时，一边的少虎忍不住发声了：“庄主，我们千里迢迢，千辛万苦，在下实不愿意半途而废。东吴佳地，我们不妨去探胜，干一番大事。不然，我们不如……还是打道回左梁好了！”

左江抬头怒声：“夫人埋葬于此，你们让我如何走得开？！”

少虎不敢再言语了。孙掌子看出了左江的心病，便说：“先生不必忧虑，孙某定帮忙照看好左夫人的风水宝地。诚如焦总管所言，数年之后，庄主可将夫人之墓迁至江东地区，岂不两全其美！”

左江沉默片刻，突然对孙掌子说：“孙先生，左某有些累了，能否容左某稍作歇息？”

孙掌子和焦裕仁等几位互通了眼神，说了句：“左公请随我来。”又吩咐左右去温热汤来给左江饮用。

婉心扶着左江，随着孙掌子到了里面的一个小歇息间。左江在那里靠着木几躺了下来。

婉心走了，孙掌子随后要走，却被左江叫住：“孙先生请留步。”孙掌子转身，见左江似有话要说的样子，便在对面的一个木几边坐了下来。

出乎孙掌子意料的，是左江一开口就换了话题。“孙先生，依你所知，左某到了广陵，有何好的生计可做？”

孙掌子想了想，说：“左公或可继续经营庄园。然以在下之见，江淮东边豪强诸多，机遇也多。若不思变，恐有朝一日会有任人宰割之虞。若能思变，则有成一方豪强之望。”

左江说：“左某愿闻孙先生明示。”

孙掌子说：“几日前在下听闻左公一行计划前往广陵，后赴江东，便生一念，只是当时情势，在下不便提起。观前朝盐政，禁止私营。现朝洛阳崩塌，势必另立都江南。我闻行中人言，盐禁可望松绑，改征盐税。左公正可抓住此机遇，捷足先登，利用广陵之便，经营盐业。”

左江一边听一边想，不时会意点头：“孙先生慷慨赐教，左某豁然开朗。然左某在淮左人生地不熟，更毋论盐业，还请孙先生指点一二。”

孙掌子说：“左公勿忧。孙某于盐城有熟人，正商讨此事。你到了广陵，即可与他联系。眼下中原纷乱，朝廷无力，我们正可试水。”

左江起身，鞠躬作揖道：“我与孙先生一面之交，即蒙孙先生如此推心置腹，鼎力相助。有朝一日左某发达，定不忘回来报答孙先生慷慨之恩！”

“左庄主客气了。”孙掌子回礼说，“于义上讲，你们乃沈先生介绍而来。沈先生救过孙某的命，孙某与他乃生死之交。沈先生客人的事，就是孙某的事。于私上讲，孙某虽居淮安，心向往东吴已久。左庄主此行正可帮孙某探路。来日与庄主两地接应，互通有无，岂不互惠美事一桩！”

孙掌子在淮安经营客栈，逢人无数。而今一见左江，便认为知己，决定共谋盐业。左、孙二人，正可谓有缘千里来相会。

与孙掌子一席长谈，转移了左江的注意力，化解了左江郁结心头的悲伤，也给他注入了一剂强心针。看着周围的家人、挚友和宗亲，他们的生计都系在左园上，他知道自己得打起精神来。

左江步出门去，细细地端详着这栋和他命中结缘的客栈。这栋楼房着实不小，三层楼的上方是高大的梯形屋顶，两侧配有阳台，中间有窗户的盖子在木棍的支撑下斜斜开张。门口竖两根相对称的高高的木柱，一边挂着灯笼，一边挂着“淮安客栈”巨幅布帘。整栋客栈呈木头的原色，看上去很朴素，却也很有气势。左江在淮安客栈前站了良久，心里记住了它的模样。

经过几天的休养和准备后，左家队伍整理停当，准备出发。左江带上了孙掌子亲笔写给盐城熟人的信件，还有客栈特意为左家队伍准备的什物，离开了淮安客栈。临别前，左江一行再一次感谢孙掌子的鼎力相助，双方互道珍重和后会有期。

二〇　大息桥

车马沿着淮河南岸继续东行。这时大部分人避免回想玉谷的事情，一心盼着早日到达广陵，安家落户。左纳却无法从这件事中解脱出来。马车里，左玄和左健分坐他两旁。左纳坐在后头，一言不发，感到心灰意冷。母亲是一个慈爱的女人，也是一个非常能忍的女人。她常常要在父亲、左家和他们几个孩子中间做平衡。就说小蝶的事。她知道左纳深爱小蝶，她也知道小蝶没有可能成为左纳的发妻，于是便想着争取让小蝶以二房的身份嫁过来。可现在她走了，谁来帮他和小蝶做这个主，说这个情呢？想到这里，左纳的眼睛又潮湿了。母亲就这样长眠他乡，车马朝东，左纳的心却朝着西边声声唤母。

四周无语，只有车轮吱吱作响……

小蝶心里也还难过着。她知道左纳很爱他的母亲，很依赖她。始料不及在这南迁路上丧母，不知他要怎么熬过这哀痛。她真希望自己能和他同车坐，能近距离地安慰他。想到这里，她紧了紧那个放着女神半身像的布包。左纳的车就在前面几辆，可她看不到他。

队伍被一条河挡住了去路，河上是一座窄窄的桥。人们探头一看，都惊呆了。那是一座没有桥墩的吊桥。桥面只有几条木板，两边各两条绳索。人走过去，桥晃得厉害。桥下湍流滚滚。这个架势，除非江湖或军中好汉，论谁看了都会心慌。少虎和从恩对看了一下，两人都下了马。

桥边一个石碑，上面写着“大息桥”，此处离淮水北岸的新息不远。

少虎跟大家说：“各位，从恩走前头，庄主的马车跟着，我走中间。车夫们，慢慢过桥。大家不要怕，坐稳了，马慢慢往前走，不会有事的。”

有没有事，都得硬着头皮往前走了。有人当场就后悔在汝南时没有跟着左丘和两个农民留下来。现在可倒好，没有退路了。

从恩年轻，身手好，胆子大，脚下晃着，他却很平稳地走上了桥。

从恩平稳的身影给大家吃了颗定心丸。接着，左江的马车也缓缓地上去了。“心不慌，身体不动，就没事。”左江像在自言自语，也像在对身旁心怦怦跳着、手心都是汗的婉心说。

小蝶和家人的马车不知怎么地落到了最后。看前面的马车都安然通过，二娘的心也定了。而小蝶，本来就不怎么怕。

马车刚走了吊桥的四分之一，桥突然无端晃了起来。曾献工正纳闷怎么回事，突然有人敏捷地从后面上了马车，然后厉声喊道：“交出财宝，保你性命！”

二娘尖声叫了起来：“大爷行行好吧，我们逃难人哪有什么财宝呀！”

劫匪总共三人。一个挟持了车夫，另一个一听二娘尖声叫，便一把将她揪了起来，扔出了车外。几个踉跄，二娘尖叫着，滚落桥去。曾献工不顾一切跳下车，想去救二娘，一脚踩空，身子便跟着二娘一起飞出桥去。

小蝶见状，一边紧紧抓着自己的布包，一边高声唤道：“爹！娘！救命啊，杀人了呀！”

劫匪一见，就伸手去抢小蝶的布包。小蝶一急，飞起一脚，踢在了劫匪脸上。劫匪往后仰，小蝶的身体却因此失去了平衡，跌下车去。那木板滑且晃得厉害，小蝶一只手没有抓到桥绳，随即落水。

这一切发生在很短的时间内，前面的人并不知晓。直到少虎听到有人喊叫的声音，并感到桥身的晃动，才回头探个究竟。一回头，便看见有人落水。“不好，阿正，看着马；二虎，跟我来！”少虎和二虎两人持刀往回疾走，见两个劫匪正慌慌张张往回跑。少虎跑到曾献工马车边，只见车夫脸色土灰，一个庄园女工惊恐万状地躲在马车角落。“曾献工一家呢？”少虎问车夫。“他们好……好像都……掉下去了！”车夫断断续续地说。“去，让前面的人等一等，说后面出事了。”少虎一边气急败坏地交代车夫，一边继续和二虎去追劫匪。追到桥头，三个身手敏捷的歹徒已经跑得无影踪，少虎无心追赶，急急跑到河岸，跳进水里，想寻找曾家三口人的踪影。

少虎、二虎在河中心搜寻许久，毫无收获。这条河从西南大别山区流下来，湍流滚滚汇入淮水。看水的流势，落水的人肯定会被水流冲进淮河……

像落汤鸡一般的少虎和二虎，一脸痛苦愧疚回到了队伍里。

“怎么样？曾师傅他们呢？”左江连声问。

少虎脸色非常难看，声音低沉地说：“我和二虎下水去找了又找，没有找到……”

“老天爷！”左江闭上眼睛一声唤。

“小蝶，我要下去救她。她肯定还在水里挣扎呢！”左纳疯狂地喊着，想要跳下水去。“三少爷，你这样下去就没命了！”二虎拦着他，“下面水很急，一直流进淮河。”

“那又怎么样，我得去把她捞上来！”左纳和二虎扭成一团，“你让我下去，她正在喊救命呢！”

“左纳，你疯了！”左江大声喝住了他。

“父亲，我要去救她！”

“你水性不好，你跳下去非但救不了人，你自己也得死！”

情绪又一次大受影响的队伍，在桥东岸看到了一个驿站，便在那里停了下来。少虎强打精神清点人数。和出汝南时相比，少了七个人，左丘与两个留在汝南的农民，还有就是，左夫人和曾家三口……

“小蝶……”左纳呜呜地哭了起来。才经丧母之痛的他，短短几天后再遭失爱的重创，精神几乎要崩溃。此时，却听身边一个异常亲切的声音响了起来：“弟弟不要哭了，哥哥在这里。”左纳一回头，左玄一对无邪的眼睛正注视着他。左纳一把抱住大哥，“哇”的一声，决堤一般号啕了起来。那一刻他回忆起来了，自己的大哥，本来是好好的，既聪明又帅气。是“八王之乱”的那一场毒火，使大哥变成了这样……

“左庄主，抱歉！我们，我们本该走在最后头的！……”少虎、二虎难过得不知所措。左江叹气摆手：“算了，你们已经尽力了。”

看着大息河水滚滚流淌，汇入淮水，想着曾家当时竭力想跟庄园一起南迁，只图有个安稳日子过，却落得个满门落难，左江胸口剧痛，失去玉容的伤口再一次崩裂。

他想起了在汝南北边路遇的那位老汉，记起曾献工如何帮他们修好马车，耳边还回响着老汉的祝愿：“好人有好报……”

好人，却没有好报哇！早知如此，当初还不如就把他们留在左梁……

左梁，养活了庄园多少人的父母之乡，它现在应该是在那企及不到的地方，看着它的这群儿女如此痛苦着而伤心落泪……

边上有人走过来跟他们说："看样子你们是南下的，这一带盗贼很多，已经掉下去不少好人了。"

左纳在一边听到了，心里更加难受：现在才说，有什么用！小蝶，小蝶回不来了！……

少虎和二虎见左家父子的样子，便过来扶他们上车。焦裕仁对少虎和二虎说："接下来的路还很长，前面还有密林子，我们得更加小心才是。"

少虎像罪犯似的应承："是，总管……"

这一队人，靠着一个淮左江东梦支撑着，伴随着淮河的身影继续东行。一路上，到处可见衣衫不整的逃亡人群，还有要饭的过来跟他们讨钱。王东琅对夫人说："不要理他们！"左江、左纳父子和焦裕仁则会轮流给前来乞讨的无助人们一点薄钱。

破了一辆马车，左江让几个年轻点的下来步行。二十天了，每个人都非常疲惫，速度比先前明显慢了下来。眼看着夕阳又快要下山了，晚霞看上去十分的凄迷，左梁的旅人们又得要设法找地方落脚了。这广陵，什么时候才能到呀？一行人看着东边迷离的天际，望眼欲穿。

离新息不远的淮河地段，河面宽，水流转缓。一艘小舟正在水面行驶。小舟上站着两个中年男女。突然，女的看见了什么，手指着水面叫了起来："师兄，你看，那是什么？"

男的随声望去，只见一个人浮在水面上。"过去看看！"男的说着使劲划了起来。

划到跟前，才看清楚是个少女，她的衣带缠在一根树干上，少女显然是昏死过去了。

"靠近点，再靠近点……"两人小心翼翼地把船划到少女身边。"你站那头去，我来把她拉上来。"男的对女的说。

女的站到了船的另一头保持平衡，男的先把少女缠在树干上的衣带解开，然后轻轻把她拉上了船。

男的探了探少女的鼻孔："她还活着！快，驶到岸边！"

男的用力划桨，女的用布擦去少女脸上和五官里的污泥和水，又将少女反转过来，让她的腹部压在自己的腿上，然后使了使劲按压少女的背部。只听“哇”的一声，少女吐出了一口水。

“好啦！”女的松了一口气。

皖鄂豫边界，大别山绵延数百里，松杉挺拔，草木葱茏，飞流瀑布，潭池清澈。以此为家的人们，视这山为父母，为天堂。

一道石筑的寨门，上面刻着“天堂寨”三个大字。走进那道寨门，便是一个石砌的大殿。大殿后方正中是一个石砌的台子。台子上，一张桧木方几边席地而坐着一个束发的中年女子——天堂寨寨主彭湘。彭湘身后靠墙立着一把大刀，那是历任寨主代代相传的宝物，虽在暗处，稍微靠近一点的人都能瞥见它的寒光。台子下方两边各有一排石凳，依墙而列。

方胜和方幽——就是在淮河上救起少女的那对师兄妹——进来了。两人上前作揖。

“方胜方幽见过寨主！”

彭湘的女低音从那张桧木方几边传了下来：“方胜方幽，怎么回来了？”

方胜往前一步：“报告寨主，我们在新息东面的淮河上救起了一个姑娘。”

“你们救了一个姑娘？她在哪里？”

“还在方幽师妹那里睡着。看样子，是中原落难人家的姑娘。”

彭湘听了心头一动：“哦，好生照看。”

方胜和方幽齐声答：“是，寨主。”

方胜和方幽走了，寨主彭湘对身边一位首领说：“中原战乱，百姓流离失所，家破人亡。我们天堂寨大别门任重道远哪！”

第二部　淮左中原

二一　四十贯铜钱

又过了三十多天，左园队伍在穿越了一大片迷宫般的丛林后，到达了广陵地界。这群南下者悬在嗓子眼儿上的心终于无力地落下。前后五十多日，经历了一路的艰险困苦和失亲之痛，左江和左纳看着广陵的异乡景观，异常敏感。树木长得太绿，梨花开得太繁，小石桥太过四平八稳，而那一池明镜般的水，太过平静……空气是细细的、柔和的、清新的，不像左梁，时而因为狂风而粗糙，时而因为烟火而艰涩，甚至带着焦味。

广陵处淮水之阴，春秋时吴国在这里开凿邗沟，以沟通江淮。西汉早期吴王刘濞把这里建造得坚固而富丽堂皇。不过，很快地，由于刘濞和朝廷之间的战事，广陵遭受了破坏，从此再也没有能够恢复到过去的辉煌。

左江决定先落脚广陵，一是因了王东琅有朋友在此接济过渡，二也是因为一个大家子，千里迢迢至此，已经无力再过浩浩大江。左江看广陵地势，心里明白：淮河之南，究竟不似江南平安；左家不久的将来，势必还是要过大江去的。

左江找来王东琅，说："我们先住客栈吧。休整歇息一下再去见你的朋友。"王东琅说："这样甚好，就依庄主的。"

在广陵客栈的那个晚上，也许是因为惺惺相惜，父子俩本能地希望互相扶持安慰，左纳一直伴随父亲左右。

"天不早了，你带左玄和左健早点歇着吧，明天还有事情忙。"左江对儿子说。

“好，那我去客房了。爹，走了这么多路，您也早点歇着！”左纳看着左江说。两个月的时间，父亲，似乎老了五岁！

第三天一早，旅途疲劳尚未散去的左江，换上干净礼服，带着左纳来找王东琅和焦裕仁。四人坐上马车，前去拜访王东琅的旧交林乡龙。

林乡龙，字出云，其府宅地处广陵中心地带。走进去是一栋深宅大院，里面有古树、水池、亭台、小径……让左江在感觉新奇的同时羡慕不已。洛阳左庄园，地大物博，农田作坊样样俱全，却少了这份幽静、秀气和典雅。

林乡龙在府宅厅堂前的两道门外迎接左江一行。

“哇，左庄主到啦！辛苦啦，欢迎欢迎！”

左江作揖回礼说：“久闻出云大名，今日得见，左江幸甚，幸甚！”

林乡龙：“哪里，哪里，左公快请进！”

等坐定了，林乡龙便打量着左纳，问：“想必这位就是左公的三公子吧？”

左江：“正是。”说完转向左纳：“快问候林庄主。”左纳连忙站起作揖：“左纳见过林庄主。”

林乡龙笑道：“不必拘礼，叫我出云叔好了。”

左纳有些拘谨地：“出云叔好！”

林乡龙一连看了左纳好几眼：“三公子长得俊朗清秀，将来必是左家栋梁。”

“出云兄过奖！”左江谦虚道，心里却是欢喜欣慰。

焦裕仁拿出了左庄园自产的布匹、酒酿及脆花生、大红枣等特产，送与林乡龙。左江说：“匆匆离开庄园，路途又远，一点特产，不成敬意。还请出云兄笑纳！”

林宅里虽珍珠玛瑙、山珍海味样样俱全，却没有这么纯正的洛阳特产。林乡龙一见便心花怒放：“多谢左公有心，这样不辞劳苦、千里迢迢带来这些洛阳宝贝！”

见面礼过后，就要进入正事的商议了。左江示意左纳和焦总管先行离开，自己由王东琅陪着和林乡龙继续交谈。

左家还在洛阳时，就已经通过王东琅的关系，谈了左林联姻的事。刚才林乡龙看到左纳的样子，十分满意。等左纳离开后，林乡龙遂招来自己的女儿林双影。林双影长得高挑，白皙，修长的脸，彬彬有礼地向左江行礼。左江一见，心里亦觉得合适。联姻之事，当场便说定了。不过，玉容新逝，左江还得找出一些根据，来说明三年孝道所允许的例外，比如举家迁徙、乔迁冲喜一类。

林家在广陵东北部有一块地，当年无主，林家过去，硬是盖了几间平房，还挖了一口井，就算是盘为己有了。林家房产丰厚，虽盘来这个地方，林乡龙后来并不看重这块地，总觉得它破破烂烂、土质又差，成不了气候。林家人自己从没有在那里住过。从王东琅那里得知左家要来后，他就有意把这块地转卖给左江。隔日，林乡龙便带左江去看。左江观此地，离盐城近，地方大，坐东朝西，北边还有一条河，整个气象类似左梁庄园。左江当场就觉心仪，心里暗想这是老天慈悲为左家准备的，遂问："出云如此佳地，左某甚是喜欢。不知此地要售多少？"

以左江南下时携带的财力，买下此地绰绰有余。当时王东琅效力左家，并没有跟林乡龙透露左家财力的实情。林乡龙心想，这块地本来就是占来的，自己又看不上，也用不着，而左家刚刚从北方逃难而来，不管怎样，总不好高价出售，现在两家又即将是亲家，自家人更不好要什么价了。于是林乡龙就说："公卿，咱们就快成亲家了，咱们就算半卖半送的，三十贯，如何？"

左江虽然没有做过生意，又是逃难下来，但是他性格强悍，不愿意欠人家的情，当场就说："出云太过谦让，左某心领了。左某喜欢此地，愿出价四十贯。"离开洛阳前，左庄园被祖籍兰陵的一位吕氏豪族用三十贯铜钱典走了。这些钱正好用上。

林乡龙有些尴尬，说这里只是一块薄地，几间陋室。左江说左家初来乍到，今后需要林家帮忙的地方还很多，这个地价就这么定了。

一到江南就得此地，左江心里万分庆幸。隔日，他把南下的一行人招呼到新的左庄园地，告诉大家："左庄园新迁，百废待兴，以庄园现在的钱和劳力，要在这块地上盖房子、种果菜、建作坊等都需要时间。希望大家同舟共济，渡过这个起头的难关。"大家心想，从洛阳到淮左，千难万险都过来了。现在有了这么好的一个地方，还有什么事做不成的？于是少虎等几位说："庄主，有什么事您尽管吩咐，我们听您的，新庄园肯定能建得很好！"

也只有到了这时，这群南下的北方人才有心思四处观望这里的景观，那不同于北方的苍翠茂密的竹林，那垂柳掩映下的一池浮萍，还有不知从哪里飘过来的奇花芬芳。这里很潮湿，小巷弄里常见青苔，一个不小心，北方娃摔了个底朝天。

两天后，新庄园的四维边界上分别立起了石碑，上面刻着"左公庄园"的隶书字样。里面搭起了棚子，供没地方住的宗亲和园工们暂时栖身。很快，左江请来工匠，开始了新宅舍的建设规划。

在左园北面，左江还特意立了一块石碑，刻上三个大字"尹阳河"。左江抚摸着那石碑，静立不语。一直在左园工地督工的焦裕仁走过来，站在左江身边，也伸出手来抚摸石碑，说了句："公卿北望之心上天可鉴！"

二二　第一顿晚饭

就在新庄园的建设如火如荼进行的时候，左江马不停蹄地带着左纳前往盐城，去找孙掌子介绍的人——谢南丰。

路上左纳问父亲这私盐是怎么回事，左江解释道：就是私人自己制作食盐，运往各地去卖。食盐生意都是官府在做，禁止私人做。

左纳不安地："那您还做？"

左江转过头来看了看左纳："儿子，别怕。就像淮安的孙掌子说的，眼下天下大乱，官府管不了这么多。再说，我们刚到这里，没有农庄作坊，不做点生意，怎么活？"

左纳似乎有所领悟，不说话了。

左江转过头去，自言自语地说："玉容走了，我也没有什么好害怕的了。"

谢南丰的住宅倒是不怎么起眼，在一条窄巷的尽头，房子也没有林乡龙的那么大。谢南丰四十岁不到，中等偏矮的个子，胖瘦均衡，一撮山羊胡子，一对充满机智的眼睛。左江到了，呈上了孙掌子的信。他仔细读了信后，便告诉左江："现在做盐业，需要几分胆量。晋朝在北方时曾禁止私盐，只因中原纷乱，南方未定，一时无人顾及盐事。我在这一带有煮盐的场子，锅灶齐备。眼下的计划是，盐在这里制成了，便通过淮河运往皖地淮南。从淮南往西北走汝南；往西南走新息，通过新息再运往襄樊等地。谢某现在财力有限，左庄主若有意趁此机兴作此业，又能筹集资金，我们即刻开始作业。"

左江在来的路上就思量过，现在一边仔细地听谢南丰的解说，一边思忖。以前他听说私自做盐是可能被杀头的，从谢南丰的话中，他也听出来这一点。然而诚如谢南丰所指，眼下朝廷还不知建在哪里，又哪里有心思管盐政的事？再想，离开左梁后，左家没有了庄园，等同一贫如洗，一切要从头开始，而很容易担惊受怕的玉容走了，他还有什么可惧怕的？何况左庄园新到江南，没有根基，没有农田作坊。要草创这些，需要不少的钱，也不知道效果会如何，而卖一趟盐，顺利的话，即刻就会有大笔的钱回来。想了又想，盘算了又盘算，他觉得此举可行，至少值得一搏。左江当即答应谢南丰，表示愿意出一部分人力、财力。

谢南丰脸露欣喜："前晤几位，皆首鼠两端。左庄主果然是果决之人。谢某佩服！如是，我们便可商讨细节。"他又叮嘱道："新朝尚未正式南迁，当今盐政仍承袭曹魏，官营官卖，禁止私营。故而此事须得隐秘，不可外传。"

左江点头应承："谢兄放心，左某非好张扬之人。"

左江和左纳刚从盐城回来，就见骑着马、威风凛凛的左民回家来了。左江一见，喜出望外。"左民，这么巧！怎么回来的？"他几步过去抱住二儿子，两个月不见，恍如隔世！

左纳更是惊喜万状，喊了句："可把二哥给盼回来了！"再说不出其他。

左民看上去黑了，瘦了，不用说，准是和左家的队伍一样，南迁时给折腾的。不过，他看上去精神却很好。左江一边问长问短，一边让婉心去准备清淡爽口的东西。次子左民的到来，无疑给左家增添了阵势和力道，也安抚了左江和左纳受伤的心。

左民和祖逖南下的队伍，靠的是两条腿，不过走的是近得多的东路短线。虽然后发，还是比左园的队伍先行到达淮左地域。左民告诉父亲，他们到达淮阴后很忙乱，忙了一大阵，任务完成了他就想到该回家了。

“好，太好了！左家刚到江南，难哪，爹的身边正需要人……”左江说到这里，突然百感交集，咳嗽了起来。左民赶忙扶左江坐下。“爹，您怎么了？是累的吧？走了那么多路，路上怎么样？”

左江边咳嗽边靠着案几坐下，却不言语。

婉心端上来莲子枸杞汤。左民接过碗来，看了看四周，问道：“母亲呢？”

这一问，左江和左纳都低头不语。左民觉得不对，便转向婉心。婉心只好说实话：“姐姐她，没能挨到广陵。过淮水的时候，得了伤寒症走了……”说完便难过地低下头来。

左民一听，如晴天响雷。他双膝一屈，跪倒在地，悲痛涕零：“左民不孝，未能守在母亲身边，给她送终……”

左江摸了摸左民的头：“儿子，你能有这个心，也不枉玉容从小疼你养你，她地下有知，会宽慰的。”

左民缓缓起身，见一边的左纳脸色阴郁，才注意到三弟一直沉默不语，便问：“三弟，你怎么样？怎么不说话？”

左江叹了一口气，代左纳回答：“这次南迁，本来打算一到广陵，就准备你大哥和小蝶的婚事。谁能料到，从淮安出来，过大息吊桥时，遭到歹徒袭击，曾家全家遭难！”

这下左民彻底震惊：“这是真的？怎么会这样？怎么会这样？！”他转头看看身边的弟弟，左纳这时候心里正翻江倒海的难受。左民看出来了，他明白此时左纳的心境，于是强压自己的悲哀，安慰弟弟说：“三弟，事情已经这样了，难过也于事无补。日子还得过。你要放宽心。”嘴上这么说，心里却在叫苦：“假如我跟左家一起走，小蝶肯定不会死，肯定不会！”后悔的药，真难咽啊！

当天晚上，经历了两个多月伤心劳苦后，左家一家人总算可以在一起吃一顿安稳的团圆饭。左江心里既不平也有一丝安慰，就倒了一杯酒喝。左民和左纳也陪父亲喝了起来。喝着喝着，左江问起了祖逖将军的事。

左民说："祖将军很好。在泗口的时候，琅琊王司马景文命他为徐州刺史。有了这个官位，今后北伐就更有保证了。"

左江又是一口酒下肚："如此甚好。看来，我们要回去，全靠祖将军了。"

左民问："爹，我来时看到外头正在修建，房子建得可顺？"

左江压低了嗓音说："左宅修建挺快。另外，我计划和淮安客栈的孙掌子及盐城的谢南丰一起营作私盐。从盐城这边购得食盐，运到淮右那头去销售。"

左民关切地说："我知道现在很多地方缺盐，论销售肯定没有问题。不过按前朝规矩，私人是不准经营盐业的。"

"我当然知道。"左江说，"只是现在天下无序，我们正可趁此机会试水弄潮，积一笔财富。有了积累，左家在江南才能有根基。"

左民明白，艰难时世，左家只能走非常之路，遂告诉父亲：如果需要，他可以帮忙跑路，护送盐到淮南。

左江称好，说左民常自己外出闯荡，由他来护盐，他很放心。

第二天，左民换上一身便装，到工地上帮助请来的师傅和工匠建造左家新宅院。四弟左健好像很适应江南的气候，这会儿也在外面帮忙。正好林乡龙来访，一见这架势，就对身边的人说："左公身边有虎子，左家不可小觑！"

二三　淮河护盐

当年秋冬，左民和左庄园的少虎、二虎兄弟带着几名家丁，从广陵搭船，沿着邗沟古运河道北上。连接淮河与长江的邗沟，千年来一直都有疏浚修整。左民站在船上，望着笔直的河道赞叹："感恩有这古运河，咱们的盐运真便利了不少！"少虎点头："南下那会儿咱还不知道有这条邗沟呢，多费了不少劲。"

进入淮河后他们沿河西去，前往淮水西边的淮南。从淮南左民单独前往汝南，少虎、二虎则前往新息。这是左家与盐城谢家及淮西孙掌子私盐合作的首桩生意。在经历了拖家带口的出洛阳、下汝南、过淮河的长途跋涉后，这个旅途对三人来说都不陌生。上一次是保护家人、族人的身家性命，这一次是护盐，必要时还得编假掩盖私盐生意。三人都有武功，都佩带武器。淮河两岸，有风景绮丽的时候，但在经历了“八王之乱”和“永嘉之乱”等常年战乱后，大都阴沉荒凉。越往西，越是这样。淮西一段，还是盗贼歹徒出没之地，他们丝毫不敢放松。盐袋都用毡布严实包好，放在篷船舱底。

因为是首次，为了接货，孙掌子亲自到新息迎接少虎、二虎。几个人都不陌生了，这是他们几个月内第二次见面。大家相见甚欢。孙掌子问起左江。少虎告诉他，左家大宅正在广陵兴建中，部分房舍已经建成，左家人员都离开临时的帐篷，住进房舍。孙掌子听了十分欣慰。想到左家从北到南的新迁乍到，一定还有诸多不便，他特意准备了一些实用的礼品，有衣物、粮食、果品等，托少虎一行带回广陵。如此真挚情谊，让少虎兄弟感动不已。

左民和少虎回来的前几日，左江每天都要到门外去看看，等着。给焦裕仁碰到了两回。焦裕仁告诉左江：“你就不用天天出来张望了，他们会没事的。”其实，焦裕仁心里也不十分踏实。

终于有一日，下人阿强飞快地跑进来报告：“庄主，二公子和霍护卫回来啦！”

左江和左纳急急到了门外。

左民趋步往前：“爹，我们回来啦！”左江忙问：“情况如何？”左民答：“路上遇到了一点急流和风雨，尚好。”

左江看着左民和少虎兄弟，连说了两句：“你们辛苦了！”

左民和少虎兄弟护盐归来，带回了孙掌子的问候和礼物，更重要的，从汝南和新息带回了钱。

左江看到孙掌子的礼物，直称：“好兄弟！”而当他从左民手里接过几袋铜钱时，却没有言语。打开来查看了以后，很快将它们收藏了起来。

左纳忍不住道：“二哥，你真行！”

次年二月，新春刚过，左民再度出发前往汝南。为了让三弟左纳熟悉业务，左民把他也带上了。因了小蝶的关系，这条淮河让左纳处处伤心。为了分担弟弟的忧伤，左民说："三弟，其实，我没准比你还难过。"

左纳看着左民，记起了小时候的事，可他并不知晓左民一直埋藏着的真实心事，就说："二哥，你和小蝶只是小时候过家家玩耍，而我，我跟她是立了盟誓的。"

想着小蝶已逝，秘密已经无所谓了，左民便说："不只是过家家那样简单。实话告诉你，我心里一直喜欢她。只是，小蝶她喜欢你。你又是我的弟弟，我能怎样？！"

左纳诧异，没想到二哥把心事埋得这么深，他竟一直都没有觉察。

俗话说，分享幸福福倍增，分担痛苦苦减半。淮河边左民倾吐心声，左纳心中的苦，随着那烟波浩渺的淮水慢慢稀释。

在汝南的时候，左民听到了一个让他不安的消息：石勒重兵驻扎在新蔡北七十里的葛陂，屯田课农，打造舟船，训练兵将，准备过江攻打建邺！护盐回广陵后，左民对父亲说：他准备离开广陵前往淮阴，与祖逖会合，整装待命。左江一听儿子又要离家，一开始不能接受："怎么，祖将军手下就缺你一人？"

左民道："祖将军要北伐，手下的兵源却很有限。我去对将军是个帮助。"

左江心里复杂，"哼"了一声，说："怪不得你早早要拉左纳到汝南，原来你一直就打着离开的算盘。"

此时的左民心里也是百感千虑交织，他耐下心来跟父亲解释："爹，您想，如果石勒进犯江南事得逞，那么我们辛辛苦苦建立的新家园又将陷入危难。孩儿此去，既卫国，也保家。"

左江一听，也对。左思右想，百般无奈，只好依了左民，让他到前方去抗胡。

才和二哥亲近没几日，又见他戎装出发，左纳站在门口相送，心头再度怅然若失："二哥，你又要走，这次，什么时候回来？"

左民明白弟弟的心意："二哥争取尽快回来。不过，至少也要等到把石勒挡回北方吧。"

二四　如履薄冰

左民走了，左江久久地站在天井里发愣。左纳过来，问父亲是不是在担忧什么。左江说了一句："看来淮左也不安稳……"

其实此刻左江忧虑的，还不光是北方胡人可能的南侵。左民不在，左江身边只剩下十六岁的左纳和十四岁的左健。他们都太年轻，而贩卖私盐又是这样一个高风险的行业，万一给官府抓住把柄，左家便危矣。

心中不踏实，左江便唤来左纳，又请来焦裕仁和霍少虎商议。左江先是说出了他对淮左一带的忧虑："最安全的，莫过于渡江至江左，这也是我们原先的计划。"

其实不管是左江自己，还是周围几位，都清楚地知道左家此刻不可能再做一次迁徙。少虎安慰说：至少广陵位于淮河南端，靠东南，北方胡人一时难以掌控到这里。

"广陵的安危就先听天由命吧！"左江叹道，接着又说出了他对私盐万一遭遇官检的担心。

焦裕仁说："我也一直在担心这个事。老庄主当年好像在司马氏里有点关系？"他指的是左江的父亲左干的人脉。

左江摇摇头："你我父辈一样，当年只管打仗，避涉官场朝政。我父亲当年倒是认识司马氏王亲，然人皆不在了。到了我这辈，稼乾你是知道的，已经生疏了朝堂，更远离了朝野官员。当初哪知道会有今日……"

"公卿说的也是。"焦裕仁遂把目光转向霍少虎，"记得霍护卫好像府衙中有认识的人？"霍少虎回复："那是霍家宗亲的关系。"

左江问是什么样的关系，他隐约知道霍少虎的宗亲里有做官的，但不清楚究竟是什么官。少虎回道："我堂伯的儿子，好像叫霍延庭的，是徐州刺史手下的一个官，原来听说很管事的，只是现在淮北混乱，不知他还顶不顶事。"

焦裕仁说："左园独闯天下，当下做了盐业这一行，只要有一点官场关系，恐怕我们都得去争取。"

少虎说："只要庄主愿意，在下可以北渡淮河，到彭城去探视霍延庭。"

左江双眉紧锁，想着这样做是不是值得。一来，父亲曾叮嘱过他，好好经营左园的事，不要去沾官府的边。二来，正如少虎所言，淮北如今成了胡汉争斗的场地，不知这个霍延庭是否顶事。三来，不管怎么说，眼下旧朝不再，新朝未立，盐政无序，左家正是利用了这个空档期。左江记起了一年前的那一天，孙掌子在淮河边上和他说的话："我闻行中人言，盐禁可望松绑，改征盐税。"想到这里，左江说："如果我们自己去找官府的人，那不是正好告诉官府我们在做私盐吗？"

焦裕仁说："没有法子，就只好使钱打发。"

"不好。"左江说，"这个钱，恐怕不是一次两次的事，如果我们做了，今后就和官府黏在一起了。"

这时左纳说话了："父亲说的极是，这样做不值得。前次父亲差我去建邺时，我听得真切，江左王室有意开放私盐，收取盐税。"

焦裕仁拍了拍腿："这样就太好了。只是当下，正式盐政尚未付诸实行，万一有官府来问，我们要如何应对？"

少虎建议说："如果官府来，我们就推说刚刚南迁不久，不知道当今究竟何种盐政。如果在半路遇到盘查，我倒是想，我们需要一个扬州和徐州的刺史符节，至少也要有太守令节。"

左江问少虎要如何得到这官印，少虎告诉他：如果不想和官府打交道，那就只有一个办法——假造。又说他见过太守令节，知道它长什么样。

左江想，刺史符节体大，造假不起。太守令倒是可以考虑。事到如今，防范万一，还真的不得不一试了。

仅仅数月之后，少虎和从恩的一次护盐途中，便真的遇到了晋朝官府兵丁的盘查，结果被发现了食盐。少虎机灵，便拿出了假造的广陵郡太守府令，编假说，他们是奉广陵郡太守之命将盐运至淮西的。还顺带把徐州刺史也编了进来。两个兵丁一听此事与徐州刺史有关，草草看了看"广陵太守府令"，没有多问，便放行。

少虎和从恩护送食盐回广陵后，跟左江一说，让左江倒抽一口冷气。

再往后，不论是北边的晋王朝还是江左的晋王室，甚至是胡人的前赵朝廷，似乎都管不到淮东一带。左家，不论是在地理上还是在营业上，都处在一个相对空档自由的地方。是不幸中的幸，还是安稳中的危机？左江的每一日，都在这如履薄冰中度过。

二五　大哥左玄

三月的一天，左家上下都在忙，左玄自己走到了后园。一棵高大的枇杷树上，鸟儿在那里筑了巢，叽叽喳喳。左玄站在树下看了半天，突然嘴里喃喃起来："弟弟，你等着，哥上去给你抓小鸟玩。"说着便顺着树干往上爬。爬到了高端，左玄伸手去鸟巢里摸，摸到一粒鸟蛋。左玄欣喜，他抓住鸟蛋，就要往下的时候，一脚踩空，摔下来，撞到了下面的石头上。

血流在了石头上。

当左江和左纳、左健赶到时，左玄已经没了气。掰开他紧握的手，里面是那一粒鸟蛋。

"大哥呀，大哥……"左纳记得小时候大哥抓小鸟、摸鸟蛋给自己玩的往事，悲恸地呼叫着。左健也跟着伤心大哭。左江把长子抱在怀里，欲哭无泪。左玄，是这个令左江万分憎恶的乱世的无辜牺牲者，他曾经是一个多么聪慧、英俊和仁厚的孩子！直到死，他依然仁厚……

左民去打仗，左玄又离世了，身边再也没有玉容来安慰，沉浸在哀伤中的左江，心中再添几分寥落。苦闷无法排解，这天晚上，左江便留婉心在他的寝室里过夜。作为妾，婉心自己住一室，并不与左江同寝，即便玉容不在了，此例也不变。左江之所以一直不想将婉心扶正，一来是因为他深爱玉容，想一直为她留着这个位置，二来是因为婉心出身底层，如果要做左家的正室，实在门不当户不对。

左江告诉婉心他近来胸闷，又肩膀酸痛，要婉心帮他揉揉。能在主人兼丈夫的左江身边，是婉心最大的荣幸和渴望。婉心的纤手在他的肩膀和背上一会儿揉，一会儿搓，一会儿轻捶，一会儿抚摸。内伤深重的左江闭着眼睛，享受着这份短暂的舒解。“主公就是太累了。离开洛阳前就开始忙碌，一直到现在，一天也没歇着，胸能不闷，肩膀能不酸痛嘛。”婉心一边揉着一边说。

揉了许久，左江觉得舒服多了，便转过身来，握住婉心的手。婉心明白主公的意思，顺服地朝他靠过去。“等房子盖得差不多了，”左江说，“就得为左纳办婚事。迟迟无法扶你为正室，委屈你了。”婉心说：“只要能常常服侍主公左右，婉心就满足了。”左江没再说什么，只动手去解她的衣襟。婉心见状，便自己把衣裳脱了。“左玄走了，左民又常常不着家，左健自幼体弱……我真盼望你能为左家添丁……”左江话说到这里，婉心已经一丝不挂，并开始为他宽衣解带。

玉容南下途中突然离开，左江的情感遭受重创。到了广陵后，他又只能强打精神，在新的环境里拼生计，已经有日子无暇和婉心亲近了。左玄的骤然逝去，在左江的旧伤上再加新创，让他几乎要承受不住，便想找个女人来宣泄。看着跟前赤裸着的婉心，左江竟有了久别的感觉。当他碰触到她光滑柔软又富有弹性的身体时，很快亢奋了起来。他贪婪地狠命亲了她几下后，便将她压在了身下。

二六　左纳大婚

那一次的同房后不久，婉心的肚子便大了起来。同年年底，婉心生下了一个女娃。盼子心切的左江，失望自不必说。

这头，婉心抱着刚出生的女儿，靠在床榻上。女儿哇哇地哭着。婉心轻轻抚摸着她，眼睛望着门口。左江始终没有到来。她难受而沮丧地低下头来。

隔一年的开春（公元314年），左宅的建造已经初具规模。整栋大宅坐东朝西。正门进来是一个很大的前堂过道，接着是横向的长方形大天井。天井里面再设一厅，有长案，上面摆着一尊三尺高的石雕佛像。这是不久前少虎去淮西时孙掌子送的，说是西域来的佛像，经过洛阳传到了淮右。在左江看来，这尊佛像有守护的神力。家庭一再遭受劫难，左江深感需要神明的护佑。

佛厅往里，又是一道天井，两旁分别是东厢房和西厢房。厢房已经建了三进。左江的计划，是要建到四进。厢房和厢房中间有侧厅。厢房尽处是大厅堂，作为会客或是其他聚会之用。厅堂东侧是正房，左江的寝室，西侧是左江的书房，后面是左氏宗堂。宗堂再往后，有一道隔火巷。石巷往后，便是几座还没有完全盖好的房子，供左氏近亲住。

在原来林乡龙建的几间房舍的一带，左江加建了一排房舍，供庄园护卫和其他员工居住。

左宅大致建成，迫在眉睫的事，就是左纳的婚事了。从左氏南迁算起，林家已经等了三年了。十八岁的左纳，对自己和林家千金林双影的婚事没有什么感觉。对他来说，这就是完成一桩家族任务，为左氏传宗接代，传承家业而已。对他个人来说，也是完成一件人生必须完成的任务：结婚生子。

林双影个头高挑，瓜子脸，尖尖的秀鼻，细细的长眉，看上去十分标致。此时，左家已经具备了相当深厚的实力。虽然人前非常低调，但是大宅格局摆在那里，没人会看轻三年之内迅速崛起的洛阳左家。而十八岁的左纳一表人才，清朗俊伟，不说林双影暗喜心头，林乡龙也觉得脸上有光。说到聘礼，左江不含糊。丝绸布匹，金银首饰，茶酒补品，等等，全是上品。左江避免谈生意的事，但林乡龙心知肚明，左家做的是刀口上的私盐生意，否则不可能有如此迅猛的发达。

此时，左家二公子左民正随祖逖渡江北上，路过广陵而无暇访家参加三弟的大喜庆典。左江一经解释，众人皆称许赞叹：左家几世忠勇，虎子可嘉。广陵左家三公子的婚礼，就建筑在这样一个金钱和荣光的基础上。还在洛阳时，左江觉得这桩联姻有寄人篱下之虞，而今，却几乎是平起平坐的门当户对。当然，林家千金相貌美佳，林乡龙也的确是自己初来乍到的一个必要过渡，这个婚姻对左家并不亏，算是加分项。

左纳对这场婚事一直兴致缺缺，十分低调。这份喜庆还揭开了他本来已经结痂的伤口。吉日早晨，顷刻之间，他突然意识到，他是新郎官了。小时候玩过当新郎，那时候的新娘是曾小蝶。不过，即使小蝶还在，今日的新娘也不会是她。想到这里，左纳心里似乎平衡了一些。既然当了新郎，就得有个新郎的样子吧。他的脸上突然露出了一个机械的笑。

吉辰到了，左家两套马车，披红戴花，由身着大红衣袍的左纳领着，前往林家迎亲。马车上有鼓乐队，一路奏乐，引来了许多人的围观。

马车在林家门口等候了一会儿后，就见林家人簇拥着以红头巾遮面的新娘出来了。新娘一出现，鼓乐声骤停。新娘的母亲和弟弟妹妹边走边哭，磨磨蹭蹭地，一小段路走了好一阵，好不容易才走到车前。那个悲戚戚的情况，让左纳多少有几分尴尬。他小心翼翼地把新娘扶上马车，坐好。然后自己乘上另一辆车在前面开路。

迎亲的马车到了左家大门口，这时鼓乐声、鞭炮声连成了一片，引来了更多围观的人。人群里叽叽喳喳："这是谁家，这么气派？""你不知道啊，他们是洛阳下来的大户左家。才来三年，就这么发达！""人家胆大，听说是刀口上的生意都敢做！""哦，难怪呢！"

左纳先行进了左宅大门，来到门内前堂静候。左家大厅堂一应人员物品已经准备就绪。一身喜气的左江候在那里。自从南迁以来，左江连失两位至亲。这场婚庆，无疑是一件会给左家带来吉祥好运的喜事。焦裕仁被请来做主婚人。不一会儿，新娘被左庄园一位十二岁左右的女孩子搀扶着进来了。左纳迎了过去，和新娘一起缓步前行，进了大厅。等新娘站稳了，焦裕仁便喊夫妻对拜。左纳转向新娘，鞠躬作礼。他偷偷瞅了一下林双影，只见她红绸巾盖面，却不知她此刻是副什么样子。左纳心中开始起了荡漾。

新人对拜后，焦裕仁便示意新郎把新娘携入新房。

新房在左厢房第一进。里面床榻被褥及四墙屏风皆见红绸龙凤，喜乐满屋。新娘坐好了，左纳便暂时出厢房去。外面大堂里已经摆好酒宴，左家的亲戚朋友们陆续就座。林乡龙坐在左江身边，虽然一直微微笑着，心情却是有些复杂。

左纳忙着为婚宴上的人们敬酒，毕恭毕敬，不敢有丝毫疏失。也就是在这个婚宴上，左江第一次觉得，自己的三儿子真的长大成人了。婚宴上，首次听到人们称左纳“少庄主”。那林乡龙一听，呵呵地笑。

婚宴结束了以后，应酬了一天的左纳觉得十分疲惫。因为喝了许多酒，脚步有些不稳。走进厢房内室时，发现林双影一动不动地坐在床榻上，脸还被红头巾盖着。左纳这才意识到，从今夜开始，他单独睡觉的生涯就结束了。从今夜开始，就是两人共睡一床了。他走过来，在林双影身边坐了下来。他伸出手来，掀开了那个神秘的头巾，看到了双影低垂但转动着的眼睛和带着羞涩的脸颊。

案台上的红蜡烛还在烧着，所以新人不能睡下。忽然，左纳看到被褥上散放着红枣、花生、桂圆、瓜子，就各拣一颗，递给双影，说：“吃吧。”

双影没胃口，就问：“这些东西放在被褥上，是要干吗？”

左纳踌躇了一下，说：“说是为了早生贵子。”

双影一听，不再吭声，脸却红透了。左纳看着她，对她的脸、她的手、她的红衣裳和那新娘袍里面的身体越来越感到好奇。他脑海一阵扑朔迷离，小蝶的幻影不时落在双影的身上。

红蜡烛啪啪地响。左纳抬头看了看，耳边响起了儿时小蝶的声音：“我选你当我的新郎……”左纳脱口而出：“蜡烛就快烧完了，我们宽衣歇息了吧……”说完便去拉双影的手。

躺下了以后，大红烛熄了，只剩下两盏小小的烛灯还亮着。左纳借着那微弱的光，和双影的脸、肌肤亲热，第一次做了男女的交合之事，也体验了雄性的快感。

第二天，左纳一早醒来，昨日的疲劳消失得差不多了。双影还在酣睡，他自己起身，悄悄走出了寝室。

天还很早，天井里空气清新。两端两棵梨树开满了白色的花朵，鸟儿绕树叫得欢。左纳在天井边上站了半晌，想到大哥逝去，二哥出外征战，四弟身体羸弱，自己俨然已经是左家的后起砥柱。昨天婚宴上，不是有人叫自己少庄主吗？娶妻成家，左纳感觉自己一夜长大，成了一个真正的男人。

二七　从京口到宣城

婚后几个月，有一天，左纳见林双影神情忧郁地走了进来。能看得出来，双影的腹部已经微微隆起。“夫人哪里不舒服了？”左纳关切地问。

双影摇摇头，说：“没有不舒服。”

左纳松了一口气，复问：“那是，出了什么事吗？”

双影说：“我父亲前番运往西边的瓷器遭遇一场战祸，货物尽失。前日，林家粮仓又失火，米都烧光了。现在两处要来收钱，父亲凑不齐，正在发愁呢。”

左纳惊诧：“怎么会有这种事？还祸不单行了！”

“就是说嘛，真是愁死人了！”

左纳在屋里转了两圈，然后走到双影跟前：“夫人不用担心，我这就找父亲说说，他一定会有办法的。”

左江听说林家遭难，周转不灵，思想片刻，对左纳说：“明天一早备车，我们一起去一趟林宅。”

第二天，左江和左纳乘车前往林宅。林乡龙出来迎接，强装的笑容掩饰不了愁意。

左江示意左纳把带来的一大包钱送给岳父大人。林乡龙一看，诧异问：“你们这是干什么？”

左江说：“我们来晚了，昨日才听说林家有难。这里面是二十贯，希望能稍微舒缓一下林家的燃眉之急。”

林乡龙一双眼睛先是睁得好大，接着又微微眯起，不一会儿眼眶里便有些湿湿的。“公卿如此慷慨相助，为林家雪中送炭，林某心领！只是你们还是广陵新户，本来就不容易，我受之不安！”

左江说：“出云言重了。我们是亲家，有难处本当互相帮衬。三年前左家初来乍到，头上无片瓦，脚底无立锥地，林家的接济之恩，左家还没有报答呢！”

左纳趁机说："是啊，自家人，岳父大人不必客气！"

林乡龙还想给左江留下十贯，被左江一句"应急为要"挡住了。

左江父子走了，林乡龙看着那沉沉的一大包钱，心里很是宽慰，心想这下周转不成问题了，但又有一种说不出来的怪怪的感觉。

路上，左纳说："爹，您真是慷慨，一出手就是二十贯。咱家里也不是很富裕。"

左江没说什么，过了一会儿，却对左纳提护送食盐的事："后天要出货，这次走长江。你和少虎、二虎早些出发到京口候着，务必把盐安好送至宣城。"

左纳有些意外："走长江？"

左江："是。少虎报告说：淮水通道开始看到有胡兵在骚扰，我和谢南丰商量，决定开通长江这条水道。这是左家第一次走长江，要特别小心。"

左纳深知这一次运盐的重要性，郑重回答："父亲放心，孩儿一定把此事办好！"

回到家里，左纳跟双影说不用担心了，已经给她父亲那边送钱过去了。双影一听，愁容全散，亲昵作揖道："还是相公有心，双影多谢了！"

二八　随祖逖北伐

却说左民离家后，在离建邺不远的地方见到了祖逖，告知他石勒在新蔡磨刀霍霍的事情。祖逖说他已经知晓，不过新蔡一带连日大雨不断，石勒动弹不得，看样子天助江左，近期应该无事。后来又有人说，石勒营帐里来了一位叫佛图澄的西域得道高僧，劝说石勒少行杀戮。也许这位西域得道高僧在不经意间帮了江左的忙。

然而不管怎么说，祖逖已经有了戒心。他决定主动出击，北上与石勒及地方割据势力决战中原。他对左民说："当时南下的路上，见一路死伤病荒，我就已经下了这个决心，我们要打回老家去！别人的慈悲是靠不住的，只能靠自己的力量来固国安邦。"

将军说得真好啊，自己的家园还得自己保，左民眼神坚定地说："左民愿随将军左右，任凭差遣，万死不辞！"

祖逖用赞许的目光看着左民："你是左家虎子，必定光宗耀祖。"

左民说："在下不求别的，只求保家卫国。"

然而，当时握有实权的司马睿却只管经营江左，草草给了祖逖一点粮饷，并无心北伐。祖逖只得自己准备船只，带领不多的兵将，从京口渡江北上。在这北伐的队伍里，左民认得出来，这些战士里有不少就是几年前跟随祖逖从洛阳下来的那些人。他们个个思念北方家乡，希望早日杀回洛阳。船到江心的时候，祖逖拿着船桨，在船舷边拍打，向这些北方父老发誓说："我祖逖不扫平占领中原的敌人，誓不再过这条大江！"过江后，左民随祖逖的队伍驻扎淮阴，在那里秣马厉兵，做长期战斗的准备。

左纳婚后一年多，儿子出生了，起名左继业。继业十个月大时，二伯左民回家探望，让大家喜出望外。三弟结婚了，儿子都有了。左宅更不是五年前他看到的左宅。家里的变化，让左民又感慨又兴奋。他一把抱过小侄子继业，把他高高举了起来。

"小心哪左民，你把孩子举那么高干什么！"左江说。

"不怕，爹，你看，继业高兴着呢！"左民笑嘻嘻地说。

左江看着二儿子，沉浸在一家团圆的欢喜中，同时，一些念头也在脑海中飞快闪过。他今年四十六岁了，已经能感到体力不如刚到淮左时。照理来说，左家少庄主应该是左民。可是，因为左民是庶出，更因为左民的生母出身低微卑贱，左江从来没有把左民视为左家正式的继承人，感情上似乎也隔着薄薄的一层。不知是不是老天的有意安排，左民并没有选择在左家常待，而是有志报效国家。不像许多家族几个儿子争权夺财那般，左民和左纳感情深厚，相处和谐，让左江感到特别欣慰和放心。左民毕竟是自己的亲骨肉，那份感情是真实深沉的。军旅辛劳，刀枪无情。左江看着才二十一岁，却显得憔悴苍老的左民，心里不禁一阵心酸心疼，脱口而出："现在朝廷是谁在做主啊？我们家左民这么忠心报国，却好像没吃没喝似的，这么憔悴！"

“父亲，我好像很难胖得起来。”左民安慰父亲，不料一下子就给左江顶了回去：“谁说的，你小时候胖乎乎的！”言毕左江转向身边的婉心：“去，吩咐厨房做点滋补的给左民吃。”

左民把继业交还给双影，大家这才注意到，他身后站着一个十一二岁的男孩子。左江问这个孩子是谁。左民说：孩子姓姜，叫姜岸生，是他在淮阴时碰到的一个从中原那边流浪下来的孤儿。“我把岸生带回家来让父亲看看。父亲要是喜欢，就留在家中。现在左家家大业大，多一个男孩总是好的。不然的话，我就把他带在身边。”

左江看了看孩子，见孩子长得清秀乖巧，心生欢喜。想到自己和婉心没生出男孩来，有现成的不是正好？“难得左民处处想着家里，就留在家里吧。说到姜姓，跟咱们左姓还很有缘呢。听说有一支左姓是从姜姓来的。”

左民听了很高兴，说：“哦，那还真是巧了！”

左江没说出口，心里却盘算着，今后合适的话，我就认他做个干儿子，壮壮左家的阵势。

晚上，又是一顿难得的团圆饭。左民得知大哥出了意外走了，难过得吃不下饭。还是左江劝慰他：“左民，别难过了。爹都已经闯过来了。你大哥人这么好，命却薄，就怪命吧。”左江凝神看了看前方，又说：“我想，你大哥到了西天世界，会很快活的。”

左纳伤心地说：“大哥都是为了我，他还想着要抓小鸟给我玩……”

“我知道三弟，我知道。”左民用这话来安慰感情脆弱的左纳。

一阵沉默后，左江说：“你们兄弟几个要跟你大哥学，互相扶持帮衬，打虎要靠亲兄弟。”

以前有左玄在，不管怎么样，都是个象征。而今他走了，左民便成了实际上的大哥，顿感自己责任重大，他回应左江的话说：“父亲，孩儿们记住了，我们几个会互相帮助的。”

左江把话题转到了次子身上：“左民啊，你也老大不小的了。瞧你三弟，儿子都有了。你还是多待家里，我帮你找个好姑娘，成家了吧。”

左民一下子不知怎么回应父亲的好意。这些年来，他和祖逖在一起的日子多过和父亲在一起的日子。祖逖已经成了他的第二个父亲。过不了几个月，祖逖就将挥师北上，决战中原。而琅琊王司马睿此时正加紧经营江左王室，不发一兵一卒。祖逖麾下，本来就缺少兵员，他怎么能在这个关键时刻回家成亲？

“爹，我这样自由自在的，不也挺好。现在主要是，祖逖将军马上要北伐了，我是抽空回家来看看的。这一北伐，不知要几年才能再回家。自从家国南迁，孩儿一直等待着回北方的一天。好不容易这日子就快到了，祖逖将军手下正需要人，我怎么能中途退下！”

左江叹了一口气：“我就知道，这条路，你肯定是要走到底的。”

左纳、左健齐声：“怎么，二哥还要走啊？！”

左民：“三弟，四弟，如今胡人很凶悍，想要吞掉江淮。你们在家拼家业，二哥在外面保护你们，不好吗？”

左江问：“祖逖将军得不到朝廷的支持，能打过石勒吗？”

左民说：“不怕，只要大家拧成一股绳。祖逖将军说了，我们要和石勒黏拱，把他拱回河北去！”

左江吐露心声：“左民哪，爹一向对你比较松。你一人在外，又面对强敌，自己要多加小心！我渐渐老了，家里也很需要你。仗打得差不多了，你就早点回家，不要恋战。”

四子左健忍不住问：“爹，咱左家现在这么大，要是二哥仗打赢了，咱还回洛阳去吗？”出洛阳时左民十六岁，左纳十四岁，左健才十二岁。相比之下，左健对洛阳的感情自然比两个哥哥要浅一些。

左健一句话，把左江给问住了。他闭着眼睛，许久，才自言自语般地说：“左梁啊，前朝皇帝所赐，祖宗相传，几十载经营，怎么能不想！如果玉容在世，她一定会想回去……”

左纳知道，父亲的伤心事给勾起来了，连忙说：“等二哥打赢了仗，我们就回去重整左梁。两个庄园，不是挺好！”

父子几个聊叙着，左民和左纳同时盯着父亲看。南迁后，父亲像变了一个人。别的不说，原来性情暴烈的父亲几乎没有再跟他们发过一次脾气。父亲变得温和慈祥了许多，也更愿意听他们的意见看法。此时兄弟俩的心里，都对自己的父亲充满了疼惜和敬意。

左民在家时，左宅偌大的后园正在修建。左民又是帮忙搬运砖石木料，又是打扫清洗，一刻都没闲着。他要利用一切机会，尽他作为二子对家里的责任。这一切，左江都看在眼里。他知道自己的次子骨子里非常倔，他虽有家情，更有国义，他挡不住左民上战场。

几天后，左民牵出马来，又要离家了。左江清楚，左民这一去有恶仗要打，心里百般滋味，却都说不出来。他双手摸着、拍着二子的肩膀："跟爹保证，早些回家来！"

左民眼睛泛潮："爹，孩儿保证！"

"还有，"左江停顿了一下，交代说，"如果有机会去洛阳，到我们庄园看看……"

左民明白父亲的心思，便使劲对着父亲点头："嗯，爹放心！三弟四弟，爹和家里就多多拜托了！"

左纳、左健同时说道："二哥放心，多保重，听爹的话，我们都等着你早点回家！"

"知道了，你们进去吧！"左民说着，飞身上马，策马而去。

左江伫立门前，久久地望着左民北去的那条路。左纳站在父亲身后，心也跟着那渐渐远去的马蹄声而去。

二九　巧智取豫皖，勇力破汴梁

左民归队，几个月后便随祖逖队伍从淮阴北上，进驻皖地芦州，在那里扫荡了拥兵自重的张平，招降张平的士兵，壮大了自己的队伍。很快，祖逖挥师东北，占据了豫州的太丘。

在太丘，祖逖大营遭到了另一地方割据势力樊雅的夜袭。那天夜里，左民正在睡梦里，忽听喊杀声起。他抓起刀，一跃而起，急速跑到祖逖帐前：“祖将军，有敌军来袭！”

祖逖已经起来，也抓起了长刀。“张平死了，来者一定是樊雅之兵。左民，你领左路军先冲杀出去，我随后就到。”

左民答一声“是”随即奔跑出去。他对营中战士喊：“兄弟们，樊雅的乌合之众想趁半夜占我们的便宜，不用怕，跨上你们的战马，跟我来！”说着，自己跃身上马，挥刀喊杀而出。

他的身后跟了一大群士兵。两军短兵相接，左民在马上左右劈杀，下面的敌兵凄叫而倒。身后的祖军一拥而上，一时兵器铿锵，撞出了火花。

祖逖率另一队人马赶到，樊军慌乱，节节后退。

左民还要追赶，被祖逖叫住了。左民问：“祖将军，为何不趁势追击？”祖逖说：“我们慌忙应战，没有准备好。待我们好好商议后再给他一击。”

回到营中后，左民才发现自己肘上出血。

祖逖亲自给左民上药，包扎。还在此前，多次的行动里，左民都表现得勇敢且出色，祖逖喜欢这个年轻人。击退樊军的当晚，祖逖就授予左民督护的头衔，另北伐精勇将军的名号，还说：“你可调度三千人马！”

左民手臂还疼着，心里却欢喜，连忙作揖说：“谢谢祖将军信任赏识！”

那以后，军中士兵们都亲昵地称呼左民“左督护”。

那次夜袭反击胜利后，祖逖率军追击樊雅，却不成功。左民向祖逖请求领一支人马再去奇袭。祖逖摇头道：“我们孤军北上，一切靠自己，本来就诸方薄弱，多犯兵家禁忌。我不想出师未捷先损将折兵。于今之计，唯有小心谨慎，智取为上。”

左民点头表示理解。祖逖陷入沉思，突然想起来南中郎将王含，也是随司马睿南下的洛阳宗族。次日，祖逖亲自去拜见两支地方军的首领陈川和王含，说服他们出兵助力此次北伐。两人被说服后，派出部将支援，北伐军声势进一步壮大。王含派来助战的参军桓宣，是一个性情谦善笃厚的人。祖逖见他可靠，便请他去劝降樊雅，以图不战而屈人之兵。

桓宣智勇双全，单马入谯城，面见樊雅。

樊雅见了桓宣，一开始冷冷地问："桓将军，许久不见，今日忽而光临，有何贵干？"

桓宣说："我此次乃奉豫州刺史、奋威将军祖逖之使命而来。"

樊雅头一甩："哼，上回殷乂亦是奉他命而来，狂妄无礼。而今又遣你来作何？"

桓宣耐心地说："将军勿怒，且听我细细解说。奋威将军如今奉朝廷之命北伐，正准备荡平河北刘聪、石勒，途经于此，需要将军的后援。祖将军仁厚之人，先前殷乂乃他自己轻薄无礼，绝非祖将军本意。樊将军如听我劝告，与祖将军和解，既可建立功勋，又能保全富贵，实为两全其美之上策。若仍固执，凭你手下乌合之众依据一座危城，要面临朝廷猛将和北胡强贼，断无一全。"

樊雅在踌躇思虑中。

桓宣趁势再进言："俗语曰：识时务者为俊杰。如今形势如此，还望樊将军顺乎时应乎势，以成忠义富贵之果。"

樊雅终于被说服。"桓将军说的倒是在理。好吧，看在你的面上，就依你所言。"

几日后，祖逖率大军兵临谯城。樊雅打开城门，出城归降。

攻占谯城后，皖豫连线，祖逖军在豫州站住了脚跟，北伐的通道终于被打通了。桓宣见形势转好，便率部返回王含营地。不料，他刚离开不久，石勒的侄子石虎便来围困谯城。桓宣又受王含之遣再度来救。此时桓宣已经威名在外，石虎闻听桓宣前来，恐惧而撤军。

石虎军退了，祖逖感谢桓宣再度大义相援，却不好出言相留。桓宣看出祖逖的意愿，便自动留在了谯城。左民喜欢桓宣，两人走得很近。桓宣多次出击，协助祖逖征讨不肯归附的坞堡武装。每次左民都是冲锋在前。

一日，左民一觉醒来，看太阳从东边的原野上冉冉升起，听见军营中有人喊道："琅玡王司马睿在建康当皇帝了，江东晋朝廷成立了！"左民心喜，赶去和祖逖会面。到了祖逖住处，却没见他有兴奋的样子，左民问："皇上登基，群龙有首，北伐更有主心骨，祖将军为什么不高兴呢？"

祖逖脸色阴郁，说："你随我多年，这些话就说在你我之间。当今皇上历来是一意营造江左，并无多少心思返回洛阳。我不知道他是真的不想北伐呢，还是对祖逖存有戒心。”

左民只知道跟随祖将军杀回北方，不曾去忖量朝廷的心思。听祖逖这么一说，心中不免败兴失落。祖逖看出来了，便安抚：“左督护不必受此事烦扰。我们只按既定的目标行事便是。”

很快，左民便发现祖逖的忧虑不是没有道理。东晋朝廷正式成立后，并没有对祖逖军的北伐提供更多的资助，而豫州这边，祖逖也遇到了许多麻烦。在降伏樊雅中有功劳的陈川部将李头，得到了祖逖的礼遇，被赠一匹马。此事却引起了陈川的嫉恨，竟将李头杀死。李头部众不满，索性投奔祖逖。陈川恼羞成怒，在豫州诸地为非作歹。祖逖看不下去，遂发兵将他击溃，并把陈川所掠夺来的子女财物各归原主，因而深得民心。陈川见状十分畏惧，次年便投奔石勒去了。

陈川与石勒为伍，意味着豫州的一块土地变色，祖逖岂能坐视。于是他率领大军在开封西南的蓬关讨伐陈川。石勒闻讯，便遣石虎领兵五万来救援陈川。没有晋室的后援，祖逖从来不想和敌锋硬碰。石虎五万军过黄河而来，祖逖便往后撤至淮南。石勒更派遣他那“十八骑”之一的桃豹领兵占领了蓬关。祖逖感受到了强大的压力，因而再往南撤，退回了离淮南不远的寿春。

祖逖退回了，石虎看上去却也没有要盘踞中原豫州的意思。相反，他开始收兵，同时大掠豫州。然后他令桃豹留守在陈川原来的属地西台。

石虎军俘掠陈川部众五千余户，迁往后赵都城襄国。祖逖见机会来了，便重新展开北伐进程。他先是遣军击败桃豹，占据了陈川旧城的东台。桃豹部兵还死守着西台。在两军对峙的四十天里，左民见祖逖眉头紧锁，思考着如何巧胜。

这日，祖逖让士兵们用布囊盛土，看上去像装着米一样，然后把布袋子运上台。紧接着，他把左民叫过来，让他领着几个人挑着米担子，在西台那边的路上歇息。桃豹兵见了，就去驱赶。左民几位佯装害怕，弃担而走。桃豹兵远离后赵大本营，本来就缺食短粮，饥肠辘辘。见了几担米，以为祖军士众丰饱，都觉得心虚惧怕。

左民手下两个小战士见了桃豹兵的狼狈样，止不住偷笑。祖逖过来了，一脸严肃地："先别笑，石勒恐怕很快会派救兵过来。"

果然，消息传到后赵，后赵将领刘夜堂便用一千头驴子运送粮食给桃豹。祖逖一获信息，马上派部将韩潜和另外一个将领冯铁在汴水阻击。战斗打响，杀声震天，赵军一时弃粮而溃散。祖军突袭成功，尽获桃豹的命根子粮食。

这下，连左民也忍不住哈哈了几声，想到西台桃豹军粮将尽复丢其援，此时该会是脸如土色。

桃豹得知食粮被劫，大惊，连夜仓皇逃出了西台，退兵东燕城。冯铁占据了东西二台。祖逖命令韩潜乘胜追击，进屯黄河以北的封丘，对桃豹形成威逼之势。祖逖自己则镇守黄河南边的雍丘。

左民从来没有到达过黄河北岸。在这一次与桃豹的争夺战中，他第一次到了北岸，看见了河北的乡亲，亲自和他们一起躬耕，听到了他们对祖逖一片欢迎赞赏和爱戴的口碑。之后左民返回雍丘。从那里西望，洛阳就在不远的地方。左民心头激动，遂写下家书，捎回广陵。家书里还赋诗一首：

京口发雄兵，太丘忽血溅。
巧智取豫皖，勇力破汴梁。
西台米作土，河北笑耕田。
谯城连中天，雍丘望左园。

三〇　最后的壁垒

镇守雍丘后，祖逖还与石勒进行了多次交手，不仅击溃石勒军，收编了许多后赵降兵，同时鼓舞了黄河两岸汉人起来反击后赵。朝廷此时也不得不将祖逖从原来的豫州刺史晋升为镇西将军。祖逖的北伐意志、智勇和行动，甚至让他的宿敌石勒都心服口服。石勒见祖逖势力逐渐强盛，不仅不敢南侵，还在成皋和范阳营修祖逖母亲及祖父、父亲的坟墓，还遣书请求通商。祖逖明里没有表态，却是顺水推舟，放手让汉胡通商贸易，从中收利，以壮自己的实力。石勒还杀叛晋归降的祖逖部将表示友好。面对宿敌一系列很特异的橄榄枝，一向崇尚不战而屈敌的祖逖也愿意与石勒修结和好，以换取晋和后赵的边境暂得和平以及自己军队休养的时机。

从京口出发北上，到收复黄河以南的大片失土，这天天阴，左民和祖逖站在黄河岸边，看大河如龙，蜿蜒向东。“我们终于打回了这里！”祖逖用低沉的声音说。“是啊……”左民回应，记得将军当年中流击楫时所发的誓言。跟随祖逖南北征战了三年多的时间，左民知道，祖逖并不因此而满足。就在与石勒修好的同时，祖逖营缮地理位置极为重要的虎牢关，厉兵秣马，积蓄力量，准备向北岸推进。

就在这个时候，传来了晋元帝司马睿任命戴渊为征西将军，都督兖豫并雍冀六州诸军事，出镇合肥的消息。祖逖闻讯非常不悦，心想他苦苦征战经营，收复了中原大片国土，却依然得不到重用，反屈人之下。很快，又传来江左朝廷有内乱隐忧。想到北伐可能中途而废，祖逖心忧如焚。长期劳顿，再加忧愤，五十六岁的祖逖病倒了。

祖逖病卧时，左民常侍候左右。有一天，左民在外面听到有关祖将军的风言风语。端水进来给祖逖喝的时候，他好奇问了一句：“如果当初大人在江左已经有大片产业家园，大人还会北上抗胡吗？”

祖逖一听，脸色顿变。左民从来没有见过祖将军在自己面前有过这样的神色。他立刻意识到自己问了不该问的话。可惜悟时已晚，祖逖仰天长啸，说：“左二公子今日这么问，当初就不该随我北上。”

左民连忙低下头说：“我只是一时好奇唐突，左民知错，还请祖将军饶恕左民错问之过！”

祖逖没有直接回应，却问：“左督护，你有没有听说过从西域传来的佛祖之说？”

左民答：“听说一点。”

祖逖又问："佛祖年少时，不是极尽奢华吗？为什么他要出家普度众人呢？"

左民被问得哑口无言，他领会到祖将军的意思了。

"北伐与否，在于心寓于情而无关钱财产业。"祖逖说完这句话，便让左民去叫祖济进来。祖济是祖逖的侄子。祖济进来了，祖逖就要他率众到虎牢去修筑壁垒。祖逖叮嘱："虎牢北临黄河，西连成皋，自古乃兵家重地。如若壁垒不坚，胡兵南犯将势如破竹。"

左民一听，也跃跃欲试，可又不放心卧病的祖逖。祖逖看出来了，就说："我没事。筑堡垒要紧。你随祖济一起去吧！"

左民随祖济一起到了虎牢。这一次，虽然离洛阳更近了，可是左民心情沉重，有挥不去的阴影。壁垒建到一半，便传来祖逖病逝的消息。

祖逖乍逝，豫州百姓如丧父母，惶惶不可终日。果然，祖逖病逝不到一年，后赵军队卷土重来。祖逖弟弟祖约无力抵抗，只有大幅后撤，退守寿春。祖逖多年奋斗而收复的中原广大土地重新沦陷于后赵。

寿春，是当年楚国在强秦威逼下最后的都城。北伐前功尽弃，左民深受打击。自己从属并敬爱的将军已逝，左民便没有了继续兵戎生涯的欲望。那是公元 322 年一月，也就是左家出洛阳近十一年后，左民正式离开军营，从寿春出发，快马加鞭，奔向淮左。

寒风夹着雪花从他的两腮呼呼而过。一路上，左民看到背着破旧行囊的难民、被冰雪覆盖着的荒芜田地和路边的白骨。他的心揪得紧紧的，却只能视而不见。风餐露宿，他脑海里不思也不想。唯一驱使他往前奔赶的，是他的广陵父老兄弟和左园。

三一　魂兮南渡

六年未见家人面，这一天，风尘仆仆的左民，终于回到了他的新故乡广陵。

行过一道拱桥，穿过一条石铺巷，左家宅院就出现在眼前。那是一栋青砖墨瓦大宅院，和六年前不同，大门加宽了，门外多了一对石狮子，还有两个拴马柱。

当年左民收容的男孩姜岸生，这时已经十七岁了。他正在左宅门外巡视，见一个汉子骑着一匹马哒哒而来，走到跟前，两人都认出了对方。

“左二哥回来了！”岸生喊着，跑了过来。

“是岸生呀，长这么高了！”左民说着，下了马。

岸生露出了左民所熟悉的腼腆样。他一边瞅着左民，一边帮他拴马。“二哥，干爹可想你了！这个拴马柱就是为你设的。还有啊，你怎么跑得这么快，你寄来的信，昨天刚有人给捎回来。干爹看了，都落泪了……”

两人说着说着，不觉已到了大堂的天井下。左江正在天井侧面的花圃浇花，问：“岸生在跟谁说话呀，叽里咕噜的。”

岸生忍不住跑上前来：“干爹，您看，谁回来了？”

“你是说左纳呀，有什么好大惊小怪……”左江说到这里，一抬头，话止住了，手里的水瓢咣啷一声落地，“左民！是你！左民回来了！”

左民叫了声“爹”上前鞠躬行大礼。左江顾不得许多，张开双臂抱住了儿子。

婉心闻声赶了出来，左民遂向她行礼：“婉姨好！”

和六年前相比，父亲显得老多了，皱纹深了，两腮垂了，眼神也没有以前的犀利了。看到了六年未见的儿子，左江眼里泛起了泪花。“左民哪，你终于回来了！爹刚才还在念着你呢……”

“是啊，”婉心说，“刚刚还在提呢，说左民，左民就到！”

“来，让爹看看。”

“哎。”左民忍着心里的伤感，端端正正站在父亲跟前。

左江上上下下端详着左民，抚摸着他的身体。“手盘上这么大块疤……”

“和石勒军对杀时落下的，没大碍。那仗我们打赢了！”

左江：“你又瘦了……”

“父亲勿忧，孩儿身体好得很。三弟、四弟呢？”

左江重新坐了下来。“你回来得不巧。你三弟他出门去了，去新息跑生意。”左民一听，有些失落，接着有些担心：“新息现在在石勒手里。”左江轻轻叹气：“他跑过几次了，应该没事的。”

左江沉默了，左民也是。新息这个地方对左家人是难以承受的痛。

左江打破沉默：“左民啊，这次你回来，能住多久？”

“爹，孩儿这次回来，就不走了。”左民说着，卸下了铠甲。

左江一听喜极：“真的？我没听错吧？”他转身问岸生。岸生说：“干爹，您没听错，二哥他是这么说的。”

左江：“这可太好了！”他转向婉心：“别在这儿站着了，快去吩咐钟嫂，今晚做点清淡能下酒的。明儿个呢，要多做点，好吃的都拿出来！”

婉心欢欣应道：“哎，我这就去。”

晚餐的时候到了。比起六年前，这一次的饭局上少了一个人——三弟左纳跑生意去了——却多了三个人：四弟左健的妻子白氏和儿子左安，还有左江认的干儿子岸生。这会儿，左江坐在中间的案边，左民和四弟左健分坐两旁，岸生就坐在左民的边上。在他们后面有左纳的妻儿和左健的妻儿。婉心，则坐在左江的后面。

“二哥，听爹说你这次回来就不走了。正好，赶紧成个家，别再打打杀杀的了。”四弟左健难得和这个二哥搭上了话。

左民一下子不知如何作答。很少言语的婉心插话了：“你看，连四公子都这么说了，不是我的妇人之见了吧？”

左民想说什么，却被左江抢了先：“左民刚到，这种事也得随缘，还是左民自己拿捏吧。”

左民低头不语。每次人们提到他的婚事，他都会想起小蝶来；一想起小蝶，他就会对一般的女人兴趣索然。那是他深藏不露的秘密，就连父亲也不知道他心底的这一道“婚姻障碍”。

晚饭后，左江和左民父子俩到了左家后园。当年左民帮忙建过这个园子。现在，这后园里有花圃、柳树和树下石儿，有竹林小径。那低垂的柳树时而随风而动，仿佛向久违了的左民打招呼。远处传来淮河哗哗的水声。今夜夜空清朗，星汉灿烂。左江仰望天空，长叹了一息："十一年前南下时，记得有一夜，我们在平顶山南边的坡地上露宿。那天空说大是真大，说窄也窄，因为当时，我真的不知道下一夜会在哪里过，下一顿饭会在哪里吃……"

左民充满感情地说："父亲，我知道那份艰难。当年我随祖逖将军南下，几百户人家，路上老弱走不动，祖逖将军就把自己的马车给他们。后来我看他走得非常吃力，说什么也要把我的马给他。大家都喊道：行主骑马，行主骑马！他这才勉强上了我的马。我年轻，上山蹚水的都不怕。就是苦了那些老弱妇幼。"

"如果不是'八王之乱'，你大哥早就顶了我的位置；如果不是胡人之乱，我们也不会南下，玉容也不会死……"说到伤心处，左江泪纵横。

左江的悲情感染了左民，让他再一次想起了小蝶。他伸手握住了父亲的手，"父亲，别难过，伤身子，都过去那么久了……"

左江拿衣袖抹了抹泪，问："左民，爹是不是很老了？"

左民："不，爹结实着呢。"

左江摇摇头："爹不结实了。实话告诉你，自从两年前把你母亲的墓地迁到这里来以后，我自己感觉差多了。"

左民一听连忙问："爹，母亲的墓现在哪里？"

"走，往前，我带你去看。"

左江一边缓缓走着，一边告诉左民两年前的事。两年前，他带着左纳、左健去了一趟淮安凤林山。他们请了风水师来指导，还有一位西域僧人，择日择时动土，焚香烧钱。虽然时隔九年，开棺后，见了玉容的骸骨，左江还是几乎晕过去。后来他的情绪慢慢平静了下来，就和两个儿子一起把玉容的骸骨全部收好。那一趟，几乎是另一次的出洛阳，伤心、动骨、劳神。好不容易把玉容的遗骨带回广陵，左江又硬撑着，请来僧人做道，和两个儿子一起，把玉容的骸骨按原来的样子放进新的棺椁，埋进新左园西北角的墓地中。次日，左江便开始大病，来势凶险，把一家人吓坏了。

"好在我命大，硬是从阎王爷那里逃了出来。要不然，左民，你这次回来，就只能看到我的墓坑了……”

说着说着，就走到了玉容的墓前。坟墓朝西，一块大石碑矗立墓前，上面刻着“左门贤妻慈母刘玉容之墓”。墓的两边种满花卉，幽香隐隐吹送。左民一见，唤了声“母亲”便跪地三拜：“孩儿不孝之至，又没能为母亲扶骨回家……”说完俯身抽泣。左民一边抽泣一边喃喃而语，最后说：“母亲，待孩儿改日沐浴净洁，再来母亲跟前烧香敬拜！”

泣诉完，左民端详墓碑，从上面刻的称谓上看，左民猜想父亲是无意再续弦了。他也终于明白父亲为什么苍老了这么多。“爹，经过了这么多事，您要多歇息，不要再累着了。”

左江说：“说来爹还要好好谢谢你，带了岸生进左家。这些年，他可顶了不少事，帮了不少的忙。爹老了，好在，你们兄弟都顶起来了，爹没有什么不放心的了。”

父子俩缓缓往回走，心情都不是很轻松。说到左民这些年的兵戎日子，左江说：“现在祖将军也走了，我知道你心里肯定不好受，可是说真的，观现在江左的情势，我看是北伐无望。将来南北要再统一，肯定要靠哪位深明大义的人先整治北方，然后南下兼容。”

“爹，您真这么看？”左民问，脸色相当阴郁。

“是。”左江确信地说，“我知道这话你不爱听，但是现实摆在那里，江左的这一群花花王宫子弟，你能指望他们北伐杀敌？识时务者为俊杰。祖将军太过执着，才会忧郁成疾。你也老大不小的了，你的三弟四弟都生儿育女的了。左健说得有理，你也该想想成个家了。”

左民没有回应父亲的话语，却问了一句：“父亲，如果哪天南北统一了，您还回洛阳去吗？”

左江沉默了片刻：“这话你六年前就问过了。此一时，彼一时。左梁庄园没有了，反倒是，我们在淮左已经有了根基，你母亲的灵柩也回来了，我的心也跟着安定了下来。不过，我心还是常在洛阳，希望你和弟弟们，不管这边住得如何，都能常存这份洛阳心。”

左民点头："父亲的话孩儿谨记。"

"明天，"左江改了话题，"我要把你裕仁伯、东琅叔、少虎哥他们请过来一起进餐庆祝。你们好好聊聊。你叔伯年纪大了，身体也不好，聊一次，少一次。"

左民点头："孩儿听您的，父亲。"

三二　神秘的来者

次日，焦裕仁、王东琅、霍少虎等几位闻声赶到左宅。多年未见，两位叔伯和左民紧紧相拥，喜极而泣。少虎表现得含蓄了些，但也抑制不住激动，狠狠地抱了抱左民："二公子是我们左庄园的英雄！"

左民腼腆地说："左民与英雄相去甚远，少虎兄这么说，我倒无地自容了。"

"有什么好无地自容的？别说在左庄园，这方圆几百里，你都是唯一的抗击胡人的督护呢！"

左江眼看话题要跑了，就说："哎，咱们今日拉拉家常，不谈国事。"

案席上摆满了酒菜，几个男人就在那里边饮边侃。除了左民和左健，左江把岸生也叫来一起饮。大家坐定了，左江就说："左园千里南迁，经历了千难万险，托大家的福，我们都挺过来了。今天趁二犬子左民归来之机，我来敬大家一杯！"

少虎说："庄主客气，是我们该敬庄主才是。"

王东琅接过话头说："可不是嘛，如果不是庄主带我们南下，我们现在怕是都被石虎吞了呢！"

左江说："不是我客气。左园新至广陵，百废待兴，全依仗着大家齐心合力，才有今天。现在老的老了，小的长大了。世事不易，希望将来大家也还是一样同舟共济，把左园建得越来越兴盛！"

左民似乎领会了父亲的意思，也站了起来："我也敬叔伯兄长们一杯！"

于是大家干杯欢饮，庆贺左园的兴旺，也庆贺左民终于回家。焦裕仁指着岸生说："公卿德高，左园才会这么人丁兴旺！"

少虎说："焦总管说的是。这岸生站那里就是个有出息的小伙子。"岸生被夸，憨笑着，红了脸颊。

几位正说着，下人笮庸进来报告："庄主，有位公子想见少庄主。"

左江有些意外："一位公子？请他进来吧。"

从外面走进来一个江湖人模样的年轻人。只见他一身灰色衣裳，佩剑，斗笠半遮面。

年轻人上前作揖："在下息山，拜见左庄主。"说完便摘下斗笠，露出灰色的头巾。

左江回礼，说："年轻人，我们见过面吗？"

叫息山的年轻人回道："左庄主名扬南北，说没见过恐怕也难。不过息山今日来，是想见见少庄主，有笔生意和他谈。"

那一刻，左江心头突然涌上来一股不祥的感觉。这次左纳出门，有点久了。按常例，他两三天前就该回来了。左家在淮右的生意接头一直都是淮安客栈，从来没有听说过哪个叫"息山"的跟左纳有往来。

"哦，真不巧，左纳他出门有一阵了，尚未回家来。请问息山侠士来自何处？"

息山道："在下居无定所。不过听说少庄主在淮右有生意。彼处眼下由后赵控制，还得小心为好。既然少庄主不在，息山改日再来。告辞。"

息山刚一退出，王东琅就说："我怎么觉得这个年轻人看着眼熟啊？"

少虎："我也觉得是。就是一下子想不起来在哪里见过。"

这时候，左民突然说了句"失礼"，便匆匆起身，追出门外。

"侠士请留步！"

"先生是……"息山从斗笠下看着左民。

"在下左民。适才有一疑问未及问起，特赶来相询。"

"原来先生就是大名鼎鼎的左督护，息山幸会，佩服！"

"左民不敢。"左民作揖，打量着对方。

"将军有何疑问？"

“请问侠士是否来自大别山？”

息山心想，真不愧为大将军，深谙江湖阵仗，嘴上却答道：“在下到处做生意，偶尔也去大别山。希望将来有缘与将军再见。今日我实有急事，不能久留，息山就此别过将军！”

左民眼睛盯着息山看，道：“希望我们后会有期！”

左民一回屋里，少虎便说：“二公子，适才我等几个在议，这位息山来得有些离奇。少庄主去淮西，多日未返，实有些令人不安！”

左民说：“我也有类似感觉。这个息山一定有江湖来头。我怀疑他来自大别山寨。也许，他们听到了什么风声。”

左江思忖着说：“按理有孙掌子接应，应该不会有事。前几趟都这么过来了。”

左民说：“现在不同。后赵新立，现在又把汝南淮西一带揽了进去。”

左江一听，露出了不安的神色：“左纳要是真在淮西出了什么事，可如何是好？”

左民安慰：“父亲莫急。我这就去一趟寿春。我会带一些兄弟前去打听探视。”

少虎说：“现在中原混乱，淮右也不安静。有人去探视接应一下最好，以防万一。”

左江见左民才刚到家，又要出去，觉得非常为难，问：“你要不要歇息两天再走？”

左民说：“不用。战场上说走就得走，哪有歇息的时候。孩儿早习惯了。”

左江听了，禁不住握住次子的手，说：“这样也好。那，你自己要特别小心，早去早回，有什么消息，赶紧来信！”

“孩儿遵命。父亲放心，孩儿这又不是第一次。”

左民披上披肩，佩上长剑。临行前，他突然问左江：“父亲，曾小蝶可有兄弟？”

话音刚落，王东琅拍了一下案：“想起来了，这位息山看上去有曾小蝶的影子！”

左江想了想："没有啊，没听说曾家有儿子。"

"那，"左民又问，"当年大息桥落水，是否捞到小蝶的尸体？"

左江迷茫地转向少虎。这事这么多年了又再提起，少虎还是感到非常难过。他摇摇头说："我和二虎在河里游了半天，找了许久，还钻到水里去。江水茫茫，什么都看不到。怎么，难道二公子……"

左民："我只是好奇，随便问问。我这就先告辞了，各位多保重，待我把左纳带回来了，我们再聊！"

三三　汝南太守

却说左园少庄主左纳为了拓展左氏生意，数日前再度前去淮右与孙掌子商议。

孙掌子的淮安客栈乃淮西淮河南岸最大的客栈，离新息大约四十里水路加半个时辰的陆路。由于客栈地处淮南，即便在"永嘉之乱"前后，也未见有胡人进出。不过，自打石勒建立后赵起，淮安小镇便不时会看到深眼睛高鼻梁的胡兵。而淮安客栈是镇上最醒目的地方之一，胡兵来过一夜、两夜不再是什么新鲜事。

尽管如此，胡人来住，大致与汉人旅客井水不犯河水，相安无事，故而孙掌子和左纳在此碰了几次面，并不担心什么。

这一次情况大为不同。那日左纳刚至客栈，便有胡兵进入。那胡兵上下看着左纳，问道："敢问客人贵姓？交个朋友。"

左纳冷不防会有胡兵出现，还唐突地问自己的姓名，一时之间有些慌乱。他停了三秒钟，作揖道："在下左某，幸会，幸会！"

左纳十五岁赴淮左后已经十一载，不似左江的北方音根深蒂固，他的话语里已经有了东南部口音。那胡兵一听便了然。"我一看就知道你是外地人。江左汉人，好嘛，有请跟我们走一趟。"

左纳一听更慌了。"在下乃江左商人，无涉朝局，缘何带我走？"

胡兵嘻嘻笑了两下，指着左纳说："你，不用害怕，好事，是好事。"

里头的孙掌子听到外面说话声大，出来探问："外面何事喧闹？"一看便愣住了，问："少庄主，你来啦！这，这是怎么回事？"

左纳还没答，胡兵先发腔了："噢，原来还是个庄主，应该很熟悉汉家那些典籍，那就更得跟我们走一趟了。"

孙掌子不明白为什么胡兵要带走左纳，只好上前作揖解释说："这位壮士，左先生乃是商人，不懂得其他事宜。还请壮士开恩！"

胡兵有些不耐烦了："啧，你们怕什么？我们带左少庄主去，就是要开恩于他。走走，别耽搁了！"

就这么着，左纳在孙掌子眼皮底下被莫名其妙地生生带走了。

左纳不明不白被胡兵带走。路上，他有吃有喝，胡兵并未为难他。他纳闷着一路北上，竟到了汝南。从马车里下来，他就像做梦一般，行走在他十一年前逃难时经过的地方。记得那夜风雨骤，他一手抓着大哥左玄，另一手抓着四弟左健，心里却祈祷小蝶安好……谁能想到，那竟是他此生心中对小蝶最后的缠绵！

"快点走！"胡兵的催促声打断了他的思绪。

他被带到了汝南郡府。那胡兵上去对一位胡军头领说："报告，我们带来了一个江左人。"

那头领眉毛粗，鼻梁挺，眼睛深陷，留着呈深棕色的大胡须，一听报告，便问："江左人？什么样的？"

胡兵介绍："一个庄园主，有学问的。"头领眼睛一亮："好哇，带上来看看！"

左纳被带了上来。

胡军头领问左纳："知道为什么带你来吗？"

左纳摇摇头，不搭腔。

头领于是耐着性子对左纳说："实话跟你说，后赵新立，疆域涵盖汝南。近日我带兵南下，见汝南郡府里人都不知道跑哪里去了。秦汉以来的堂堂大郡，怎么能没有个头。这汝南地处江淮要冲，还是得有江淮本地人来担任太守，才能聚拢人心，有道理吧？难得碰到一个江东人，我欲封你为汝南太守，希望你不要拒绝。”

左纳一听，如梦初醒，哭笑不得，问头领：“请问你是谁？”

头领又是一句“实话告诉你”打头：“我是当今大单于、赵王石勒的元辅石虎手下的都尉石匡。我们大单于在北方尚且起用了许多汉人当官，这汝南满郡皆汉人，听说你很有学问，你来当这个太守正合适。”

听完这费劲的解说，左纳连连摇头：“不可，不可。我是个生意人，根本不懂什么太守县令。我来当只会坏了石将军的事。请石都尉还是另寻高明！”

石匡闷声闷气地说：“不就是当个太守嘛，哪有这么难？你能做生意，就能当太守！”

左纳直推托：“谢谢都尉好意，可左某真的不行。我在江左别说有生计要维持，上有老下有少，怎么能独自在汝南做事！”

石匡摸了摸胡须，说：“这个简单，到时候把你家人搬过来不就好了？”

左纳急辩道：“可我的生意是在江东！”

石匡眼露凶光：“你这么不识抬举，不怕我杀了你？到时候，你和你家还有什么？”

那脸凶光和那一席话把左纳给吓住了。想到家里人还等着他回去，他心急如焚。给这个恶魔石匡看中了，真叫是倒了血霉。

三四　大别山在行动

冬春之交的大别山，雪花漫舞，松柏盎然。

十一年前，小蝶遭逢劫难，九死一生，幸被大别山天堂寨的方胜、方幽师兄妹救起，带回大别山。在休养的那段日子里，她慢慢了解到，大别门成立于东汉末年，原来是一个单纯的杀富济贫的帮派。“永嘉之乱”后，他们又把北伐胡戎、统一南北、恢复汉晋放入了自己的宗旨里。在女寨主彭湘的快刀之下，曾经倒下不少胡兵。想着自己因为“永嘉之乱”而南下，最后在淮西家破人亡，小蝶很自然地接受了大别门的宗旨。于是，她听从彭寨主的教诲，跟随师兄妹方胜、方幽一起习武练功。几年后，她随大别门侠士们一起，北上袭击胡军，以配合祖逖收复豫州。本来，祖逖在黄河南岸的虎牢修筑壁垒，秣马厉兵时，大别门侠士们就已经再度越过淮北，逼近平顶山区。不料中途听闻祖逖病逝的噩耗，只好作罢，无功而返。

小蝶虽身在大别山，却心系淮左。洛阳大户左氏南下江淮，再次发迹的事情，她有所耳闻。从平顶山返回本营后，她便请求寨主准许她赴淮左探寻她的故人。

彭湘一听就问："淮左故人？是左家吧？"

小蝶早已熟悉了彭湘的女低音和她的博闻多识，轻声回复："是。"

彭湘又问："左纳已经娶妻生子，你去见他，又能如何？"

小蝶回道："徒儿只是牵挂，只要能见上一面，便会心安。"

彭湘："你一定要去，我也不拦你。只是女子单独出门，多方不便。你须得女扮男装，化名息山。不可暴露你的真实身份，不可暴露大别山寨。速去速返，不得耽搁。"

小蝶谢过彭寨主，穿戴男装，准备停当，便下了山。

几天后，小蝶如期回到山寨，告知寨主她在左家听到的情况："左庄主说，左纳早就应该回家了的，不知何故至今未返。"小蝶一边报告一边暗自不安。

彭湘思量片刻，说道："听起来是有些诡异。方胜，你准备一下，马上下山打探。顺着桐河往北，先到淮安客栈探听，再见机行事。一有消息，即刻回来告知。"

方胜俯首作揖道："遵命！"

次日，方胜便抵达淮安镇，到了孙掌子的客栈。

方胜订了一间客栈房间，便说要喝一碗洛阳小米汤。小二说没有洛阳小米汤，只有大米汤。方胜一听便火了："老子大老远路过这里，累了就要喝小米汤。堂堂淮安大客栈，连碗小米汤都没有，岂不是笑话！"

小二说："客官有所不知。中原经年战乱，田荒路断，洛阳小米已经断货很久了。客官累了，本客栈倒是有米汤，乃新米所熬，配上江东青豆，相当可口，也可解乏。”

方胜吼道：“我就是要喝小米汤，去火解乏，其他的不要！”

小二面有难色：“客官这不是在为难我嘛。”

方胜：“我不为难你，我找你们店主去！”说完就要往里闯。

小二忙拦住，说：“店主当下没在这里。请客官少安毋躁，我去把他寻来。”说着喊道：“小青！”

从里面跑出一个小少年来。“领班找我有事？”

小二在小少年耳边说了几句。小少年：“是，我这就去。”

却说孙掌子这几日，因为左纳被莫名其妙带走，心里一直忐忑不安，忧心忡忡，此时正在客栈后方一个清静的院落里练习五禽戏。

小青小心翼翼走上前来。“店主，前面有人找您。”

“是谁？”

小青摇摇头：“不认识。”

孙掌子无奈地垂下双手，跟着小青走到客栈前台。他一看有位客人目带愠色地站在那里，脸上马上绽出笑来。“这位客官，找我有何贵干？”

方胜一见孙掌子，态度立刻软了下来。“是这样的，我大老远来到这里，又渴又累的，想喝一碗洛阳小米汤，这位小二兄弟硬说贵店没有洛阳小米汤。我不大信，就想亲自问问店主您。”

孙掌子一听，松了一口气。“洛阳小米确实没有了。洛阳纸贵，小米也贵。不过咱淮西地区出产的小米也不错。我们有驻马店客栈运来的小米，口感很好，温润解乏，客官若不嫌弃，我们这就去熬来。如何？”

方胜本来就是找茬要把孙掌子给唤出来，哪里在乎什么小米的事，只管连声道谢：“麻烦店主了，在下不胜感谢！”

方胜被带到客栈饭厅，刚坐下来没多久，一碗香热小米粥便端到了方胜跟前的案上。“小二兄弟，谢谢你啦！还有啊，刚才一时性急，委屈了小二兄弟，还请多多包涵！”

小二嘻嘻一乐：“没事，来的都是客。”

孙掌子让小二给自己也盛了一碗，就在方胜对面坐了下来。“好久没喝小米汤了。今天趁着客官的兴头，咱也来喝一碗。怎么样，客官感觉如何？”

“嗯，和洛阳的有的一比，好喝，真香，清爽！”方胜连声称赞。

“客官喜欢就好。听你口音，客官应该是北方人？”孙掌子试探着问。

“是啊，我祖籍怀州（今焦作）。”

孙掌子一听，眼睛睁大了一圈：“怀州？客官也是怀州人？”

方胜见状反问：“难不成我在这里遇到老乡了？”

孙掌子说：“没错。在下祖籍也是怀州。”

方胜露出了亲切的笑：“幸会老乡，方某以汤代酒了！”说着喝了一口米汤，环顾了一下四周，把话题引到了客栈上来。“我看店主老乡开的这客栈方圆几百里恐怕是数一数二的了，生意应该不错吧？”

孙掌子微微摇了摇头：“现在时局不好，生意也不是十分好做——来的不都是客啊！”

方胜感觉孙掌子话中有弦音，便问：“店主老乡此话怎讲？”

那孙掌子几口小米汤入肚，有如喝下几口浊酒一般，话竟多了起来。“就说几天前吧，我有位老友从淮左来谈生意，好端端的，竟被几个胡兵给掳了去……”

方胜一听，一下子放下碗来。“有这种事？！请问店主的老朋友叫什么名字？”

听他这么问，孙掌子有几分诧异：“怎么，客官老乡也听说什么了吗？”

方胜意识到自己有些唐突失态，忙说：“没有，我此行会到北边去，如果有个姓名，我可以帮忙打探打探。”

“这样倒也好。我的朋友姓左名纳。莫名其妙被掳去汝南，我真的有些担心。”

“胡兵抓他走时，没说什么别的吗？”方胜抓住机会问。

孙掌子回想了一下，答道：“说来有几分奇异。那胡兵竟然说是好事，还说左纳肯定是读诗书识礼仪之人。你说，是不是怪事？”

方胜眼睛转了转："我想，他们兴许是想抓你朋友去做地方差事。石勒的后赵刚建立不久，听说地方官吏跑掉了不少。老百姓没人管怎么行，所以他们急了。店主老乡不必过虑，我刚好要去汝南，届时帮你打听一下。如果有消息，我回来时告诉你。"

方胜的话像春风一般，吹散了孙掌子心头的大半乌云，看来，这顿小米粥没有白煮。"这样甚好，我也可告知他的江东家人，让他们放心。多谢老乡！"

"顺便的事，店主老乡不必客气！"

三五　飞书报安

次日，方胜背着行囊又上路了。到了淮河北岸，他重新跨上马，一声"驾"便朝汝南方向奔驰而去。

从淮安客栈到汝南三百里路。靠着马力，方胜在隔日辰时便进入了汝南郡界。这汝南郡周遭的确是东西南北的交通要塞，也称得上是豫州江南。一路上树木郁郁葱葱，不时见长亭驿站，过往行客甚多。

走进汝南街头，方胜正左右张望，突然，身后一阵哗然。"让开，让开！新任太守上任啦！"

方胜很警觉地策马走在了街边。不一会儿，便见四人抬着一顶轿子，从身边呼呼而过。

方胜微微提了提缰绳，"驾"了两声，跟了上去。

太守府衙外站着一些人，好奇地看着轿子落地。最好奇的，也许要数方胜了。他牵着马，缓缓地靠近新官的轿子。

帘子打开了，一个中等身材的男人走了出来。从那身段和脸庞看，方胜确定他是汉人。府衙门外几个胡兵迎了上来，一口一个"左大人"地叫，可那左大人看上去神情却十分忧郁。

"天下有这么巧的事！"方胜不由得自言自语。

是蛮凑巧。今天是汝南新太守左纳左大人首日上任的日子。此时，外面人群熙攘，交头接耳，目光聚焦于他身上，左纳脑海里却是一片混沌。他站直了，对着周围的人群——他的“子民”们——尴尬地、机械地笑了笑，压根不知道要如何做他们的“父母官”；加上心里焦虑，无法给淮安客栈，更无法给广陵父老传递他滞留汝南的信息，更让他难掩眼神里的不安。

由于方胜已经知道底细，这一切都让他看在了眼里。他一拽缰绳，用适度的音调叫了声：“左太守请慢！”

方胜的叫声让左纳吓了一大跳。人生地不熟，忽然之间当了官，第一次听人呼太守，让左纳心头怦地一惊。“这位壮士有何事宜？”他强作镇静问道。

方胜作揖俯首：“怀州方某恭喜左公新任！”

左纳不禁问道：“壮士来自豫北？”

“是的。”方胜压低了嗓音，“我乃淮安客栈孙掌柜的同乡，他不明事态，很担心左公子您。”

左纳一听，激动得身体发颤。

“左公子莫慌，免得给人看出。您有什么吩咐，方某当代为传达。”

事情来得突然，周围又有官兵和民众，左纳只能按压自己的情绪，匆匆交代：“请方壮士把所见告知孙店主，让他勿忧，只是，务必把信息速速传送我广陵家中。他们现在不知有多担忧！我没有送信出去，就是不想暴露他们。多多拜托，来日当报！此地非说话处，左纳就此别过壮士！壮士保重！”

“我定不负左公子重托，公子保重！”方胜拜别完毕，便提缰调转马头。

却说这个淮安客栈的孙掌子，江湖中人，也是性情中人，对朋友忠肝义胆。十一年前和遭乱南迁的左江一面之交，这情义却过眼不忘，后来还和左家发展出了淮左—淮右之间的生意通融。等方胜回来告知实情后，孙掌子立刻修书一封，托手下可靠之人飞速前往驿站，以钱托驿站官员，将书信火速送往淮左左家。

左江接到信息，愕然。他猜想左纳在那边的遭遇一定是情不得已。想到十一年前左氏倾家南下，为的就是躲避胡人的杀伐。而今，自己的儿子却在胡人的地盘上，让胡人给推着当上了太守！是时，是命，还是哪路神仙在跟自己开玩笑？

三六　飞镖劫轿，横刀夺人

方胜回到大别山寨，和彭寨主报告了他的所见所闻和经历。

“看样子，胡人没有伤他身体和性命，只让他去做官。这样也罢。”彭寨主说。原来，彭湘是大别门在西晋时期的第三个掌门人。随着西晋社会和民族矛盾的加深，大别门的指导思想也在单纯的杀富济贫和赶杀胡人之间来回游荡。一段时间以来，彭湘对石勒的态度有所改变。她记得有一年她改装下山，北上洛阳，路上遇见流离失所的百姓，其中也有胡人百姓。他们告诉她，西晋压迫胡人太盛，以致他们造反报复。

近期，汉胡之间的战事频发，死伤互见，不禁让彭湘起了“冤冤相报何时了”的感慨。

这会儿，小蝶简直不敢相信彭寨主会就此放弃。“也罢？”她发声了，“左纳当这个太守是被迫的，胡人这是强人所难。我们应该去把他救出来！”

彭寨主看了一眼小蝶：“我说也罢，因为中原地区连年征战，现在好不容易胡人愿意让汉人来做官，汉胡能慢慢通融，有什么不好？”

小蝶辩说：“可胡人是不是真心实意？他们会不会哪一天不高兴了便再杀汉人？左纳在汝南太守府，就是在虎口里。再说了，把左纳抓去当差，左纳一家又如何是好？”小蝶因“胡人乱华”而被迫南迁，双亲皆亡，从此视胡人为不共戴天。如今她的旧爱被掳，只被强迫当官，让她倍加愤怒，情何以堪，更难以相信天堂寨寨主对胡人竟然如此苟且。

彭寨主又如何不明白小蝶的心思。她对方胜、方幽等几位说：“你们先下去，我和小蝶单独谈几句。”

等到大堂里只剩下寨主和小蝶两人了，彭湘便对小蝶说：“于公来说，我们大别门始建于东汉末年大乱时节。这一百多年来，北方和中原征战杀戮不断，民不聊生，生灵涂炭。我们的目的，就是杀富济贫，损有余而补不足，就像老子说的天道那样。后来我们也支持了祖逖将军的北伐，因为我们希望南北两边早点统一，老百姓早日安居乐业。可是朝廷没有支持祖将军的事业。现在祖将军没有了，朝廷内部还在继续内斗。我算是看清了，历来朝廷都是对内内斗，对外欺压百姓，包括胡人百姓。所以百姓才会反。大别门，应该回归我们的初衷：杀富济贫，替天行道。不要因为官场的事、汉胡的事而迷失了我们的正道。”彭湘停了片刻，又言：“于私，说到你自己的事情，左纳公子他早已娶妻生子，你不该再有不平之心。”

彭湘的话，小蝶此时哪里听得进去。她现在血在血管里沸腾，恨不得马上到汝南去把左纳劫出来。听了彭湘的话，她一言不发。

彭湘看出小蝶沉默中的不逊和她眼睛里的火，便说：“我明白你和左公子的事情，也明白你父母的事情。你一定要去，我不拦你，但是你不能用大别门的名义去，亦不可暴露你的真实姓名和身份。”

小蝶听到寨主这么说，不禁抬起头来，看着彭湘，泪花在她眼眶里转：“寨主在小蝶落难时收容、养育了小蝶，教授小蝶功夫，这份大恩小蝶没齿难忘！此番左纳之事，小蝶实难置身事外，还请寨主宽容！”

彭湘摆摆手：“谈不上什么宽容不宽容。”

为了不牵扯大别门，小蝶决定单独行动。出发前夜，她特地来和方胜方幽师兄妹拜别。

“师兄师姐和小蝶情同手足，对小蝶厚爱有加。此生有缘，小蝶当报兄姐厚遇之恩！”小蝶说完下跪行礼。

方幽伸手扶住小蝶：“哎呀，蝶妹快快请起！”

“既然是兄妹，就不必客气。”方胜接着提醒，“汝南扼中原和淮水咽喉，多有官兵警备，师妹还得要好好规划，多加小心为要！”

方幽亦叮嘱道：“见机行事，凡事不要勉强。如果不行，速速回营。”

“小蝶明白，师姐勿挂。”小蝶说完，起身要走。

方胜说了声“师妹留步”追了上来，递过去一张帛巾，说：“这上面绘有汝南郡和周边地图，你带上，收好了。”小蝶感动地接过帛巾，却并不知彭湘虽然不同意她去劫人，暗地里还是派了方氏兄妹尾随看护，万一形势紧急，能施行救助。

小蝶再度女扮男装，骑马佩刀，还携带了匕首和飞镖，以及方胜给她的那张汝南地图，全副武装，下山去了。

第三天的晌午时分，小蝶出现在了汝南郡府周遭。方胜只告诉她，汝南郡太守上公堂的时间是在辰时，其他的他就不清楚了。于是，小蝶先往府衙附近的小摊贩那里去，买了点干粮茶水，顺便打听太守上公堂的线路。第四天清晨七时不到，小蝶便到了左纳上公堂时必经的路段，找了一段比较偏僻的地点，驻马静候。

想着一会儿就要见到自己十一年来深深思念的人，她的情绪躁动了起来。可她清醒地知道，这是一个危险的任务，容不得半点走神疏忽。她强压下自己心头涌上来的波澜，全神贯注。

等了不多时，远处传来了脚步声和马蹄声，小蝶立刻警觉起来，闪在一棵大树后面。

远远晃过来一顶轿子，四人抬着，边上各有两个胡兵骑马伴行。

走到跟前，说时迟那时快，小蝶疾速射出四根飞镖，正中四个胡兵。接着她拔出刀来，跃马而上，厉声喊道："放下轿子！闪人！不听者杀无赦！"四个轿夫见四个胡兵突然倒地，一抬眼一个英武的侠士已经横刀眼前。他们哪里能消受得了这突如其来的杀气，马上就丢下轿子，抱头鼠窜。"怎么回事啊？"左纳说着，探出身来。就在刹那，小蝶跳下来，伸手揽住他，往马背上一放，然后自己飞身上马。"驾，驾！"她喊着，猛踢马肚，骏马便奔驰了起来。

左纳没有缓过神来，惊乍而问："你是谁，为何要劫我？"说着挣扎着想要下马。

小蝶按着他："别动，江东侠士，带你回家！"

左纳一听"江东侠士，带你回家"八个字，立刻顺服不动了。

却说倒下的四个胡兵，两个坐了起来，其中一个强忍着伤痛，声嘶力竭地喊道："快来人哪，抓刺客啊！"另一个吹起了哨子。很快地，奔过来一群胡兵。"怎么回事？"领头的问。

受伤的胡兵："有人把太守劫走了！往那边去了！"

领头的胡兵振臂一挥，喊道："快跟我来，追！"

三七　汝河情意深似水

大队胡兵一路追赶，到了一个三岔路口，见一对夫妻在溪边洗手，便问有没有看到两人骑同一马过去。男的说有，往一个方向指了指。于是胡兵疾驰而去。

走到半路，见四里空旷，感觉不对，再掉过头来到那个三岔路口时，那对夫妻已不见踪影，胡兵领头才知道上当。"快，跟我来，追！"他气急败坏地嚷道。

此时，小蝶携着左纳一路飞奔，却被眼前一条河阻拦住。后面追兵就快到来，正愁如何逃离，河对岸忽然驶过一条船来。船就快靠岸时，一个年轻将领向小蝶喊道："侠士快上船！"

小蝶一看，认出了左民。她不假思索，急急下马，扶左纳上了船，几名士兵一划桨，船驶离岸边。

追兵到了，船头将领一声令下，船上射出数十根箭来，岸边的胡兵应声倒下。

船沿汝河南下，朝皖西疾驰而去。

河岸边的灌木丛里，方胜、方幽见小蝶已经安全离去，对视了一下，便迅速离开，朝西南方向而去。

船上，一直被蒙在鼓里、又动弹不得的左纳问小蝶："敢问壮士，能告诉左某，这都是怎么回事吗？"

这时，小蝶的神经稍稍放松。她深深地看了左纳一眼，反问道："少庄主愿意替胡人做太守吗？"左纳回说："我自然不愿意，可当时就像现在这般，我动弹不得，毫无办法。"

小蝶一听又问："哦，这么说少庄主是不愿意和我等同船到江东了？"

左纳连忙解释："壮士请别误解，左某不是那个意思。谢谢壮士搭救之恩，敢问壮士姓名？”

小蝶低眉行礼：“在下息山。”

话音刚落，船头的年轻将领走到了小蝶跟前：“果然是息山侠士，我们又见面了！”

小蝶一见左民，作揖谢道：“谢谢左督护。今天若不是左督护及时赶到，情况不知会怎样……”小蝶嘴上说着，心里着实有些后怕。

左纳的眼睛也看了过来：“这位将军莫不是……”

左民激动地转向左纳：“我就是二哥左民，三弟受苦了！”说着疾走过来，猛一下抱紧了左纳。

“真是你，二哥？！我是在做梦吗？怎么会这么巧？！”左纳稍微推开左民，端详了他半晌，又抱住了左民，“真是二哥呀！我们兄弟俩阔别六年，未曾想到会在淮河上见面！”左纳眼睛顿时湿了。

左民告诉左纳，因为他多日未归，父亲担忧，刚刚回到家中的他特意带了一队人马过来探寻，未曾想到竟然会在这里碰到他和这位侠士。

“原来你们是兄弟！”假装不知情的小蝶，话中却是真情实意和沧桑感叹。

船一路东南行，速度蛮快。经历了十一年前大息河上的惨剧后，小蝶对行船至今还有心理障碍，站了一会儿，她便开始晕眩起来。左民看在眼里，忙过来说：“息山侠士，请这边坐下来吧！”

小蝶默默地坐了下来，左民也跟着坐了下来。

那汝河十分秀丽，在初春的天空下，沉静如处子。“真是美！”左民说。

“是。”小蝶应。

左纳凑了过来，对左民说：“真要谢谢这位息山侠士大义相救！侠士功夫了得，让我佩服不已！”

左民饶有兴趣地：“三弟说来听听。”

左纳便讲起息山侠士如何半路拦官轿，镖不虚发，横刀夺太守的过程。“是息山侠士改变了左某的厄运！”

听着左纳的肺腑之言，小蝶只觉点滴在心，却不动声色。

左民钦佩仰慕地看了看小蝶，对左纳说："息山侠士先前已经到过左家，原来当时侠士已经有所计划。"

左纳看了看小蝶："原来侠士是有心之人。"

小蝶保持着低调："同为乱世中的汉人，互相救助乃情义所当然。"

还在淮左家中那一次，左民就和其他几位一样，觉得这位息山侠士十分面熟，并且很快就把"息山"和小蝶联系了起来。而现在，他更觉得这位息山侠士声音也十分像小蝶。再看左纳，这会儿也正眯着眼睛端详着息山，看样子，他也有所觉察。想到这里，左民清了清嗓子，谨慎地问道："侠士义胆武功着实令人敬佩。不知侠士是否有兄弟姐妹。"

左民之问，触到了小蝶的敏感神经。由于寨主的叮嘱，此时此刻，她还不想暴露自己的身份。"息山自小独往独来，未曾知晓自己有任何手足。"

左民也变得拘谨起来。"实不相瞒，息山侠士让我想起了一位难以忘怀的旧友。冒昧之处，还请原谅！"

小蝶脸露微笑："世上相貌相似之人常有，督护不必多虑。"

左民的问话把左纳的心思给勾了起来，他叹息道："是啊，那位难以忘怀的旧友叫小蝶，是个人见人爱的女孩。只可惜，十一年前我们离开洛阳南下时，在大息河遭遇歹徒，小蝶一家……"左纳伤心之至，没有说下去。

小蝶见左家兄弟还如此记挂着自己，心里欣慰而感动，外表则强作沉静。"息山让二位勾起伤心旧事，十分不安。既然事情已经过去快一个甲子了，还望二位想开。"

船到新蔡地，小蝶起身告辞。

"息山侠士此去何处？"左纳、左民齐声询问。

小蝶答："息山也不知晓，打算在新蔡歇息一下，再作定夺。"

两兄弟对望了一下，左纳说："既是尚未定夺，何不随我们一同去淮左？家父见了侠士，定欣喜面谢！"

小蝶搪塞道："实不相瞒，新蔡处有友人等候，息山不便耽搁。"

左纳恍然大悟："原来如此。今生幸会侠士，不如我们结为兄弟，如何？"

左民附和："是啊，我们兄弟和侠士缘分不浅，侠士真英雄，重情义，如能结为兄弟，左民此生幸甚！"

左氏两兄弟的话让小蝶思绪万端，想着十一年前和左纳在女娲神像前的盟约如陶破玉碎，心海难平。她强压着情涛，淡淡而言："息山感谢二位厚爱。无奈在下踪影不定，无法如兄弟一般召之即来。其实息山心里已经把二位视为兄长。既然心中有情，又何须盟约。"

见息山心意已决，左纳万般无奈，心中充满不舍。"此地一别，不知何时再见息山兄弟的面。"

小蝶安慰他："左公子勿虑，有缘我们自会再见面。"

"此处仍在胡人界区，兄弟务必多加小心！"左民声声叮嘱。

"息山知道，二位兄长多保重，我们后会有期！"

小蝶鞠躬行礼，整了整装，牵马下船。

三八　北裙依淮水，南襟望长江

左民注视着她离去的方向，似是朝西南而去。那背影，似曾相识……突然，他心中一动：不行，不能让他就这么走了！"等等！"他叫了一声，从船边行囊里掏出一物，飞身上岸。

"息山兄弟请等一等！"左民喊着，追了上去。

小蝶回过身来，那一刻，左民仿佛看见了小蝶，他呆住了。

"左督护尚有何吩咐？"小蝶一声问，左民惊心回神。他低下头来，打开布包，取出那个他珍藏近十一年、随他戎马疆场的女娲断头像。他伸过手去，抬起眼睛，"兄弟……可识得此物？"

小蝶见到女娲断头像，心坎怦然一震，情不自禁看着左民。有那么几秒钟里，她目不转睛，眼里似乎噙着泪。"让我看看……"她声音有些发颤。

从左民手中接过那个断头像，十一年前在左庄园中的事历历在目。她清楚记得，撤离庄园前，她慌忙跑到那个石磨旁，想挖走女娲陶像。刨出来了，才发现陶像已无端身首异处。当时的情景……

“小蝶，快回去，就要出发了！”从后面赶来的左民连声催道。他跑过来，看到小蝶手里拿着一尊无头陶俑发呆。“你在找什么？”

“你看，她的头断了！”小蝶绝望地说。

左民匆匆看了那陶俑一眼，说：“我回头帮你找。找到了给你带到江左去！”

“那，谢谢你了，左民二哥……”小蝶把那截陶像藏到自己衣袖里，急急要走。

“小蝶！”左民追上她，唤道。

小蝶站住了。

“珍重！我们，就此告别……对了，你的诗，我还记得。”他念了起来：

蒹葭遮尹阳
三月心苍苍
忽然和风过
草低伊人现

小蝶第一次凝神端详着他，片刻后说了一句：“左民二哥，我现在才觉得，你原来写的那首，其实比我的好。珍重，再见！”

…………

“左民兄，你一直把这陶像带在身边？”小蝶问，不经意中改变了对左民的称呼。

左民一听小蝶的口气，心里明白了三分。他没有回答，却反问：“这么说，你认识这个陶像？”

小蝶的理性清醒了过来，意识到自己说漏了嘴。“哦，没有，只是，这个陶像让我想起了一件事情。”

“一件事情？”左民狐疑，“请问息山兄弟祖籍哪里？”

"在下祖籍汝南。"

左民一听，没再问下去。"息山兄弟，相聚是几生修来的福，我亦是四海为家之人，请息山兄弟一定留下地址，来日我和舍弟定当登门拜访以续情谊！"

小蝶一听左民提到左纳，想了想，便吟出了一首诗：

一山异千山，
白马汇万泉。
北裙依淮水，
南襟望长江。

"左民兄，息山就此告辞！"

左民若有所失、若有所思地回到船上，将小蝶的诗念给左纳听，然后迷茫地说："我坚持要他留下住址，他就给了我这四句诗。"

左纳反复诵吟着，突然，他告诉左民："二哥，这位息山兄弟，应该住在大别山！"

左民眼睛一亮："那首诗告诉你的吗？"

左纳很自信地回答："是。大别山的意思，就是它和其他山都不一样，而白马大峡谷听说是瀑布溪泉交汇之处，亦为淮河源头。大别山的高峰天堂寨，山北水注入淮河，山南水流入长江。你看，不是全对上了嘛！"

左民一拍腿："三弟真厉害，把这谜语给破解出来了！我也在怀疑，看他朝正南行走，又是江湖侠士，大别山是再合适不过的地方。"

左纳站了起来："只是，这首诗，让我想起来一个人。"

左民马上问道："你是说小蝶？"

左纳点了点头，情绪焦躁不稳起来："我一开始就觉得她面熟，可就是记不起来在哪里见过。一看这首诗，我马上就想起来了，用诗来暗指某地，这做法很像她！诗风读起来也熟悉！"

左民接着左纳的话说："我有七成的把握，这位息山就是小蝶！几日前她亲赴淮左左家，打探你的消息。当时少虎等几位就觉得她面熟。我当时就联想起了她。问父亲，他觉得不可能。问题是，当初也没有人见到小蝶的尸体……”

左纳打断了左民的话：“那我们还等什么？赶紧去追她呀！”

“我刚才不是追了吗？”左民拍了拍左纳的肩膀，“三弟，先坐下来。第一，我们没有十分的把握息山就是小蝶。第二，就算她是，她很明显的是在回避我们，她一定有难处……”

“她能有什么难处？！”左纳提高了音调问。

“十几年了，我们又怎么能知道？”左民在左纳身边坐了下来，“三弟，我想问你，如果息山真的是小蝶，你想怎么办？”

左纳冲口而出：“我要是皇帝，就娶她为蝶妃。”

“可你不是皇帝，妻子有了，儿子也有了，再娶小蝶，她就成了小，你愿意她处在那样的地位上吗？”庶出的左民，对这“小”深有感触。

左纳不说话了，只拿眼睛斜斜地瞟着左民。“二哥，都这么久了，我们兄弟就打开天窗说亮话吧。我知道你也喜欢小蝶，至今不结婚，是为了她吗？”

左民站起来，走到船边，望着南岸，手不觉去碰了碰那个女娲像。“是。”他轻轻的一答只有那河水和左纳能听得见。左纳的话音传了过来：“二哥，你真是一个情种！…… 就像你说的，我已经有妻室有儿女了，能给她多少。倒是你，都快三十了，还是单身一人。”

“可她爱的是你。这点，甚至从这个‘息山’的眼神和言谈举止里我也能感觉得出来。”左民转过身来，重新走到弟弟身旁，“我们先回家。找个机会，我去趟大别山。”

三九　左氏家训

兄弟俩千里迢迢回到家里，却不见左江的面。左纳连忙问新来的下人筀庸：“庄主哪儿去了？”筀庸说：“庄主左等右盼不见你们回来，急出病来了。”

两兄弟急奔父亲的寝室。只见左江卧在床上，婉心在一边侍候着。婉心一见两个公子回来了，脸上露出了万分欣慰的神色，站了起来。左纳上前，轻声问道："父亲怎么样？"

婉心把两人领到边角处，低声说："他天天惦着你们俩，急病了。请了大夫，吃过药，稍微好点了。"

正说着，左江说话了："是不是左纳和左民回来了？"

两兄弟一听，急忙趋身过去。"爹，我和二哥都回来了！"左民补上一句："我们都平平安安的。"

左江听了，便想起身。"主公还是躺着吧！"婉心说。

"孩子们都回来了，我没事了。老躺着，都要生出虫子来了。"左江说着，在婉心搀扶下坐了起来。左纳和左民便在他的身旁坐了下来。

左纳见父亲苍老憔悴的面容，难受地说："让父亲担惊受怕，孩儿之罪。"

左江急想知道情况："告诉我，到底是怎么回事？"

左纳便把自己如何在淮安客栈被胡兵带走，被强迫当汝南太守，又如何被侠士息山救出，然后在汝河搭上了左民的船这一系列的经历一五一十告诉了左江。

左江听完，说道："感谢祖宗和佛祖保佑！我们左家子孙，福大命大！"

左民、左纳、左健、岸生，还有和婉心生的九岁女儿左玲，几个孩子都在身边，左江从来没有这么高兴过。他时常会带着儿子、干儿子到左园北边的亭子下去唠嗑。那个亭子新盖好，上面的木匾上写着"左梁亭"三个红字，是左江亲笔写上去的名字。左梁亭挨着尹阳河，风景如画，赏心悦目。左江会在那里和儿子们讲述左家先辈的事情。从他的曾祖父如何跟随曹操逐鹿中原开始讲起。有时候会把故事往三千年外推，推到左氏的起源。"咱们左氏的始祖叫左彻，是古时左国的嫡裔，也是当年黄帝的官吏，曾经帮助黄帝铸造三鼎于荆山之阳。不曾料到，黄帝在鼎铸好的那一天仙逝了。左彻悲痛不已，就拿来黄帝的衣冠和木杖祭祀，以慰黄帝在天之灵。"

左民、左纳听得很入神。岸生更是羡慕不已，突然就说："干爹，您不是说过，姜姓左姓分不清，我索性也跟您姓左吧？"

岸生的话说到左江的心底去了。他随即摸了摸岸生的头："好吧，你愿意，此事就这么说定了。那，爹得要开始操心你讨老婆的事了。"

岸生说："爹不用，这事我自己操心。二哥都还没娶，我才十七，早着呢。"说得几位都笑了。

说到年龄的事，左江突然低下头来，皱着眉头掐了掐手指，说道："回不去了，左梁回不去了！"

左纳："爹，您怎么说左梁回不去了？"

左江："我们是十一年前离开左梁的。左庄园的典期是十年。十年一过，一切都是人家的了。"

几个儿子对望着，一阵沉寂。

左民先开口了："爹，战乱年代，什么事都不好说。依我看哪，只要咱家生意做得好，到时候就是多花些钱罢了。"

左纳连忙接着左民的话头说："就是，就是，爹担心什么呢！"

在儿子们的簇拥劝慰下，左江的脸色才慢慢又清朗了起来。

左江自从那场病好了以后，平日做事就变得有些奇怪起来。有事没事，他会拿着个锤子，这里敲敲，那里打打。左民过来说："爹，咱这是新房子，不会有毛病的。"

左江没吱声，拿了根绳子，走到入门的天井处。那里新栽了一棵银杏，左江嫌它有些不够挺，想过去把小银杏树和边上的木棍子绑紧些。岸生见了，就说："爹，我来！"左江却执意要自己弄。

"二哥，爹有些怪怪的。"岸生悄声对左民说。左民哪能没有觉察，他不言语。

外面的东西弄差不多了，左江便会回到书房，翻出来许多档案，有纸笺，有帛书，甚至还有竹简。他不时看着，写着。有一天，他把左纳和左民叫进了书房，跟两个儿子说，他近来把左家祖产和生意上的东西整理了一下，分门别类放好，有地契，借条，典当单子，来回账目，各地联系人的名册等，要左纳好好保管，又说平时做事情要有条不紊，不要乱。接着就问左纳，他几趟生意跑下来，感觉怎么样？左纳说：现在好多了。朝廷解禁私盐，做什么事情都不用那么费力去隐瞒了；长江一线，现在也走得顺了。

左江的脸上并没有显得很轻松，他说："虽然左家现在有江淮两条水路在运盐，可是盐政这事反复无常，我是担心，什么时候朝廷又把盐业收回去了，我们左家生计要靠什么。"

左江的担心不是没有缘由的。左民和左纳都明白狡兔三窟的道理。左民告诉父亲："我近来也在想这个事。几年前我们偷偷运盐。现在公开做了以后，大家都知道左家做盐，一旦朝廷说不可，我们便没有了退路。"

左江问他有何对策。

左民说："我想起来一种东西，可能不像盐那么能做大，但是应该可以闯出一条路来。"

"是什么？"左江问。

"我从寿春回家的路上，有一次在一家小店吃东西。小店店主是江州来的。我当时很累，肚子不舒服，就说要一点开胃的。他给了我一碗热粥，还有一小盘咸咸的黑豆干，说他们老家管那个叫豆豉。我就想，下起粥饭来，那个咸豆豉比盐更好。我跟他请教过怎么做，很简单，就是把盐和豆子放一起腌制。这东西很少看到，如果我们做了，可以运到很多地方去卖，朝廷也找不到把柄。这种开胃又清淡的东西，经常都用得着。豆子嘛，淮左左园虽然没有左梁村的那么大，但是种的豆子也够用了。"

左江耐心听次子讲完，随后就乐了："左民哪，我看你是打仗打糊涂了。这个东西是人人可用，可它得靠盐哪！"左民摸摸自己的后脑勺，脸颊火辣了起来："爹说得对，我是路走多反而糊涂了。"

不过，左民一句种豆子的话倒是提醒了左江什么，他看着左民和左纳，缓缓地深沉叙说："爹南下至今，忙于盐业和土木建造，无暇顾及农耕。南下时匆忙，也没能携带多少农民下来。两个留在了汝南，还有几个跟下来了，都成了少虎手下的兵丁分口饭吃。这些年来，我总觉得哪里不踏实。现在我终于明白了，左家商业有过，田耕全无。哪一天盐业不逮，左家便没有了活下去的根基。

从今日起，我们即要开始筹划农耕。”

左纳说：“父亲说的是。孩儿当及早思虑筹划。”

左江：“左家是从危难中走过来的，居安思危，方能临危不乱，永久昌盛。”

左民默默地看着左江，打心里敬佩父亲率左家千里东南迁，从无到有建立起左家的淮左宅院和根基，开通了江淮两路盐业，在经历了母亲与大哥的骤逝和数位园工的离异后，左家和左园重新兴旺了起来……

“左民……”左江叫了一声沉思中的左民。左民连忙应声：“爹的话，孩儿明白。我当和三弟一起筹划农地事宜。”

五月的一天，左江给自己的父亲做冥诞，上供烧香敬拜后，便在左氏宗堂里贴上了一大幅“左氏家训”帛书。那家训的开头是这么写的：

左家先祖，源出关中。
三世戎马，尽公尽勇。
时达则进，兼济天下；
时穷则退，独善其身。
永嘉五年，奔走淮东。
日无懈怠，家业乃宏。
唯敬天地，恩泽自然；
唯孝父母，慈爱无穷。
同胞手足，中流砥柱，
子女昌盛，教养之功。
美德载物，仁义礼信；
饮水思源，叶落归根。
巧技营生，万法皆通。
商通大厦，根基务农。
丈夫独立，克勤克力；

有朋四方，克诚克忠。

真金火炼，洛阳荣光；

人循其训，江左恢宏。

家训的末句为：“尽汝心智财力，伺机而动，返左氏根源之地河洛。”

尔后，他又在竹简中写下左家从他以上三世到洛阳左梁乡庄园的主要人和事，以及左园南迁的经历。叮嘱左民和左纳，要记录左家的历史，流传后代，并把记录家史的做法一代一代传下去。

四〇　左江唤母

这天，王东琅进来对左江说，林乡龙想要和左家合作做盐运，问左江怎么看。

左江一听眉头就皱了起来：“他有这个意思，可以直接来找我，为什么要通过你呢？”

王东琅神色有些怪异，说：“他认识我比较久，另外他大概也是觉得不好直接提吧。”

左江就说：“求均，你忘了，朝廷还禁盐的时候，我就说了，左家盐业，左家自己做。”

王东琅点着头说：“公卿说的我没忘。只是出云说了，林家的茶叶、丝织生意，也可以和左家一起做。他说，既然做了亲家，就不分你我了。”

左江听了直摇头：“这种事他当直接来跟我说的。还有，我也说过，和出云之间就是亲家关系，最好不要掺和生意的事情。”

见左江不留一点余地，王东琅便不再说什么了。

王东琅走了以后，左江便找来了左民、左纳和左健。“你们记住了，左家盐业，是我们南下时白手起家冒着被杀头的风险建置起来的，也是我们和淮右孙掌子的缘分和情义。没有孙掌子，就没有左家今天的发达。孙掌子曾经暗示过我，此业不与他人分摊。所以我不想孙掌子以外的其他人掺和到这个生意中来，我也不想去掺和别人的生意。孙掌子是大义有情之人，左家子孙世代都要和淮右保持这个缘分交情。”

左民和左纳明白父亲此嘱的分量，都认真地应承：“孩儿谨记！”

左江补充道：“不仅要记得，将来还要叮嘱你们自己的儿孙。”

三个儿子均点头称是。

左江继续说：“我近日总觉得精力不逮。将来你们兄弟几个一定要齐心合力，共续左家。焦总管年岁也高了，他儿子焦书颜亦是尽忠尽善之人，将来左家要请他来总管的。霍少虎兄弟及从恩几位陪左家南下，忠勇厚道，左家也要厚待他等。至于账房总管，左家当年是在求均落魄时收留他的。求均在南下时亦有功于左家，我们不可亏欠于人。求均叔之后，账房可另择贤人。”

左民听到这里，心里一动，似乎听出了父亲的弦外之音。接着，他听到了父亲一句更惊人的话：“那位息山侠士，有空要去拜访人家。如此侠义的江湖年轻人，正可结交。”

左纳听了，和左民对望了一下，说：“父亲放心，孩儿会寻机去联系息山侠士。”

转眼到了初秋，这些天，左江总说胸闷，也没胃口，吃得少，总想躺着。左民不放心，请来了大夫。大夫把脉后说无大碍。左民便放下心来。

两天后，左民、左纳来探问父亲，见左江闭目躺着，婉心端着碗在一旁站着，脸上露着愁容。两人上前，俯身问道：“爹，好一些了没有？”

左江停了半晌后，对左纳和婉心说：“你们先出去一下，我有话和左民说。”

左纳和婉心不解，也只好先出去。

卧房里就剩下左江、左民父子俩了。两人对视着。虽然他们在一起的时候并不多，像这样近距离相处更是少之又少，但总有一座无形的桥梁，架在这父与子之间。

左江极少跟左民提他亲生母亲的事，左民也不愿多问。但是他知道母亲身份低贱，她被父亲抛弃是毫无疑问的。由于母亲的事，左民心底的某处对左江一直存有几丝怨情。这个情绪藏得很深，就像他把对小蝶的爱恋深藏不露一样。这份深藏的情绪别人不知，左江却感觉得到。

这会儿，左民看着父亲红光不再的前额、微微内陷的两腮，还有那因为过度操劳而变得稀疏的灰色头发，心中陡然生出一股伤感和疼惜。“父亲，您是……有什么事吗？”他迟疑着问道。

左江：“左民哪，为父以前没有好好看顾你，看你到现在都还没有成家，为父这辈子对不起你！”

左民一听左江的话语异乎寻常，眼里顿时含泪：“父亲说哪里去了。我这不是挺好吗？”

左江闭着眼睛，呼出了一口气，说：“你听我说。你亲娘很早就不在中原了。我去打听过，听说她到了江淮后和一个男子好了，两人一起逃离江淮，往南去了闽越之地。”

“闽越之地？”左民非常惊讶。

“是，很远的地方，大汉武帝的时候才归了汉。你听父亲的话，你虽然是庶出，兄弟中却是你最年长，经历也最多。左纳虽名为少庄主，毕竟少经世，显稚弱，有时还会有书生气。我离开了以后，你要守在左纳身边，帮助扶持他继续发展左家基业。”

左民听着，惊心动魄，心潮难安。见眼前的左江，虚弱而苍老，遂应承道：“爹，您会没事的！孩儿谨记遵从您的叮嘱。您要好好养病歇息，不要担心杂事！”

左江露出了欣慰的神色：“你这么说，我就放心了。你这就去把左纳也叫过来。”

左纳进屋，突然觉得父亲前额无光，眼神黯淡，连忙前去，抓住左江的手：“爹，你叫我有事？”

左纳没马上答复，只闭眼养神，微微喘气。

左民一看父亲情况不太对，连忙跑出去，把四弟左健也唤了进来。

左江深情而又无力地环视了一下身边的儿子们，最后目光落在了左纳身上：

“想当年，我们一路南下，吃尽苦头，你母亲福薄，命丧淮南。还好，我把她的墓迁到了这里，坐东朝西。我死了以后，要和你母亲葬在一起。将来如有机会，就把我们的骨头都迁回洛阳。左梁，三十贯铜钱，几十贯都好……就算是成了灰，有机会，还是赎回来……”

左纳泪下：“爹啊，你不要思虑这些事了。孩儿都明白，自会处理好的。”

左民差岸生急急把大夫又请了来。这位三天前还说无大碍的大夫，此时脸色阴郁，诊完病后便把几位唤到外头，告诉他们要准备后事。左民还挺得住，左纳、左健一听便要哭。

左民跟几位兄弟和岸生说：“这几天，我们兄弟三人得轮流守着父亲。岸生，你在外面看好照应。”

领受左家多年滋养之恩的岸生现在心里特别不好受，对左民默默点头应承。

次日寅时，左民守在左江榻边，突见左江大喘气起来。左民见势不妙，即刻跑到东厢房喊左纳。两兄弟三步并作两步奔向左江的卧房。就见父亲闭目躺着，喘着气，嘴唇发紫。“父亲，父亲，你怎么样？”左纳和左民急俯身，不住地问。

四弟左健闻讯赶来。此时左江脸色苍白，额冒虚汗，上气不接下气。一个阶段以来他自觉精力明显不行，已经隐约感觉自己可能大限已近。现在他胸部疼痛，肩膀也痛，气上不来，浑身无力。接着，他的意识开始变得微弱、模糊。这一切，都反映在他的外观上。几个儿子深感不妙。

婉心也赶到了。她端过来一碗药膳汤要喂左江，可左江这时已经喝不进去水了。婉心抹着泪，止住抽泣，走到了一边。

“怎么会这样啊！”左纳心里叫着苦，跪在榻前急问左江：“爹啊，您有什么话要对孩儿说的？”

左江嘴唇动了半天，说出了一句话：“打虎……要亲兄弟……”接着抬起手来，朝左氏宗堂的方向指着。左纳不确知父亲的所指，只能应承他所理解的：“爹啊，你放心，孩儿一定继承左家祖业，不忘左家祖训！”左民也跪着，跟着说：“爹放心，左民会帮助三弟的！”

左江一听，脸上露出了欣慰的笑容。左纳见状，伸手握着左江的手，眼泪滴了下来。突然，他感到手中父亲的手在变凉，在收缩。只见左江眼睛直瞪瞪盯着上方，喊了一声："娘！"眼睛还睁着，却没有了气息。

几个儿子随父二十多年，这是他们第一次也是最后一次听他们的父亲喊他的亲娘。

第三部　二度南迁

四一　堂室闹分

左江手一垂，气一绝，三个儿子便凄声哭叫起来："爹，父亲您别走呀！孩儿不能没有您，爹呀……"这时，左民二十七，左纳二十五，左健二十三。

婉心不再默默地站一边拭泪，而是不顾一切扑到榻前，泪流满面地号啕着："主公，你怎么不管我了呀？你才五十三岁呀！你这么撒手走了，我和玲儿可怎么办呀！……"

屋里号啕哭声连成一片，屋外的岸生冲了进来，跟着跪地而哭。

左江生在乱世里，活在危难中，一生背负着护卫左氏一族的超重担子，率领左家进行了千山万水的大迁徙，承担着生离死别和各种惊吓，又要筚路蓝缕，于风险中开拓淮左基业，最终辛劳过度，心殚力绝，过早离开。

左家在大厅里设了灵堂，层层素帘，缕缕幽香，纸花低垂，黑字高悬……几个儿子披麻戴孝，轮流着日夜守护，眼睛都是又红又肿。

左江的葬礼十分隆重，左氏同宗、亲戚以及一方士族八方友人皆来吊唁。左家大宅外蓝旌白帜，素缟飞扬，引来许多过客叹嘘。"听说他来广陵十二年不到，就发达成了这个样，比很多当地的富人都强呢！""北方来的，胆子就是大，敢暗做私盐，虎口发财！"

虽然左江要下葬左园，灵柩和送葬的队伍还是出门去，绕街区一圈，然后从左宅后园进入。一时紫烟萦绕，灵幡低扬，长歌当哭，鼓瑟声起。棺椁入土时，只听一声："爹呀，您让孩儿怎么活呀！"左纳和左健都哭昏过去，需要他人搀扶。左民大哀心伤，却只能强挺着。婉心和左玲跟在左家几个儿子的后面。左玲跟着大哭，婉心的眼泪却是早已哭干，哀愁也化为麻木，脑海里只剩无力的空白。

夜深了，哭声止了，一轮寒月高照。左园梧桐，秋叶飘零，无声地落在了左江入土的地方。

左家三兄弟，每天来到墓前，点香烧钱，眼泪无声淌。三兄弟都在默默缅怀父亲为他们创下的丰功伟绩，也掂量着落在他们肩膀上的重任，思考着摆在他们面前的路。

不知是不是挚友之间的灵交，几天之后，左庄园的老管家焦裕仁病故，跟随他的老主人去了。这之前，他已经病重。考虑到他和左江的深情，众人不敢让他知道。可看样子，他还是知道了……

左江下葬后，尸骨未寒，他的堂弟左孟陵带着儿子左二堂便来找左纳，要求分财。当初左江携宗亲南下后，几年的时间里，在左家主宅外围也盖了几间院落。左孟陵一家就住在其中的一落里。大哥在世时，左孟陵不敢出声，可早就心里憋气。左江一走，家族中年岁和辈分上左孟陵成了最大，于是他便迫不及待找上门来。

"同一个祖父，为什么你们家就能住主宅？什么好东西都是你们家囊了去？"左孟陵劈头就问。

灵堂还设着，左江几个儿子还穿着孝衣，给二堂叔这么一问，一时都蒙了。左纳忙过去应对："二叔来了？有什么事好好说。"

左孟陵哼了一声，说："我今天来，是来告诉你们，左家祖产，我们也有一份。现在大哥走了，是到了我们分一份家产的时候了。"

左纳还在蒙中，左民的血却涌上了头顶。他强忍怒火，走到左孟陵跟前。"二叔，这里是我父亲的灵堂，我们请到侧厅说话。"说着一拉左纳，两人径自走出灵堂，穿过天井，走到下面一个侧厅里。

左孟陵无奈，只好领着左二堂跟着下来。"筦庸，上茶！"左民一声喊，筦庸便端了茶过来。左民示意左孟陵父子在茶几边席地，自己和左纳也席地而坐。“二叔，我向来敬重你。可现在，我爹刚下土，你就来说分家的事。好，那就说分家的事。当年左梁庄园，是我爷爷左干因为军功从皇上那里分到的地。当年单传到我爹手上，天经地义。二堂叔说要分家，从何说起？”

左孟陵心里清楚左民说的他无法辩驳，却做出一副轻蔑样，瞟了左民一眼，说：“我找的是少庄主，不是你这个低贱的庶出！”

左民额上青筋爆出，正要发作，左纳拦住了他，说：“二堂叔，左民是我亲哥，你说话可要放尊重一点。他说得对，左梁庄园是我爷爷传下来的家产……”

“你开口闭口你爷爷的。光是你爷爷，皇帝能给那么一大块地吗？！没有你们曾祖，我祖父的功劳，能有你们的今天吗？！我曾祖的牌位，不还立在宗堂里吗？凭什么你们就能独霸主宅？！”

见这个二堂叔如此刁蛮，左纳的声音也变得尖峭了：“不管你怎么说，地是直接赐给我祖父的。这么多年来，都是我父亲单独在出力经营。尽管如此，念及宗族之情，不管是左梁还是这里，你们都有一份。你们住的、吃穿用的，哪一样不是我父亲供给？”

“什么供给？那是我们应得的！”

左民接过话茬：“那不就得了？你们已经有了一份，还要再分什么？南下以后，除了衣来伸手饭来张口外，你们出什么力了？”

正说到气头，少虎刚好来探。听到这些话后，少虎就帮着左纳、左民说话了：“二堂叔，这就是您的不对了。我跟从老庄主从左梁到这里，亲眼看到老庄主的辛劳。南下的时候，老庄主还救过您一命，您都忘啦？现在老庄主尸骨未寒，您就来麻烦少庄主，不怕让人家骂？”

左孟陵感到左纳家人多势众，又是守孝时节，不便大呼小叫，便悻悻而去。

左纳、左民这时不约而同地记起了几个月前父亲的叮嘱，齐向少虎致礼致谢。

少虎说：“两位公子不必客气，路见不平还拔刀相助呢。我受老庄主厚遇多年，这种事我一定要帮的。”

四二　阿宽哭主

左孟陵闹分家的事，给了左纳警讯。他对左民说："这个堂叔闹分家也不看时候，我看他日后还会再来。"左民说："不怕，他们没理，只是欺负我们没了父亲。"说到这里，两兄弟鼻酸。左民接着说："所以我们要自强。我看，你要尽快和焦书颜、霍少虎、王东琅等各自见面议事，先把家业稳住，再图发展。"

左纳说："嗯，二哥说的是，这事我会尽速办。"

几天后，左民问左纳和诸位谈得如何。左纳说："和新管家及少虎大哥谈得尚好；只是这求均叔好像有意要和我岳父合作生意。"

左民一听，连说："不可！"左纳问为什么，左民说："你忘了几个月前父亲叮嘱你我的话了？父亲说：左家盐业，是我们南下时白手起家冒着被杀头的风险建置起来的，也是我们和淮右孙掌子的缘分。父亲不想孙掌子以外的其他人掺和到这个生意中来，也不想去掺和别人的生意。"

左纳记起来了，说："二哥提醒得及时。我没有答应什么，只说要想一想。"

左江去世的两个月后，有一天，左民见笮庸急急忙忙进来取钱，就问是什么事。笮庸说，外头来了一个乞丐。左民随着出去一看，只见这乞丐衣衫褴褛，被晒黑了的脸上尘迹斑斑。他手里拿着一根树枝做的拐杖、一个破碗，脚底的鞋穿破了，脚指头露了出来。

左民觉得这个乞丐好生面熟，便问道："你从哪里来的？姓甚名谁？"

乞丐抬起头来，忽地看见了大门上的"左宅"二字，又仔细地看了看左民，试探着反问："施主不会是左民二公子吧？"

乞丐操着洛阳口音，左民听了心头惊讶，遂问："你怎么知道的？"乞丐顿时眉皱泪溢，大喊一声："二公子，你不记得我啦？我是左梁村的李阿宽啊！"

左民一下子认出了分别十一年的老乡，他就是当年洛阳左公庄园里管里外跑腿的阿宽！永嘉五年，左氏南迁，阿宽因为老母不走，只得留在左梁。这些年来，父亲左江时不时还会念叨：不知阿宽怎么样了，怎么没来广陵……

一旁的笮庸手里拿着几个铜钱，还在纳闷发呆，就听左民连连说道："阿宽叔，快，快进来！"

阿宽被左民领着，一边往府宅里走，一边左右张望着说："房子不小哟，你们都长这么大了！左庄公呢？左庄公呢？那年南下前，他叮嘱我，不行就到广陵来找他。这些年我一直记着这句话，我好想念庄主啊！"

到了厅堂，笮庸一边去准备茶水，一边去报告左纳。左纳出来了。因为笮庸的话，他一下子就认出了老庄园的员工阿宽来。"阿宽叔！"他唤道。这个时候见到父亲的老员工，倍感亲切。

阿宽仔细看着左纳："你是三公子吧？长大了，成栋梁了！左庄公有福啊！"

"我是。"左纳点着头说。笮庸在边上搭腔："他是现今的庄主。"

阿宽迷惑："三公子是庄主？那，老庄主呢？"

左民低声说道："阿宽叔来晚了，家父刚去世，百日还不到。"

阿宽一听，脸色骤变。他顾不上说话，也顾不上喝茶，只问："庄主葬在哪儿？他在哪儿？快领我去！我要去见庄主！"

左民几位把阿宽领到了后园左江的墓前。左江的墓旁，是玉容的墓。阿宽一见两个墓碑，两腿一软，扑通跪地，磕了几个响头后，便大声哭诉了起来："庄主呀，您要阿宽来，阿宽当牛做马当乞丐，一路到了广陵，就是来找您的呀！庄主您怎么不等阿宽来见一面呀！您的大恩，阿宽还没来得及报，您走了，阿宽要怎么活呀！……十一年了，阿宽没有一天不想念庄主您，天天念着的，就是来跟您见面，在您身边伺候您……"这个洛阳左庄园老员工的哭诉，叫周围人听了阵阵鼻酸动容。

哭完左江后，阿宽的情绪好不容易平静了下来。他坐下来，跟左纳和左民讲起了北方的事情。他说十一年前左园南迁的队伍离开一个月后，怀帝被胡人掳走，洛阳烽火再起。尹阳河北岸的古槐被烧焦，左梁庄园稻草房、学堂、宗堂被毁。阿宽和母亲目瞪口呆，绝望地看着左园在火光中坍塌。那以后，胡人走了，阿宽和母亲苟延残喘，躲在自己的小屋里，靠着一块薄地，战战兢兢度日子。两年前，阿宽的娘去世。阿宽埋了母亲后，一块布卷起吃穿用的东西，离开老屋，南下寻找他过去的主人左江。

阿宽一路往南，处处看到被烧毁的房舍和焦黑的庄稼地，还有百姓的尸体，他们大多是逃难的汉人。有一天，阿宽在路上碰见一个满脸黝黑的人，睁着一双充满惊吓的眼睛，对阿宽说："前面，在杀汉人呢！你还不快点把脸抹黑，让他们看不出你是汉人！"

阿宽吓坏了，赶紧照着那个人的话做，往自己脸上抹污泥。

从家里带出来的东西吃完了，阿宽只好拿出从家里带出来的碗，沿路乞食，扒野菜摘野果，甚至连老鼠都吃过。吃出了病，差点没死过去……就这样，走了两年多的时光，才走到广陵……

阿宽的诉说，勾起左家两兄弟对童年故乡的许多思念，兄弟俩唏嘘不已，庆幸左家走得及时，否则后果不堪设想。故园已破，只能等待时局清明的一天，再回去探视。要说的话还有很多，左纳吩咐笮庸，先让阿宽洗个澡，换上衣服，吃一顿饱饭，歇息好了再说。

笮庸一一照做。吃晚饭后，阿宽倒头便睡。左纳在他榻边呆立半晌，左民说："先让他好好睡吧。走了两年多，看他刚到的样子，不知他吃了多少苦头才到的广陵……"

阿宽来到广陵左家后，继续他原本的老行当，帮忙里里外外的打杂和跑腿。左民、左纳都待他不薄，他是一个忠心的又容易满足的奴仆，替少庄主做事，和替老庄主是一样的。这里扫扫，那里整整，他心里踏实，干得欢。

阿宽的到来，也勾起了左家兄弟另一桩心事。这天，左纳、左民和左健在书房里聚集，说起了父亲生前写下的《左氏家训》中的最后一句："尽汝心智财力，伺机而动，返左氏根源之地河洛。"

左健说："眼下我们哪里有办法搬回去啊？"

"是啊。"左纳说，"爹给了我们一个形同迁山的任务。再说，我们离开左梁十一年了，就算要搬回去，左梁也赎不回了。"

左民细细想过，说："所以爹说要尽财。如果有机会，那就得用钱再买回来。到时候就不是三十贯、四十贯的事了。不过，我想在爹的心里，左家能从河洛搬到淮左，左家也能再搬回去。现在的关键就是先建置好淮左，将来才能有这个实力。”

左纳点头说：“二哥说的有道理。”

回左梁，在左江之后，成了左家几个兄弟心头和肩上的重负。

四三　寡妇婉心

左江去世后的一年时间里，左民一边在家守孝，一边遵守自己对父亲的承诺，全力帮助弟弟左纳经营内外。同时，他也有意培养四弟左健。也许是因为从小体弱娇养的关系，左健基本上没有创业持家的本领和意志。左民意识到，现在父亲这个树荫没有了，左家二代必须自己强起来。于是有些事情，他就会让左健去跑腿，慢慢让他熟悉左家业务。地方远一点的，他会差岸生陪着一起去。

护盐的事，也比以前难了。后赵胡兵，常在淮河流域出现。左民亲自护送的两趟，都遭遇了胡兵。最后只能送钱物保平安。所幸左江在时，就已经开通了长江盐路，让左家的盐业不至于遭受太大的冲击。

左江始终没有扶婉心为正妻。左江在世的时候，除了他特别召唤，婉心晚间都住在后面的院落里。白天，她会时不时过来帮忙照顾左江。如今左江不在了，婉心失去了大部分来主宅的机会，只有在晚饭时才过来，坐在后排饭几前用餐，其他时间，都是默默地待在后落的小房子里。假如不是有时候过来看看住在西厢的女儿，她几乎要被人们忘记。这天，左民看到十岁的五妹左玲脸色忧愁地从后面过来，便问：“五妹，什么事不高兴？”左玲用稚嫩的童音说：“我娘生病了。”

左民这才意识到，有日子没见婉心了。他拉着左玲的手，说：“走，我们看看你娘去。”

走进后落婉心的住处，就见她躺在昏暗的房间里，素颜，头发蓬松，嘴唇干裂。左民见状，心头突然涌上来一股同情之感。婉心是左江在南迁前六年临时找来的坊间女子，那年她才十六岁。虽然她貌美，又顺服，但是由于出身平民，她在左家的地位，只是比普通家奴高一级而已。本来她有一次机会，那就是十年前的生产。如果生的是男孩，她的地位便有望提高。无奈她肚皮不争气，生的是女孩。现在她也不过三十四岁，却要这样默默无闻地守着寡，没有人会想到她。此刻左民对她的同情，是只有出身卑微的人才会有的感受。

婉心忽然感到有人过来，便唤声："玲儿！"

左玲走到跟前，对母亲说："娘，二哥来看你了！"

婉心听了一惊，连忙整整头发和衣裳，准备起身。

左民这时才发觉不知道该怎么称呼她。论年龄，她才大他六岁。记得她刚来到左家时，左民看她就像个大姐姐，一个好看的大姐姐。父亲在时，不得不称呼的时候，他叫她婉姨。

"婉姨怎么了？是着凉了吗？发烧了吗？要不要请个大夫来？"

这是除自己爹娘外，婉心第一次听到有人这么嘘寒问暖过，这让她有些不知所措。"我没什么，不用。"她说。

"那，"左民想了想，又问，"要不要让厨房做点开胃的给你吃？"

多年的委屈，失夫的苦楚，夹杂着一股快要消退的暖意缓缓地涌回她的心田，叫她止不住泪下，却说不出话来。左民一看，就说："那我去吩咐了，你等着。"

不一会儿，一位叫采英的丫鬟端着一碗粥汤来了。"三姨娘，这是二公子要我送过来的，你慢慢用吧。"采英说着，把粥汤放在婉心床榻前的案几上。

婉心"哎"了一声，缓缓下了床榻。端起碗和勺来，才感觉饥肠辘辘。一碗喝下去，不饱。她便渴望着左民再来。

次日，左民带着左玲又来探问。见婉心还是卧床不起，左民便对左玲说："五妹，你去摸摸你娘的额头，看是不是发烧。"

左玲过去摸了摸婉心的，又摸了摸自己的，对左民说："二哥，我娘额头很烫！"

左民一听，眉头皱了起来，对婉心说："我昨天问你，你怎么不说呢！"说完便出去了。

不一会儿，大夫来了。他给婉心号了号脉，看了看舌头，便说有寒毒侵袭，加情郁于内，需要好好吃几服药。

婉心吃了几次药后，身体清爽多了。从那天起，她照常起来，梳妆打扮。晚饭时，她照常过来和大家一起用饭。饭间，她几次偷偷看左民，不料正碰上左民的眼睛也朝自己看过来，一个心慌，一块豆腐掉落。

从那以后，左民就有些心神不宁，情绪不安；有种渴望，又有种惧怕。这是一种可怕的感性的波澜，他甚至不敢用理性去碰触。夜半醒来，秋后的凉意，寒彻他的前胸和后背。睡不着，他便起身，到后园去练剑。月光如水，荡涤着他心中的孤单，而脑海里，他却什么都不想，只管呼呼地踢腿、舞剑。不一会儿，他已经汗流浃背。

此时，在左宅后落的房间里，婉心也寝眠难安，睡梦中尽是左民的身影和容貌。有一时，她竟真切地看到了左民，他就在自己的床榻前。长长地呼了一声“左民”后，她惊醒了。惊醒了，羞愧、羞耻、羞涩齐集心间。

第二天夜晚，左玲神秘地来到左民的厢房，告诉他，母亲给他炖了一碗清汤，要他过去喝。

左民听了，心房无端扑通。婉心叫他是好意，他没有理由不去。于是他跟着左玲去到了婉心的住处。

婉心头发仔细地梳过，蓬松而有序，还抹着油，即便在昏暗的灯光下，也一闪一闪。一身淡桃色的衣服，一条淡绿色的裙带，扎在她丰满的胸前。

“我看二公子劳累，便炖了一小锅药膳鸡汤，给你补一补。你把它喝了吧。”她轻声细语地说。

这份柔情温存，于婉心和左民而言，都是平生第一次感受到这般柔情。左民顺从地“哎”了一声，便一口一口把那甘甜无比的鸡汤送入自己腹中。

夜晚了，左玲回自己的厢房睡觉去了。婉心和左民对视着，左民受不了那情景，便说自己该回去了。等他走到门口时，却听婉心一句“回来！”柔柔地从后面传来。那声音带有磁性，又好像会旋转，左民禁不住转过了身来。他完全被镇住了。只见婉心一点一点松开了她的衣服，裸露出一个他从来没有见过的身体。就像被磁铁吸住了一般，左民一步一步往她身边挪。到了跟前，他呆呆地看着她，看着她女人肉身上的一切。

婉心抓着左民的双手，把它们往自己的胸脯上放。以前，左江每次和她同房前，都会有这震颤的一幕。他的爱抚，使她灵魂出窍。

左民的手被牵着，触摸到了她的敏感处。他心狂跳着，片刻后却本能地往后一弹。眼前这个女人，是父亲的女人啊，自己怎么能和她做这种事？！在她就要为他宽衣解带时，左民颤抖着的身体往后一退，说了声“告辞”便急急走出。

四四　左民的决定

羞愧不安和身心极度的挣扎，让左民痛苦不堪。不经意中，婉心是如此突然而迅猛地进入了他的感情世界。在此之前，左民全心爱着曾小蝶，即便在闻知她的噩耗后，此爱不移，但这份执着的爱是全然纯洁的，没有肉欲的掺入；而婉心不同，她向他活生生展示了什么是女人对男人的真情炽爱。可是她曾经是并且永远都是父亲的女人，就算他不在乎自己的名声，全然不顾人言众目，这份感情如果继续下去，将会如何伤害到左家？父亲对自己寄予厚望，父亲才刚离世一年，自己怎么能做出这样的事情来？

唯一的办法，就是快刀斩情丝。这时，一个深藏已久的念头出现在他的脑海里。

左民一直想要去找自己的生母。那一次，父亲冷不防跟他提起了他生母的去向。从那时起，左民就一直想要南下闽地寻找自己的亲娘。现在离家南下，对他是最好的时机和选择。可是三弟左纳还没有完全站稳，四周有人虎视眈眈，自己怎么能走开？

左民百般思量，最后，终于把四弟左健叫了过来。经过了这一年的训练和见世面，左健变了许多，责任心和能力都强了。

“四弟，二哥近期要出一趟远门，不知道什么时候才回得家来。”左民见了左健，这么说。

“什么！二哥你要离家出走？！”左健几乎是惊叫了起来。小时候左健就和二哥很亲近。现在，父亲走了，最慈祥的要数二哥了。没想到父亲刚走没多久，二哥居然要出远门，而且还不知道什么时候才能回家，左健感到万分失落。

“四弟听我说。二哥实在是有要事，得到南边去处理一下。这些年来，我常在外面打打杀杀，家里的事全靠父亲和左纳扛着。父亲走了，我又外出，左纳肯定忙不过来。你也是为人父的人了，现在是你为左家分忧的时候了。我不在，你一定要多听三哥的话，帮他做事，有人来欺负你还得帮他顶着。明白吗？”

“那你为什么不待在家里帮三哥的忙？”左健直问，“我知道，从小就听爹说了，你娘是别的人，我猜想，你是想找你自己的亲娘去了吧？”

没想到左健四体不勤，脑子竟这么敏感聪灵，说得左民片刻语噎。“不管怎么说，二哥做了应该做的份额。现在不是说我的事，而是我们左家的事。我希望我回来的时候能看到你和左纳一起撑着左家大业。”

左健百般无奈，只好哼了一声说：“你死心塌地要出门，爹都拦不住你。你去吧，家里事包在我身上就是了。”

那番对话后，左健便来找左纳，告诉左纳左民要“出远门”的事。左纳表面上看并不很吃惊。“我知道他会走的。”左纳说。“为什么？”左健问，“就因为他跟我们不是一个娘吗？”

左纳能说不是吗？父亲在世时，三兄弟靠父亲罩着，一家人绑得很紧。如今父亲走了，左民和两个弟弟的纽带自然会弱了。何况他独自在外多年，已经习惯了那样的生活。想到这里，左纳轻叹了口气，说：“四弟，我们对二哥还是要宽容些。你看，我们都成家立业，为人父了，而他连个老婆都还没有。我们应该让他去做他想做的事。家里的事，靠你我两人齐心合力撑着，也足够了。”

“足够？光靠我们俩，能搬回洛阳？”左健一句问，左纳没有回答。

是啊，脸上虽然故作镇静，其实四弟告知的信息，如巨石落水一般炸开了左纳的心浪。如果说左江的去世还没有让左纳彻底认清重任在肩的话，因为下意识里成熟的二哥总是在他身旁为他遮风挡雨，那么，左民的离家消息，几乎是在顷刻间改变了左纳。现在他深深地、真切地意识到，他是名副其实的现任左庄庄主，他不再有靠山，他必须独自挑起左家这个沉甸甸的担子。

左民正在做南下的准备，突然，他想起了“息山”。不行！他不能就这么远赴闽地，于家于己，他都得搞清楚“息山”究竟是谁！

他很快找到了左纳。“二哥出门的事准备得怎么样了？”左纳问，情绪有些低落。左民告诉三弟，他想先去一趟大别山。

左纳眼睛转了转，问：“二哥是想去找息山？”

“正是。当初他不辞路远辛苦，甚至危险，亲自来淮左，又北上汝南。我去回访他，于情于理都是应该的，父亲生前也叮嘱过。再说，我很想去弄明白，息山究竟是不是小蝶。”

左纳听了，便振作了一些：“我都很想亲自去一趟，可惜走不开。二哥，见到他时一定代转我的问候和谢意！对了，这里有我这些年写的几首诗，你顺便带去给他。”

左民接过左纳递过来的几页诗笺，看了弟弟一眼。“三弟，我问你，如果息山就是小蝶，你要如何？”

左纳低头沉思，又抬头直视左民：“二哥这是第二次问起了。我也跟二哥说实话，我喜欢她。我在淮左娶妻生子，因为我相信她已经葬身淮水……我知道二哥心里一直记念着她，我自然不想为难二哥。但是，如果小蝶选了我，我定毫不犹豫将她接来淮左，娶入左家。”

左民点头：“有三弟这话，我知道怎么做了。”说完收起左纳的诗笺，拍了拍左纳的肩膀，转身要走。

“二哥！”左纳叫住了他。

左民驻步，转过身来：“三弟，还有什么吩咐？”

左纳凝视着左民的脸，半晌后才说了句：“路途崎岖遥远，兵荒马乱，二哥小心为要。平安去，平安回！”说着走前几步，抱住了左民。

左民心生感动，说道：“三弟多保重！凡事多跟焦管家、少虎兄商量。好在现在家里还有四弟和岸生相助。”

兄弟紧紧相拥，没有言语，胜似言语。

四五　千里还信物

左民骑马出发，数日之后便到了大别山区。左询问右打听，终于获悉大别山天堂寨上有大别门这个帮派。“一定是它了！”左民心想。他把马拴在山下人家处，徒步上山。

一路往上，穿越小径，攀援陡壁，到处松竹青翠，时见银瀑飞泻。越往高处，景致就越美，左民的心情也越发激动。他就要看到息山了！到了一处，见一块木牌上写着“杜鹃岭”三个字。左民抬头，遍野初冬的红杜鹃赫然出现在眼前。突然，不知从哪里闯出来两个汉子，拦住他的去路。“请问来者是谁？报上姓名！”一个汉子命令道。

这应该是大别门的前哨了吧，左民心想。“我叫左民。我从江东来，找一个熟人。”左民说。

“谁？”

左民突然不知道要如何应对，说“小蝶”，还是说“息山”？

“息山。”他说。

对方一听，表情更显警觉：“这里没有这个人，你找错地方了！”

“哦，那，我找曾小蝶。”左民说。

两个对看了一下，另一个汉子说话了：“你到底找谁？”

左民只好编造说：“他们是两兄妹，我找哪一位都行。”

一个汉子对另一个汉子说：“你盯着，我上去问一下。”

左民心里又惊又喜。看样子，那位侠士的确在这里；而且，她真的是小蝶！小蝶没有死！……

彭湘听说有个江东来的左民要找小蝶，便把小蝶叫过来问话。“江东有位姓左的要见你。”

小蝶一听，大吃一惊。“姓左的？要见我？”

彭湘点头：“是。他说他叫左民。不是左纳吗？怎么又来了个左民？”

小蝶只好实话实说：“左民是左纳的二哥。”

彭湘瞟了小蝶一眼：“这位左二公子不辞辛苦，从江东来到大别山，专程找你，这关系，恐怕也不一般吧。”

小蝶低下头来，应道：“左民二哥心里怎般，小蝶不知。”她也知道，自己在说谎。左民至今珍藏着她的那尊女娲像，他对她的爱意，如果说她不知，那她曾小蝶就是个没有心的人。

彭湘心里有数，说了句：“传他进来吧！”

左民进来了。他站在寨堂中间，显得人高马大，气宇轩昂。往边上一看，曾经女扮男装的小蝶就站在那里。四目相对，左民心中思绪情感如决堤的河水，话语冲口而出：“小蝶！真的是你！……”

小蝶保持着低调，双手作揖：“左民二哥，别来可好？”

左民呆呆地看着小蝶，竟说不出半句话来。

彭湘看在眼里，问道：“左二公子不远千里来找小蝶，想必有重要的事情？”

左民赶紧收回眼光：“回寨主，左民此次是来向小蝶道别的。”

“道别？”彭湘有些意外，看了看小蝶。

小蝶也非常迷茫：“左民二哥所言道别是何意？”

左民回应道：“实不相瞒，此趟我从大别山回淮左后，即要准备行装，南下闽越。”

小蝶万分惊讶，睁大眼睛看了看左民，又转头看了看彭湘。彭湘也颇感意外：“闽越？那可是地老天荒之地！”

小蝶问左民，为何要去这么远的地方？大庭广众，左民不便多说，便一语搪塞：“有些私事要去处理。”

彭湘看了看左民，转头对小蝶说：“左二公子此趟来大别山实为不易，今后或许更难。小蝶，不如你带他到这周遭好玩的地方转转吧。”随即又对左民说：

“左二公子既然来了，就安心在这里歇息几日，勿要着急回去。我们也好准备准备，为你饯行。”

方氏兄妹等几位都热切附议寨主的提议。左民只好说：“承蒙寨主和各位热情，只是左民与舍弟说好即刻返回，恐怕不能逗留太久。”

彭湘笑道：“大别山离淮左万水千山，哪能说即刻返就即刻返？想必令弟会理解的。”

小蝶领着左民到了一处僻静处坐了下来。边上有一条溪涧，发出淙淙的流水声。

“左民二哥，谢谢你来看我！”小蝶说。

左民又一次端详着小蝶。虽然历经沧桑，小蝶，她仍然是十二年前的那个小蝶。虽然皮肤粗糙了些，人壮实了些，还多了几分侠气，但那副灵气和可爱的清纯依然。“我们都以为你早就葬身淮河。我不愿意多想，一想就难过得慌。真得好好感谢大别门，把你给救了起来！”

“你们？”

“就是左纳和我。你……后来为什么要瞒着我们？”问语刚一出口，左民就觉得自己问得多余。天灾人祸，有多少不顺心不得已的情况，就有多少女扮男装的理由。“其实，我一开始就觉得息山就是你。”左民接着自己的话头说，他不想难为小蝶。

“左民二哥是一个长情的人。”小蝶说，头却低着，避免看左民。左民见状，心头涌上来一丝惨淡。“你也知道，左家上下都以为你早已离开人世，左纳也成家了，有了孩子……”

“我知道……”

“我这次来，也是想问问你的心意。你愿不愿意跟我走，跟我一起生活？”

小蝶咬着唇不言语。

左民继续说：“这些年，我一直单身一人。冥冥中好像觉得你还在人世，我还有机会。真的。”

“左民二哥，你这又是何苦……你早该成亲当爹的。”

左民听小蝶这么说，不由得苦笑一声。他直视着小蝶，问："是不是，你宁愿嫁给有妻儿的左纳，也不愿跟单身一人的我走？"

小蝶连忙说："左民二哥，快别这么说。你是世上最好的男人，只是小蝶……"

"怎样？"

"只是，小蝶和左纳已经在神像前立过盟誓，此生相依，永不分离。他是已经成家了，可那是因为他不知道我被救起，还活着。"

小蝶的话，如同针锋一般，针针扎在左民心坎上。他不由得伸手去摸那个女娲断头像。这些年来，他一直把它带在身边。原以为，弟弟成亲了，自己身上有这个"信物"，女孩子的心转向自己应该是水到渠成的事。没想到，没想到……小蝶心里终究还是没有他，纵然他怀揣这个断头像，又有何益？！那断头像对小蝶来说，是她和左纳之间的信物；对他来说，不管他曾经多么珍视它，它却只是一堆泥而已！

心碎的左民掏出了那个头像，递给了小蝶："小蝶，这个，是交给你的时候了。"

小蝶手微微颤着，接过了那个和自己分离了十二年的女娲像。万没有想到，左民是如此精诚，如此执着。她看着他，百言千语却只能化作一个左民听起来很刺耳的"谢"字。那一刻，他觉得自己的头也断了一般。

"还有，"左民还得强迫自己做小蝶和左纳之间的信使，他掏出了那几页诗笺，"左纳他还念着你，这是他托我捎来的，但愿你们早日在一起！"

小蝶接过左纳的诗笺，禁不住读了起来。

事态如此，左民觉得自己多留一刻都难，便说："请转告彭寨主，左民实在有事缠身，不能逗留，就此下山，不恭处还请寨主和诸位海涵！"

小蝶心里好生难受和内疚。她知道左民怀揣希望一路跋山涉水，此刻肯定又累又伤感。"左民二哥，你我虽没有夫妻之缘，却是至好的朋友，为什么不能留住两天，歇息好了再走？"

左民道："我戎马经年，早就习惯了风餐露宿、披星戴月的日子。我没事的，你不用担心。就此别过，你自己多珍重！”

看着左民回首转身，小蝶心里百般不是滋味和不踏实。“左民二哥！”她追了上去，“你打算在闽越待多久？”

左民茫然地摇了摇头：“其实我自己也不知道。”

左民继续往下走，小蝶在他身后说：“左民二哥，一定照顾好自己。到了闽地，就捎书回来！”她站在高处，看着左民的背影转过一道飞瀑，骤然消失。

“什么？左民走了？！”彭湘十分惊愕，“那是为何？不是说好了住几日的？”见小蝶不吱声，她突然明白了什么。“哦，敢情是你把他气跑了。小蝶呀小蝶，我是真不懂，放着这么绝好的男人不要，却想着一个有家有室的左纳……”

“寨主，您别说了！”小蝶说着，捂着脸跑了出去。

此情此景，彭湘扼腕，方胜方幽师兄妹叹息着互相对视。

“问世间情为何物啊……”彭湘半天说出了半句话。

四六　聚散总关情

左民风尘仆仆回到家里，却是一头扑进自己的厢房内室里，不一会儿便呼呼入睡。

话说当初盖房子时，左江是费了苦心的。他已经知道左家家业将来的操持者必定是左纳，所以决定让他住东厢第一进。按辈分左民应该住东厢第一进才对，左江又不情愿那么做，所以就把左民放到了西厢第一进里。那样做又怕左民会不乐意，于是特别把西厢第一进的房间做得稍微大了一些，还配有隔间。西厢第二进不得不跟上，倒是就成了一间不错的客房。西厢第三进现在是左玲在住。四子左健住到了东厢第二进上。西厢屋檐上一样雕刻雄狮骏马等，使得左家宅院阳气十足。听取风水师的意见，左宅厢房和正房中间建廊厅，两廊中间放一个很大的天井，种植花草，接纳天雨，也显得阴阳平衡一些。

嘴上，左家人有个习惯，就是称西厢房为右厢房。

这时，左纳正在书房办事，案上放着简书、纸件。下人笮庸突然来报说：

二公子回来了！

左纳一振："二哥回来了？怎么不见人？"

笮庸报："已经睡下了。"

左纳一听，便说："你去告诉厨房，就说二公子回来了，今晚多做一些；还有，现在就熬点清凉解乏的汤水，做好了告诉我。"

笮庸应道："少庄主想得周到，小人现在就去交代。"

一个时辰后，笮庸来报："药膳房为二公子特别熬了枸杞莲子，外加蜂蜜；晚上还有乌鸡汤。"左纳喜道："太好了，叫他们端到右厢房去。"

左纳整了整衣服，便走出书房，走进右厢内室。见左民还卧榻酣眠，便上前去轻声唤道："二哥，二哥！"

左民兵营多年，已经养成警觉的习惯。听有人一唤，便醒了过来。一看是左纳，连忙起身，道："三弟来了！现在几时了？"

"二哥可醒过来了，现在是申时了。"

左民有些尴尬："瞧我一睡就是一个多时辰，误了去向三弟报到，致歉，致歉！"

左纳笑道："致什么歉。跋山涉水的，二哥这是太辛苦了！喏——"左纳一转头，一个丫鬟已经把枸杞蜂蜜莲子汤送过来了，"这是厨房特地为你熬的清凉解乏汤，喝吧！"

丫鬟把饭几放在了左民的榻上。左民一看就问："怎么只有一碗？"左纳笑着说："我闲待在家，用得着喝解乏汤吗？二哥赶紧喝了吧。"左民看这架势，只有自己赶紧喝了那汤，才能谈正事。

那汤清香可口，叫人醒脑爽心。左民喝完那汤，便起身走出内室。

两兄弟在一个陶案边席地而坐。这时左民只感到百千头绪，不知从何说起。左纳见状，便对一旁的丫鬟说："去煮壶青茶来。"

"是。"丫鬟退下了。

"二哥上了大别山了？"左纳先问。左民点点头："三弟，我猜得没错，那位息山，就是女扮男装的小蝶。"

尽管先前猜疑过，此时左纳还是非常震惊，不敢相信左民所说的是真的。“二哥当真？”

左民：“千真万确。我们都交谈过了。”

“她，她是怎么活过来的？”

左民说：“淮西河段，离大别山不远。当时正好有大别门的义士经过河面，看见小蝶漂浮水上，就把她救了起来。说来也奇，我问过当年救她的方胜大哥。他说当时小蝶的衣裙缠在一个树干上，就这么逃过一劫。”

左纳如梦初醒。回想当初，眼睁睁看着小蝶被河水卷走，如果不是父亲和少虎他们拦着，他就跟着跳下去了。没有了小蝶的那些日子里，左纳是一具行走在暗无天日峡谷中的行尸走肉。如今获知小蝶还活着，左纳惊喜之余，又转悲凉。“小蝶命大，可是献工叔和二娘……可怜的小蝶！”左纳说到这里，悲至而话止。

青茶来了，丫鬟给左民和左纳分别倒了两碗茶。左纳端起碗来，喝了几口茶，情绪渐渐稳定。

左民自己也咽下了几口茶，理了理思绪，清了清嗓子，然后说：“三弟，现在我们确定小蝶还活着，息山就是小蝶。二哥我的任务也完成了。父亲生前说过要和息山保持联系。我想，等守孝期三年一过，你就可以迎娶她了。”

左纳想到这些年人事的变化，遂问：“可，我现在已经成家，小蝶她是怎么想的？”

左民告诉他，情况小蝶都知道，不过她不在乎。“她告诉我你们之间有盟约，她要守这个盟约。我看得出来，她心里还是很想着你，想过来和你一起生活。”

左纳听着左民的话，心直颤抖，情绪在悲喜之间来回转换，不敢相信这一切都是真的，他真的还有机会迎娶曾小蝶。

左民继续说：“我琢磨着，我隔壁这间客厢房可让小蝶先住，直到你们结婚的那一天。只是，我不敢保证，到时候我会在这里。”

左纳怔了一下：“二哥何意？”左民神色淡然中透露着无奈：“你忘了，我马上要南下闽越。”

左纳听了，突然来了脾气：“二哥，你这一辈子，怎么就不能消停，不能在家待一待？一会儿黄河，一会儿淮水，现在又是闽越……你怎么就不想跟我这个亲弟弟一起好好过日子，一起撑这个家？”

左纳一顿话，说得左民百感交集。等他说完了，左民说：“三弟，你说得有情有理，是二哥对不住你。可是，你也要替二哥想一想，二哥有个亲娘，从来没见过面。她现在不定多想我呢。我去看望她，不为过吧？”

真可谓聚散都是情！左纳转而无奈：“这个我懂。只是，闽地那么远，和广陵隔着一条大江还不止，我不知道你什么时候才能再回来！我真的很需要你，二哥，你明白吗？”

左民闭着眼睛，点了点头，却无言以对。

左纳知道左民的离开无可挽回，遂站起来，走到左民身边：“二哥，我迎娶小蝶的时候，你无论如何都要在场。爹娘都不在，你这个二哥万万不能缺席。就算三弟和小蝶一起求你这一次，好吗？”

左纳的请求让左民陷入了苦思。从小缺乏母爱，常受父亲和宗亲、旁人轻视，至今未婚的左民，自从知道生母的下落后，就恨不得立刻南下寻找亲娘。一趟大别山行，是去试他最后的情运。精诚石不开，没得小蝶心，反而耽误了他的南下行程。现在，左纳还要他这个二哥为他和小蝶证婚。左纳不知，左民现在是内心煎熬情难堪。

可是三弟的要求确实不算过分，合情合理合伦。父亲临终时他也答应过，和弟弟相厮守，相扶持。左家，是他的一份天职、情谊和道义。此时，尽管左民感到前事难料，最后还是横下心来，答应了弟弟。

四七　拥有一刻，死亦无悔

大别山归还信物，代表爱情上拧不过命运的左民最终在心间和小蝶割裂。晚饭案席上，心情不平的左民多喝了几杯酒。兄弟几位包括岸生，说起了左民南下的事，都很不舍，说那么远的地方，不知什么时候才能回淮左来。透过酒气，左民看到了坐在后排的婉心。他感到她不时向自己投射来的复杂的目光。那天夜里在他拂袖而去后，婉心坠入了绝望的深渊。她唯一的生命武器，她的美胸，在左江的面前从来没有失败过，而左民，却在她最动情的时刻甩开了她。

当天夜晚，在经过了大别山的重大刺激后，身心的煎熬终于使得左民不顾一切到了婉心的住处。“她不过是父亲生前的一个工具。”他告诉自己。当婉心再度靠近他时，他问了一句：“会怀孩子吗？”婉心摇头：“永远不会了。”

左民没有问为什么，便揽住了她。瞬间，他把她抱上了床榻。二十八岁的左民，第一次尝到了进入女人身体的那种激情和幸福。看到身下的婉心那尽情尽爱的陶醉样，他彻底满足了。

“与二公子这一夜，婉心死亦无悔。”刚刚从梦幻中回神的婉心一字一句地说。左民还搂着她：“别说傻话。”

那一句“死亦无悔”，此时此刻左民并不完全理解它的全部含义。这个十六岁即被招入左家的平民女子，在十七年为妾的日子里，她其实除了是左江的一个性奴，什么都不是。左家人并不把她当作正常的家庭一员来对待。只有到了今夜，此时，她才有机会作为一个完整的人真正去爱也真正被爱。今夜，她觉得自己不枉人世这一遭，她值了。

“你去闽越，什么时候回来？”婉心的话音带着一丝忧伤。

左民回答：“我也不知道，一切看是否找到我娘而定。”

婉心稍稍地明白了，如果左民找到亲娘，那么大概意味着，他会把家放在闽地；要再见到他，怕是难了。想到这里，婉心悲从中来，忍不住说道：“婉心若能陪二公子一起去，该有多好！这一路山高水长，坎坎坷坷，还望左民多多保重！”婉心一长串话里，又何尝不含着深深的渴望。

左民见她如此体贴，还第一次唤了自己的名字，心里感动，便亲了亲她，说：“如果情况允许，我就把你接到那边去住。”这是此时他所能给她的最大的承诺了。

婉心心里欣慰，又不想给他压力，便说："如此甚好。不过，二公子不要太勉强。愿你早日找到亲娘！"

左民出发的前夜，正是十五月圆时。左纳主持，邀请了左家几位元老朋友，共进晚餐，为左民饯行。宴席上，焦书颜、霍少虎几位都十分不舍，殷切叮咛，唯有王东琅心中一度暗喜。因为左民一走，左纳一人撑家，他便有机可乘。不过，看到左纳身边两员新将左健和岸生，他又有些惧怕：后生可畏！

那顿晚餐后，左民、左纳到了左梁亭下。当年左江特意在这亭子边上种的一棵小槐树，现在也已经长得十分挺拔了。

兄弟俩坐在石凳上，看皓月当空，听河水潺潺，一时仿佛回到他们曾经的共同的童年。那些日子，依稀就在昨天。师庚，他们的老师，为他们诵读、解析五经，讲述三代帝贤和孔孟圣人的事迹。不久后，课堂里多了唯一的一个女孩子——曾小蝶……

四落静谧，只有河水如歌如诉。左纳看着夜色下左民的脸庞，说道："若不是小蝶决意，我定不会夺二哥唯一挚爱。"

"闭嘴。说的什么话。她不也是你的挚爱？"停了一下，左民又说，"把小蝶娶进门，遂了你们俩的心愿，对左家也好。"

左纳有些好奇："二哥此话怎讲？"

左民解释："小蝶聪明果敢，是一位能干的女子。她大难不死，经历磨难，必有一番作为；又有淮西大别山的关系和渊源，必能帮助左家的盐业深固拓展。"

左纳听着，觉得自己和左民相处多年，却还是很不了解自己这位异母兄长。"二哥说的是。只是我心里有些担心，怕双影不高兴，也怕求均叔有意见。毕竟，双影是他介绍的，他和林家关系甚好。"

左民道："我了解你的顾虑。不过，小蝶是一个聪明又深明事理的姑娘。我相信她能处理好。至于求均叔……"

"怎样？"左纳敏感地问。

"我总觉得父亲后来并不特别信任他。正是因为他和林家的关系，你要留点心为好。”

左纳点头：“嗯，我知道。”

时近子时，左纳说：“夜深了，你明早还要赶路，赶紧歇息吧。”

左民站了起来：“好，三弟也忙，明天我一早出发，就不惊动你了。”

一句话说得左纳心惊，他这才深深意识到，自己就要和父亲以外最亲密、最可依靠的人分开了。这一去又是千山万水，不知何年才能见面。“二哥，记得带上我帮你准备的钱粮物品。闽地我们不熟悉，你要多加保重，小心歹徒。常常来信，有不如意事，务必尽快回来。”

听着左纳的叨叨，左民心头和鼻子都是酸酸的。那一刻，他突然觉得自己或许应该留下来，帮助三弟撑持拓展这个家业。他走上前来，抱住了左纳。“我知道的，三弟。我一个人闯荡惯了，三弟不必为我操心。倒是家里，就得多多靠你了。好在有四弟和岸生，现在又有小蝶……我总算是稍稍心安。此趟南行，如果没有什么别的意外，我争取尽快回来。”

“二哥。有你这句话，太好了！”

两人相拥良久，不肯散开。

四八　父爱花鹿情，会稽连武夷

左民背着行囊，挎着宝剑，骑上了马，从广陵出发，开始南下。回想他在左家，从小独立。十六岁那年，他没有和左家一同南迁，而是随祖逖的大队南下。后又随祖将军北上征战。等到祖逖郁郁而终，北伐无望，他逆淮水而上，到汝南救回他那被后赵抢去当太守的三弟左纳。最近的一次独走江湖，便是五百里山水，登大别山去寻找小蝶的踪影。此次从广陵再度往南，前往号称三千里路的闽越地，他心里并不惧怕。不惧怕，但是不免孤独；孤独，但是又有希望。他希望这次按着父亲生前的指点，能找到自己的生母。母亲现在，也许正在思念着他吧！

孤单，让他再次想起了婉心，想起了临行前那一夜的肌肤亲密。想，又不敢多想，怕那份今生首次和女人的缠绵会损到自己南下的意志。

他从北岸渡口上船渡江。这是他第一次一个人过江。

浩浩江水，隔开了两岸。左民站立船头，一颗心被长江两岸同时系住。

一个多时辰的时间，他从京口（镇江）的蒜山渡（西津渡）上岸。上得岸后，他的马突然无精打采起来，他怎么催，它也走不快。“马仔，你该不会是晕船吧？”左民下来，摸了摸马的脸。见它眼睛似乎不是很有神，左民心想：这才刚离家，它就闹毛病，这可如何是好。没办法，左民只好牵着那马走。一边走一边四处张望。一处田地旁，有几堆稻梗，还有一条小溪流！左民见了大喜，牵着马到了田埂边。

吃了点稻草，喝了水，那马似乎精神了一些。左民骑骑走走，走了几个时辰后，见有驿站，他累了，马也累，便停息下来。

左民顾不得自己，先照顾那马，给它喝水吃东西，让它在树下歇着，然后左民自己吃了一点干粮，喝了几口溪水，也歇了下来。

等他缓过神来时，一个多时辰过去了。左民过去看马，那马仔显然精神多了，于是他重新骑上去，勒马前行。

走没多久，左民碰见了一位戴斗笠穿蓑衣的老翁。左民下马过去问：“大伯，这里附近可有往南去的河道？”马累，他想如果能有河渡，便可歇马。

老翁往东指了指：“有，从这里往东一点就能看到。”

左民谢过老翁，遂往东而去。

走了不多时，果然见一渡口，一块石碑，上有“江南河”三个大字。临河站着几位旅客，背着行囊，等候渡船。

船来了，左民心喜，牵马过去。不料艄公一见有马，说什么也不让上。

左民说：“我这马很驯服，不碍事的。”

“不行。”艄公说，“船小，南下又潮急，万一马惊，一船人全得掉水里去了！”

“是呀。”一位旅客脸露不安地附和，“马不行，马不行的！”

左民无奈，只好眼睁睁看着那篷船离岸而去。“马仔哟，你只好耐心忍一忍吧！”

没办法渡江南河，左民在陆路上不小心闯进了一片原始森林。有的地方，树高叶密，遮天蔽日，让人仿佛走在晦暗的晚间。左民平生没有穿越丛林的经验，方向感错乱，心里着实怕了。

就在他在林中慌张打转迷途之时，迎面来了一位骑马的大叔。大叔身上挎着刀，背着箩筐。左民看到，那箩筐里装着草药一类的东西，看样子，他是熟路人。

左民心头升起了希望，连忙策马过去。到了跟前，左民下马："请问大叔，在下想南下闽越，如何才能走出这片森林？"

大叔打量了一下左民，微微一笑，好像已经认识了他一般。"我就知道会碰见你，这里的野草给你踩扁了一片，蜘蛛网都给你撕破好几处了。"

左民一听，心里稍安。他俯首作揖："大叔厉害，还请为我排难指路！"

大叔爽朗地说："年轻人，不用害怕。我也往南去，跟着我就行。"

这位大叔的话，如同清风吹拂过左民的心田，也吹过这大片林间，拨云见日。

左民的心头晴朗了起来，接着便问大叔为何进入这野林中来。

大叔和左民介绍说，他在这一带已经生活二十几年了。这林中许多地方都有他做的各种记号。他来这里，是为了采集草药，救死扶伤。

"你看这棵大树，上头有一种稀罕的蜂蜜，营养堪比人参。为了取到它，我爬上去好多次了。"

左民抬头仰望，望不到那大树的顶端，不由得赞叹："大叔您真是神人哪！"

大叔呵呵两声："神人不敢，我就是胆大心细罢了。在这里我也常碰到凶猛的蛇。我就用这锋利的刀对付它。你知道吗，这蛇一身都是药宝。"

左民不住地啧啧称赞。

几个时辰后，左民随大叔走出了林子。大叔因为还有要事，不能继续和左民同路，他认真地叮嘱左民："如果再入丛林，记着，叶子茂密的一边就是南边。现在是秋季，大雁朝南飞。晚间，你就认北斗七星。记住了？”

左民感激不尽地说：“记住了，感谢大叔！”

和那位大叔惜别后，左民又走了四天多，虽说是旱路，水文却时时可见。沿着小河，不时能看到青瓦白墙的房舍，炊烟袅袅，女人们临河洗涮，木槌击石的声音“嗒嗒”地传过来。

左民心里颇不是滋味，不觉地摸了摸马仔的头。一路风尘，他和它就是相依为命的一家人了……

搭大船横渡钱塘后，在进入会稽地界前夕，左民夜里做了一个奇怪的梦。他梦见了父亲。父亲在梦里告诉他，前面的路有更大片的丛林，不小心走进去，可能再也走不出来。“那我怎么办，父亲？”左民急问。左江说：“靠西走，跟随一只梅花鹿，它会带你绕过丛林。”

左民还想说什么，左江却在一个微笑中淡出他的视线。

“父亲，父亲！”左民从梦中喊醒，一望四壁，空空如也。

次日，左民继续上路。他没把父亲梦中的话当耳边风，而是小心翼翼选择靠西的路走。有了昨天的经历，左民倒是没有那么慌张了。果然，如父亲所言，慢慢地，在他的左手边，丛林渐多，老树蔽日。他正在讶异梦中父亲所言不虚，忽然从灌木丛中看到了鹿的一对角。他猛然醒悟，快步跟过去，一只黄底白花的公鹿，就在眼前。那鹿看见了他，并不害怕，只不慌不忙地往前走去。

左民跟在那梅花鹿的后面走，宛如在梦中。一边走，一边想着那不多的和父亲在一起的时光……

虽然左民紧跟不离，不知不觉地，那鹿却不见了。左民往后看，只见一片巨大的黑压压的大树林；往前看，一条人踩出来的路继续延伸。远方，似有村庄和田舍。

“父亲，梅花鹿……”左民喃喃着，眼泪几乎要掉下来。

左民知道会稽是在东晋王朝扬州府的管辖下，是他心目中的英雄越王勾践的故里。虽然左民走过了北至黄河北岸、南至长江南岸的大片河山，会稽地段，他却从未来过。这会儿，看着路两边的景物，他想：这也许是娘当初走过的路？这里景色大异中原。虽是初冬，仍见田野绿绿的，有各种蔬菜和果园。路上再也不见衣衫褴褛、灰头土脸、不知今夕何夕的逃难人群。没有烽火血腥味，更没有尸体白骨散落路旁。

左民的心情开朗了起来。会稽地，一马平川，他也加快了马速。第九天夜晚，他夜宿客栈，让人和马都养精蓄锐。他知道，闽越地界就在前方。

不过就在那天晚上，竟然有娼妓过来骚扰。这并不是左民第一次碰到妓女。由于自己特别的身世，妓女是左民心头难以承受的轻。一看那个涂脂抹粉、云发蓬松、柳眉作态、不请自来的女人，左民烦恼袭上来，大喝一声“滚”，把个女子吓得拗腰便跑。

第十天，不经意中，路越来越不平坦，人和马都走得有些累了。太阳西斜的时候，他路经一个亭子，边上有饮水小吃处，还有人把马拴在那里。左民下了马，赫然看到亭子边上立着一块石碑，上面写着“七闽”两个绿色大字。左民心里“哇”地一叫，几乎要喊出声来：我到闽地了，终于到了！

亭子里卖饮食的小伙子跟他说着什么，他却全然听不懂。他取出两块铜板给了小伙子，小伙子便给了他一大碗粥汤和两块肉饼。左民吃饱了，就把马拉到有草的地方去，自己坐在树下歇息。天黑了，小伙子的货摊撤了，左民就在亭子里过夜。

这是立冬时节了，夜里天很冷。左民从地里拣来一大堆稻草，往地上一铺，算是挡住了一点寒气；又从行囊里取出布毯来，往身上一盖，勉强能御寒。睡到半夜，突然听到马的嘶鸣声，左民被惊醒了。他连忙摸剑，跑到拴马处。隐约中看到一个黑影子，正在解马绳的样子。“什么人？！看剑！”左民举剑时，倏忽之间，那黑影转身不见了。

“大胆盗贼，竟敢打我宝马的主意！”左民说了一句，拍了拍马背，“好样儿的，好样儿的！”

那以后左民却难再入眠。他后悔选了这个地方过夜。此地乃会稽入闽交界处，大概会多盗贼。他半醒半睡着，直到远处有公鸡啼鸣，才酣睡了一会儿。

天蒙蒙亮，那货摊又来了。见左民牵着马要上路，小伙子竟然递给了左民一碗热汤。左民伸手掏钱，小伙子直摇手表示不要钱。此处民风古朴啊，左民深深作揖拜谢。突然，他想起来应该问一下路，就问小伙子：惠安离这里有多远？小伙子听得懂官话，也用半官半土的语言告诉左民：还很远，大概要走五六天的时间。还用手势告诉左民，这一路南下，多有山路，崎岖不平。

那碗热汤似乎驱散了左民身上的寒气，使他精神抖擞起来。他谢过小伙子，跃上马，踢了踢马肚，马捷步前行。

那小伙子说得对，左民策马走了没多远，便进入山区地带。这里属于武夷山脉地带，树林茂密，青翠欲滴。远远看去，云蒸霞蔚，环绕着翠绿的山峰。湿润的空气里，依稀携带着茶的香味。路上，也不时有溪水缠绕，清爽怡人。

四九　“七闽八方”

歇歇走走，这天早上，左民走进了一个小镇，远远地看到一面旗子迎风飘扬。他朝旗子的方向走去，看清了那旗子上写的是“七闽八方”，底下还挂着一块写着“酒”字的布条。左民一看欣喜，走了这么久，还没喝过一次酒。眼看着进入闽越腹地，此时不喝，更待何时。

左民拴了马，进了酒家。他往地席上一坐，店小二便过来了。“客官喝多少？”

“来一斤吧！”左民说。

不一会儿，小二过来了。他给左民倒了一大碗酒，又放了一盘豆子腊肉当酒菜。左民发现，这酒壶上、酒碗上，都画着蛇的图案。再仔细看那“七闽八方”的旗子，发现那四个字的边缘也画着蛇。左民心生好奇，便问小二：为什么这里到处画着蛇呢?

小二笑问：“客官不是本地人吧？”左民笑答：“不是。”

小二：“难怪不知。客官看那‘闽’字，是门里有条蛇的意思。咱七闽人是蛇的后代，当然家家户户里面都要有条蛇了。”

左民恍然大悟："原来如此！"到了七闽，简直像是到了另一个国度。

左民喝完酒，浑身发热，正打算继续上路，小二问道："客官这是要往哪里去？"左民摸摸后脑勺："问得好。我意去惠安，请问走哪条道比较好？"

小二直指前方："往正南方向去，你会经过莆田。到了莆田，惠安就近了。"

听到一句"惠安就近了"，左民感觉周身的血都沸腾了起来。

走了大约五里路，一处县府衙门出现在眼前。走近一看，衙门上方写着"扬州"二字，两旁各站着两个兵丁。原来，这个仿佛异国的地方，其实仍然属于扬州府衙的管辖地。惠安，应该也是。

借着酒力，当天晚上，左民便赶到了莆田地界。想着明天就可能见到生母，左民的心一阵怦怦地悸动。今晚，得先好好洗个澡，睡个觉。他找到了一家小馆，吃了一碗海鲜米粉。都是条状，吃起来却和面条很不一样，感觉清鲜可口，回肠荡气。

吃完饭，洗完热水澡，左民昏昏欲睡，虽有千般思绪，却是心有余而力不足，倏忽之间便进入梦乡。

左民本不是一个多梦的人。可在莆田的那天晚上，他做梦了。他先是又一次梦见了父亲左江。他梦见父亲抱着自己，摸着自己手上的伤，连声说："好孩子！"不一会儿，梦境里出现了弟弟左纳。左纳一双清澈的眼睛看着他，问他："二哥，怎么不给我捎信来？""我捎去了呀，到浙江的时候我就捎信去了！"他说。

说了几句梦话，他一翻身，看到了一个五十几岁的妇人。妇人包着头巾，只露着眼睛和鼻子。可左民看得出来，她长得很好看。耳边响起了父亲的话："你娘现在应该在惠安东岭……她很漂亮……"左民从梦中脱口叫了一声："娘！"

他醒了过来。看看四周，黑乎乎的……

第二天，左民等不及天亮便下了床。他出门去，走到自己的宝马跟前，摸摸马头，拍拍马背。"这一阵辛苦你了！"左民说，"不过，我们就快到了。我们就快见到娘了！见到了娘，就好了！”

那马仿佛听得懂主人的话。它前腿踢了踢地，昂首呼嘶了几声。这一路，渡大江，穿森林，过山岭，走原野，它和主人已经互为挚友。

五〇　东岭乡认亲娘

当日下午，左民到达东岭乡。海风从东面吹来，带过来一股潮气。放眼望去，看不见地平线，因为它被四周的丘陵和隆起的山包挡住了。一种绿叶农作物覆盖了远近坑坑洼洼的地。左民不认识这种庄稼，它不是麦子，不是高粱，更不是水稻。

忽然，左民听到了一阵叮叮当当的声响。朝那声响走过去，走到一个土坡前面，他看到了一坡的石头！一坡男人，光着膀子，就在那里锤起锤落，打着石头。

正看得出神，一个姑娘从自己身边走过。她挎着篮子，提着一壶水，朝着土坡走去。左民注意到了她的头饰：黑底，粉花，绿色和黄色的发簪。在阳光底下，她的头饰显得格外艳丽。

姑娘的身姿和头饰像磁铁一般吸住了左民。他不由自主地提了提马缰，跟着姑娘的脚印走过去。

打石的声音越来越大，越来越真切，像雷一般轰进左民的耳朵，敲击左民的心坎。慢慢地，那不停不歇的叮叮当当声变成了一曲音乐，在这山坡、四野和左民的周围响彻。

随着姑娘的到达，那声响小了一点。只见那姑娘弯下腰，放下篮子，取出碗来，把水倒在了碗里；又拿出一块饼来，递给一个男人。

随着左民的到达，打石声又小了一点。左民看着那位正在吃着姑娘送过来的东西的男人，他看上去五十多岁，应该是整日日晒和被海风吹的关系，他的脸颊和身躯都呈褐色。

左民低头弯腰，双手作揖：“在下左民，从洛阳来，请问这里是不是东岭乡？”

那位打石大叔顺口应道：“是。”

“我想跟大叔询问一个人。”

大叔听来者说要打听一个人，便注意了起来。他上下端详着左民，憨厚的脸上眼神变得警觉：“你说你是从洛阳来的？姓左？”

“是的，大叔。”

“你要找谁？”

“我找一位叫苏七月的女子。她今年应该是五十多岁。”

那大叔一听，神态变得迟疑而怪异。左民一看，又问了一句：“不知大叔是否认识这位女子？”

大叔没回话，而是慢慢地把眼光转向在一旁好奇地看着左民的姑娘：“小凤，你带这位客人到家里一趟。”

左民一听，简直不敢相信自己的耳朵！他也把目光转向那位姑娘，才发现那姑娘也是一脸惊愕狐疑。难道，难道……不会的，不可能这么顺利就找到娘的！

左民脑里一片乱絮，耳边听到姑娘清脆的声音：“这位客人，跟我来吧！”

“哎！”左民应声，连忙掉转马头，跟在这位叫小凤的姑娘身后。

没过多久，那位大叔也偷偷跟了上来。

左民跟着小凤姑娘，进了一间石砌的平房。“娘，娘！”小凤一进门就喊起来。

“娘在这儿呢，什么事这么大声的。”从房子后头传过来一个女人的声音，接着，是一阵叽叽呀呀织布的声音。小凤穿过房屋，走到房中天井处。“娘，今天有人找你。”

“谁找我？”织布机边的女人站了起来，朝小凤看过来。

小凤一转身，把视线让给了左民。本来藏在小凤身后的左民，此时无处可藏。他慢慢地、直直地朝光处走去。他站在了后门门口，打量着这时也看着自己的女人。虽然岁月在她脸上雕刻了许多伤痕印记，但是此时的左民还是从心底同意父亲的话：“你母亲，她很漂亮。”

“你是……”对方先说话了，狐疑的眼光在左民脸上、身上上下巡视。

“我叫左民，我是从洛阳左家庄园来的。”

女人看着他，眼光焦虑起来，呼吸也急切了起来。“左民……左庄园……洛阳……”

左民继续说，声音开始有些发颤：“我来找……苏七月。”

女人手上的碎纱落地。她走到了左民跟前：“我是苏七月，你是……你是小蛋蛋？”

“你小时候圆滚滚的，你娘管你叫小蛋蛋。”左江这么跟左民说过。这时，左民再也忍不住了：“我是小蛋蛋，娘，我来找娘来了！娘……”他话音未落，已经被苏七月猛一下揽在了怀里。“小蛋蛋，真是你呀，小蛋蛋！我这不是在做梦吧？洛阳好远呀，告诉娘，你怎么找到这里来的？来，让娘好好看看你……”

左民不声响，不动弹，任凭比自己矮了半个头的母亲摆弄。苏七月上上下下，前前后后看着，摸着左民，不说话，只抽泣。

小凤在一旁独自抹泪。她从小就听母亲说过，自己有一个哥哥在老远的北方。怎么也没有料到，今天，一头大黄马，驮来了她的亲哥哥！

“小凤，去泡茶。”爹说话了。小凤爹叫苏启方；母亲本姓姜，后来跟苏启方一起姓苏。

“进屋说话吧。”苏启方对天井口的七月母子说。

进了屋，席地而坐，两人的情绪慢慢平静了下来。苏七月问起左民这些年怎么过来的，左民便把自己如何跟着大队南下江淮，北伐黄淮，最后退守淮左，卸甲回家，父亲去世了以后他便决定来惠安探母的经历和母亲简单讲述了一遍。

“哦，你父亲走了一年多了……”苏七月自言自语，紧接着又开始上下看着左民，说，“小蛋蛋，你还去打仗，肯定受了好多苦！你小时候胖乎乎的，怎么现在这么瘦！”

左民安慰母亲：“娘，我挺好的。跟孩儿讲讲您这些年都怎么过来的吧。”

“我怎么过来的……”苏七月看了看别处。想起那过去的事情，心绪像江水浪潮一样涌动了起来。

五一　另一个世界

二十九年前，左江和沦为娼奴的七月过了一夜。次年，七月生下左民。左江从七月怀中夺走左民，却丢下了七月。“你总共只吃了娘一个多月的奶……”七月哭诉着，一手摸着儿子，一手拭泪。

二十六年前，七月被卖，并随新主人逃难流落到了江淮。“那时，你才两岁不到。我心疼你这个没娘的娃，我舍不得呀！”七月星泪如雨，“可是我们有什么办法，人家把我们往哪里推，我们就得往哪里去。”

“新主人性情暴，还歹毒。他们家丢了东西，就说是我偷的。把我抓了去就往死里打。当时小凤她爹也在这个主人家，为我说了几句好话，结果主人连他也一起抓去毒打。后来呢，东西又找到了，证明了我们的清白，主人才没有了话说。启方跟我说：这里不是我们待的地方，我们还是跑吧！我想我命这么苦，还能再苦到哪里；跑了，说不定还能跑出一条路来，就答应了。”

七月喘了几口气，擦了擦眼睛，继续讲述。

那时候正值“八王之乱”，逃难的人很多，谁也顾不上谁。启方、七月随逃难的人群一路南下，直达江边。正好赶上有船队装着茶叶、药材、白瓷什么的，要到江东去卖。两人便偷偷上了船。

船到九江，他们被人发现是私自上船逃难的，便被赶下了船。于是两人徒步，跌跌撞撞，一路往东南。流浪了两个多月后，一头撞进了惠安。

到了惠安，听到叮叮当当的打石声，启方觉得它好听得像首歌。两人感到这是一个天高皇帝远，安全又自在的地方。“我也能打石！”启方对七月说。

就这么着，苏家在惠安落地生根。

左民一直静静地听着，不时喉咙发堵，不时看着母亲、继父和妹妹。母亲这一路的艰辛和哀伤，点滴入他的心。

“这些年来，靠着打石种地纺纱织布，我们活过来了。有吃的有穿的不说，也没有主人在上头压着逼着。可就是，每次想到你离开娘时大声哭闹的声音和样子，想到你还不到两岁娘就离你这么远，这么远，不知这辈子还见得到见不到，娘这心哪，就发狂，就裂开了！”说到这里，七月紧紧抱着左民，失声痛哭。左民抱着母亲，眼里淌着泪，享受着亲娘的爱抚。二十八年来心里的缺失，这一刻以山崩地裂的方式，全部补了回来。

“思念了这么久，如今儿子就在眼前，你也不笑笑给儿子看？”启方在边上说。七月一听，收住了哭声，拭了拭泪眼，接着说：“你有个大妹，嫁到邻乡去了。小凤今年十八了，还没有婆家，我们正发愁呢！”

那小凤在一边看着，分享着家庭离合的悲喜。听娘说哥哥说了十八年了，心里也一直盼着、想象着哪天会跟哥哥见面。不期今天，哥哥好像从天而降一般。她心里那份欣喜溢于言表。还没说上话，却听娘在这位还有些生分的哥哥面前提自己的事，把她说得好生不自在起来。“娘，不是说了，我不想嫁。别跟哥哥提这事，好不好？”

七月别了她一眼：“女大当嫁，这事不提怎么行？让你哥知道一下，有什么不好？”

小凤倔倔地说：“娘你再提，哥来了，我就走了！”

七月一听，伸手抓住女儿的衣襟：“好，好，娘不说了。”

左民看着母亲和妹妹，比起阳刚气很浓的左家，这里，让他享受着女性的阴柔温馨。他拿过来自己的行囊。从广陵带出来的钱，还剩下一些；行囊里还有从家里带出来的一点玉器。

“娘，这是玉镯，给您的。”左纳递给七月一对翡翠镯子。“儿子……”七月湿眼凝视着儿子，久久摸着那对玉镯。穷她毕生劳动，也挣不来那样的首饰。今天由富家来的儿子亲手孝敬，七月心中是百感杂糅。

七月还来不及说出别的话，左民又转向小凤：“妹妹，这是玉簪，你戴着一定很漂亮！”小凤接过那簪，摸了摸，嘻嘻一笑，就往头上插。“要谢谢哥哥！”七月在一旁说。小凤银铃般的嗓音响了起来：“我哥给的，还要谢啊？”

“小凤说得对。自己人，还谢什么。”左民附和着，又掏出来一个铜杯，满是郑重地递给了启方。记得入闽时听人喊阿爸，他踌躇片刻，说：“阿爸，这个给您，喝酒喝茶都可以。”苏启方粗糙的手一推：“这么贵重的东西，你自己留着用吧！”嘴上这么说，眼睛却紧盯着那贵气而别致、有着三角长嘴的铜杯。七月说：“儿子一片孝心，你就收下吧！”

当天晚上，七月和小凤一起做了好几道吃的，蛋羹、炸地瓜片、焖豆腐、鱼丸子米粉……

“来，蛋蛋，你路上两三旬，没吃没喝的，到家了，多吃点！”七月一边招呼儿子，一边给左民夹菜。

左民知道贫寒家的母亲这是在穷她所有来招待他。看着一桌农家菜，闻着那香味，左民心窝暖暖的：“娘，您也吃！”七月又说：“今天晚了，过两天让你阿爸到海边去抓鱼。惠安鱼可好吃了！”

那天晚上，七月和女儿挤一床榻，启方跑到门边去睡地铺，原来小凤的床榻，就让给左民睡。左民不依，一家人说什么也要他睡榻上。不大说话的启方说道：“你这一路都在马背上过了，不要争了，就睡上去！”

左民躺在榻上，没有了打石声的惠安夜显得格外安宁。他躺在那里，一度感到自己这是在做梦，一会儿觉得自己还在淮左左家，一会儿又觉得是在……门边传来了继父粗粗的呼吸声，另一边也不时有翻身的声响。左民意识到，自己是在他另一个家里，一个他从来没有经历过的家的被窝里。

他突然想念起淮左的弟弟来。不知道左纳现在怎样？小蝶来了没有？生意做得如何？左健怎么样？心里一阵内疚，因为他一个人隐居在一个世外桃源里，尽享人间温情；而弟弟却得在搬盐送盐的风口浪尖，为左家担待着那一份无尽的沉重……

一阵倦意袭来，他不知不觉没入梦乡。

好夜真短啊，还没怎么睡呢，左民就被早啼的公鸡叫醒了。长途劳顿，他实在是太疲乏了，一个转身，又睡了过去。

一阵“咚咚”声里，左民再度醒来。听那声音，不是打石声，也不似打夯声，究竟是什么声音？左民好奇，便起身下榻。那声音是从后院、昨天他和亲娘相认的地方传来的。左民走出门去一看，只见七月坐在石凳上，正抡着一根大石锤，往一个石槽里撞击。

“娘！”左民叫了一声，走了过去。

七月见儿子来了，就问：“怎么不多睡一会儿？”左民没回答，却问：“娘，您这是在做什么？”

七月把散落下来的头发重新簪好，说：“我在碾糯米，想捏点糯米鸡母狗仔的给你尝尝。好玩呢，也好吃！”

正说着，苏启方过来了。他皱了皱眉头，说：“又不是过年，弄这个干吗？”

七月甜甜地笑了笑：“不过年就不兴做糯米仔啦？左民从来没见过娘做的狗仔鸡仔，我就想做给他看看，尝尝鲜。”

七月说着，又低头锤了起来。左民看着母亲的头发又披散了下来，一缕缕灰白发蘸着晶莹的汗珠。母亲发上没有金簪，项上没有珠宝，两腮没有耳环，脸上没有胭脂，一双粗壮的手操持着这个家的内外。

“娘，我来吧。锤子好重，我来抡几下！”左民不由分说，从娘的手中夺过来大石锤。

“咚咚咚！”左民在母亲慈爱的目光下，锤得欢喜。在左园大院长大的他，如今进了另一个无比质朴又温馨甜美的世界。

五二　惜别天堂寨

左纳这一阵精神一直都不是很振。父亲刚走了一年多，二哥左民急着找亲娘，也远离了。父亲留下来的这摊重事，几乎全部都压在了他一人身上。虽然四弟左健也是二十好几的人了，本来应该能挑起一部分担子，左民离开前也特意叮嘱过他，可左健经常还是一副长不大的样子。有一次，左纳叫他去盐产商那边付钱。左健钱倒是付了，却把收据给丢了。好在都是熟人，人家还给补了一张。又有一次，左纳叫左健到产商那里去，约好四天后必须出货。结果左健说是七天后，害得船在淮河渡口白等了三天。“我这不是不熟嘛，三哥多差我几次就好了嘛。”左健还显得挺有理。不过，连续两次重大出错，稍微大一点的事，左纳都不大敢再差左健去了。

不能差左健，那差谁？干弟岸生？这些日子岸生热衷于跟少虎习武，也不好中途把他叫出来。下人笙庸人挺可靠，可是他不识几个字。左家营业的事成了一桩叫人操心烦恼的事。

有一天，左纳想到身边没有好帮手，心中烦闷。自然而然地，他想念起了二哥左民。左民走了几个月了，书信也捎过了几封。平时忙忙碌碌，也没有时间想二哥，这日闲了一会儿，这兄弟思念之情便蹿上了心头。他不由得步出书房，来到左民的厢房里。左民的住间，虽然摆设依旧，但人去房空，叫人怅然。左纳屁股一沉，身子一斜，便靠到了左民的床榻上。此刻，二哥肯定和他的亲娘、妹子什么的相叙甚欢吧。左纳突然恨起左民来了。越是想念他，这恨就越厉害。当初他如何挽留，祭出左家大业，左民就是无动于衷，非要到那地老天荒、交通闭塞的闽越地去。

突然，左纳记起来一件事。二哥临行前几天曾经和他提起过一人。这人叫萧立华，字云诚，是左民军中好友，文武双全，后来也解甲回家了。此人现住泰州。左民曾经对左纳说："见到萧立华，就跟见到我一样。"杂事繁多，左纳把这茬儿给忘了。这会儿他看到左民的案台上还放着萧立华的姓名和住址。左纳一阵兴奋，抓起那纸笺，一跃而起。

他回到书房，很快就修书一封，并唤来了左健。

左健清闲了几日，正有些无聊，一听三哥传他，自然来劲。

"三哥叫我有事？"他一进门便问。左纳点点头，并把书信递了过去。"你准备一下，最好明天就跑一趟泰州，去找这位萧立华。他是二哥的好友。"

"好呀。我明天一早就动身！"左健很兴奋。

"听着，我想请他来一趟左家。你见到他，要殷勤相请，尽诚尽礼。"

"记住了，没问题！"左健满口应承。

这一回左健倒是办了一件漂亮事。没过几日，萧立华便到了广陵左家。一听左纳需要人手，他毫不犹豫地说："没问题！左民弟弟的事，就是我的事。"

萧立华很快就从泰州迁到广陵，并住到了左家的附近。身边多了一员文武双全的大将，左纳的心总算是踏实了；又是二哥的好友，更觉亲切。左家总管，现在是老总管焦裕仁的儿子焦书颜在做，也是左家可以信赖的人。左江曾经对左纳说：“用人很重要。只要左家的主将们继续齐心合力，携手共持，左家家业就会兴旺发达。多年的忠仆们是左家的无价宝，你要好好地善待他们。”这话，左纳不敢忘。

好事成双，另一件让左纳欢喜的事：他终于把曾小蝶给盼来了。

却说小蝶婉拒了左民，心里并不好受。她知道左民是一个难得的好男人，实在无意伤他的心。而那一次左民六百里跋山涉水，专程来探，却是绝望而归，当场交还神女断头像。小蝶知道，左民那一次，心全冰了。

不久后，她接到了左纳的来信。左纳在信中告诉她，左民已经离开淮左，去了闽地寻找他的生母；又说左民把她的情况都告诉了他，希望她能早日移居淮左。

小蝶读完左纳的函件，心中十分复杂。一方面，她旧情依然，当然很希望回到左园和左纳相聚；而另一方面，现在的她，毕竟没有以前单纯。她经历了这么多，身上也多了许多道义、责任和情债，不好左民一走，她便和大别门说再见。

不过，她神情恍惚，这躲不过彭湘犀利的眼睛。这日，彭湘把她叫来了。“小蝶，听说广陵的左纳给你捎来了书信？”

小蝶点头：“回寨主，是的。”

“他是否邀你去淮左？”彭湘的身子往前靠了靠。

小蝶停了片刻，答：“是。”

彭湘呼出一口气，重新把背靠了回去。“小蝶，这些日子以来，我能看出来你的心思。你山外的尘缘这么深，倒是离开大别山的时候了。”

小蝶听了彭湘这话，却也不意外。她自知迟早会有寨主说这话的时候。她站在那里，低着头不作声。

彭湘继续说：“上次你一定要下山去劫左纳，我已经心有踌躇；后来左二公子又找上山来，我才算明白了许多事。既然你的前程已经有了着落，那就去淮备准备，过几日就下山去吧！”

小蝶听出了彭湘话音里的不舍，心里顿生难受，泪珠不觉坠落。

彭湘见状便说：“小蝶，别难过了。人哪，经常得在很多情里做抉择。比如说，在左民和左纳之间，你只能选一个。现在，在左家和大别门之间，也是。左家两公子那么难的选择，你都毅然决然，那么，离开大别山，是肯定要走的路了。”

小蝶话还没出口，双膝先砰然着地。“大别门救小蝶于九死一生，收容小蝶十三载，天堂寨已经成了小蝶的家！小蝶和左纳自小两情相悦，立下盟约。可小蝶和大别门之间亦情深义重。今蒙寨主厚爱，如此宽容，小蝶虽走，心系天堂寨。任何时候天堂寨需要，小蝶当即刻返回，为大别门效力！”

彭湘从寨主座走下来，到了小蝶身边。“小蝶，起来。我知道你是有情有义的姑娘。你能这么想，就好。大别门是你的娘家。什么时候你在左家受了气，你随时转回娘家。天堂寨的门，总是向儿女们敞开的！”

小蝶听寨主如此说，心中大感，情不自禁抱紧了彭湘，泪水滴进了彭湘的怀中。“有件事，顶要紧。”彭湘说。“有什么事师父尽管吩咐。”小蝶从彭湘怀中抬起头来。

彭湘吩咐：“出了天堂寨，不可让人知晓你曾经是大别门的人。”

小蝶一怔：“可左民、左纳已经知道了。”

彭湘：“那就止于他们兄弟俩，明白了？”

小蝶认真地点了点头：“明白了。师父刚才说我曾经是大别门的人，我今后也是。只要有我可以帮得上忙的，请师父不要犹豫。”

彭湘微微动容：“谢谢你有这份心！”

方幽得知小蝶要赴淮左后，就取来两根红绣线，开始不停地编着结着，打出了两个漂亮的中国结。“小蝶妹子，你要走了，姐姐也没有什么给你的。这对吉祥红结你带着。愿它保佑你多福平安！”方幽把两个红色中国结交给了小蝶。

无独有偶，小蝶也编织了一红一黄两个中国结送给方幽。方幽一看，笑出了眼泪：“我们姐妹想到一起去了！”

方胜在边上一看，说："这就叫有缘嘛！"

几日后，小蝶告别大别门，准备奔赴淮左。

"天堂寨对小蝶恩重如山如海！今生来世，小蝶都将报答这个救命和养育教导之恩！"小蝶说着，跪在彭湘面前行大礼。

彭湘心里不舍，却摆了摆手："行了，别唠唠叨叨地没个完。江湖义气，哪有那么多的感谢！"

小蝶抬起泪眼："在小蝶心里，寨主就是小蝶的再生父母。小蝶不孝，没能长留在您的身边，只有求寨主原谅！"

彭湘表情坦然，目光中含着爱意："小蝶莫要太自责。从收留你的第一天起，我就没指望留你一辈子。你照顾好自己，下次见面时胖一些，就是对我的孝了。行了，我累了，方胜、方幽，你们送她下去吧！"说完起身要走。突然，她又想起来什么，转过身来说："你把那匹马骑走，方胜准备点钱物，算是天堂寨给小蝶的嫁妆！"

彭湘离开了大堂，小蝶还跪着。方氏兄妹走了过来，扶起小蝶来。"小蝶，时候不早了，我们赶路吧！"不料话音一落，小蝶竟大哭起来。"大哥大姐，你们是小蝶的救命恩人，也是小蝶最亲的亲人了！恳请两位受小妹一拜！"说完往地上磕了两个响头。

"妹妹要走，我这心里真是难受舍不得！"方幽也跟着掉泪。

小蝶见方幽伤心，连忙反过来安慰："师姐莫难过，小蝶虽然离开，心里会时时惦记着你们，惦记着这里。大哥大姐有什么用得着小妹的地方，我一定效力，万死不辞！"

方氏兄妹把着男装、佩剑的小蝶送到了半山腰。那马背上驮着两个大包。小蝶知道山上不富裕，除了简单的行囊和盘缠，其他金钱什物，她坚决不要。"师兄师姐，请转告寨主，天堂寨娘家的情义小蝶全收，只是山上兄弟姐妹们过活不容易。小蝶此去淮左，不愁吃穿，带着反而路上不便。"方幽还想说服小蝶带走钱物，方胜倒是觉得小蝶说得有理，也就没再执意。

大别山坡上，群峰起伏，山风阵阵。小蝶和师兄师姐互道珍重，切切叮咛，依依惜别。

小蝶从半山腰上独自下来，一回头，方胜和方幽已经没有踪影了。山上弟兄姐妹们练武的声音隐隐传了过来，小蝶一阵不舍和惆怅，心头默默地为这山中的亲人们祝福。

方胜和方幽回到大堂，见寨主正和两位首领商谈着什么。两位不敢打扰，远远站着等候。

两位首领走了，彭湘便招手让他们过去。

“怎么样？”

方胜和方幽两人便把他们送小蝶下山的情形说了一遍。“她说了，会回来探望我们的；大别门需要她做什么，她都在所不辞。”方幽补充说。

彭湘叹了一口气，说道：“她此去淮左，婚嫁生子，还要帮助左纳发展左氏大业，哪里还会有空来探望，更哪有心思再涉大别门的事。嫁出去的女儿，泼出去的水咯……”

五三 小蝶进左园

小蝶见左纳心切，快马加鞭，往淮左疾驰。为了见左纳，这是她两年内第二次奔驰在这条路上。初夏时节，繁花醒目，鸟鸣悦耳，那路旁小溪的淙淙流声，就像一首清脆好听的乐曲，唱着有情人终成眷属。

数日之后，她到达了广陵，从大街拐入里巷，行过那道拱桥，穿过那条石铺巷，青砖墨瓦的左家大宅院就出现在眼前。门外那对石狮子，龇牙咧嘴，这回更像是在笑。她下了马，把马拴在了拴马柱上。

笮庸碰巧出来，一见，马上掉头回屋禀报：“少庄主，上次来的那位侠士又来了！”

左纳一听大喜：“快快请她进来！”

笮庸出去，跟小蝶示意，将她领了进来。

左纳出来了，见了这位英姿勃勃的侠士，眼睛顿然亮了。“息山，这可是我们第二次见面了！”那一刻里，小蝶单枪匹马劫郡府，又与左纳同船沿河而下的经历活生生就在左纳的眼前出现。他向前作揖：“息山辛苦，辛苦了！请坐，请坐。”

小蝶凝视了左纳片刻，也双手作揖，然后顺着左纳的引导，在厅堂的案边席地而坐。小蝶坐稳了，左纳还呆看着她，顺口叫出一声“小蝶”，一旁的笮庸傻傻的，不知所以。

“你来我太高兴了！路上可好？累不累？”左纳连环问，紧盯着小蝶看。

“不累。”小蝶轻声回答，也看着对面的左纳，心里翻江倒海。

“你女扮男装那会儿，我愣是没认出来。还是二哥厉害，他一眼就看了个八九不离十。没想到你的武功那么好，真让人刮目相看！”左纳话语成串，眉飞色舞。小蝶向他示意愣在一边的笮庸。

“哦，笮庸，你下去吧，让厨房熬点红枣莲子汤，今晚多做点好吃的。”

那天晚饭上，小蝶换上了女装，和左家一起用餐。笮庸和几个丫鬟私底下眉来眼去，窃窃私语。“这个客人好生奇怪。进来时还是大男人一个，骑着马，佩着剑。少庄主先是唤他‘息山’，后来却叫她小蝶。这会儿，她竟变成个女的了！”笮庸告诉几个丫鬟。

丫鬟采英机灵，说：“少庄主和这位小蝶生人却说熟话，那应该是很久以前就认识了。”

左纳的夫人林双影心头疑云密布，不知这位英姿飒爽、文武双全的年轻女郎和左纳究竟是什么关系。男女之间，除了男女，还能有什么别的关系？

左纳似乎感觉到了周围的诡谲气氛，索性敞开来介绍：“小蝶原来就是我们洛阳左庄园的人。十三年前跟着庄园一起南迁。没想到在大息河上遭到歹徒劫持落入河中。当时我们找不到她，以为……结果小蝶福大命大，被贵人救起，后来就一直待在淮西。再后来，我们又相遇了！”

左健隐约还记得小蝶，听了左纳讲述的那些不寻常的经历，率先说道：“欢迎小蝶回到左庄园！”

左健夫人白氏附和道：“是啊，看来小蝶真是有福之人，来给我们添福气了！”

双影见大家很热情，勉强敷衍着：“是啊，是啊。”

小蝶低调行礼，说：“谢谢少庄主和大家的接纳关照！”

当天晚上，小蝶住进了左家西厢客房。由于小蝶刚到，左纳不想太招人耳目，就没有久待。出来时小蝶送他到门口，两人就在门口对视片刻。

“十三年了，小蝶，我真不敢相信……”

“我也是……”

“你好好歇着，我们回头细聊。”

“嗯。”

林双影已经感觉到丈夫举止和神色的异常。“这个小蝶，原来在左庄园里是做什么的呀？”她忍不住好奇问丈夫。左纳说：“那时我们还小，一起在学堂里念书。她是学堂里唯一一个女学生。她聪明极了，学得很好，写的诗远近驰名。”

“她父母呢？”双影又问。左纳迟疑了一下，说：“她父母是庄园的木匠和纺工。”

“哦。”双影心想：原来是寒门里飞出来的小凤凰。

第二天一早，左纳一起床，不是往书房去，而是往西厢房去。一进门，见采英迎面而来。“采英，小蝶起床了没有？”采英回答：“早就起床了，这会儿正在后园舞剑呢！”

左纳二话不说，转身往后园去。一进后园，果不其然，小蝶正在那片空地上，面朝“尹阳河”练习剑术呢！左纳远远地站着，没敢上前“骚扰”。小蝶做回身剑击时，看见了左纳，便停了下来。

“继续啊！”左纳说。小蝶笑道：“没关系。离开天堂寨的练兵场，以后这剑术肯定要退步的了。”

左纳问：“你练的这是什么剑？”小蝶答：“是天堂寨特别的剑术，叫大别剑，是彭寨主教授我的。我越练就越觉得这大别剑的厉害。”

“怎么个厉害法？”左纳很感兴趣。

“就是快和出其不意，能打得对手措手不及。”

“难怪，上一次汝南劫轿，你的动作就是快得不得了，我都还没反应过来，就在你的马背上了。”

小蝶笑了：“那么点小事，瞧你总挂嘴上。那一次情况又有些不同，主要是我的飞镖厉害。”

“哇，看来你有好几把刷子。这飞镖也是彭寨主教你的？”左纳越发钦佩起小蝶来。

小蝶道：“不，这飞镖是方幽师姐教的。”说到方幽，小蝶突然想起彭湘的叮嘱，便郑重地对左纳说：“对了，不要让这里任何人知道我是从大别山来的。”

左纳认真地“嗯”了一声：“放心，我会严守秘密的。”

两人在亭子下面坐了下来。小蝶看着头上的“左梁亭”三个字和边上写着“尹阳河”的石碑，感叹道：“老庄主真是把洛阳的庄园搬这里来了。”

左纳也感叹：“是啊。开始的几年，他一直念着要回洛阳。后来北边尽落胡人之手，当朝北伐不力，我爹也就算死了这份心了。”

小蝶细细地环视着四周。左纳偷偷地看了她一眼，轻声问道：“你在西厢房住得习惯吗？昨晚睡好了没有？”

小蝶点点头：“西厢房很舒服，我睡得很好。只是……”

“怎么样？有什么不适应的地方？”

小蝶把目光转向左纳：“左纳，我在想，以后我在左园做什么？总不能一天到晚饭来张口衣来伸手，那我这个人就锈住了！”

左纳听了这话，松了一口气。“小蝶，你昨天才到，今天就发愁做什么，你可真是性急啊！”

小蝶没理会左纳的话，径直说下去：“我被救到大别山的第二天，人还没怎么清醒呢，山腰上就发生了一次激战。后来方胜他们浑身是血地回到了山上来，见到我安然无恙，直说后怕，说如果有人抄后路跑进天堂寨，我必死无疑。因为那时候的我，手无缚鸡之力。”

左纳听得心惊，那手禁不住就去碰小蝶的手。

小蝶轻轻地挣脱了左纳的手。

左纳会意道：“我明白了，你这是居安思危。你放心，左园这么大，哪能没有你做的事。二哥走了以后，我忙得透不过气。前不久，我还请了一位好帮手来……”

“左家的事，不管是生意的还是内务的，我还是不要插手的好。”小蝶打断了左纳的话。

左纳纳闷了：“你又说要做事，又说不插手左家的事，这不是拧着吗？”

小蝶思索着，问：“我来当个私塾老师，怎么样？左园里的孩子，归我管，我来教他们读诗书，习武艺。”

左纳茅塞顿开，一拍大腿：“好主意！这个老师你来当是最合适不过的了！”

五四　裂隙

小蝶就这么雷厉风行地干了起来。说来也巧，先前的私塾老师年纪大了，身体多病，一直在请辞，左纳一时找不到好的老师来顶替。小蝶来得真是时候，一下就顶了这个空缺。左纳、左健还有少虎、二虎的儿女们，王东琅的孙子们，以及一些宗亲的孩子，现在都聚集在了小蝶的门下。小蝶的教授灵活生动，加上课堂外的武术练习，孩子们学习的热情比以往高了许多。一些爱打瞌睡的孩子，现在也精神了。

课室里时常传出朗朗的读书声，河畔常能看到习武的景象，曾小蝶很快引起了左园上下左右人们的注意。林双影自然不例外。除了时不时在远处细看小蝶的武艺外，也经常问两个孩子这位新老师教了什么，教得如何。孩子们越是喜欢小蝶，双影的心里就越不安。

如果说曾小蝶在左园新人的眼里有几分神秘，那么在王东琅那里，却不是。他知道小蝶不过是寒门工匠曾献工的女儿，只因聪明过人，又得左家兄弟喜爱，才挤进了当年左庄园的学堂。后来时局动荡，小蝶闯荡江湖，成了某门帮派的猛将，有了一番作为后重返左园，大家不得不对她刮目相看。如果只是教书而已还好，但是小蝶却一来就住进了西厢房，实叫王东琅有些心头不悦。他觉得曾小蝶明显对林双影构成了威胁。

“你看着吧，”王东琅对少虎说，“少庄主迟早会把曾小蝶娶过门。现在只是碍于老庄主的三年守孝期未到而已。”

“是啊，我也听说了，少庄主每日必跑西厢房一趟。”霍少虎对小蝶也有些看法，“他总该明白，双影是林庄主的千金，是您给拉的线；曾小蝶再怎么说，也只是个木匠的女儿。”

王东琅冷笑了一声。年纪大了的王东琅脸颊干瘪了一些，薄嘴唇下的那颗痣更显得突出，上面的那撮毛还在，只是全然白了。“何止是千金的问题，这个淮左左庄园当初就是林庄主接应帮忙购置的。”说着把话题拉到少虎身上：“你可小心了，她可是武艺高强哦。”

少虎有些尴尬难堪：“这也没什么吧。她当她的老师，我做我的护卫。”

王东琅的挑拨离间在新总管那里碰了壁。焦书颜因为父亲和老庄主亲如兄弟，继承了父亲对庄园的那份信任和忠心，对王东琅的是非之词不感兴趣。

小蝶是聪明人，又怎么会没有注意到这些隔空眼神、隔墙之音。这天左纳到西厢房，她要左纳以后少过来。左纳问为什么。小蝶反问：“你是明知故问还是真的不知？”

左纳想了想：“你是说别人会有说词？”小蝶点头默认。左纳一副无所谓的样子：“那又怎样？等三年守孝期一过，我就娶你！”

小蝶没说话，左纳急了：“怎么，你不愿意？”小蝶反问：“左纳，你还不明白我吗？不愿意我又怎么会离开对我恩重如山的天堂寨？”“是，我明白。”左纳知错。

小蝶沉思，她不愿意因为自己而导致左园有裂隙。“左纳，我看我还是搬出西厢房，到园里其他地方去住。”左纳不同意：“不可，这样不是摆明我们怕了嘛，那些人会得寸进尺的。”小蝶道：“那是俗人之见。左园在河边有房子，我住到那里去，空气好，离学堂近，我自己习武也方便。这不是很好的理由嘛。”

左纳没有马上回应。过了一会儿，他突然说他得赶紧修书一封捎给二哥！小蝶问："是有什么特别的事要跟左民二哥说吗？"左纳道："父亲的三年祭，他一定得回来住一阵。还有，我们办婚事时，最好他在家。"

小蝶感到了点什么，遂问左纳："你是不是有些怕？"左纳做出轻松自如的样子："怕？哈，我有什么好怕的？"虽是这么说，小蝶还是看到了左纳内心的压力。

王东琅说得没错，当初左江带着庄园宗亲员工一举南下到达广陵时，受到了王东琅的友人、广陵商贾林乡龙的接应。林乡龙把他们安置在了现在的左园这块地方。当时只有几间旧房，一口井，几块尚长着瘦瓜的薄地。林乡龙还借给左园粮食杂物，帮助这群人在异乡过渡、立足。当时虽然这个地方不起眼，房产丰富的林乡龙自己也不看重，但是左江看中了这个地方，有意买下。林乡龙想既有买家，又可做亲家的人情，何乐而不为，便同意出售。左江以高出林乡龙"客气价"十贯的四十贯价位买下了这个地方。地一转手，左江大喜，第三天便在它的四维边界上分别立了石碑，刻上"左公庄园"字样。接着便开始盖新的左园大宅。一点一点，左宅花了近五年的时间才全部完工。这时左江在淮左已经很成气候。后来坊间传言林乡龙挺后悔卖掉这块"宝地"的。

生意上的事，左江更是留了心眼儿的。当初离开淮安前，他和孙掌子一席长谈。这孙掌子客栈扼江淮要道，北通中原，西至川鄂，东达江淮，孙掌子本人江湖人脉深且广，介绍了一门大生意给左江。他说如今天下大乱，朝廷无力独掌盐铁，而他在盐城和广陵均有关系，左家到了广陵后，即可着手找他们谈，把他们制作的盐经过淮河运往淮西，他可以在淮安接应，将盐卖到江淮西端广袤的地区。这个地区是东晋朝廷和胡人管辖最弱的一个地带，正可以抓住时机大干一场。

当时林乡龙做着茶叶陶瓷丝帛等南北互通有无的生意，听起来很吸引人。不过左江不愿意过度依赖林庄园，也不愿意让王东琅觉得左氏在淮左立足和发迹都是他一个人的功劳。所以他刚到广陵时便刻不容缓地奔赴盐城，与孙掌子在淮东的熟人谢南丰联系，并谈成了持续至今的生意合作。

五五　采英通风

现在，左纳觉得他真应该感谢父亲在房产购买和左家生意上的高瞻远瞩，特别是在生意上，他利用命中好友孙掌子给予的机会发展左园自己的生计。如果当初听了账房主管王东琅的话，分给林乡龙一杯羹，现在，且不说依然会寄人篱下，王东琅不知要跋扈到什么程度。

可就是这样，自从左江过世后，王东琅也渐渐显示出了傲慢和分离之意。小蝶的到来，使这个苗头明显化了。

小蝶坚持要搬出西厢房，左纳无奈，只好由着她去。消息传到了王东琅的耳朵里，他不由得心头得意，心想这个嫩嫩的少庄主还是怕自己几分的。于是他来找左纳。

左纳见了东琅，几分冷冷地问："求均叔一早来有何事宜？"

王东琅嘿嘿笑了两声，说："听说小蝶搬出西厢房了，此事甚妥。她出身寒门，本来就不应该和我们世族同群合居。"

左纳对王东琅动辄区隔寒门和贵族的论调十分反感，回敬道："什么寒门世族，不都是人吗？小蝶文武双全，才气四溢，有几个世族子弟能比？"

王东琅见左纳竟敢直直地顶撞自己，便把左江搬了出来："这个可不是我发明的。想当初你跟小蝶走得近，是老庄主硬给顶回去的。左园到了淮左后，幸亏有左林联姻，才有左园的今日。如若任凭你们任性……"

王东琅话没讲完，左纳轻拍案台，闷声而语："这么说，左园有今日，是用我和小蝶的终身换来的？"

王东琅换了一副脸："哎，话不能这么说，当年小蝶，她不是死了吗？"

左纳立刻接过话头："可她现在活过来了。这次，我不想再错过机会！"

没想到搞了半天，左纳还是没死心，王东琅语调转硬："少庄主，我跟随老庄主一起打下这庄园的天下，也看着你长大，算是你半个爹了。和寒门加江湖浪女联姻，你可想好了。左园大业，可都在你的一念之间！"王东琅清楚，左纳和曾小蝶的关系，绝非当年左江和婉心的关系。如果让这桩姻联成，曾小蝶就会成为“曾贵妃”。

左纳看王东琅倚老卖老的样子，嘴里没动静，心里却“呸”了一声。

王东琅走出书房，在东厢房门口碰见了双影。双影自小在娘家就是娇生惯养，识一点女红，读过一点书。嫁到左家后，有下人丫鬟伺候着，她基本就是四体不勤。至于左家生意，她根本不管，也不知道怎么管，更不知道怎么替丈夫分忧。一天到晚就是忙点孩子的事，还有自己梳妆打扮的事，就已经是忙不过来了。

见王东琅从左纳书房出来，双影怔了一下。王东琅使了一下眼色，轻声说：“进去说。”她便心领神会地回身进了厢房。

“我看那曾小蝶搬出去了。”双影说。

“是没错，不过，”王东琅看了看门外，“你要处处小心。我看左纳是铁了心要纳小蝶这个妾。”

“他是一家之主。他一定要纳妾，我也没法子。”双影很无奈地说。

王东琅：“什么叫没法子！娶一个穷贱女子当贵妃，会给外人笑话的，更是没把你和林家放眼里。你放心吧，这事我会替你和林家做主。如果这个少庄主太过分，我就把左家的生意分一部分出去，和林家一起做。”

双影一听，露出了害怕的神色：“这事，妥吗？”

王东琅“哼”了一声：“有何不妥？这事是左纳不义在先，可怨不得我。”

俗话说隔墙有耳。王东琅和双影的窃窃私语，让丫鬟采英听到了。采英是左家到淮左六年后招进来的丫鬟。她聪明伶俐，很得左江的喜爱。她也忠心耿耿服侍主人，一心为左园好。

因为父亲喜爱并信任采英，所以左纳对她也十分放心。小蝶来了以后，他特别叮嘱她要照顾好小蝶。

这会儿，采英无意中听到了账房总管和少庄主夫人的这番密语，大吃一惊。本想离开，可她已经来了，不办事就走人反而会引起猜疑。她只好装作没事的样子，坦然地走到厢房门口。

“夫人。”她轻声唤道。双影见采英在门口，不耐烦地问：“什么事？我又没叫你来！”“夫人忘啦？您要我找刺绣图样，我给您找到啦！”采英说着，双手把刺绣图案递过去。

双影想起来了：“哦，你做得好，下去吧。”

采英“哎”了一声，低头柔步退了出去。

采英出门后，王东琅问双影：“刺绣图是你要她送的？她不会听见什么吧？”

双影答道：“是我要她去找的。这丫头挺本分，不会。”

当天下午，采英给左纳送茶过来。她把茶杯放在左纳案上，然后不住地左右张望。

左纳奇怪，就问：“你有什么事吗？”

“少庄主能听采英说点要紧的事吗？”

“你说。”

采英就用很轻的声音，把她所听见的告诉了左纳。

五六　曾小蝶三日神隐

左纳听完，心底凉透，表面却装得跟没事似的。“我知道了，你下去吧。”

采英不放心，本来还想叮嘱几句，又觉得自己是下人，身份不符。看少庄主很有把握的样子，她便顺从地退出了书房。

采英离开了以后，左纳心中十分烦忧起来。他知道王东琅居功自傲，对他这个少庄主不是十分服气，却没想到他反心都有了，还有了计划！

小蝶教完课，来和左纳切磋古诗。她说她不喜欢汉赋，太过浮华铺张而没有内涵，就像一具穿着华丽的骷髅。反之，曹孟德诗短小精悍，内涵如高山大海。她在那儿说着，却见左纳心不在焉。

“怎么，出了什么事？”小蝶问。

“没什么。”左纳说，声音低沉。

“骗人。”小蝶说，“有什么事情不能告诉我？”

左纳："真的没什么大事情，都是意料之中的事。"

"什么意料之中的事？告诉我。"

左纳本不想把小蝶牵进左园的漩涡里，知道小蝶自己本来也不想，不过见小蝶问得紧，左纳便把采英所告知的事情告诉了小蝶。

小蝶最怕的情况发生了。因了她的出现，左园果然现出了裂痕。

"你不用顾虑什么。"左纳似乎看出了小蝶的心事，"这些事，你来不来它都会发生。"

小蝶一对俊秀的眉毛锁起，说了句"我已自行退让，不期他变本加厉"便起身。

"你去哪儿？"左纳不放心。

"我回蝶苑了呀，去准备明天的功课。"小蝶住的地方，左纳管它叫蝶苑。

"不是刚授完课吗？你别搞太累了。"左纳叮嘱。

小蝶回眸一笑，叫左纳放心。

小蝶回蝶苑后，并没有像她说的去备课，而是脱去女装，换上男装，别上匕首，系上披巾，戴上帽子，出门去了。蝶苑挨着河，那里有一道小门通往河边道。她就从那里直接出了左园，直奔市区。她的目的地，是林家大宅。

小蝶一连两天，都这么前往林宅周遭……

几天后，小蝶跟左纳请了三天假，说是要到南边去会一个朋友。左纳有些疑虑，但是看样子也拦不住她。想到她这些年在江湖独往独来惯了，又是去南边，应该无大碍。

小蝶又骗了左纳。她并没有往南边去，而是往西边去。大别门沿淮河一带均有哨站。小蝶快马加鞭，直奔寿春。在那里，她手书一封急笺，让哨站里的大别门会员快马传递到天堂寨。

三天后，小蝶如期回到了左园。心里多少有些忐忑不安的左纳，总算是放下了心来，而私塾里的人却没怎么在意。以前那位体弱的老先生任教时，经常会缺课，左园家长们也惯了。

半个多月后，有一天，左纳走进寝室，却见双影神色慌张不安，就问出了什么事。

双影："没，没什么事，跟左园没大关系的。"

"你这么不安，就跟左园有关系。"

"说起来很怕人的，不说也罢。"

左纳脱下衣服，双影连忙过来帮他接着。左纳往榻上一斜身，双影便过来，在他身旁躺靠了下来。见左纳默不作声，双影反而不安了，就说了一句："我父亲的货船在淮水上被人打劫了！"

"有这事？！"左纳大惊，一下子坐了起来,问被劫走了多少东西。双影说："东西倒是没劫走多少，可是钱被抢走许多。唉，船是在回程的时候被劫的，谁能料到呢！"

左纳问人有没有伤着，双影回答："人还好。那些匪徒只是要钱。拿到了钱，他们便放人了。""我父亲还说了，"双影说到这里，停了一下，见左纳还在等话，便继续说，"说奇怪，这些匪徒好像事先知道这条船是回程货船，上面有钱……"

"你是说……你父亲怀疑有内线？"

双影点头，眉头皱得紧紧的。"昨天我父亲审了一个家奴，把他狠狠杖打了一顿。"左纳问是不是他干的，双影摇摇头，"看样子不是，他死活不认账，说他根本不认识什么匪徒。"

听到这里，左纳突然感到一阵毛骨悚然。

五七　温良恭俭让

第二天，左纳忙完事后，便去私塾探视。他没有进去，只站在外头看。只见小蝶穿戴优雅素朴，正脸带微笑，跟孩子们念《论语·学而》："子禽问于子贡曰：'夫子至于是邦也，必闻其政。求之与？抑与之与？'子贡曰：'夫子温、良、恭、俭、让以得之。夫子之求之也，其诸异乎人之求之与？'"

突然，左纳觉得身边有声响，一转头，竟是王东琅。

左纳着实吓了一跳。他机械地一笑："是求均叔！今天怎么有兴致来学堂？"

王东琅寒暄中带着阴冷："少庄主不也是忙里抽空来探视吗？"

林家货船在淮西遭劫一事，让王东琅觉得十分诡谲。他知道十三年前曾小蝶在淮西落水，被救，后来练得一身好武艺，她应该和江湖帮派有关系。这一次，林家货船正是在淮西出事，这个，难道只是偶然？从出事的情况看，劫匪掌握了非常有效的信息……太多的偶然意味着什么？王东琅倒抽一口冷气。看来，这个曾小蝶不寻常，绝对不寻常！

次日，王东琅悄悄地把林家跑船的人请到私塾，问他是否认得小蝶。跑船的直摇头，说不认得，当时劫匪中没有此人。

王东琅犯愁了。尽管小蝶是重疑，可他手头没有证据，无法出手。相反，他感到了来自曾小蝶的压力。曾小蝶和林家无冤无仇，如果这事真是她暗中挑起的，撇开那个帮派得了一大笔钱不说，她的矛头肯定是指向和林家关系亲密的自己，说白一点，就是在警告自己。想到这里，王东琅额头渗出了汗珠。

不用说，左纳有了能文能武的曾小蝶，他自己可能还不知道，他是如虎添翼！

不用说，左纳也在想着这个事。以小蝶的聪明机灵果敢，她一个人就敢闯胡人的郡府，他一点都不怀疑她有这个能力。可是，她并不熟知林乡龙，又为什么……

左纳突然想起来小蝶半个多月前的三天出行。现在想起来，那三天出行非常可疑。可是，她说的是去南边，不是去淮西。

左纳越想越不明白。这天，他抑制不住好奇，直奔蝶苑。远远地，就听见了古筝的声音。那乐声，低沉，如诉；稍后，旋律转急，音符之间却仿佛有万雷奔涌……听着筝曲，左纳联想到了小蝶的身世和经历……

筝音戛然而止，小蝶看到了站在门口的左纳。这时左纳看到了她眼里隐隐的泪。

左纳顿然心疼起来，忙进去，在小蝶琴案边坐了下来。"小蝶，你弹得真好！……你怎么了？什么事难受了？”

小蝶擦擦眼睛，没有回答。“左纳可好？”她问道。

“我还好，就是……”他微微停了一下，说，“听说我岳父林乡龙的货船几日前在淮西遭劫，真叫人震惊。”

“你岳父林乡龙？”小蝶问。

“我还没跟你细述。他是广陵大商家，在中原和淮左之间互通有无。比如说把北方白瓷南运，又将南方青瓷北传。左家初到淮左，经求均介绍，结识了林乡龙，他帮我们安顿了下来。现在这个左园，就是从他手中买下来的。当时我父亲已经同意和林家联姻，所以价格十分便宜。”

小蝶听着，脸上微波不惊的样子。“左纳跟我说这么多，倒让小蝶有些不安了。”

左纳不解，问这是为何，小蝶意味深长地回答：“有些事情，还是不知为好。”

左纳也颇有意味地点了点头。

自从林家出事后，王东琅有颇长一段时间不再在左纳面前提左纳纳妾的事情。

而在中国的另一端，淮西大别山天堂寨里，大别门的英雄们正在庆贺所获的战利品，盘算着要如何分发给山下的穷人们。彭湘也蛮有意味地对众人说：“女儿虽然嫁出去了，还是想着娘家的。”

五八　漂在水中的婴儿

却说左民落户苏家后，很快便加入了打石和种地的行列。他还弄明白了，刚到惠安的那天看到的满地遍坡的绿色叶菜就是他们每天都要吃的番薯的藤叶。

这天，七月说明天就是左民的生日，要好好过一下。左民这才意识到，他已经好久没过生日了。不在父亲身边时没过，父亲走了以后也没过。如今到了母亲身旁，才重新记起了自己的生日。

“时间过得真快，蛋蛋明天就二十九岁了。”七月说着，突然一阵心酸，眼泪滚了下来。

启方又有话说了：“你看你，总是这样。儿子过生日不是件高兴的事嘛，你又哭啥？”

七月：“你们男人就是粗心。儿子都二十九了，还是孤身一人，没个女人照应。”

左民连忙安慰母亲：“娘，我习惯了。你看我，自由自在，多好！”

七月：“好什么好嘛！”

启方：“婚嫁事，本来就不能强求。男人还好，你要担心，得更担心我们小凤。她都快十九了……”

小凤一见谈论婚嫁的事又引到了自己身上，便说：“我要么不嫁，要嫁就嫁给像哥这样的男人！”

左民乐了，对七月说：“娘，妹妹这么想可就好办了。”又对小凤说：“比哥好的男人可有不少呢！”

这兄妹俩无心的对话，却把启方和七月夫妻俩说醒了。他们对看了一下，同时想起来一件事。等两个孩子不在的时候，七月就说：“瞧我们，怎么把这茬儿给忘了。就他们俩，正合适呀！”

启方有些迟疑：“左民是大家出身，是左家二少爷。我琢磨着，他还是回到江东去娶富家女子的好，他跟我们小凤不般配。”

七月却很有把握，说：“知子莫若母。我知道，蛋蛋他不是富贵人的命！”

当天傍晚，左民正在天井里打扫，七月过去，悄悄把他拉住：“蛋蛋，过来，过来，娘跟你说个事。”

天热，左民光着个膀子，拍了拍手走了过去。

“坐，坐。”七月硬是把左民按在了石凳上。左民纳闷：“娘，什么事啊？”

七月低着嗓门问：“蛋蛋，你看小凤这丫头怎么样？”左民随口就说：“你是说妹妹呀，她当然很好啊。”

七月转着弯说：“不是，娘是问你，喜不喜欢小凤这丫头？”

母亲的话把左民说晕乎了："娘，我喜欢她有什么用呢？得要别家男人喜欢她才行啊。"

七月追着问："如果小凤是别人家的女娃呢？"

左民被七月绕来绕去的一席话绕晕了："娘，这是怎么回事？"

七月放缓了语速："你听娘给你说。小凤她，不是娘和你继父生的，她是我们到了惠安后，有一次去海边的时候捡到的。说来，小凤和我们苏家还真是有缘。我们这儿离海边还有一段路，平时我们也很少去。没想到那一次去，就看到不远的地方有个木桶一样的东西。我眼尖看到了，就对你继父说：'快看，那是什么东西浮在水面上？'你继父说：'什么东西？一个破木桶，有什么好大惊小怪的。'我说：'那个木桶看上去圆滚滚的，好像里面有东西哦！要是一个人可怎么办！'你继父也是个软心肠的人，就说：'好，我去看看！'说着他脱下褂子，游了过去，把水桶往岸上推，还叫我赶紧接着。我一听，便蹚水过去。这一过去不打紧，从那桶里突然响起来婴儿的哭声！那哭声，一下子把我的心给哭碎了。我什么都忘了，拼命把桶往岸上拉。拉上来一看，是个四面封起来的木桶，底大，上尖，留了一个小口子。'启哥快来呀，有孩子在里头！'我拼命喊你继父。当时没有工具，你继父就用草绳一系，把木桶背在肩上。就这么背着，走到一处人家，借了工具，才算把木桶给撬开了。那可怜的小凤，看上去就两个月大，小脸都是青色的，眼睛却哭红了……"

左民听得心惊肉跳，没想到自己一直当作亲妹子的这位姑娘，竟是这样来到苏家的。"娘，那后来知不知道小凤的爹娘是谁？"

七月直摇头："那家人是铁了心不要她了，哪还能查得出来。那时你大妹子才一岁多，我还有奶，真是老天有眼，我就这样硬把小凤给奶大了。当时我们想，给这女娃起什么名字好呢？我说，今后不管这孩子遇到什么麻烦，是在水上还是在地里，我们都希望她有一双翅膀，让她飞到一个平安喜乐的地方。所以，我们给她取了'小凤'这个名字。"

左民好生感动，又好奇："这事小凤自己知道吗？"

七月说："我们没告诉她。今天你听到了没，小凤她喜欢你，说找男人就要找你这样的。我和你继父就在想，如果你乐意，你们俩正合适。如果能结为夫妻，还真是老天设计，美事好几桩呢！”

这事来得太突然，左民一下子转不过弯来。正在这时，小凤来了：“娘，哥，我说你们怎么不见了，原来在这儿说悄悄话呢！”

七月一见女儿过来，说了句“我忙去了”便匆匆离开，留下兄妹俩单独在一起。“哥，说，娘是不是又说到我啦？她就是爱操心的命！”

左民一句话也说不出来。他呆呆地看着小凤，想着她的身世，心头涌上来一股怜爱。

“哥，你这是咋地啦？怎么也跟娘似的看着我？”听着天真烂漫的小凤一口一声“哥”，左民突然和母亲想到了一处：其实小凤才是上天为自己预备的姑娘。

小凤见左民没反应，便说：“那，我走了啊！”

左民这才猛醒过来：“小凤！”

小凤回眸，莞尔一笑：“怎么啦，舍不得我走？”

左民有些尴尬，有些情深，有些不知所措……“小凤，你是一个好女孩。将来哥找女人，也想找一个像你这样的。”说的时候，左民的双眼痴痴地盯着她看。那小凤的两颊顿时像桃子一般刷地红遍。那种羞涩，不像妹妹，更像情人。这时，变得十分敏感的左民突然意识到：小凤可能已经知道了她自己和苏家的关系。

小凤走后，左民想到了婉心。来闽地以前，他给过婉心一个带条件的承诺。现在，那个条件不复存在，因为他有了小凤；不是他硬找的，是母亲牵的线。可离别前婉心的殷殷之盼叫他心中难安，他占有过她，他必须给她一个交代。其实，他的生活里也有给婉心一个位置的空间。他可以把婉心接到这里，就像父亲纳她为妾一样，婉心也可以成为他左民的妾。她会愿意的，因为她知道，他是真正在乎她的。左民这么匆匆地想着。情况起了如此突然的巨变，左民只能敷衍自己的心，也敷衍婉心的心。

左民猜得没错，小凤其实早就从村民的嘴里知道了自己的身世。自觉悲凉之余，她没有跟善良的养父母戳破这层薄膜。每天她都是“阿爸、娘”常挂嘴上，让养父母丝毫没有觉察她的心知肚明。小凤心里的这份苦楚和报恩心，让她几乎要自断出嫁这条路。谁能想到，天上突然掉下个左哥哥，仿佛是老天的安排一般，这样一个好男人，毫无陌生感地来到了她的生命里。

五九　情系两端

左民的二十九岁生日，成了苏家的盛大节日。苏家四口人同时明白了对方的秘密和心思，左民和小凤的婚事，也就在那吃寿面的当间定了下来。

左民看着低头不语的小凤，眼里柔情似水，轻声问了句：“妹子，你怎么不吃面？都凉了不是？”

那小凤的肚子应该是已经被这突如其来的幸福和害羞充满了。听左民在身边那么轻柔一问，连忙端起碗，夹住面条往嘴里送。两个老人互相对看，微微笑着，合不拢嘴。

沉默寡言的苏启方开始了一项工程：盖房子。左民很快也加入了这项工程。爷俩先是打地基。地基打结实了，就开始把大石打成小石，用一块一块的小石和泥土砌墙。朝东的那面墙上，还开了一扇窗。

在屋顶铺瓦的时候，左民人在上头，小凤人在底下。左民一喊，她就往上递瓦。两个新人不时对望，活儿干得既欢又甜。

外面盖着新房，里头七月的织布机也飞快地转。等新房子盖好了，新郎、新娘的衣服、被褥也有了。七月还顺便为启方和她自己做了两身新衣裳。两个孩子的大喜之日，爹娘哪能不穿新衣裳。

白天做累了，晚上便呼呼好入眠。有一天晚上，左民却怎么都睡不着，翻来覆去，烦躁不安。虽然是忙忙碌碌的，可这日子过得还是慢。左民好生希望现在就能把小凤搂在怀里！……

感谢老天爷，终于一切都就绪了。苏家屋里屋外一派喜庆的色调：红贴联，红被褥，红衣裳……看着自己马上就要过门的新娘，左民觉得心快要蹦出来了一般激动。

婚礼由乡里一位德高望重的老人主持。拜高堂的那一刻，小凤突然心酸落泪。周围围观着许多村民，他们赞叹：好人有好报！当年苏家从海浪里救起了小凤，现在，儿子也找上了门来。儿女婚配，天造地设，连聘金都不用！

在那间新盖的温馨洞房里，左民把他积蓄已久的雄性激情和温存，都倾泻在了小凤的胴体上。“小凤，以后哥会疼你，照顾你，让你高兴，知道吗？”

小凤眼睛湿湿的：“嗯，知道。我也会照顾哥，让哥高兴的。”

第二天醒来，左民自己感觉好像脱胎换骨一般换了一个人。以前，虽然马背上闯天下，可他总觉得自己的生命里缺了点什么。现在，身边有了一个他可以爱抚的女人，那个缺失的东西才被补上，他才圆满成了一个真正的男人。

两个月后，当小凤告诉左民她有喜了时，左民的新婚喜悦到达了顶点。两个准爷爷奶奶也乐极，几个月来的辛苦，太值得了！

小凤的肚子一天一天鼓了起来。这短短的一年多里，左民看着小凤是怎么从自己的妹妹神奇地变成了自己的妻子，从一个年轻的姑娘变成了一个孕妇。人生如梦，人生如梭……

八个月后，小凤临盆了。也许是因为一开始就是苦水里泡大的，小凤生产，并没有像一般女人那样尖声嘶叫。她满头大汗，脸型也变了，但就是咬着牙，不叫喊。左民远远地窥视着，心里疼着，求老天让这个鬼门关赶紧过去。

可怜的小凤，痛了整整一天一夜，孩子才呱呱坠地。

左民晋升父亲，七月和启方晋升爷爷奶奶。孩子姓什么？左民早就想过这事，想好了：就用复姓苏左，名思源。

有了孩子，左民更觉得自己是个男人了。他拼命打石，拼命种地。虽然说他南下时带了一些钱，他的背后又有着一个富豪大家，只要他一开口，钱不是问题，但是他不想坐吃山空，也不想伸手拿钱。他希望靠自己的体力来支持生计。虽然累，但是心里踏实、高兴。回到家里，他会逗儿子乐；或者说，是儿子逗他乐。

苏左思源虎虎地长到了半岁时，有一天，突然有人进来，递给了左民一封信。这人是里正，管理周围一百户人家。

苏家一辈子也没有过里正驾临的经历。大家眼睛睁得大大的，都好奇了起来。

左民打开信笺一看，是左纳捎来的。急急往下读，左纳在信中告诉了他左园的现状，要他无论如何在父亲的三年祭祀前赶回广陵。他说他决定三年祭一过，即刻迎娶小蝶入门，请左民准备在淮左待上一段时间。

读完信，左民心头沉重，眉头拧紧。见他不言语，七月关切地问："民儿，这是谁给你的信哪？"

左民把信笺收好，回答母亲：是我在淮左的弟弟。

边上的小凤和启方的眼光同时射了过来。大家都明白，捎个信不容易，没有特别重要的事，是不会寄这家书的。"那，能告诉我们，他都说了些什么吗？"七月能感到这封远道而来的函件，明显地影响了左民的情绪。

一阵沉重的静寂后，左民告诉大家：看样子，我弟弟那边有难事，我恐怕得马上回一趟淮左，还得在那里住些日子。

这个消息无异于是晴天闷雷。苏家人的惊讶和担心无可言喻。好不容易苏家有了阳光灿烂的时候，却没有料到会横路杀出这么一件事情来。小凤心里就在想，左民本来就是左家的人，这一去，谁能保证他会再回来？

"可，民儿……"七月想说什么。

"娘，阿爸，小凤，"左民深知苏家人此刻的心情，他安慰大家，"左纳是我一起长大的手足，他有求于我，我不能不管。我回淮左，一是为了我父亲的三年祭，二是帮我弟弟娶他心爱的女人进门，三是帮我弟弟处理一些困难的事。大概就是这些。等这些处理完了，我想最多半年的时间，我就回来。"话是说半年，惠安和广陵，相隔千里，中间还横着一条长江，左民心里实在没有多少把握。

左民所列出来的几件事，桩桩都在情理义里。苏家人理解，虽然百般的不舍，还是只能放左民回淮左。

其实这封信对左民的冲击，一点不比对苏家其他人的小。他一年多来温馨踏实安乐的日子，就这么被这封信拦腰截断。

左民的马久没跑远路，现在膘肥体壮，毛色闪闪发亮。七月为了儿子的长途旅行准备了吃的穿的。“孩子，一路小心。到了那儿，就给家里来信，免得我们牵挂，啊？”

左民被两头的亲情扯得心痛。这时听母亲的千叮咛万嘱咐，心头实在不是滋味。“娘，您就放心吧，我不是三岁小孩子了，整天都一个人在外头闯。我一到淮左，就会捎信回家的。”

七月忍受不了再度和儿子分离的苦痛，就对小凤说：“小凤，娘不跟了，你好好送送他吧！”

左民牵着马缓缓地走，小凤背着苏左思源在一边默默地跟。周围那熟悉的打石声依然不知疲倦地响着，声声震在了左民的心坎上。

左民看出小凤心里的难过和不安，就对她说：“小凤，你不用担心什么。我父母、老婆、孩子都在这里了，我一定会尽快回来的。”说着，他看了看小凤背上的孩子。“来，小思源，爹抱抱！小思源，爹不在的时候，要听娘的话，知道吗？要懂事……快快长……”

小思源在爹的怀里啼哭，而这一头，小凤也难受地靠在了左民的肩膀上。她知道丈夫心里也不好受，她忍着不哭，只细声叮咛：“左民哥，你一个人在外，事事都要小心。你要好好地回来……”

左民双臂拥着孩子和女人，温情、情爱、决心、道义、誓言……那一刻里在他的心中铸成一座美丽而又坚不可摧的宫殿。他把小凤搂得紧紧的，“嗯，我记住了。你也一样，照顾好自己……”突然，他撒了手。因为他发觉他若再不松手，他就走不了了。

“小凤，我喜欢你，等着我！”说完这话左民跃上马背，一勒马缰，“驾！驾！”那马便飞奔了起来，很快就消失在小凤眼泪汪汪的视线里。

六〇　纳妾之争

左民赶在父亲三年祭的半个多月前到达了左园。走到自己老家的大门口，看见父亲亲自建置的左宅大门口两旁的那对大石狮，左民立刻感到了自己作为左家实际长子如今肩上担子的重量。

筶庸一见左民，忘记招呼，却径直跑进大门，穿过前堂、佛祖堂、两道天井和过道厢房，一直跑进了左纳的书房。“二,二公子回来了！”他上气不接下气地说。

左纳一听，腾一下站起来，跟着筶庸跑到大门口。左民拉着缰绳，还站在那里。

“二哥！二哥！你回来啦？终于回来啦！可把你给盼来了！”左纳说着，不由分说上前就抱住了左民。两兄弟就在大门口抱成了一团。“左纳，是二哥离开太久了，让你受了这么多的累！”左民使劲拍着弟弟的背，感慨万端。

筶庸赶紧替左民去拴马。

左健和岸生闻讯跑过来，看二哥回家来了，都兴奋非常。左健问二哥有没有从闽地带回什么好吃的东西。

“哟！”左民这才想起来自己没给家里人带什么东西来，忙解释，“四弟，这回二哥走得太匆忙，下次吧，一定。”

左纳教训四弟：“二哥千里迢迢，渡大江赶来，你都不问二哥辛不辛苦，倒先开口要好吃的！”左健忙道失礼，请二哥多多包涵。左民一摆手：哪来那么多规矩！兄弟几个在大堂里你一言我一语，相聊甚欢。

左民到左家的时候，左纳正面临多方压力。王东琅受了小蝶一记下马威后，沉寂了一时，又开始了反扑。他串联左园护卫霍少虎，争取到他的同情。接着又去串联左江堂弟左孟陵的儿子，叫左乃光的，唆使他出来和左纳争左氏家产。最后，又鼓动林乡龙这个地方大富来和左家要求分摊食盐这块大肥肉。

左民和左纳深夜聊叙，从左家的事，一直聊到他和母亲的相认、和小凤的巧遇和成亲。左纳端出了好酒：“来，二哥，我敬你，也恭喜你当爹！”左民也举起了酒杯：“咱哥俩相聚，是世上最美的事了！”

兄弟俩边聊边饮，直到午夜过后，兄弟俩才散去。

凌晨，左民睡了两三个钟头后便起身。他首先去拜访总管家焦书颜。正为左家人事和业务深感焦虑的焦书颜一见左民，喜出望外。“左民二公子回来啦？这可太好了，太好了！”

左民问候道：“焦总管，这些日子以来左家有些不顺心的地方，感谢你日夜操持，辛苦你了！”焦书颜很谦逊地说：“自家人，这都应该的。只要左园能好，做什么都值得！”

左民跟焦总管说改时再好好叙谈，便先去礼节性地拜访王东琅。

王东琅住在左宅边上的一栋房子里，当年也是左江出资建置的房产。王东琅一听二公子来了，笑呵呵地迎了出来。“是左民回来啦？呵呵，欢迎，欢迎！”

“求均叔近来可好？”左民问道，炯炯有神的目光看着王东琅，看得他有些消受不了。“老样子。老咯，不中用了。”

“求均叔过谦了。我看您保养有方，精神抖擞。”

“哪里，哪里……”王东琅还是呵呵笑着，笑得有些不自然。

左民没有跟王东琅过多寒暄，只说择时一起商议大事。

从王东琅那里出来，左民返回左家。他找来岸生，让他帮忙搬起一个沉沉的东西，一起到后园蝶苑另一端的霍少虎处拜访。霍少虎手下的卫兵，有两个身手相当好的住在了左宅主屋的厢房里，其他卫兵，包括少虎自己和家人，都住在后园河边的一排房子里。霍少虎见了左民，脸上露出了复杂的表情。他向来对左民印象很好，也认定他就是左江离开以后左家最有威望的人。可是这一段时间以来，他一直被王东琅牵着鼻子走，见到左民的那一刻，他突然感到了一点内疚。“二公子回来了，这一路很辛苦吧？”“还好，我习惯了。少虎大哥还好吧？”

霍少虎有点不自然地笑了笑，说：“怎么说呢，对我来说，把大家保护好，就是好了。”

左民称许道：“我从小就知少虎大哥武艺高强，忠心赤胆。有你在，是左家之福。”

霍少虎的语调转而自然诚恳：“那是少虎的本分。老庄主对少虎一家情深义重，少虎不敢分秒忘怀。”

岸生手里抬着那个沉甸甸的东西，一直站在一边。左民伸手撩开了那东西外面的裹布，对少虎说：“你看，这是我从石头之乡惠安特地给你带来的——霍去病塑像。我想少虎大哥定会喜欢。”

霍少虎从岸生手里接过霍去病塑像，惊喜不已，爱不释手，对二公子的心意连声称谢。

虽然事先有所估算，但左民的回来还是让王东琅感到有些突兀和不安。他很快去找了林乡龙和左乃光，告知他们左家二公子回家的事，并初步商议了一些对策。他也去找过霍少虎，不过此时的霍少虎已经醒悟，不希望再跟着王东琅的鼻子转。王东琅感觉出了霍少虎态度的变化，这使得他更觉不安。

次日王东琅来，左民便和他在左家大厅会面。王东琅要左纳夫妻也一同参与。

“实不相瞒，”王东琅开始了，“二公子不在，我和少庄主之间有了点间隙。首先是，少庄主坚持要娶曾小蝶为妾，我深感不妥。”

左民说：“求均叔是否知道，我三弟左纳和曾小蝶是有过盟约的。后来左纳娶了弟妹，是因为当时以为小蝶已经不在人世。如若不然，恕我直言，无论是妻是妾，小蝶恐怕早就已经嫁入左家。”

王东琅不以为然：“二公子所言差矣。自古婚姻讲求门当户对，两家共荣。当年左纳与小蝶私自立约，老庄主亦不认同。何以？世族寒门，不共婚堂也。少庄主如一意孤行，岂不贻笑江东大方，危及左家大业？”

左民蔑笑一声：“求均叔何以如此危言耸听？你可知当今北方朝廷皇帝的身世？什么世族寒门，那石勒本为奴隶，连寒门都配不上。再说了，曾小蝶虽非生自大户人家，可她诗书典籍，武功才艺，几个富家子弟能及？作为左家长兄，我以为三弟能得小蝶芳心，乃左家之福。”

王东琅被左民说急了，转而朝双影使眼色，让她说几句。那双影被赶着鸭子上架，只好支吾着说：“二哥在弟妹面前盛赞一个寒门女子，就不怕伤了弟妹的心？”

左民连忙双手作揖："弟妹，你误会了。左民绝无半点伤弟妹之意。我想左纳深知弟妹贤惠，只是，他在弟妹之先已经与小蝶有约，小蝶既然回来了，他们重续旧好也在情理之中。"

王东琅只记得过去的左民十分木讷，本以为对付左民不是个难事，哪知如今的左民言语如此犀利，眼看着说不过，只好撂狠话："既然二公子话已至此，我也无话可说。只是如若因为纳妾的事得罪江东大户，你们兄弟二位可就要自己多担待了！"

左民作了一个冷冷的揖礼："求均叔放心，我等既敢做之，自然能够担待。"

六一　账房总管

纳妾之争消停了两天。第三天，王东琅随左乃光二度登门。

左民一见堂兄来了，作揖道："不知乃光兄今日要至，有失远迎，失礼。"

虽然姓同在左，那左乃光却一副痞子样。还在洛阳时，庄园自给自足，除了耕农，主人们也有事做。到了淮左，没有了田地耕作，左江一支扛起了家业大任，其他宗亲却渐渐地变得懒惰起来。左江当时便已经感到头疼，可还得养着他们。这会儿，左乃光进来，鼻孔朝天，礼俗不顾。他双手往胸前一叉，说道："今天借着二弟在家的机会，咱们可得把话说明白了。左家产业，不是单属你们一支的。过去十多年，都是你们这一支独占鳌头，而我们，只能靠你们的施舍过着穷酸的日子。同一曾祖，却这样不公平！得改一改了！"

左民听了，故作惊讶状，说："乃光兄年长于我，何以在左氏家史上犯糊涂？要不要跟我一起到宗堂里去查家史？"

左乃光哪里有什么左氏家史的概念，于是他瓮声瓮气地说："何须查什么家史，二弟说来听听便是。"

左民便开始叙说："广陵左园乃是从洛阳左庄园南迁来的。洛阳左庄园属于我的祖父，你的伯公左干，由当年的世祖武皇帝所赐。后来，祖父把庄园交在了家父的手里。家父继承祖业，全力经营，有耕地、作坊、织坊等。父亲慷慨，宗亲得福。等到左园被迫南迁，耕地尽失，父亲转而经营商务，以求继续左家大业，福荫左氏旁支。我三弟左纳接替父亲重任，成日辛勤，不敢怠慢，而乃光兄你呢？你是经营盐业，还是居家闲散？左氏经历如此，何来不公之言？”

本来，当左民祭出宗堂里的家史时，王东琅就暗自叫苦，只能硬着头皮任凭左民滔滔不绝。等到左民言毕，只见左乃光无言以对，无异于自取其辱，王东琅只好脑筋急转，为其找台阶下。“乃光是心直口快之人，求均以为二公子不宜全盘否之。兹事体大，盼左家各堂能齐心合力，从长计议，力求公允。求均还有事，先不奉陪二位了。”说完便拂袖先退，把个左乃光吊在半空。

左纳见状，就问：“许久不见乃光兄，今日要不要一起喝几杯？”

左乃光连忙逆势而退：“不啦，我也有事。今日我说的，二弟三弟有则改之无则加勉，是这么说的吧？改日再议。”

厅堂顿然安静了下来。左纳看着左民，几天来的事情让他感到自己这位二哥的巨大变化。“二哥，以前看你挺内向的，看样子是不到关键时刻不发威，深藏不露呀。这次亏得你回来，他们太猖狂了。”

左民没有马上回答。他抓起案几上的茶，招呼左纳：“三弟，喝茶。”自己先喝了一口。

茶有些凉了，左纳便唤采英换热茶。

采英走了，左民说：“三弟，你看王东琅这些日子的所言所做，不觉得让他继续做这个账房总管非常不妥了吗？”

左纳答道：“是，我还没来得及告诉二哥，前不久我对账时，发现钱少了一笔。我早有让东琅走人之意，只是觉得此事重大，想等二哥回来时一起决断。”

左民说：“没错，王东琅是跟随左家从洛阳到淮左的重臣，在左家的大迁徙和开辟淮左大业上有功。但是他已经变了，变得和左家离心离德，我们实在无法再委以账房总管的重任。他不是一直想靠向林乡龙吗？正好，趁此机会，我们顺水推舟，免了他这个账房总管，也不让他再和左家商务有涉。”

左纳云：“二哥所言正合我意。只是，左家一时哪里去找账房总管？”左民就说他临行前不是推荐了萧立华，左纳恍然大悟，说已经请萧立华过来帮忙了。

左民道：“好。此人大智大勇，忠心不二，头脑也清醒，绝对可以委以大任。至于账房业务，做熟了就好。说实在的，只要他在，我就可以放心离开广陵。”

一听左民提离开，左纳眉头又皱了起来。“行，就依二哥。不过，你也别这么快就提离开淮左吧？过几日就是爹的三年忌日。三年祭祀一做，二哥无论如何得帮我张罗和小蝶的婚事。”

左民喝了一口刚上的热茶，笑道：“我料三弟都快憋不住了吧？你放心，在所有这些事都尘埃落定之前，我不会走的。现在，咱们得去见萧立华。”

左纳看着二哥，笑了。

萧立华，字云诚，住在离左宅不远的房子里。左民两兄弟的到来，让他惊喜不已。他两手紧拥左民的双肩：“石山兄回来啦？太好了！多年不见，你还是很英武啊！”

与昔日出生入死的同袍重聚，左民的感慨不打一处来。“没想到我们在这里见面，太高兴了！谢谢你过来帮左家的忙！”

萧立华露出清朗的笑：“谢干吗，我们谁跟谁呀！”

左民问起夫人和孩子。萧立华说：“他们挺好，过得蛮习惯的。怎么样，你总不能打一辈子光棍吧？”

左纳代答：“我忘记告诉云诚兄，我二哥在惠安那边成亲了。”

萧立华一听，眼睛都亮了好几度，接着便问起孩子的事。“儿子七个月了。”左民回答。

很快，左民便把话题转向左家账房总管的事，郑重地邀请萧立华担任这个职务。

萧立华一听，先是有些为难：“石山兄，我是个粗人，打打杂还可以，这账房事关重大，我怕不行啊。”

左民说：“没有人生来就行的，头脑不糊涂就好。算账和规划的事，做做就熟了。顺便和你提一人，是个女豪杰，叫曾小蝶。”

萧立华说："知道，她是咱左园的私塾兼武艺老师，我儿子可喜欢她啦。"

左民神秘地笑了笑："她可很快就要成我的弟妹了。"

萧立华把再度亮了的眼光转向左纳："哇，少庄主有艳福啊！"

左纳含蓄地笑了两声。左民介绍说："小蝶聪明过人，明白事理。如果需要，账房的事她绝对可以帮上忙。另外，焦家和左家是几十年的至交，焦书颜和他的父亲左园老总管一样，是位宅心仁厚的人。还有霍少虎兄弟，云诚应该也认识他们。我相信几位同舟共济，定能深固发达左园大业。"

萧立华是个明白人，左民话说至此，左家长公子的心意昭然明现。"石山兄如此信任，立华还有什么好说的。请兄长放心，立华一定尽心竭力帮助少庄主。有大家的力量，左园一定会越来越好。"

六二　新班底的硬气

从萧立华处回到左家，左纳便领着左民到了蝶苑。小蝶和左民四眼相对，恰似久别的老友。经过了大别山的了结、惠安认母以及和小凤的情缘，左民已经能够坦然地面对小蝶，而小蝶也看出了这一层。"左民二哥，两年没见，有点变化。"

左民笑道："老了嘛。"

小蝶一笑："不是老了，是男人气溢满了。"

小蝶在蝶苑里设下小小酒席，三人便开始聊旧议新。说到婚事，左民说："过几日便是家父的三年祭。等忌日一过，相信三弟都已经安排准备妥当，不会委屈小蝶的。"

小蝶脸颊微微泛红："莫说什么委屈不委屈，小蝶一切谨听安排。"

左民想了想，又说："对三弟现夫人双影，二哥我略有了解。她虽有时心眼儿小了点，但心地尚好，与小蝶应该能相处得来。"

小蝶头还垂着，自然明了左民话中含意："谢谢左民二哥提醒叮嘱，小蝶知道怎么相处。"

左纳看了看二哥和小蝶："哎呀，这又没有什么大不了的，怎么都变得这么严肃了嘛！”

小蝶朝着左纳抬起头来：“左纳，此事马虎不得。二哥用心良苦，我们该谢谢二哥提醒。”

小蝶一番自然流露的话语，像一把细细柔柔的针，揭开了左民心底往日的痛。她是那么果敢能干的女人，胆识堪比男人；可她又是这样善解人意，屈伸自如。左民由衷地说：“小蝶，有你这样的好女人，是三弟的福，也是左家的福。我答应过父亲要帮助弟弟守护左家。人生多憾事，我现在在惠安有妻子，有老有小，实在没有办法常留这里。看左家现在这样，我真的放心了。”

左纳受不了这些沉重的话题，举杯说道：“来来来，对酒当歌，人生几何！”

小蝶举起了杯：“左纳说的是。我们喝酒吧，无论是否能长相聚，但愿大家平安，左家昌盛！”

三个童年一起玩过家家，一同长大，在同一个情爱池塘里滚打过来的洛阳孩子举起三杯酒，酒里浸透了岁月沧桑和人生悲欢。

从蝶苑回来之后，左纳便就林家货船遭劫一事，把自己长时间的怀疑悄声告诉了左民。左民听了不动声色，说：“这事你最好当没听说，不知道。不过，我相信是她。她这样做，也是为了在暗中助你一把，顺便帮衬她的大别门兄弟。看来，我们在淮西的生意又多了一道防线。不过，以后你找机会提醒，这种事不去做为好。”

左纳点头道：“嗯，无端让我岳父遭殃，我挺过意不去的。”

果然不出兄弟俩之前所料，王东琅使出了最后一招：伙同林乡龙一起，威逼左园让出部分盐业生意。这个时候，左园新的人事布局已成，左家兄弟底气足了。这一回，左民让四弟左健也一起坐到了厅堂。

“盐业是家父与淮西商贾建置的产业，乃左家祖产，我们兄弟断无出让的可能。”左民一句顶了回去。

王东琅说：“二公子，恕我忠言。左林两家乃亲家，况且当年左家进淮左，靠的是林家之济。左林两家本应多多合作共荣，而不是唯思商机独揽。”

左民反击道：“左家并非刻薄不思报恩分享之辈。林家之济是实，而十年前林家周转艰难时，家父虽在创业中，仍慷慨捐资亦不虚。合作的事有为，有不为。林门专攻手工和茶业，左家从不觊觎。左林生意本井河不犯，如若有合适机会，亲家坐下来共商合作互惠事宜，左家举双手赞成；如若是强行分摊，恕左家不能从命。”

林乡龙早就有些嫉妒左家后来居上，赶超自己，这回听左民一席话，更有被刺痛的感觉。“哼。”他开口说话了，“别以为你们有钱有势，就把当年的桥给拆了。林家完全可以自起炉灶经营盐业。本来顾及亲家关系，不想釜底抽薪，现在既然你们兄弟不顾亲家颜面，那也恕我林家无情了！”

左纳连忙降温解释：“岳父大人言重了。我二哥只是回应求均叔的话，并无不顾亲家关系的意思。”

左民趁势说：“三弟提醒的是。想来三弟三弟妹夫妻恩爱，相敬如宾，何来不顾亲家颜面之词？左林合作，来日方长。我不是说了，将来有合适机会，亲家可以坐下来共商合作互惠事宜。眼下，我只是不想他人从中离间而已。”

一席话说得王东琅如坐针毡，越想越不对，便说：“二公子不要话语带刺，暗箭伤人。你明说了，到底是谁从中离间？”

左民叹了一口气，说：“求均叔，你是左园元老、长辈，我本应该敬重你才是。可是这次我回左家后，所见所闻，你对左家都做了什么你自己清楚。”

一直坐着不说话的左健开腔了：“我也觉得，求均叔您没有以前厚道了。”

林乡龙看事情拧成了这样，就说：“嗐，瞧你们主仆搞成了这样！也罢，别争执了，改日再议，再议！”

左纳顺水推舟：“岳父大人说得对，正好我们也得准备家父的祭祀事宜了。改日小婿亲自登门回访！”

林乡龙“哼”了一声，离开了厅堂。王东琅紧随其后。左民却唤了声：“求均叔留步！”王东琅怔了一下，站住了。

左民走了过来，说：“听说你已经在为林家做事，非常忙碌。近日我们发现左家账房多处出错，钱数短出，想必是因为求均叔太忙所致。再者，近来我看出求均叔已经难与左家想到一处。聚散本自然，缘分难强求，你的左园账房总管，就做到此时为止吧。”

王东琅一听，圆睁双眼，踉跄两步，双手比画着说：“好哇，左民，小时候我算是白疼你了，你就这么对待一个侍奉左家多年的老臣？”

左民冷冷地说：“从家父开始，到我三弟手里，左家没有亏待过你，是你先对左家起异心。南边那栋房子亦为左家房舍，求均叔既已侍奉林家，本应搬到林宅去住。然念在我们几十年主仆情谊的分儿上，你可继续居住，直至你找到更佳的住处为止。”

王东琅一听就嚷了起来：“我才不稀罕那栋破房，我搬就是，可左家得给我一笔钱！”

左纳说话了：“你还真是不识好人心。左家每个月没少给你钱！怕你没地住才留你。你不住，反而还要钱，我还想问你呢，上两个月账户里各少了十贯，钱哪里去了？”

左纳话音刚落，就听王东琅“哎哟”一声喊疼。原来，他的手动着下巴那颗痣上的几撮毛，情绪一激动，下意识使劲往外一揪，竟拔下了两根白毛来。

左民一摆手：“三弟，算了，再凑一点钱，给他就是。”

王东琅走了。

左家三兄弟聚到了一起。

左纳：“这次我们好像对王东琅有些狠了。”

左民：“我们这次对王东琅是狠了一点。但是为了一个干净的左家新班底，杜绝后患，我们只能这么做。”

左健表示：“同意二哥说的。这个事由二哥来做也最合适。他过不了多久就会离开广陵，而三哥，是要长期待下去的。将来抬头不见低头见的，不好跟他搞太僵。”

六三　三年南北祭，二女天地别

两天后，左家举行了左江的三年祭。大堂里果品琳琅，酒味四溢，香烟缭绕，鼓乐声起。左家三兄弟携家属、左氏宗亲、左园主要成员以及左家一群贴身家奴，还有洛阳下来的阿宽，全都在场。

左民没有上去念祭文，而是让左纳上去念。左纳通过祭文感念父亲的抚养之恩，细述父亲危难时刻毅然率领左园南迁的壮举，以及他为左家子孙万代留下的一份丰产伟业，缅怀父亲的品德人格，为后世立下的楷模，并表达了左家兄弟同心协力、光宗耀祖的决心。

念完祭文，鼓乐再起，左家大门口响起了鞭炮。鞭炮声尽，人却意犹未尽。左纳心里明白，父亲生前心里有两个似乎是全然矛盾的心愿：一是南下江左，二是返回洛阳。眼下的趋势，恐怕是要先下江左，后返洛阳。可是过了大江后，再要返回江北、淮北可就是难上加难了。左纳跟左民窃语了两句。曾经亲自参与北伐的左民说："现在北上是难了。爹说了，伺机而动，我们只能走一步看一步。依我看，哪天南下江左，便已经是光宗耀祖。在江左有了实力，我们再图北上。"

祭祀结束了，左民想起来，左宅少了一个人。"左纳，婉姨呢？"他问。左纳一听，脸色顿时沮丧起来："嗐，别问了。""告诉我，她在哪儿？"左民追问。

"三个月前上吊自杀了。"

"什么？！"左民眼前一道黑光。

"说来我还纳闷呢。"左纳说，"上次我在饭席上跟大家说你来信了，说你结婚了，老婆怀孕了。不早不晚，第二天的上午左玲过去，就吓哭了，大声喊人。我们跑过去，看她把自己吊在梁上，早已气绝。"

左民听着，心头被炸开了一道大口，血涌了出来。

左纳见左民没吱声，继续说："她本来都还好好的，有说有笑的，怎么突然……二哥，她这是怎么回事？"

"她葬在哪里？"左民没有回答，只问，声音冷且带着沙哑。

"能在哪里，念着她跟父亲的一段缘分，还有五妹左玲，我们把她埋在后园了，还没来得及封顶。"

夕阳西下，左民一个人来到了婉心墓前。那是一个简陋得不能再简陋的墓——只是一堆土丘，一个木牌，上面写着“朱婉心之墓”，名字之前没有任何定语，没有任何名分。

左民心碎，眼泪顿时溢满眼眶。婉心，她就那样死了。在她默默无闻的左家生涯里，她和他的那一夜以及她毅然结束自己生命的举动，是她唯一的两次作为，也是她唯一的两次胜利。此时此刻的左民，终于明白了那一次做爱之后婉心说的“死亦无悔”那四个字的分量了；她说那句话的时候，不带半点折扣。

想着那个夜晚，自己雄性的亢奋底下那个美丽的、活生生的躯体而今正在地底被一点点侵蚀，左民心里充满了悔恨和负罪感，是自己害死了她的，不是吗？这种悔恨和罪感，很快转变为对自己惨淡命运的怜悯。

“婉心，你为什么不等着我？我本来就想好要把你带走，要娶你的！……”

树上的叶子簌簌而响，仿佛是婉心在用特别的语言回答他的问话。可隔着阴阳，那话语太过抽象，左民不知道婉心是否明白他的心，是否能原谅他的过失，他的粗心，他的迟到！

无边的小雨下起来了……

三年守孝期一满，左民和左纳马上着手准备左纳和小蝶的婚礼。一应物品早已准备好，新房安排在了第二进西厢房——也是小蝶进左家时最早住的地方——已经基本整理完毕，只差张灯结彩。小蝶就住在左园后园的蝶苑里，一顶大红轿子很方便就可以把她接进来。

婚礼那天，由于是妾，载着小蝶的彩轿是从左家边门进来的，也没有拜天地的仪式。不过，婚宴左纳还是要照着大婚的规模操办，他不想委屈了小蝶。左家在厅堂及几个天井摆了几桌酒席，宴请宗亲好友、左园诸工以及江东商家。林乡龙因为女儿和最近生意的关系，赌气没有来。“纳个小妾，至于那么堂皇嘛！”他不平地说。王东琅也接到请帖，露了一会儿脸。

除了新郎官左纳，左民和四弟左健也帮着应酬。左园两位新领班焦书颜和萧立华也紧着照应各方来客。

宴席进行到一半，左民突然有些累了，便暂时离开了宴席。他走到一个清静处，听着远处传来的杯盘声、祝酒声和欢笑声，想起了后园那个无人的角落里默默躺着的婉心……

他又想起自己和小凤的婚礼。相比之下，他和小凤的婚礼是那么简单、朴素、自然，但是一点都不失幸福和欢喜。那才是他想要的生活。他累了，竟然在那一处睡着了。他梦见了小凤和儿子苏左思源。他们俩笑着蹦着向他跑过来……

就在左民寄梦树下的时候，左纳步入了新房，看见了一动不动坐在榻沿、头上盖着红绸巾的小蝶。那一刻里，他忘记了天下所有的烦心事。那一刻里，他真正当了一回自己，人生圆满。掀开红绸巾，露出了小蝶美丽的羞涩。小蝶看着他，眼睛里有幸福，有期待，更有承诺。

“小蝶，还记得我俩在女娲像前的盟约吗？”

“你我在一起，永不分离。”

左纳点着头，心里感触万端。经历了千难万阻，尽管命运多艰，他们终于守住了他们的约。“小蝶，你经过了太多的坎坷和苦楚，从今以后，我要你在左园里平平安安、快快乐乐，再也没有风雨能打到你！”

小蝶点了点头：“左纳，我也有句话要跟你说。”

“什么话？”

“只要有我在，你什么都不用怕。”

“嗯，我有女侠在身边，当然不怕了。”左纳伸手理了理小蝶的头发，品着她的风韵。“小蝶，你好漂亮！你是天底下最美的女人！”说着，他凑过去，亲了亲她的脸。当他的嘴唇碰到她的时，两人便自然地躺下了……

六四　杯酒定终身

左纳和小蝶的新婚之夜，左民是一夜好眠。第二天醒过来，还觉得有些睡不够。经过了这么多事，他觉得身心疲乏。窗外鸟儿叽叽喳喳叫得欢，让左民觉得好像左家一切事——父亲的三年祭，左园经营团队核心人员的改组，左纳和小蝶的婚事——都办停当了，又觉得好像还有什么事没有办，可又一下子想不起来是什么事。忽然，他听到外面有声响，便起身，披上衣服，走出厢房。一看，他怔了一下。原来，岸生和左玲两人正蹲在天井边做着什么。

“岸生，干什么呢？”他问。

岸生一下子站了起来，一见是左民，便憨笑了一下，说：“五妹说这只小鸟受伤了，要给它喂水喂饭。”

左玲也站了起来，一对圆圆的大眼睛看着左民，说：“二哥，你也过来看看吧，这只小鸟，好可怜啊！”

左民凝视了左玲片刻，她长得好像她的母亲……他停住思绪，走过去一看，可不，那小鸟翅膀上有血，它飞不动了。

“你们在这儿等会儿，我进去拿点东西。”左民说着，转身回房。不一会儿，手里拿着一小瓶东西出来了。他走到左玲身边，打开小瓶的盖子，往小鸟翅膀上倒了一点粉状的东西。

岸生好奇地问：“二哥，这是什么东西？”

左民说：“这是创伤药。我在军营里的时候留下来的。对了，岸生，你到后落的杂物间里看看，那里应该有一个旧鸟笼。”

岸生恍然大悟说：“是的，有一个。我这就去拿来。”

岸生取来了鸟笼，左民没再言语，而是默默地看着岸生和左玲把那只受伤的小鸟安置起来。

“五妹，你看，多好。它会好起来的！”岸生使劲想逗左玲开心。神情一直有些忧郁的左玲一下子如雨过天晴一般，脸上露出了阳光一样的笑容。

左民默默地看着他们，冷不防问了一句：“岸生今年二十一了吧？”

岸生又是一个憨笑：“二哥好记性，是二十一了。”

左民看着岸生和左玲，那一刻心里就多了两件事。岸生是他带回左家的孤儿，他得为他的终身负责。而左玲，她不仅仅是自己的亲妹子，她还是——婉心的女儿。父亲喜欢儿子，在世时就没有太在意左玲的事。父亲走了，左玲的事他做二哥的不管，谁来管？特别是，婉心现在也不在了，还走得那么凄凉，他对她不仅仅有一份情，还有一份义在。

岸生见左民不声不吭地看着他们，突然有些腼腆起来：“二哥，你……还没吃早饭吧？”他找了一个话茬儿。

岸生脸上的腼腆样，一下子把左民心中新冒出来的两件事变成了一件事。想到自己很快要回惠安去，而左纳这会儿还在床上和小蝶春宵苦短，他的心便硬了起来，他要专制一回。

“岸生，五妹，你们到我房里来一下。”

两人对视了一下，带着些迷茫地跟着左民进了他的厢房。

“坐。”左民示意他们在案儿边坐下来，然后他自己也坐了下来。

左民正要开讲，采英来了，告知说：“二公子，吃早饭了。”

左民对她说：“今天早饭麻烦你给我送三份到这里来。”

采英见岸生和左玲端端正正地坐在左民跟前，不知左民要对他们训什么话，忍不住要笑。“是，二公子。”她答应着，连忙退出厢房。

“回来。”左民喊道。

采英一捂嘴，心想这个二公子今儿是怎么了。她转身回来，清了清嗓子，问道：“二公子还有什么吩咐？”

“顺便带酒来。”

哦，就这事，喊得吓人！“是，二公子。”采英再应道。

采英一走，左民就说：“岸生，你是我带进左家的。二十一岁，不小了。五妹今年快十四了吧？是还小了点，可是也该操心了。爹走了，我比你们大许多，就像是你们的爹一般了。你们的婚事，我不管，谁管！”

左民声调硬硬的，好像战场上的将军对他的士兵们训话一般，害得岸生和左玲都不敢搭腔。左民继续说：“现在趁你们俩都在，我问问。岸生，你可中意五妹？”

岸生被左民这么一问，吓了一大跳。这事，他好像想都没想过，一下子叫他怎么回答。再说，女孩子就在对面，他可怎么回答？“二哥，这，这，我，我没大想过……”

“那就是有点想过。”左民快刀斩乱麻。

岸生不敢说话了。沉默中他突然觉得，二哥说的也不全是瞎说。他是喜欢五妹，像哥哥喜爱妹妹那样。这，是不是就是二哥的意思？岸生顺着这思路，说：“我是，挺喜欢五妹的……只是……”

“那不就得了。说真的，刚才我见你们俩在一起的样子，就觉得你们很般配。岸生大五妹八岁，正合适。”

岸生还想解释什么，却被左民一手挡住。左民转向左玲：“五妹，二哥问你，你喜欢岸生吗？”

左玲虽说十四岁还不到，因为母亲的缘故，却是个早熟的女孩。这会儿，她已经被左民和岸生两人的对话羞得两颊通红，哪还能答得上什么话。

左民便说：“岸生，你看，五妹她喜欢你。二哥也喜欢你们一起。二哥不是随便瞎凑合，你们俩，真的很般配。”

采英送三份早饭和酒来了，摆在了三个人中间的案儿上。左民倒了三杯酒，然后举起酒杯对两个年轻人说：“来，岸生，五妹，二哥今天就帮你们把终身定了。五妹尚小，岸生你就耐心等两年。两年后，二哥回来帮你们主婚！”

岸生只能跟着举杯。见左玲两颊通红，低头不动，岸生便捅了她一下：“五妹，听二哥的，举杯吧。”

左玲终于举起了酒杯。

三个人一口酒下肚，左玲咳嗽了起来。岸生便对左民说：“二哥，你看，五妹她不大能喝酒，我代她喝一口吧？”

左民称许地点了点头，说：“行啊，岸生，二哥眼力没有错，看来你真的是一个懂得心疼女孩子的人。左家五妹就交托给你了。你要像大哥一样护着她，让她开心，啊？”

岸生顷刻之间好像变了一个人，他也顾不得腼腆了，一脸庄严神圣的表情，又再举起杯来，发誓般说：“二哥放心，我一定好好照顾五妹。”

“一辈子。”左民说。

“一辈子！”岸生应。

六五　骨肉割舍归程难

几天后，等左纳淡定了一点后，左民便把自己为岸生和左玲订终身的事和左纳说了。左纳一听拍手叫好：“二哥你真绝了。我也觉得他们俩是天仙配！”

左纳和小蝶结婚满月后，左民看一切都好，便准备回闽。当左民跟左纳提起回闽时，左纳半天没说出话来。兄弟俩长期分离，是左纳心底消退不了的痛。

“三弟，你怎么了？”

“你这不是明知故问吗？你要么就去打仗，要么就去找娘。找着娘后还黏着了。我们这还叫兄弟吗？总共也没几天在一起的日子。”

左民不说话了。谁能说弟弟说得不对呢？

“三弟别太难过，五妹的婚礼，我一定会回来主持的。”

“那不还得两年！”左纳嚷道。

兄弟俩再一次坐在了左梁亭下。两年前的那一次分别，也是在这里。左纳坐着，想着左民这趟赶来淮左后的一系列作为，他如何使左园基业转危为安，也完成了父亲去世后新的左园班底的重组。他和左民都知道，这是最为紧要的，尤其是左民经常不在家，这个班底能够保证左园营业的正常运转。左民还出面主持了他和小蝶的婚礼，消除了那些不满的杂音。想到这里，左纳深深呼吸了一下，说：“俗话说得好，打虎还得亲兄弟。可我的亲兄弟却总不着家。”

左民没有马上回应，半晌后，他说：“三弟，你忘了，我已经有了自己的家。”

左纳问：“你把你那个家搬到江东来，如何？”

左民一听愣住了。

左纳便有话说了：“答不上来了吧？所以我说，你是在躲着这个大家。爹三年祭上，作为长兄你连祭祀文都不敢念，因为那上头有我们对爹的承诺！”

听了左纳这一席话，左民哑口无言。他环顾这个偌大的左园，想着十四年前左家南迁，在异乡立足，建置这样一个家业，何其不易！左民在感念父恩的同时，却又绝望地感到，父亲倾其毕生精力撑持发展的这个家业，对他却一直没有多大的吸引力。这个，首先是因为他生母的低微和他出身的庶出，与父亲长期对他的态度有关，与他血液中的平民和左家的高贵有关。更进一步，左民追寻自己的心迹，这份淡漠的进一步加深，也始于祖逖将军北伐的失败。他记得那时候父亲跟他说过一段话：“现在祖将军也走了，我知道你心里肯定不好受，可是说真的，观现在江左的情势，我看是北伐无望。将来南北要再统一，肯定要靠哪位深明大义的人先整治北方，然后南下兼容。”就是父亲的那一番话，让他最后心灰意冷，只想躲进属于自己的小楼里成一统。

这番回淮左，为了他对临终父亲的承诺，为了他深爱的左纳和左园，他有了一次生命力的爆发。可大庄园的日子终究不是他的所好，他属于另一个世界。这些，左纳并不理解。“你要回闽越那个蛮荒地，我不拦你，也拦不住你。”左纳的声音在身旁响了起来，“不过，爹的牌位在这里，每年清明，你最好都回来一趟。还有，别忘了，我们最终是要返回左梁的。”

在感情的撕裂中再度踏上归程的左民，一路走得很慢，仿佛一路都在想着打道回左园一般，直到他进入了福建地界。他在一处清澈的溪涧旁下了马。马渴了，就在那里喝水。他累了，就用溪水洗脸。四周静无一人，他在溪边小憩了一会儿，北望的视线，被一座山丘阻断。他跃身上马，说了句：“好马，我们走了！”便向南驰去。

终于到东岭乡了。踏上那条铁石撞击叮当作响的路，他回到了自己简朴的家里。一岁的儿子苏左思源在外面爬着，没人照看。左民过去，一把抱起儿子来：“小思源，长这么大了，爹回来了，你高兴吧？”一边说着一边亲着孩子胖胖的腮。接着，便把儿子举了起来。

一阵孩子的咯咯笑声，把小凤从屋里催出来了。“左民！娘，左民回来了！”小凤喊着径直奔了过来。

左民一手抱着儿子，一手揽着妻子，这几个月来发生的事情，全都被抛在了脑后。

六六　淮左农庄

左纳记着父亲过世前不久和他所提的事：重拾左庄园农耕。以前父亲在，父亲拿主意。父亲不在，二哥左民总会在关键时刻回家来助力。现在二哥刚走，左纳就算有了主意也下不了决心。可此事刻不容缓。小蝶出去四处打听，回来告诉他，广陵往西两百里路有弃置的荒地，左家可去开垦。左纳想，谁领头去呢？左健吗？他摇摇头。他们兄弟四个，大哥不幸早走，二哥左民已经扎根闽地惠安了。在他和四弟左健之间，他再也不想有人离开。于是这日，左纳找来左健、焦书颜、萧立华几位，一同商讨如何开始左家的农耕。

左纳刚把主意提出来，左健就说："这事还真巧，昨日我刚听阿宽说，范水潘家要搬到淮南，正在卖地呢。"

左纳听了十分兴奋，当即就让左健和萧立华与他一起去探个究竟。

左纳兄弟来到潘家，见到潘家庄园主潘鸿亮时，潘鸿亮正在和一人交谈。走近一看，左纳吃了一惊。那人不是别人，正是左家原来的账房总管王东琅。王东琅一看新客是左纳兄弟，便对潘鸿亮说："价格容王某稍后报上。王某先告辞。"

王东琅经过左纳身边时，左纳作礼招呼："求均叔别来可好？"王东琅草草还礼："甚好，托福！"说完瞟了萧立华一眼，没有多寒暄便离开了。

左纳脑海里一闪：王东琅来作甚？旋而转身向主人问好："左庄园主左纳拜见潘庄主！"

潘鸿亮前脚刚送完客，即刻转过身来，满脸堆笑，回礼道："幸会左庄主，庄主请坐！"

宾主入座后，潘鸿亮说："久闻广陵左庄园大名，今日得见，果然英才辈出，潘某仰视！"

左纳寒暄道："潘庄主过奖——"正要进入正题，潘鸿亮却问了一句："适才我见左庄主与求均先生打招呼，莫不是你们认识？"

左纳搪塞道："是，我们认识。今日左某来，是来询问贵园售地详情。"

潘鸿亮见左纳直截了当，便说："实不相瞒，售地消息一经传出，近日闻讯而来的江东大族甚多，潘某现在是待价而沽，呵呵。"

左纳问："恕左某冒昧，请问，潘庄主福地起价多少？"

潘鸿亮摸了摸胡须，又是呵呵两声笑："我看左庄主没有听清楚潘某的意思。待价而沽者，价格由买主出。当下，已经有高邮等地大族开过价，吉价五百贯。"说完狡黠地看了左纳一眼。

那左健一听，忍不住和萧立华对视了一下，心里嘟噜："什么吉价，这是杀人价！三哥，你可别上当了！"

左纳表情一点没变，只问："潘庄主，左纳冒昧再问，贵地大约多少亩？有耕农多少？"

潘鸿亮不假思索地说："地大九十亩，耕农五十户。"

左纳："可否让左某一阅地契和耕农人头名册副本？"

这下，潘鸿亮有些踌躇了。他眼睛转了转，嘿嘿一声，说："左庄主确有不同凡响处。先前来的几位，包括求均先生，皆未问及此类问题。等钱交上来以后，潘某自然会把一应文本转交与买主。"

左健一听，忍不住要发言，被左纳按了回去。左纳说："如果他们没有问及，恕左某妄测，他们并无诚意购买。五百贯非小数，哪能不弄清楚一二就交钱呢！"

潘鸿亮有些不悦了："哦，这么说来，左庄主是有诚意要买的喽？"

左纳："自然。"

潘鸿亮眼珠子转了转："也好，待潘某整理出副本来，再招呼左庄主过目。左庄主意下如何？"

"如此甚好。左某先谢过潘庄主！"左纳说完便起身告辞。

回府的路上，左健说："瞧他那样，差点没把我憋死！三哥你还算好，没上他的当！"

左纳边想着边说："王东琅在那里让我觉得奇怪。反正，没见到他的地契和人头记录，我是不会喊价的。"

对面有车夫经过，左纳便过去询问潘家庄园的情况。一连问了两个人，都说潘家庄园没有九十亩，“大概五六十亩吧。”一个车夫这么说。左纳心里有数了。

两天过去了，没有音讯，左纳也不着急。他想左家只是开始筹划农耕，并非有燃眉之急。而潘鸿亮大概以为经营私盐之家必定腰缠万贯，明显在对他漫天要价，他不想让他牵着鼻子走。

到了第四天，阿宽来报：“潘家庄主来了。”

左纳似乎早有意料。他整了整衣饰，不紧不慢地走到大天井底下的侧厅迎候。

潘鸿亮作揖问候，额上没有前一次光亮了。“未知左庄主是否仍然有意购买潘家范水之地？”

左纳没有直接回答，却问：“潘庄主是否带来了地契和耕农人头名册副本？”

“带来了，带来了。”潘鸿亮连声说着，递给了左纳一份卷宗。

左纳把潘鸿亮领到大厅。两人傍案而坐后，左纳便细细查看文件。“这里写的是总耕地六十亩，这边，写的是三十五户耕农。”左纳一边看一遍念了出来。底下的落款写着：太兴四年。

左纳问：“四年多前的名册，何以与潘庄主前日说的差距甚大？”

潘鸿亮表情尴尬：“我那日所说乃含水地。”

左纳就说：“此处水域乃公地，算入价位恐不妥。”

潘鸿亮忙找台阶下：“左庄主说得对，那日潘某是一时糊涂。”

左纳实在不想和潘鸿亮多纠缠，便说：“此地与左庄园面积相差无几。当初家父以四十贯买下庄园。时过十有四载，钱值大致均等。同城之地，左某愿出两百贯。潘庄主若觉可以，一手钱一手货，我们即可签字过户。”

潘鸿亮一听，好像很生气的样子，说：“左庄主如此太不厚道，恕潘某难答应。”说完拂袖而去。

事后，左健和萧立华都问：我们出的价也许太低了点？

左纳胸有成竹地说："我还觉得高了呢。再说，高与低，随势而异。我看他其实是卖不出去。那王东琅，怎有五百贯买潘园的地？我怀疑他们其实是一伙的。"

萧立华表示有同感："我也这么猜测。"

三天后，潘府遣人来说："潘庄主有请左庄主前往潘府办理过户手续。"

左纳神色自如，微微一笑："知道了，我一个半时辰内到。"

当晚，左纳再度召集左健、萧立华和焦书颜。他双手一举，第一句话就是："淮左左庄园现在有农庄了！"

焦书颜、萧立华兴奋非常，齐声说："这真是太好了！"

左健："三哥真行啊！我跟三哥说了，我愿意全力帮忙撑起农庄这一片天！"

远在闽地的左民得知此事后，高兴之至，回信道："三弟壮举，左家淮左盛事，父亲在天之灵不知有多高兴！"

买下地后，左纳亲临田地探视耕农们，倾听他们的意见，询问他们的需求，鼓励大伙儿好好干。左健还破天荒到田里去，挽起袖子，拿起锄头锄草翻土。

一个老农对左健说："主人，我在田里干了一辈子活，您是第一个亲自拿锄头的东家！"

几个月之后，左家范水农庄一片油绿。

六七　广陵雪夜

广陵农庄开创快一年，由于左健的全力经营，又有岸生的协助，左纳基本上可以放开手了。不过，轻松的日子没过多久，新的隐忧又向左纳扑了过来。

深冬的一日，天飘着雪花，萧立华穿着衣帽一体的披肩，登门来了。左纳就问："云诚兄冒雪来访，想必有什么要紧的事？"

萧立华微微摇了摇头，说："我只是来找庄主闲聊而已。"一边说一边卸下披肩。

大概是因为萧立华和左民是挚友的关系，每次萧立华来，左纳心头都会有一种亲切和欣慰的感觉，还真应了左民说的：你见到萧立华，就是见到了我。

左纳唤来采英，让她帮萧立华挂好披肩，再去温点酒，准备些下酒菜来。不一会儿，酒菜备齐了，两人席地而坐，对案而饮。左纳见萧立华只喝闷酒，不言不语，且眉宇微皱，便说："我看云诚兄是有心事。"

"有件事，立华不知能不能说。"萧立华问，声调很低沉。

左纳答道："你我如亲兄弟，可无话不说。"

萧立华便说："前日我的战友从六安山回来，告知后赵将军石聪率领两万骑兵进攻寿春。"

左纳一惊："有这事！结果呢？"

"结果，由于祖约——就是祖逖将军的弟弟——坚守，他们寿春没有攻下来，转而进犯我们淮南诸地，杀死了好几千人。朝廷震惊。幸亏有苏峻派部将韩晃领兵阻截，才把石聪军击退。"

左纳放下酒杯："战事就发生在淮水之南！"

萧立华点头："说的就是。现在朝廷显然有忧虑，听说他们正准备在江南修筑涂塘以防御后赵。江南尚且如此，更不用提淮南了。我友得知我现住广陵后，就摇头道：看这架势，广陵可不一定能长久平安。"

那一夜，左纳几乎彻夜不眠。他记得十四年前，左家刚到广陵不久，父亲就显示了他对广陵地势的忧虑："看样子，广陵也不安全……"后来，父亲也多次跟他提起，将来左家要做第二次迁徙，从淮左搬至江左。父亲在的时候，有太多的事要操心忙碌，左家又刚到广陵不久，哪里有时间、精力和财力规划二度搬迁。父亲过世后的这四年间，左纳把吃奶的力气都用上了，也刚够把左园维持和发展到现在的局面。不过，现在左园的生计相对稳定，应该是要开始考虑江左计划了。

睡不着，左纳便起身，穿上衣服，走出厢房，到了书房。

他铺开纸笺，拿起毛笔，写下了"江左"两个大字；又逐条记下来眼下他能想得起来的搬迁事项。每一条，都不简单，都不容易。他不禁想起十五年前父亲如何率领左家，在战火逼近时仓促上路，背井离乡，跨越千山万水、百般艰险，一路南行到了广陵。自己的母亲和小蝶的父母，就死在了这南迁的路上。比起那一次南迁，左家的江左南迁，从地理上说，只需要跨过一条大江而已。可是这时候的左园，有江淮之间的盐业生意，牵一发而动全身，不再如十五年前左园自给自足那么单纯。如果父亲还在的话，他会怎么做呢？他会怎么规划呢？此时的左纳，是多么想念父亲！

有人在他案台上放了一碗热汤，又在他身上披了一件毛衣。哦，原来是小蝶。“这么冷的夜，起来了也不穿暖和点。”小蝶带着点责备的语气说。一看案台上的“江左”二字，底下的一串字句和边上的大江地图，小蝶明白了。“我早就预测，这是左家的必竟之事。”

小蝶说得太对了，这是一项必竟的大业。十五年前倘若不是父亲果断率众出洛阳，左家早已不复存在。现在，看汉胡争斗的局面，谁又能说这二度迁徙不是在为避免将来的大祸所做的准备呢？

“你不要心急。”小蝶体贴的话音响了起来，“我想，二度南迁肯定要分期分批地进行——现在，先喝热汤吧。”

左纳看着小蝶，紧紧握住了她的手。“只是，过江以后，我们离洛阳就更远了……”

左纳一句话，顿时勾起小蝶心底的伤痛。其实她害怕回到洛阳，那里对她来说，只有幻灭、空无和哀痛。左纳看出她的心思来了，连忙把汤递过去：“来，小蝶，你先喝几口。”

小蝶喝了一口，又把汤连同一句话，递回给左纳：“左纳，二度南迁的事，小蝶会全力帮忙。这件事一定能顺利成功，你不用着急担心。”

六八　兄妹奇姻，嫡庶对撞

自从左民在杯酒之间为岸生和左玲定了终身后，岸生变了。他不再是一个一味往前冲，不知明天会怎样的小伙了。他的人生从此有了可以期盼的东西，有了明确的目标。庶出且年幼失恃的左玲也变了。她觉得自己不再孤单，而是有了一个大哥哥，他会一直陪伴着她。

定亲后，岸生反而不敢离左玲太近了。离得太近，他会有心理和生理的反应，会变得急躁不安。他总是在一定距离外看着左玲，一个还在长大的小姑娘。看着她一天天长大，从一定距离外拿心去疼爱她，成了岸生生活里最快乐幸福的一件事。他变成了一个非常有耐心的人。

左家农庄新兴，岸生在盐业之外，又多了一摊事要忙。左纳和左健聊起来，时常会庆幸二哥带进岸生，父亲收养了他，还同意他改姓左，左家就此多了一名虎子。

两年的时间不算短，可对每天里外忙碌的岸生来说，两年过得也是飞快。两年后的春天，左民二哥如约从惠安赶回了广陵，为岸生和左玲主持了婚礼。左民赶来主持岸生的婚礼，让左纳感到万分欣慰，也为新郎新娘增添了许多喜气。

岸生是平民孤儿，左玲是庶出，而广陵左家则是有名的南下洛阳望族，两个人这种与传统的世族不同色调的婚礼吸引了广陵市井许多的注目。人们议论纷纷。这些议论往往从左民开始。左民不是左庄少庄主，因为他不仅也是庶出，而且还是妓女的儿子。有趣的是，听说他到了闽地，找到了自己的亲娘后，竟和自己的异胞妹妹结了婚。

岸生是左民带入左家的孤儿，无独有偶，岸生也和自己的异胞妹妹结婚。左家趣事，随着左岸生和左玲的婚礼而成为广陵人们茶余饭后的佐餐佳料。

在街坊的赞叹和议论声中，左民独自来到婉心的墓前。婉心的墓，在左民的力主下，已经有了一个石头的外壳和墓碑。左民还在墓的两端栽上了花。

这会儿，他站在墓前低语："婉心，如果你九泉之下有灵，应该高兴了吧？岸生是个绝好的男孩，五妹这辈子有了好着落，她会很幸福的！"

身后有动静，左民转过身来，赫然见左纳就站在他的身后，用无比异样的眼光看着他。左民没有言语，起步要走。

"你站住！"左纳叫住了他。他站住了，缓缓转过身来。

“我早就怀疑你和婉心之间有事情，只是不敢相信这会是真的。甚至在五妹告诉了我一些事情后，我还是不敢相信。”左纳一步一步走近左民。

三弟既然知道了，也罢。左民并不特别担心，因为，三弟和他本如表里。左民用异常沉静的声调说：“你早就应该相信我是这样的人。”

“我管你是无耻的人还是什么人，你为什么要这样做？”左纳问，眼睛死死盯着他。

左民心火被点着了，嘴唇动了一下，从牙缝里挤出了四个字：“无可奉告。”

左纳冷笑了一声：“无可奉告，我看你是理屈词穷吧！”

左民见左纳加大了攻击，便也冷笑了一声：“我的理和词都多着呢，可惜你不会明白的。”

“你搪塞！”

“我为什么要搪塞？”

“因为你自己摸摸良心，觉得自己可耻！”

“那我现在就大声告诉你：我同情她，我喜欢她！我后悔自己无能害了她……这份情感，是你作为左家少庄主永远都理解不了的！”左纳的话一石激起左民心底的千层浪。

“理解不理解，我都一直敬重你，可现在我真替你感到害臊！”左纳说这话时，真切地感到自己两颊发烧。过去他越是敬重左民，现在这份羞耻感和愤怒就越强烈。

“你省了这份心吧！”

“你就不问问自己，你这样做，对得起父亲吗？”

左民低下了头。左纳一问戳到了他的痛处和负罪感。他深爱父亲，感念父亲，却做了对不起父亲的事。

“没话说了吧，你个没良心不仁不义的人！”揪着左民沉默的空当，左纳继续猛戳。

“你不要拿仁义来血口喷人！”左民陡然怒火中烧，并很快想到了自己的道德辩护，“这件事我对不起父亲，我下地狱也认了。可父亲又对得起婉心吗？她连妾都不能算！她在世时，不要说父亲，你这个少庄主关照过她吗？你把她当一个正常人看过吗？她为什么自杀，你想过吗，你懂吗？”

左纳怒道：“你不要顾左右而言他！”

“我顾左右了吗？你看着我的眼睛。我问你，我是你二哥，为什么到头来你是庄主而我不是？这就是我们俩的不同，这就是我和她的相同。你也不用想了，你想不明白的！你也不要跟我提良心，我的良心强过你的判断好几倍。我扪心自问，拼命三十年了，我对得起左家，对得起父亲，也对得起你这个我曾经在淮河上营救过的弟弟！”

小蝶闻声赶到，却只看到左民大步离开的背影和左纳极其复杂的表情。

六九　望江楼

左民走回自己厢房，匆匆整理着行装。小蝶进来了：“左民二哥，你在干什么？”

“准备回去。”左民说。

“这么快？”

“不应该吗？”左民一边继续整理物品，一边说，“我娘和继父在那里，老婆孩子在那里。那里民风淳朴，我漂流三十载，终于归去。我属于那个世界。”

聪明如小蝶，现在却一句话也应对不上来。可她心里明白，左家这俩兄弟，一直是左家的中流砥柱。他们是否能拧成一股绳，对左家将来的稳定和发展至关重要。“二哥，你们兄弟俩一直都互敬互爱，互相扶持，左家也因此蒙福。现在，能不能暂且放下不同的想法，共商左家近年的大计？”

左民问：“什么大计？”

小蝶回答：“从淮左南迁江左。”

左民一听，站着不动了。

小蝶出去了，左民心中开始了剧烈的自我厮杀和思虑斗争。半个时辰后，左民来到了左纳的书房，鞠躬行礼说："三弟，刚才二哥言辞过激，是我不好，还望见谅！"

和二哥吵过平生的第一架后，左纳心里正阴郁，七上八下。他是嫡子，二哥是庶出，他怎么会不懂这个？然而这二三十年来，他和二哥的关系一直亲密融洽，从来不受这个所谓的嫡庶的影响。二哥的身上具有一种特别刚毅的内核，散发着独特的魅力，使得左纳对他敬佩有加。然而婉心这件事，却是左纳无法理解、难以妥协的。大概自己言辞太过激烈，有所冲撞吧，左纳看左民那个架势，大有二哥就要离开的预感。此时却见左民主动过来赔礼谦让，左纳心里有如雨过天晴春风拂面一般，连忙应道："别说了，二哥，我也有语出不妥处。说真的，我刚才实在转不过弯来，心里很难受。这是我们兄弟俩第一次吵架。"

左民其实心里知道，这一架早晚会吵，导火索不同而已。不过他不想再回到那个话题上去，遂说："适才听小蝶提起，三弟有意二度南迁，愿闻其详。"

左纳舒了一口气，二哥，还是他所认识的二哥，左家的事，他是放在心上的。

左纳开始向左民解说："我想搬到江南去，是因为这样一来，二哥回家就容易一些。"左民听了当场动容："三弟不需如此。实在不行，我举家搬过来就是。"

"我还没说完呢。"左纳说，"二来，其实也是我最大的考虑，左家只有过大江去，才有长久平安可言，这也是爹生前的忧虑和嘱托。"

左江希望最终落脚江南的心愿左民也知晓。他知道父亲一直在回洛阳和下江南之间踌躇，早在公元 311 年出洛阳的时候这挣扎就开始了。没办法，乱世使然。也正因为怀揣此念，左江并没有倾全力去盖左家广陵新宅。

"三弟所虑极是。"左民说，"广陵在汉朝时就遭受过战乱的破坏。它地处淮河前沿，在汉胡对峙的年代，此地的确不是长居之处。父亲清楚这点，只是当时左家无闲暇也无财力再迁移。"

左纳说："我们想到一处去了。现在，左家积攒了一定的财力，在我们这一代的手里，就应该完成父亲未竟之事，造福左家后世子孙。”

左纳翻开了他这一段时间以来逐项记下的南下事项，兄弟俩对案而坐，逐一商议。

议得差不多了，外面滴滴答答下起了雨，落在了梧桐树青青的叶子上。左民听见左纳长长地叹了一口气，便问：“三弟为何长叹？”

左纳说：“二哥，爹把这副担子放在了我肩上，这是赶鸭子上架呀。”

左民：“怎么这么说，你干得挺好。”

左纳摇摇头：“我自己清楚，我的能耐不如你，这些年我真的做得很累。”

左民鼓励说：“别这么想。我们兄弟之间不分彼此，互相扶持是爹要我们做的。再说，你真的做得很好。农庄有了，紧接着又有江左大计，论谁来做，都不会轻松。”

一个时辰前的对撞悄然烟消，左纳含情望着兄长：“有二哥的鼓励，我心里踏实了许多。”

几天后，左纳召集左民、左健和岸生，正式宣布了左家二度南迁的计划，并说，考虑到此次搬迁不仅要过浩瀚的大江，还直接影响到了左家的盐业和农耕，因此这一次的搬迁会分几个阶段进行，如果包括盖房舍的话，大概需要六年的时间才能最终完成。另外，因为父母都葬在了这边，广陵左宅还得留有人员管理。

左健和岸生听了，都非常兴奋，也知道这是左家几年内最重要的事情，影响的是左家的百年大计。兄弟几个全力合作，在搬迁的大体设想上达成了一致的看法。

岸生说，如果得留下人来看管和过渡老宅，他愿意和左玲留守江北。岸生出生于中原，十岁时因战乱失去双亲，独自流浪。十二岁时流落到淮阴，际遇了当时在那里准备随祖逖北伐的左民。左民爱护他，带他进左家。左江视他如己出，兄弟们也待他亲如手足。最后在二哥左民的牵线和主持下，他还娶了左家千金为妻。牢记着自己孤儿生涯的岸生，感恩、知足、勤奋。他做的一切，包括提出要留守广陵，都出于他的心甘情愿。

“五弟是好样的！”左民、左纳和左健异口同声，一起投过来赞许和充满谢意的目光。

左民的眼力没有错。岸生和左玲婚后非常幸福。夫妻悄悄话中，常常都会提到那一个决定他们命运的早晨，那只受伤的小鸟，和左民的杯酒定亲，常常都会说几句感谢二哥的话。

…………

公元340年，左（姜）岸生和左玲结婚的十三年后，在左纳和左民的策划和带领下，经过几年的艰辛努力，左家的大部人员和基业终于从江北撤出，搬到了江南的丹徒（镇江），成了名副其实的江左大户。左江和玉容的墓还留在广陵老宅。玉容的灵柩已经迁徙过一次——从淮安到广陵，左家兄弟不知道将来是否还得动土，将父母带回北方。左江的临终嘱咐就是希望他和玉容的灵柩能够回到洛阳。因为这个原因，双亲灵柩没有随家过江。左家几个兄弟每年都要过一次长江，到父母墓前清扫、烧香……

左民在淮左和江左之间来回穿梭了三年的时间，帮助左家这第二次的巨大工程。江东左宅的建置与广陵的蛮相似，就是买下一块空地，从头盖起。丹徒左园也建了一个左梁亭，也临着一条小河，也立了一个尹阳河碑。

新左宅的大门匾额上用苍劲的隶书写着“江东左宅”四个大字。大门里第一个厅堂的匾额上写着“万世平安”。

与广陵左宅不同，丹徒左宅和它的耕地连成一片。此外，江东左园的后园上还建了一栋望江楼。站在望江楼上朝北望去，能看到浩渺的长江，能把左家人的心带到江淮以北遥远的故园。

后来的历史证明，南下左家第二代的渡江壮举，为日后的左家免除了一场灭顶之灾。这是后话。

七〇　宝剑不老

也是在那一年，左民风尘仆仆，回到了惠安。

十五岁的大儿子苏左思源和十三岁的女儿苏左玉率先跑出来迎接。

儿子和女儿大声喊着："爹，爹回来啦！"

小凤闻声赶出来："左民哥，你终于回来了！"

左民百感交集："我说好了，要准时回来给娘做三年祭……"说着揽住了妻儿。

表面上看，左民基本上成了乡民，面朝大地，背负青天，勤劳作，守本分，而在他的内心深处，却似乎还有一点火种没有全灭。

这惠安地是一个极为闭塞的地方。住在这里的乡民，祖祖辈辈，老死不与外界往来。左民在这里住久了，时不时会生出厌倦感来。这种感觉像极了他当年对左园的那种厌倦感。

打好的石头都给人运走了，闲下来的时候，左民感到郁闷。突然，他搬来了一大堆木料，开始在村口的溪边叮叮当当钉东西。小凤好奇，跟了过来，问："你不趁着闲时歇歇，钉什么东西呀？"

"别管了。"左民说。

不多久，溪边出现了一个小小的木亭子，上面写着"洛阳亭"。过往的人们都说这亭子做得漂亮。正好又在溪边，"洛阳亭"便成了周围乡村人们歇脚的地方。左民更在亭边打了一对拴马柱，供骑马的人们使用。

"洛阳亭"造好了，它让左民兴奋了一阵，很快，不安和焦躁的情绪又袭了上来。于是，左民就时不时地跑到外面的世界去看看、逛逛。

有一次，他走了两个时辰的路，跑到晋安县去。走到县府衙门前时，听见有人在门口议论。左民好奇，走上前去，想听听朝廷有没有什么新鲜事发生。结果听到一人对另几个人说道："听说都督庾亮率领十万大军，盘踞石城，还向朝廷上疏请求北伐。朝廷正商议此事呢。"

左民逮到这一句，只觉得脑间一股热气升腾。他忘情地问道："这北伐能成吗？"

左民一声问，把那几个人吓了一跳。"你是何人？"其中一位冷冷地问。

左民胸脯子一挺："我曾经是祖逖将军麾下的督护，跟随他打到了黄河北岸！”

几个人一听，互相对望，以为左民头脑不正常，因为他们很难相信会有一个祖逖的部下在晋安。左民似乎明白了他们的疑虑，便拉开袖子，露出手臂上一道疤：“你们看，这就是当年留下的刀疤！”

几位端详着左民的“证据”，其中一位说话了：“英雄卸甲，仍顾念北伐之事。佩服！若朝廷有此心志，何愁北伐不成！”

从晋安县回来的第二天一早，左民便取出他的宝剑来，细细擦着。那把宝剑，是祖逖将军亲手授予他的。小凤在一旁看到，不解，也不便问。

左民擦完剑，便叫儿子苏左思源过来。“爹，什么事？”苏左思源愣头愣脑地过来了。

“走，跟爹牵马去。”

“牵马要干吗呀？”

左民拍拍儿子的肩膀：“傻小子，你长大了，爹得教你骑马！”

爷俩牵着马走了。小凤追了出来：“左民，你带儿子去干吗呀？”

左民回过头来：“我教儿子骑马去！”说完又对苏左思源说：“儿子，你知道吗，是男人就得会骑马。”

苏左思源不解：“爷爷好像不会骑马哦。”

左民：“谁说的。爷爷年轻时当然会骑马。男人能骑马，才能去保家卫国，知道吧？”

爷儿俩练习了两个多小时，回到家时，苏左思源额头上有血，脸上有土，衣服拉破了一个口子……

小凤急急过来：“你们这是怎么了？好好的学什么骑马！又这么不小心，弄成这个样子！”

左民：“这你就不懂了。不摔几下，怎么能学会！”

小凤：“学会了又怎样？”

“学会了我带他去江东，有机会就去参加北伐！”左民有句话没说出，那就是，北伐成功，他们就能回洛阳！

小凤不懂什么北伐不北伐的，但是一听江东就心惊。丈夫老家在江东，时不时地要回去祭祖，一走就是一个多月才能回来。现在可倒好，连儿子也要一起拉上。

“左民哥，江东那么远，你去一趟已经很辛苦了，就不要拉孩子去了吧？”

左民：“思源十五岁了，该出去见见世面了。锻炼好了，什么时候国家需要，就可以上战场。”

上战场？！天哪，小凤总算是听明白了。“去打仗？不行，不行！这刀剑无情，你也舍得让儿子去？我，我不让他去！要是奶奶在，她也肯定不依的！”

左民见小凤把去世的奶奶也搬了出来，有些烦了：“哎，你急什么？又不是现在去。”

那以后，左民天天训练儿子的马术和武艺。这么多年来，他没忘了阿宽初到广陵时和他描述的情形：当年左园南迁的队伍离开一个月后，怀帝被胡人掳走，洛阳烽火再起。左梁庄园稻草房和学堂、宗堂被毁。阿宽和母亲目瞪口呆，绝望地看着左园在火光中坍塌……那一粒打回老家去的火种，在左民的心底深埋，从未熄灭。

七一　左家有种

两年多过后，有心的左民又听到令人振奋的消息了：朝廷命令桓温率部下据守临淮，协助荆州刺史庾翼北伐！

这时，家中老人都不在了。四十八岁的左民没有了后顾之忧，便带着十八岁的苏左思源北上江东。

江东左家，虽然左纳还掌控大局，但一般事务都是大儿子左继业在操作。左园护卫霍少虎前些年病故，曾小蝶担任起了左园护卫领军的职务。二儿子左继原（小蝶所生）十七岁，在母亲言传身教下，练得一身好武艺。左民与儿子在广陵老家时，广陵正盛传桓温北伐的事情。左民问儿子敢不敢去随桓温打仗，苏左思源一挺胸脯：“敢！”

左继原见堂兄要从军去，也想要跟上。左纳不同意，说左园现在事务繁忙，需要人管。再说了，收复了北方又怎么样，左家也搬不回去了。左民一听感到错愕，说：“三弟怎么知道我们搬不回去呢？只要北伐成功，左梁的大门就朝我们开着。”左继原也说：他从小练武，就是要战时用上的。现在机会来了，说什么也要上。

曾小蝶看着左民，心里感叹北伐一事她和他心意相通。这些年来，她从来没有忘过要北上抗胡。现在左民携子到来，她奋激之下，支持儿子的意愿，说大丈夫现在有机会为国效力，不该只想守住一己之园。

左纳见小蝶为儿子撑腰，又想到这种情况下如果强留继原，他恐怕也不会在家里好好干，想到此左纳无奈地说：“我们左家这是怎么了？爷爷解甲回家后，再也不想问军问政。没想到我们走了一个大圈，又回去了。”

小蝶：“就是说，咱左家有种！”

儿子漫漫军戎路，父亲家中思念苦。左继原走了以后，花落花又开。左纳看着左园边上一簇簇盛开的琼花，可左继原却不知何处去。耳边不断响着儿子年幼时的咯咯笑声，左纳什么事也做不了。

他想象当年父亲是如何挂念着左民，心中叹道：“二哥呀，你折腾了父亲还不够，还要来折腾我！”

大儿子左继业过来了，劝慰道：“父亲，您别担心弟弟了，他会没事的。”

左纳伸出手来，握住了左继业的手，却说不出别的话来。

左家两名少年男丁一从军就是五年。最后的三年随桓温西征，平定蜀地。之后，苏左思源一个人解甲回江东，左继原却战死在成都郊外的笮桥，没有能够活着看到胜利。

左纳三男二女，其中与小蝶所生的次子左继原是他最心爱的儿子。左继原的战死，重创了左纳。他从此一病不起。病榻上立下遗嘱：他的子孙不得从军，不得参政。

苏左思源回惠安后，告诉左民三叔卧病的消息。已经五十三岁的左民不顾一切，再度北上，去见左纳最后一面。

左家大宅，正房内室，床榻前，左纳气息奄奄。左民俯身蹲着，紧紧握着三弟的手。他看着左纳虚弱的病体，想着这一辈子自己独自闯荡日多，与兄弟相聚时少。左家举家南迁、母亲和小蝶中途离去、左纳大婚、广陵左家农场开垦等大事，他都没能常在弟弟身边。弟弟曾经多次留他，希望他能在身边相扶持，他没能尽如弟弟之愿。不仅如此，还拉着左继原西征送死。想到这里，心内疚，泪欲滴，声沙哑。"三弟，三弟！二哥，二哥看你来了！"

左纳用了最后的力气睁开眼睛，看见了左民。他的脸露出了一丝刚刚能看得见的笑容。"二哥，你回家来了？"

左民强压悲痛，强作笑容："是，二哥回家来了！"

左纳："这次就别走了。"

左民使劲点头："好的，二哥这回回来，一定不走了。二哥要一直陪着三弟！"

左纳的额上露出了一抹光亮："二哥，三弟我，好高兴……"又轻唤小蝶，目光寻觅着。小蝶强忍垂泪靠到近前："左纳，我在这儿！"

左纳抬起深情款款的眼睛："小蝶，下辈子，尹阳河，三棵柳树下，我们还见面！"说完眼皮一垂，头一歪，一口气再也没有上来。

小蝶把左纳紧紧揽入自己怀里，哽咽半晌，终于放声哀号。

受到巨大伤痛打击的左民，少吃寡眠，天天拿着锤子和铁钎，一锤一锤打着左纳的墓碑，刻着碑文。碑文上写着"江东左庄园左公纳之墓"。打好了左纳的墓碑，左民转而打自己的墓碑，上面写着"左江子左纳兄左民之墓"。

一个冬日，一场纷飞的大雪过后，暖暖的日头出来了。金色的阳光洒在皑皑的白雪上。左民抱着左纳的墓碑，灵魂出窍，去找他心爱的三弟去了。

左家人带着无比的哀伤埋葬了左民。他的遗体就埋在了江东左园他三弟的身边。

两晋的祸害和战乱，穿透了左江和他两个儿子左纳和左民的一生，也打碎了他们的洛阳梦。他们都没有能活过五十三岁。

仅仅几个月的时间，曾小蝶便眼睁睁看着她生命里三个最亲爱的人一个一个离开了她，一夜之间白了头。那时她五十二岁，习武之人，身体尚好。一个阴雨天，她离开左家，踏上了探访大别山大家庭的路。

江东左家的噩耗传到了广陵老宅，左园墓地前，孤零零地站着李阿宽。已是古稀之年的他，一生见证了左家的繁荣、搬迁、迭代、欢喜哀痛和起起落落。现在，他最爱的人们——包括他早逝的父亲和惨死的母亲，他的老庄主和少庄主……全都离开了他，他觉得自己活在这个世上已经多余。

“爹娘，老庄主，少庄主，二公子，你们等着，阿宽找你们来了！”阿宽说完，一头撞到左江的墓碑上，倒地而亡。

左民留在惠安的子女谨守闽地，没有再北上，和江左宗亲从此失去联系。

七二　五叔左岸生

左纳三个儿子，大儿子左继业有如他的名字所示，继承家业，繁衍子孙。三子左继云却浪荡江湖，形影无踪，最后归入佛门。

左纳刚逝不久，左家还在伤痛和交接过渡中，刚接任庄主不久的左继业，把就要出远门的堂弟左仓送至门口，再度叮咛：“仓弟，路上小心，钱要收好。”

左仓郑重地应道：“大哥放心。回去吧，你那儿事还多着呢。”

送完左仓，左继业刚回到书房，新的账房管家就进来了，递过来一包文件，“庄主，这是上一季农庄的账目，您看一看吧。”左继业接过文件来，略微翻了翻，说：“好，放着吧。”

左继业刚坐下来查账目，便有下人来报：“庄主，五叔从广陵来了！”

左继业一听，立刻站起来，走出书房。

继业和岸生在前厅相遇了。左继业惊喜地问：“五叔，什么风把您给刮来了？”

两鬓灰白的左岸生一边拍去身上的尘土，一边说：“我琢磨着你这儿忙不过来，就下来看看。”

左继业感动地说：“谢谢，五叔辛苦了。来人，送点茶水过来！”

岸生摆摆手：“贤侄不必忙活，我没事的。我倒是有件事要告诉你。”

“五叔，什么事？”

岸生说：“前些日子，我听说你三弟继云到了襄阳，跟随那个高僧道安去了。你说，这家里正需要人，他却跑那头去了。要不要我去趟襄阳把他找回来？”

左继业叹了口气，摇摇头：“不用了。人各有志，他过得高兴就好。”

“可你这里，人手不够哇。”

“我也慢慢做熟了，再说还有四叔和堂兄弟，几位新顶上来的也都不错。”

岸生站起来，来回走了几遭。“不行，没事的时候还好，这要有什么事，够你呛的。这样吧，我回去交代一下，过一阵我就到这边来住一住，至少，给你壮壮胆。”

五叔要来坐镇，左继业哪有不开心的道理：“这样倒是很好，只是，要辛苦五叔您了。”

岸生笑了：“贤侄不用担心，我还没那么老。”

就这样，左纳去世后，左岸生先是在大江南北两处左宅来回跑，坚守广陵的家业，也帮助丹徒的继业。他和左玲两口子总共生了五男三女八个孩子。岸生五十三岁时，左家营业尽移江左，他们的三儿、三女也均成家立业，岸生夫妇便携两个年幼些的儿子渡江南下住到了丹徒，既家人团圆，也全力辅佐继业撑住并推展左家的盐业和农耕。又过了十年，他和左玲移居建康附近。他们在建康的后代在隋炀帝大业时考中进士，在唐朝时中了状元，开启了左家仕途的记录。这些是后话。

七三　后赵灭亡的时候

却说左纳、左民相继离世后，小蝶把自己打扮成大叔的样子，骑上马出发了。世上最爱她的两个男人都走了，她对江左已经没有多少可以眷恋的。回想自己这一辈子，虽然命运无情，但自己已经做到尽力尽情尽义，无论对自己，还是对自己所爱的人、所爱的土地。如今物是人非，她也无怨无悔。

淮河南岸，已经不似早些年那么荒凉，犹如一个大病初愈的人，这一片土地正在慢慢复苏。她看到了耕牛和正在犁田的农夫。农舍外有狗在跑，有母鸡在叫，还有婴儿哇哇的啼哭声。

马走得慢，走了二十几天，才走到了天堂寨所在的那一段大别山麓。虽然久未登临，小蝶对这里的每一条路、每一条溪水都记忆犹新。让她感到惊讶的是，这里新垦了许多梯田，栽着各种各样的庄稼和蔬果。很快，她便看到了三个一群五个一队的人们。他们身上不再带刀枪，而是带农具。她走过去，用当年大别门的暗语问道：“今天山里下雨吗？”正确的回答应该是：“云来了就会下。”可走在前头的汉子却说：“你自己看啊。”

小蝶无奈，只好直接问方胜和方幽住哪里。汉子用奇怪的眼神看着小蝶，说：“跟我来。”

小蝶跟着汉子走，心跳加速。汉子把小蝶领到了方胜、方幽师兄妹原来住的地方。这么多年了，没想到这对师兄妹还在，并且还住在原来的地方！

柴门吱呀一声打开，一位白发苍苍的老人出现在小蝶面前。小蝶一下子就认出了他，鼻子一酸，唤道：“师兄，我是小蝶，我来看您来了！”

几乎同时，方胜也认出了小蝶。“师妹，是你呀。这么久没有你的信息，我和你师姐一直挂念着。”

“师姐，师姐她在哪儿？”

方胜用沙哑的声音说：“进来，进来再说。”

走进了木房子，小蝶看到一个老妇人，手里拿着一把刀，对着它念念有词。

小蝶轻轻走上前去。方幽师姐，她也显得这么老了——等等，“那把刀，不是寨主的吗？”小蝶一眼就认出了天堂寨宝物。那把利刀下，不知多少歹徒人头落地。如今它在年老的方幽手上，依然霜气逼人。

方胜闭着眼睛，点了点头。

小蝶还没来得及叫师姐，眼泪已经先淌了下来。

“寨主临终前把宝刀送给了你师姐。打那以后，你师姐就成天对着这把刀说话。”方胜告诉小蝶。

小蝶叫一声“师姐”，两个曾经的战友姐妹互相凝视，颤巍着相拥，悲喜交织，唏嘘不已。

方胜、方幽陪着小蝶到了彭湘墓前。“寨主临走前还在念着你……”方幽对小蝶说。

小蝶跪在彭湘墓前，往事历历在目，彭湘的音容笑貌依然鲜活。“寨主，小蝶来看您来了，寨主！”小蝶手抚墓碑，泪淌无声。

方胜对小蝶说：“彭寨主后来对众人说：天下纷争数十年，中原凋敝，士族南逃。南下的大族好不容易在江南又建家立业，我们大别门暂时不去骚扰他们。她要我们自己开山种田，自给自足。那就是为什么你来的时候看到那么多的梯田。”

“难怪……”小蝶说着，看了看方胜师兄妹。方胜告诉她：他和方幽是在寨主的主持下成亲的。他们没有子女，但是两人相伴相随，日子倒是过得安宁踏实。“小蝶，你要乐意，就留下来和我们一起住吧！”方胜说。

小蝶点点头，“嗯”了一声。回想十四岁那年，是方氏师兄妹救了她的命，走到了人生的这一步，能和他们一起，是她最好的归宿和莫大的安慰。

两年后有一天，小蝶下山来，到县城里去。在县城里她见人们三五一群地在议论着什么，凑过去一听，才知道北方的石氏家族全族被一个叫冉闵的汉人大将灭门，后赵亡国。

街头巷尾有人在议说：“幸亏有冉大将军呀，不然我们汉人就得灭种了！”

小蝶听了，不知道是应该高兴还是应该悲哀。当她年轻的时候，因为被逼南迁，更因为双亲的死于非命，她心里充满了对北方胡族人的恨。她半辈子的时间都在和胡人战斗。可是现在，她的耳边只回响着彭湘的话音：“冤冤相报何时了……汉胡能慢慢通融，有什么不好？”

她没有多耽搁，速速打道回山。她带着菜籽和果树的种子，要回山里去种。那里，方胜、方幽还等着她回去……

中场插叙

左息澎讲到这里，闭目低头，接着，说她需要休息两天。我知道，就像导演导一部大戏、作家创作一部长篇那样，在左息澎对这长段家史的深情溯源中，她的生命经历了激荡和消耗，是需要静养休息。我也终于明白了刚见面时她为什么说她的祖辈里有曾姓。左息澎，她是左纳的后裔，而我，则是左民的子孙。我们，是两个亲密兄弟的后代！

左息澎休息的那天，我独自来到白马寺。这座始建于东汉永平十一年（公元68年）的中国佛教圣地、第一古刹，历经元、明、清几朝的修建，如今依然显得英姿勃勃。我去的时候，见那匹石马的脖子被系上了红色的绸子，一对着装时髦的新人正在那里拍婚照。我觉得有趣，他们为什么不选别处，而是选了一个出世之教的祖庭来拍照？

我还逛了牡丹园。这里据说是隋朝西苑、唐朝神都园的旧址。不过在熙熙攘攘的人群环拥中，特别是在那些嘻嘻哈哈、笑逐颜开的年轻人里，牡丹园更多地绽放着的，是现代的气息。

我在园中亭子坐立多时，看着满园秀色，听着边上人声嘈杂，心里反复呈现的，却是左江和左纳、左民两兄弟的故事。我想着要如何把这些故事写出来，想得入了神。

离开亭子时，忽听后面一声“老师”，一个十一二岁的小姑娘追上了我。她圆圆的脸，红扑扑的双颊，穿着浅黄色的衣裳。“老师，您把本子落在亭子里了。”小姑娘说着，双手递给我那本厚厚的、记满了左息澎口述的笔记本。我双手接过本子，心头涌满感激。“太谢谢你了小姑娘！你叫什么名字？”“不谢，我叫玉玉。”小姑娘一边笑着往回走，一边用银铃般的声音回答我。

我还在为险些丢了那千金难换的笔记本而后怕时，左息澎终于又露面了。她说，她想来想去，觉得还是应该把左纳和左民之后左家故事的推演和我分享。这些故事，虽然大多和我的直系祖先没有太多关系，还是令我激动，神往。

第四部　左英辈出

七四　八公山寻师

后赵灭亡的三十二年后，公元383年，东晋和北方的前秦在淝水发生了一场大战，最终东晋以八万军力大胜八十余万前秦军。前秦因此走向衰败灭亡，分裂为后秦和后燕等几个政权。淝水之战几乎就是一场决定汉文明能否持续发展的生死存亡之战。这场战斗的胜利使东晋赢得了数十年的稳定和发展，亦保证了中华文化主体的延续光扬。

淝水之战的三十年后，左纳这支到了第四代时，长子不务家事，二子脾气暴烈。而左健孙早逝，曾长孙，十八岁的左文秀继承家业。

左文秀是一个百分之百的持家之人。他关心时局，但是从不投入，他只投身自己这个大家子。他脾气温和，心性仁厚，连他的胡须都长得是柔柔的。他能包容各方，在远近宗亲里威信很高。

文秀的二弟左战英，聪明勤奋，从小爱读书，好武艺。战英长到十五岁时，眉宇俊朗，鼻梁挺拔，英气勃勃。左文秀读过洛阳左氏家传，上头说左家男人脸型多峻峭，剑眉，高鼻，嘴角刚毅，一看自己的二弟，还真的就是那样。那时左家依然住在左纳、左民等建置的江左丹徒大宅里。不知是天意还是偶然，有一天，左宅大门口来了一个乞丐，乞丐嘴里念念有词。家奴嫌烦，前去驱赶。战英听见了，便出去，把几个铜钱放在乞丐手上，又问："你刚才在说什么？"乞丐看了看左战英，说道："我在说：天下有奇才，隐居八公山；可惜无人识，徒叹淮水南。”说完长笑而去。

那乞丐嘴里的“八公山”，就是淝水之战时让前秦军队误以为“草木皆兵”遂为之胆寒的八公山，左战英早就想去探胜。乞丐的话让他更心生波澜，遂多方打听，终于给他了解到，淮南有儒士姓孟名范渊，字效贤，通晓古今，光扬孔孟，文武并精。战英本来就不愿意总待家里，慕孟氏大名，便准备前往。

战英的母亲钟氏舍不得还是少年的儿子独自出远门，而且当时已经说定了一门亲事，姑娘叫高谷兰。钟氏说：“因一个乞丐的话，到了要远走淮西的地步，值得吗？你年纪还小，应该多学几年书，再出去不迟。”

战英说：“母亲，我出门去，也是学习。孟先生隐居多年了，有此机会，就当只争朝夕。”

战英执意，钟氏没有办法，只好说：“也罢，快去快回。高家姑娘还在等着呢！”

左战英来到八公山麓。一条山路，蜿蜒向上。林间空蒙湿润，泉水淙淙。孟范渊的小居，就坐落在山间一处平台上，从这里，能看到淮河北去，两岸烟雾苍茫。

战英到时，见孟居柴门紧闭，外面有一书童在清扫场子。战英上前作揖，说明来意。书童看了他一眼，说：“你在这里等着，我去报知先生。”

等了大约五分钟，书童出来了，说：“先生问你，姓名，年龄，何方人士，还有，为什么来找他。”

战英回答：“在下左战英，江左丹徒人士，今年十五岁。在下感觉先生与别人不同，有奇才，有经世之道。”

书童眼睛一闪一闪的，说：“好的，你在这儿再等一会儿，我进去报知先生。”

战英耐心地等着，又过了大约七分钟，书童出来了。

“怎么样？”有些急了的战英问。他千里迢迢而来，总不希望无功而返。

书童一笑，露出两个酒窝：“可以了，先生让你进去。”

“真的呀？太好啦！”左战英几乎要跳起来。

孟范渊的居所非常简陋。战英一进去，便看见正中放着一个木案，一位四十岁上下的男子在案后坐着。战英上前，鞠躬作揖："左战英拜见孟先生！"

孟范渊头发灰白，胡须参差，然前庭饱满，眉骨俊朗，目光炯炯。他指了指边上的案儿，示意战英坐下。

左战英道过谢，便依着案儿席地而坐。

"范渊隐居多年，柴门久未为客开，山下亦鲜有人有兴致前来。左公子出身江左豪门，为何放着优裕日子不过，而来这荒山野岭？"

战英想了想，说："我也说不清楚。总觉得心里憋得慌，想出来换换气。一听有奇才隐居八公山，像被什么东西牵着，我就来了。见着先生真好！这山上的空气真好！"

孟范渊盯着战英看了看，眼神里有一道看不见的笑意。"不瞒你说，江东左家，我也略知一二。你的先辈多有英才。有跟随太祖武皇帝曹操逐鹿中原，平定北方者，亦有随司马懿南北征战者……左氏立家建业有道，方有今日江东庄园的盛况；又教养后世有方，才有你我今日相逢。"

战英听着，钦佩之意油然而生。"没想到先生身居山中，却知天下大小事情，战英敬佩不已。"

书童送上了茶水。战英汲了一口，只觉清香沁肺。

"天下纷乱已久，"孟范渊开讲了，"晋室祸起萧墙，终不敌胡人悍马强弓。更重要的，是他们心生惧怕，不敢北伐。当初若依祖逖之计，顺应其势，则可期还都洛阳，盘踞关中。"说到这里，孟范渊轻轻长叹。书童添热茶，他示意战英齐饮。"到了江左，"他继续说，"一见江南秀色，他们便酥软了骨头，更不思北伐、一统南北，而宁蜗居，乐此不疲。否则桓温西征功彰，接三度北伐，已入关中，终后继不逮。"

接着，孟范渊讲到了淝水之战："幸有陈郡谢氏诸英，淝水一役一举歼敌退胡，东晋得以喘息；如若未然，则汉危矣！"

战英全神贯注地听着，听到这里，有感而忍不住插话："战英在家，只懂闭门读书，却不知天下形势如是。先生忠心爱国，赤诚溢于言表，战英深受感动。”

孟范渊道：“公子言爱国，有毫厘之差。”

战英俯首：“请先生明示。”

孟范渊道：“先贤所谓圣人修身齐家治国平天下，是其自然，亦是其心志。天下，乃天下人之天下。而今天下不平，百姓困苦，若大禹在世，能视而不见，见而不有所作为吗？一统天下，还百姓安居乐业，是圣人之义。当年孟夫子言君子舍生取义，而今江左诸侯，多贪图享乐，见利忘义，孔孟地下能不锥心泣血乎！”

战英听毕，心中大感，遂下地俯身，行大拜礼。“战英常觉心中无端烦忧，今听先生数语，茅塞顿开。战英有意效国，救济苍生。先生大义仁心，战英恳求先生明示路途！”

孟范渊乃性情中人，战英少年赤诚，让他动容。他起身扶起战英：“左公子快快请起！老夫有生之年，能识公子知音，老夫之幸！公子今日就在这山中陋居过夜，如何？”

战英毫不犹豫地应道：“能与先生共聚，战英幸甚！”

七五　忘年交

当天晚上，四十岁的孟范渊略备薄酒小菜，与十五岁的左战英同案而饮。

孟范渊一边饮，一边向战英叙述当下的时局和战局。“左公子可知刘裕将军？”他问。战英说略知一点。孟范渊便继续讲述：“吾佩服刘将军，他出生时家境不济，其父因无力养育几乎弃之。少幼时砍柴、种地、打鱼、卖草鞋，样样为之。然他志猛才高，忠孝闻名。”

“刘裕从军初期，便见智勇双全，屡建奇功。义熙元年，刘裕向后秦皇帝要求归还淮北诸郡。后秦皇帝见刘裕气势夺人，不战而尽归淮北十二郡与东晋。”

“其后六年，刘裕不惧南燕所称十万大军，攻城成功，剿灭南燕。之后，平定岭南卢循，征讨豫州刘毅，收复西蜀、汉中，横扫荆、扬。至今，江淮流域属晋，南方各部统一。老夫之见，刘裕北上征战后秦，光复洛阳之日不久矣。公子若有大志，投军从戎，磨砺筋骨，建功立业，实现鸿鹄之志，此其时，此其人也！”

孟范渊一席话，说得战英欢欣奋激，摩拳擦掌。

战英在山中居住三个月，跟随孟范渊学习孙子兵法，练习刀剑拳术。“凡为人，习武，弄兵，心志为要，其理实通。”孟范渊说，“制胜上策，蓄势以待劳，厚积方勃发，知己知彼，以柔克刚。”

战英一听“以柔克刚”，便问：“先生，观汉历史，似乎以柔克刚者居多，少见以刚克刚者？”孟范渊答道：“然。以柔克刚乃中华之主力道。以刚克刚者亦多难免，汉武帝远攻匈奴是也。骠骑将军霍去病于元狩二年两度率兵出击河西，克敌十万，河西从此在汉廷控制之下。两年后，霍去病复率军北进两千多里，越离侯山，渡弓闾河，与匈奴左贤王部激战，歼敌七万有余。后乘胜追杀，在狼居胥山举行祭天封礼，在姑衍山举行祭地禅礼，所谓封狼居胥是也。兵锋直至漠北瀚海，从此漠南无匈奴。霍将军千里奔骑，以风驰电掣之速击杀敌方，此乃刚中至刚。刚者易碎，故而霍公短命，只得天年二十有四耳，哀哉！”

少年英雄霍去病的事迹左战英常常读到，现在听孟范渊提起，仍然敬佩叹息不已。

读书习武外，他也随孟先生在坡上植瓜种菜。左战英也许是左江以来第一个亲自躬耕的左门男子。

三个月后，战英依依不舍地拜别了他的人生老师。“感谢先生三个月来把手相教，战英受益匪浅，终生不忘！战英此去，待光复洛阳后，定当再回来探望老师！”

孟范渊看着战英，似乎还有什么让他不尽放心。“世事无常，有人力不敌之力。老夫还有几句话送与你。”

战英俯首作揖道：“老师请赐教！”

孟范渊道：“吾观此百年变迁，南朝绵弱，北方强悍。洛阳、关中得而复失，诡谲难防。公子此去，铭记孟圣人之教诲，达则兼济天下，穷则独善其身，逢事不可勉强。”

战英谦虚恭敬地回应道：“老师叮嘱，战英谨记在心！”

左战英回到江东后，怕父亲以家业之理，母亲以成婚之由阻挡他从军，搞得一家人不开心，便绕过家门，直奔建康刘裕大营。那一天，刚好是他的十六岁生日。

七六　义熙十二年

左战英来到刘裕大营，脸型略胖的刘裕眯着眼睛看了看他，问年纪几多，左战英胸脯一挺：“十六岁了。”刘裕又问老家何方，战英再答：“回大将军，在下老家洛阳，现居丹徒。”

“洛阳人士……”刘裕若有所思，问经营何业，战英眼睛眨了眨：“主营盐业，亦有农耕作坊。”

这时，刘裕身边的谋士说话了：“看样子，他是江东左家的公子。”

刘裕一抹胡须，摇了一下头：“噢，江东左公子，不行，不行……”

战英一急，竟开口滔滔不绝：“刘大将军，我左家世代不乏从军之辈。先辈左力堂，曹操军中校尉。其后三世，皆戎马生涯，为晋效力。我曾叔公左民在西晋危难之际加入祖逖将军麾下，征战淮北，直至黄河。左家世代流传美誉：左家有种。我虽出身商贾之家，然自幼习武，通读经书。不久前师从淮南儒侠孟范渊，深明天下大义，有志随大将军建一番事业，望大将军收纳！”

刘裕听了，顿时大悦：“好，你小小年纪即有此志气，所谓自古英雄出少年！我军正准备第二次北伐，左公子的到来，是个好兆头！”

左战英就这么从军了，被编入龙骧将军王镇恶部下。那王将军坐在马上，显得高大英武。战英对他很是仰慕，但是王将军总是出没疆场，来去匆匆，战英始终没有机会和他搭话。战场冲杀中，他见过王将军飞马在前，用他锋利的长刀左右劈砍，动作劲捷，所向披靡。后来军中同袍告诉战英，王将军出生于宁康元年五月初五，按习俗，五月初五是个不吉利的日子，他父亲本想把他送给别人家去养，可是，他祖父王猛将军见了这个孙子却说："我看他不是一个平常的孩子。过去孟尝君不是也在恶月出生吗？可他做了齐国的宰相。我看哪，这孩子定会使我们家门兴旺。"孩子留下来了，起名"镇恶"。战英听了很觉惊奇，看来，王猛将军的预测还真的准。

同袍说："说的就是啊，你还不知道呢，征讨刘毅那会儿，王将军身中五箭，手中的槊也被射中。他直接就用手折断了那箭。被封为龙骧将军后，王将军发誓说：如不能攻克咸阳，誓不再渡长江返回！"战英感奋，正要说什么，身边另一个士兵说话了："跟上了这样的将军，肯定打胜仗！"

第二年秋，左战英随王镇恶部的步兵北伐前锋由淝水、淮河北上，直扑许昌和洛阳。数百里转战，左战英精神抖擞。想到很快就要进入他祖先梦回千百次的故乡洛阳，战英激动不已。

忽然，他看到一匹无人驾驭的黑马焦躁地徘徊着。左战英一看，忍不住飞身向前，跃身上马。

黑马嘶鸣，战英激奋。他手持大刀，催马向前，蹚过河流，冲下山坡，越过敌军的工事。碰到敌军时，他大声呐喊，挥舞着寒光闪闪的长刀，劈向顽敌。两个月里，他们部所向无敌，前秦守军有被杀的，更多是降服的。在攻破洛阳城外一个堡垒时，一个羌族兵满脸是血，腰间还别着一根笛子。战英马至，挥刀就要往下砍。忽然，从那羌兵口中传出来一阵笛声。战英住手，大喝一声："怎么回事？"

"回不去了，吹给家中老母和妻儿听的。"羌兵头也不抬，神色黯然地说。

左战英瞬间心颤，闭了一下双目，然后对羌兵说："留下刀子，赶紧回家去！"

羌兵跑了，战英继续往前冲。他没有工夫去深究他为什么这样毫不畏惧地冲锋陷阵。他只知道往北去，往北冲，因为北边的洛阳是他祖先的故土。

十月，战英的战马跨进了洛阳城！

左战英身上带着当年左庄园的地图。他策马来到洛阳东南角，穿过尹阳河，眼前便是一片广大的地方。战英在这块广大的土地周边策马缓行。突然，他看到了什么，连忙下马。一块被火烧过的石头界碑，上面“左公庄园”四个字清晰可见。战英跪下来，伸手抚摸着这块界碑，仰天言道：“左家列祖列宗英灵在上，你们的后代左战英于今日又回到洛阳左梁了！血书为证！”说完咬破指头，在石碑上写上“左战英，义熙十二年，十月”几个血字。

当年的左园，历经百年动荡，已经被烧成废墟焦土，然残垣断壁、砖瓦石雕等依然可见。战英站在他的祖先之地，他祖先为之死不瞑目的故土，心潮难平，感慨万端。他想象一百年前，他的先祖离开时是怎样的不舍，怎样的梦想有一日重新归来。南北割治，北归无望，而去到江东的左氏家人也慢慢在南方落了根，建立了新的家园。对于他和他的父亲母亲来讲，他们的故乡已经是江左，而不再是洛阳。是什么样的意念，推动着他披上左家失落多年的战袍，一路过关斩将，重进洛阳？

战英看了一眼自己留在左梁庄园界碑上的血字——血，这意念，大概和这血有关吧！

七七　破釜沉舟

次年二月起，战斗再起。这一次的目标，便是彻底歼灭后秦。王将军见后秦内乱，潼关空虚，刚好是进击的大好时机，便率部乘胜前驱。左战英跟随王将军大部，由洛阳往西去，打击并占领了渑池（河南洛宁西）。接着，晋军深入西部，一路攻到了关中的东部大门户潼关。后秦大将军姚绍占据着潼关与晋军对峙顽抗。晋军前进受阻，而后应薄弱，顿时有些人心惶惶。战英听到军中传闻，说王将军这一次没有听刘裕大将军的号令，擅自孤军深入，以致粮秣供应不逮。果然，很快士兵的口粮以及马匹的食料军需便出现了短缺的情况，进而引发了恐慌。有人甚至想要撤军。又听说王将军已经派人驰告刘裕求救，但是刘裕大将军正在黄河上与北魏的军队对峙，自顾不暇。那几天，战英从来没见过王镇恶将军那么焦急过。

这天，战英走过王将军营帐，赫然见将军就站在营帐门口。

“你，还有你们，跟我走一趟弘农郡！”王镇恶指着左战英和其他几个士兵说。

“是！将军！”几个士兵齐声应道。

王镇恶带着左战英等一队精锐士兵快马加鞭赶往东边的函谷关，来到弘农。

王镇恶站在高台上，下面聚集了许多百姓。

王镇恶用洪亮的声音对百姓说：“乡亲们，永嘉五年以降，百姓苦于蛮胡之欺压已久，如处水深火热之境。时已百又六年矣。其间朝廷数度北伐不果，今我受命于皇上所任兖州刺史、平北大将军刘德舆，率东晋大军一路过关斩将，杀至潼关，胜利乃一步之遥。不意后援受阻，军中粮草殆尽，情势危急，望乡亲们齐心协力助我大军渡过此难，力克潼关，则北伐成，一统天下可期矣！”

说完，王镇恶单膝跪地，拱手相求。

百姓纷纷动容。乡里一位德高望重的人大声说：“王将军说到我们心坎里了！河南河北百姓期盼朝廷的军队已久，如今北伐胜利在望，解我等于胡人的欺压之中。王将军有求，我们必应！”

乡里领头的率先从自家里扛着粮食过来了。其他人跟随其后，纷纷仿效。左战英和几位士兵连忙帮着将粮草搬上马车。

送粮草的马车快速奔潼关而来。路上，左战英终于有了和王镇恶将军搭话的机会：“王将军，您真行啊！”

王镇恶笑了：“小子，我见过你打仗，很勇敢啊。记住了，穷则思变，事在人为。”

战英使劲点头：“是，王将军！”

粮草补给到位，解除了一次大危机，王镇恶军中群情激奋。左战英见王将军亲自卸下一大袋粮食，大大松了一口气。

八月，刘裕大将军的大军终于抵达了潼关。王将军便前去请求让他率水军由黄河入渭水，进攻长安。刘大将军答应了。左战英此时加入了水军的队伍。他们进入渭水后，逆水而上。九月十九日清晨，他们的船队抵达了渭桥北端水域。这时王将军让将士们饱餐了一顿，然后命令他们全副武装登陆，畏缩不前的一律诛杀。战英紧随部队快速登陆。登陆之后回头一看，他们乘的船只已经空无一人。它们被河水推着，离开了岸边，随波东下。而对面，就是后秦皇帝姚泓的数万军队。战英正在疑惑他们到时候要怎么回去时，就听王镇恶将军洪亮的声音响了起来："我们的家属，全在南边。这里是长安北门，离我们的家有万里之远。现在，送我们过来的船只，还有衣物粮食全都随河流而去。今天的进攻，我们没有后路。打胜了，自然立大功，显大名；战败了，则连尸首骨头都不能运回去。大家努力吧！"说完他自己一马当先冲了上去。

战英听了这话，看了这情形，不仅不害怕，反而大受鼓舞。千里迢迢从江左一直攻杀到了关中，前面纵然是刀山火海，也得往前冲。于是他毫不犹豫，鼓足力气，跟着将军奋勇往前攻击。在渭桥，晋军大破姚丕守桥部队。姚泓率军援救渭桥，却被排山倒海溃退下来的姚丕败兵冲击践踏，还没有接战，便告崩溃。王镇恶率部下自平朔门进入了长安。

第二天，后秦皇帝姚泓带着他的皇后和文武官员，前往王镇恶大营投降。战英跟着晋军将士欢呼：后秦被我们灭了！

秋日里，长安城内金叶飘飞，城头夕阳如血。左战英站在城门前，想起了两年前在八公山聆听孟范渊教诲的那些日子。先生果然是料事如神，如今洛阳、长安尽归晋朝。有一样孟范渊没有想到的，就是王镇恶将军最后是使出了破釜沉舟的险棋强攻渭桥和长安北门，攻坚惨烈，北门城下倒下了许多同袍，自己能站在这里送夕阳西下，也算是有一点运气吧！

年轻的左战英，又怎么能料想得到，仅仅三个月后，情势便急转直下。由于将士久战思乡，刘裕亦怕江南生变，遂于十二月率军离开长安。同月，夏国赫连勃勃的军队进攻关中，晋军后撤。公元 418 年正月，左战英的统领王镇恶将军被另一个东晋大将沈田子诱杀。军中顿时大乱。

长安城外天色昏晦。夏国的军队步步进逼，晋军大势已去。

厮杀中，战英腿部受伤，痛得落下马来。一个提大刀的胡兵追到了他跟前。这个胡兵似乎上了点岁数，他看着战英，不知是因为看他受伤了，还是觉得他年少，他策马转身，从战英的身边过去，没有伤他。

战英忍着痛重新上马，策马前行回营寨。一路上，硝烟未灭，杀声渐远。

焦土上，横尸烂肉，惨不忍睹。更打击他士气的，是他不明白，不明白英武骁勇的王将军为什么会突然死去，不明白长安为什么会骤然失守。他走着走着，无力地提着战刀，不复像个勇士。仅仅几个月时间，情势判若两样，而他，也判若两人。

七八　回家真好

回建康后，无人再言北伐。两军对垒，短兵相接，破釜沉舟，等等，都没有吓着年轻的左战英，但是无仗可打吓着他了，因为，他当初执意从军，就是为了打仗。

战英深感郁闷和失望。他无心再恋京城，于是请求回家伺候老母。此时他十九岁不到。

回到家时，战英腿伤复发，走路一瘸一瘸。大哥文秀一看到战英，简直像是看到了一个从鬼门关回来的人。他一下子抱住了弟弟："感谢老天爷，战英你终于活着回来了！那阵子我们都听到长安激战的情况，我担心极了！"

战英也紧紧抱住大哥，听见了大哥的心跳声，呼吸着湿润的、没有硝烟味道的江南空气，心里在说：回家真好！

钟氏因为迟迟不见儿子回家，终日盼望，盼瞎了双眼。战英一见，扑跪在母亲面前大哭："娘，娘！我是战英，我回来了！娘，你睁眼看看我！"说完泣不成声。

钟氏用手摸着战英，从头摸到脚，认出了儿子，泪水纵横，嘴上却只一句："儿，回来就好……"

战英悔恨自己不孝，苦了母亲。还在建康的时候，他即耳有所闻，刘裕有意篡改晋室，自己称帝。战英不禁又想起了孟范渊，记起八公山临别时他赠予自己的话："达则兼济天下，穷则独善其身，逢事不可勉强。"战英虽一腔热情，却痛恨朝廷的权力争斗，决定就此归乡，以待清明。

三年前与左家定了亲的高家，见左家公子三年不回，钟氏望瞎了双眼，便想要另谋联姻。不料高谷兰见过左战英一面，心中仰慕，坚持要等待。所谓精诚所至，金石为开，何况战英本来就是性情中人，深感内疚的他，答应与谷兰尽快完婚。

公元419年，十九岁的左战英与高谷兰结婚。次年他的儿子出生。也是这一年，刘裕在建康称帝。改朝换了代，东晋没有了，现在是刘宋朝廷的时候。当年的刘裕大将军，成了当今的皇上。

皇帝没做多久，两年后，刘裕病逝。同年冬天，北魏军趁刘裕逝世，少帝昏乱，发兵攻占刘宋的洛阳、虎牢、滑台等河南地。左战英在洛阳左庄园界碑上血书的仅仅六年后，洛阳再度沦陷。

这天，战英坐在左梁亭下，看着边上写着“尹阳河”的石碑，听前面河水潺潺东去，心中也像那河水一般起伏。当年战场上的冲杀声，那刀槊相击的声响还在耳边回响，他记起了洛阳城外那个满脸是血、吹羌笛的后秦战士，他现在，是不是又回到洛阳了？他又想起王镇恶死后的长安保卫战中，那个没有伤害他的老胡兵。如果不是那个胡兵手下留情，他左战英现在早就见祖宗去了，何以还能坐在这江东的左庄园里！

智勇双全、骁勇善战的王镇恶将军不是死在战场上，而是死在晋军的内斗里；而当年他崇敬的刘裕将军，自己做了皇帝。有多少人——包括王镇恶，包括无数死去的晋军和敌军的将士，还差点包括了自己——成就了刘宋王朝的荣耀。孟先生说过：天下，天下人之天下也。可是纵观历史，天下，总是皇帝的天下。而皇帝是会变的，朝代是会改的，唯有天下和天下人，是恒长的。

一阵冬风起，忽觉肩上有暖意，一回头，才知妻子谷兰为自己披了一件衣裳。

“夫人，我想要离开这里。”一个闪念，左战英脱口而出。

“为什么？”谷兰感到非常意外。

“因为，我不想和建康挨得这么近，我也厌倦了江左这个地方。在这里待久了，骨头都会软掉。”

谷兰一听就明白了，她了解自己的丈夫。他是一个心地单纯的疆场战士，只想杀敌报国，却不懂朝廷的那些事。是战士，所以他也不适应江左这样一个绵秀之地。

“可是，家里呢？你想过没有？”谷兰问。

家里的事，战英当然想过。他觉得自己和大哥是不同的两种人。大哥文秀是一流的持家能手。而他，却天性喜欢在外面闯荡，面对并征服各种挑战。至于家里的事务，还有三弟连衡的帮助，应该是没有问题的。

“不过，一家人总是在一起的好。再说了，父母在，不远游，就算是要迁徙别处，也只能从长计议。”谷兰说。

战英点头：“我知道。我已经很对不起娘了。”

七九　百年佳话

左战英起了迁徙心的不久之后，独自拉扯大几个孩子的钟氏离世。悲伤的战英和大哥文秀、三弟连衡一起为她举办了隆重的葬礼。两年后的一个深夜，左战英走进了大哥的书房。

左文秀惊讶：“这么晚了，你还没睡？”战英：“大哥不也还没睡嘛。”文秀指指案前：“我这是忙生意上的事。你有什么事？”

战英一听，有些不好意思了，低下了头来：“这个……”

文秀便叫他有什么事快说。战英抬起头来，鼓足勇气：“我想离开江东。”左文秀一听，皱了皱眉头：“你还是没忘了这事啊？”左战英答：“心里想要做的事，怎么会忘？”

文秀终于放下了手头的东西：“二弟，当年你就是因为任性，才害得娘……现在，你怎么也得等娘的三年祭过后再说吧？说真的，咱爹走得早，娘又走了，作为长兄，我是真希望我们三兄弟能守在一起，共同扶持这个家。可你就是非得要离开这个家才高兴！”

战英辩说：“大哥，我不是为了要高兴享福才想到要出去的……”文秀打断了他的话：“行了，你不用解释了。一年后再议吧！”

长兄的话是有分量的，战英也就暂时没再说什么。时间过得很快，转眼又是一年，于是战英便再次跟文秀提离家的事。

文秀看出二弟是真的铁了心想离开江东：“我真的不懂，江东这么好的地方你不待，那你到底想去哪里？”战英回答：“我想去弋阳。”

“弋阳？为什么要去那里？”文秀不知道这个地方。

战英说：“当年我去八公山见孟先生的时候，他告诉我，弋阳位于豫州最南、淮河上端，东连淮南，南接孝感，北通汝南，西达襄樊，为多郡通衢。而且，弋阳山清水秀，气候宜人，被誉为山水茶都。”

文秀说：“地方是好啊，可是你单枪匹马的，无根无基，到那里要怎么立身？”

战英这下有理有词了，说当年左家太祖左江离开洛阳，也是到了他无根无基的地方拼搏。

文秀啧了一声：“那时是没有办法，不走会死。现在我们在这边生活得好好的，江东繁华、方便，你却要独自到那么远的地方。到了那里，你何以为生？”

战英显出很有自信的样子：“我仗都打过来了，还怕无以为生？那里物产丰富，我在那里至少可以自己种地、种茶……”

“你以为种地容易吗？到时候饿死你！别净想那些虚无的东西了。”文秀说着，自己陷入了沉思。半晌后他说：“说点实在的吧。看来弋阳的确是个四方交通的中枢地带，却是我们左家未及的地方。你去那里为左家打下一点基业也好。那里既然接近中原，我想你可以在茶叶、瓷器、笔墨、造纸方面动点脑筋。这样可以和江东互动互通，狡兔三窟，居安思危，也是对的。”

战英一看文秀被说动了，还提了这么多点子，心中欣然：“还是大哥行，谢谢大哥指点！”

战英听从大哥的建议，准备自己先单独走一趟豫南。文秀手书一信，交给战英：“淮南有一家很大的客栈，叫淮安客栈。客栈老板姓孙，叫孙尚祖。我们左家和淮安客栈有百年交情。你去豫南路上，先去拜访一下孙先生，算是访友，他能给你很多有益的建议。”

文秀又拿出来一包东西：“这是江南上好的丝绸和茶叶，你当面呈给他，算是我们左家给他的礼物。什么事情，自己能行的就自己做，实在不行，去请他帮忙，他一定可以出点力的。”

战英郑重地接过信件和礼物包：“我都记住了，一定谨慎照办。大哥放心！”

文秀点头。他是一个沉稳的人，知道自己这位二弟亦不是鲁莽轻浮之辈。

左战英骑着马一路朝西，穿越整个皖地，前往淮河上游南岸的弋阳。算来，这条路左家人走了许多趟了，只是没有走到弋阳。当年左纳几乎每年都要跑一趟，和孙掌子商洽生意。小蝶跑了几趟，寻找左纳，并飞镖夺轿，从胡人手中劫走左家三公子。左民为了护盐也走过这里，还上过大别山探问小蝶……左家的传奇故事，左家和淮右的渊源，家史上有记载，战英都读过。所以自己亲自走这条路，感觉既亲切，也豪迈。从淮水边的芳草和古老的枝干上，他还能感觉到当年祖先的脉搏和气息。

战英马快，五天赶到了淮安客栈。站在这家百年老店前面的时候，战英一点不觉得陌生，好像是在异地寻到了家一般。他环顾四周，见树木青葱，不时有客人来往。

孙尚祖这时正好在门口，见左战英牵着马四处张望，便过来问道：“请问客人从哪里来？是否在找客栈住？”

孙尚祖的外表和当年孙掌子的很不同。他中高身材，长方脸，留着稀疏的山羊胡。左战英上下看了看他，道：“我找店主。”

“我便是。”

战英眼睛一亮：“你就是孙大哥？我叫左战英，来自江东左家，家兄叫左文秀。”

孙尚祖一听，惊喜万分。“原来是战英弟！怪不得看着眼熟，你们兄弟长得真像！来来，快快请进！”他一边说着一边把战英领进客栈，又唤人到门口拴马。战英刚在客栈厅堂里坐下，便有店员奉上茶来。

“来，喝茶，累坏了吧？路上还顺利吗？”

战英说：“还算顺利，对了，这是家兄给你的信，这是一点礼物。”孙尚祖接过信细细读，又说："我们这么熟了，还带什么礼物嘛！"

战英说："我大哥说了，好不容易才来一趟，不带点什么太可惜。"

孙尚祖说："你要是在豫南住下，我们见面的机会就多了。想来我们两家的交情有一百年了。人都有说头的了，说江东左氏、淮西孙家，谦谦君子，百年佳话！"

战英乐了，这才想起来一件事："对了，我大哥说贵栈有一个亭子，我刚才进来时怎么没看见？"

"你是指'孙左亭'吧？有有有，跟我来。"说完他带战英重新走到门外，走到了东侧面，"就是这个亭子。"

这是一个木制的亭子，显然翻新过。战英走到亭子正面，见上面写着"孙左亭"三个大字。"孙左亭……"战英念出声来。亭子边有个石碑，上面刻着："永嘉五年，洛阳左公卿南下淮东，路经淮安客栈，与焦作孙自掌结缘于此。特建此亭，子孙永续佳谊，永和六年。"

孙尚祖说："这是我曾祖八十岁的时候建的。那时他听说左家的二公子、三公子同年而逝，无缘再见，心中悲哀。又念着孙左两家多年的情谊，便建了这座亭子。前不久我还上了新漆。"

左战英深受感动。站在亭前，手抚石碑，时光仿佛倒流，他依稀看到了当年左家南下的人们，在他们最困难的时刻，途经这里。靠着素未谋面的孙掌子的热情相助，他们从这里重新出发，奔赴目的地……

两人重新回到客栈里喝茶，孙尚祖就问战英前去弋阳有什么打算。战英说他路上琢磨好了，打算在那里开个造纸作坊。孙尚祖称好主意，说纸张轻便好用，可是眼下许多地方仍供不应求。弋阳地点绝佳，一来物产丰富，二来四通八达，将来战英做出来的纸，可以从弋阳运往鄂、湘甚至川蜀等地去。不过，孙尚祖提醒说："从这里往西，路途不便。最终，还是要把作坊做到当地去。"

左战英听着，心里连连称好。难怪大哥要他来这里，无论是大哥还是他自己，都没有想到西进。这个天地实在太广阔了！"孙大哥有经验有眼光，将来少不了跟大哥多多请教！"

孙尚祖说："你大哥信上说要我帮你在豫南找地方。正好，我有一个常客是弋阳人。他家有房舍。你可找他商议，看是否可以租用，权当起始。我这就修书一封让你带上。如果不行，我们再作商议。"

左战英一听大喜，连忙作揖拜谢："有孙大哥引路，太好了，战英不胜感谢！"

孙尚祖不乐意了，说这么客气就不是兄弟了。

离开孙尚祖后，在回江东的路上，战英感慨自己有福，常遇贵人。突然，他特别想念八公山上的孟范渊。他曾经说要在光复洛阳后再回来探望孟师。洛阳的得而复失让他感到脸上无光，冷却了这份心。现在，冲动之下，战英掉转马头，朝八公山而去。

还是那条山路，蜿蜒向上。这日林间大雾朦胧，空气却依旧清新。他找到了孟范渊的小居，走前一看，却见铁锁把门，门前空无一物，唯有野草覆青苔。不知孟先生去了哪里。战英疑惑，就在屋前等了一个时辰。抚摸门前石台，他和孟先生曾在这里亲切聊叙。还有那块空地，是他跟随孟先生习武的地方。十年倏忽，虽斗转星移，一切仍仿佛鲜活在眼前，又宛如迷离于梦中。

放眼望山下，还是那般美好的山水景观，孟先生去了哪里？还是说发生了什么事？坡上那块田地，他曾和孟先生一起亲自躬耕。战英走上去一看，田垄已经荒芜……看来，孟范渊恩师是走远了……

战英多么想能再次和孟先生同饮浊酒，促膝而谈，与先生分享他这些年来的经历和感想。等不到忘年故交，战英只好怅怅然下山。

八〇　出京口，下弋阳

左战英从豫南回到丹徒（京口），告诉文秀他已经在弋阳找到了住处，是孙尚祖客栈一位常客的地方。战英还说，孙尚祖也觉得造纸生意可做，因为西南一带很缺纸张。

看来，战英迁徙到豫南已成定局。

从丹徒到弋阳，路途和一百多年前左家从洛阳南下相比不分伯仲。让弟弟独自去那么远，文秀实在是既不舍也不安。“大哥让你去，家里也有本钱让你去创业。但是你得答应我，常给家里来信，争取每年回家过年，实在不行哥过去看你。还有，如果生意做不成，千万不要勉强支撑着，早早回家。江左是我们的大本营，听见没有？”

“听见了，大哥。”战英频频点头。想到自己执意要出去，大哥肩上担子加重，战英心里并不好受。

战英和谷兰两口子加紧整理物品行装，一转眼，就到了要离开的日子。

临行前夜，文秀唤来贴身下人，把两个箱子搬到了战英厢房里，说：“二弟，这是一箱铜钱和一箱衣物。我知道你懂事，还是得跟你啰唆几句。你还小，又多年在外，不懂挣钱的艰难。出去锻炼锻炼其实也好。千万记住，勤俭节约，不乱花钱，因为钱是不经花的。大哥就给你这么多，供你一家生活和你创业用。这些用完了，就要靠你自己了。”

文秀说完，身后的妻子说话了：“战英弟弟，弋阳气候不比我们江东。我赶了几件外衣给你们带上。出门在外，身体最重要！”

此时此刻，没有了父母，自己又要携家出门，战英才深深感到兄弟的手足情深。感动之余，他跪了下来，向大哥行大礼：“大哥情深义重，战英感知！请大哥饶恕为弟的离家之举。弟弟不在，大哥会更辛苦，请大哥自己多多保重身体！”

谷兰在一边见了，也连忙跟着跪了下来。“大哥大嫂慈爱如父母，谷兰感念铭记于心。来日好好回来报答兄嫂！”

文秀一看，心就软了。“二弟、二弟媳请起，不必行此大礼。家里不是还有三弟在嘛。我自有分寸，二弟不必担心。”文秀妻也跟着说：“是啊，自家兄弟，这都是应该的，不要说谢谢的话。”

第二天，文秀准备了马车，派了一名身强力壮的车夫专程送战英一家上路。除了文秀一家人，还有三弟左连衡一家也来相送。临走时，战英的儿子左甚辉哭闹起来，不想离开左家的堂兄弟和学堂里的小伙伴们。谷兰也止不住掩面而泣。左文秀强压着心中的离别苦，再次叮咛："二弟，此去山高路远，务必诸事小心！"左连衡也走上前来说了好几句。左战英毕竟是蹚过黄河、闯过关中的人，他对文秀和连衡说："大哥、三弟请放心，当年我在长安九死一生都过来了，知道怎么做。我到了那里就会来信的。你们都多自珍重，我们兄弟后会有期！"

就这样，在文秀大哥的支持下，左战英携妻子高谷兰和七岁的儿子左甚辉，告别兄弟，告别左家，离开江左，奔赴他们的新住地——豫州最南端的城镇弋阳。这年，战英二十七岁。

一路朝西，天越来越冷，路越来越颠，树木也慢慢变了样。

路上，除路途劳顿外，战英还要不断回答儿子左甚辉的问题：

阿爸，我们为什么要离开丹徒？

为什么要去弋阳？我们去弋阳干什么呀？

弋阳是个什么地方呀？我们去了住哪里呀？

弋阳有学堂吗？有好玩的东西吗？有香丁包吗？有鱼卤面吗？

阿爸，我们还要走多久呀？

…………

战英回答说："儿子，阿爸也不知道弋阳是什么样的。人，经常是要去从来没去过的地方过日子的。弋阳应该也会有香丁包、鱼卤面和学堂，只是会和老家的有些不同……"

一家走了二十多天，才到弋阳。

八一 端午，高山流水

那时，造纸术已经从洛阳传到了淮南一带。战英开了一个作坊，请来师傅和几个工人，就这么开始利用废物，像树皮、麻头、破布、旧渔网之类，制造出神奇的、人见人爱的纸张。

第一批做出来的纸张并不成功。作坊的师傅亲自来向战英谢罪。战英说：

万事起头难，我们一起再研究试验吧。

战英亲入作坊，反复试验各种配料和程序的细节。试了十几次，最后制出来的纸终于在一次集市上全部售空。

两年后，战英作坊的纸开始了远程的运输和销售。由于淮北地区纸张已经相对饱和，战英计划开辟西南方向的纸张通路。为了打通此路，战英到弋阳后第一次远行。他一路往南，来到了荆州江夏郡的孝感。

孝感是个文化古镇，境内有门板湾、禹王城、楚王城等千年甚至几千年的古迹。让战英感到震撼的是，他看到了八十年前晋军将领桓温在这里屯军的营地。他看到了用紫色的石头垒砌起来的堡垒，还有赤土夯起来的土墩。八十年前，征西将军桓温扫平蜀地，左家先烈左继原正是在那场惨烈的征战中战死的，时年二十岁上下。桓温平蜀后经过这里，并准备从这里出发北伐中原。三年后，桓温首次北伐。不过，那一次的伐秦未能成功，否则便不会有他左战英攻进长安的壮举了。桓温后来曾收复了洛阳，可惜最后在和前燕的战争中功败垂成。

战英站在当年桓温军营驻扎过的地方，抚摸着那些石头、砖瓦和土墩。这一次，他没有了当年在洛阳血书的激情，却也止不住取出刀来，在一面墙上刻字：江东左战英到此，祭奠左家先烈左继原。

离桓温屯军遗迹不远的地方，有一条河流。河岸上有几个孩子在放风筝。其中一个孩子的风筝是一只橘红色的凤鸟。红色的冠，长长的颈项，双翅伸展，翘首蓝天。战英来孝感之前就知道，这里是荆楚旧地，独尚凤凰。到来一看，果然不虚。

由于是个文化古镇，战英很快便在镇上找到了买卖竹简、丝帛和纸张书籍的地方。此处的纸张不多，质地也没有战英作坊做出来的好。等战英出示他的纸后，店里的老板非常喜欢，直说：这里的人们有福了！老板姓靳名常字望河，两人很快就聊起了纸张生意的事。靳常说他可以把战英的纸推销到荆州腹地。谈着谈着，靳常一听战英曾经跃马潼关，挥刀河北，非常羡慕，遂请战英到他家里聊叙。

靳常领着战英走过大街，拐进一条宽宽的石巷。那里是一个住宅区，时值端午，战英见家家户户都在门上挂着一束绿色的艾草，就好奇地问是何风俗。靳常说：这是楚国留下来的风俗，说是避邪，少说也有一千年了吧！

巷子很长，走到一处交叉口时，战英听到了很特别的歌声。一看，只见一男一女，男的光着上身，戴着插有艾草的面具，女人穿一身红袍，发辫上也插着艾草。两人正一边起舞一边引吭而歌。战英站着不动了，问靳常这是在干什么？

靳常嘿嘿一笑，说："你来的正是时候，让你见识见识端午日送瘟神。"战英摸摸后脑勺，心想这荆州楚地，风俗多而特异！

靳常的房子就在长巷里最深处的一间，临一活水池，青砖，墨瓦，门上头刻着"靳轩"二字，门上也挂着艾草。

进得门厅来，两人傍几而坐，继续聊纸张的事。靳常的厅堂里，竹简帛书、石刻陶俑、墨香纸馨比比皆是，儒雅而见古风。战英看着，啧啧称赞："靳先生雅居，处处古风士气，实叫人羡慕！"

靳常说："难得左公子欣赏。说真的，我这地方，少有人至。今日遇知音，万般皆备，就是少了一壶茶。"说到这里，他朝里面喊道："小双，有客人来了，来壶青茶！"

一个清脆悦耳的声音从里面传了出来："哎，就来！"

大约过了五分钟光景，一个十七岁上下的姑娘端着一个茶几上来了。姑娘桃子脸，双眼皮，两颊和双唇自然红润，身着白边绿装，别着淡粉色的发簪，两鬏美发分开来，垂在胸前。她走上来，把茶几放在了案上。又从茶几里拿出来两个杯子，分别放在战英和靳常前面，然后把壶里热气腾腾的茶倒在了杯子里。

姑娘的手纤细灵巧，案几上滴水不沾。战英看了看姑娘，带着夸奖的语气说："谢过姑娘！"

姑娘轻轻说了声"不谢"，便退了下去。

"这是小女如双。喜爱书画，也略懂武艺。"靳常介绍说。

战英说："有其父必有其女啊。"

靳常说："哪里哪里，左公子进则疆场杀敌，退则经纬文墨，才真的是叫老夫敬佩！左公子来一趟不易，适逢端午佳节，若不嫌弃，就请在陋室将就一晚，老夫略备薄酒，如双抚琴一首，岂不人生乐事一桩？"

战英本想当日赶回弋阳，见靳常这么热情，又被他这里的古色古香所吸引，就答应了下来。

当晚，靳常让家里的帮工准备了几个小菜，呈上白玉香米酒，让女儿如双也一起共餐。三人围着饭儿吃饭，让战英觉得有些新鲜。江东家里用餐，总是男人们围着吃饭，女人在后面不显眼处吃。而现在，前面有美酒佳肴，边上即有美女共餐。靳常舍里，比世族家里亲和多了。

饭席上，从家庭到经历，靳常问了战英许多问题，战英也有问必答。如双在一边注意地听着，不时偷偷瞟战英一眼。战英的目光也会忍不住瞅着空瞟过去。

饭后，靳常让女儿弹琴。如双和帮工一起把古筝抬了过来。如双坐稳了，睫毛一垂，纤指一起一落，悠扬而婉转的琴声响了起来。

"知道这曲吧？"靳常问。战英仔细听了一会儿，说："应该是《高山流水》。"靳常一拍手："正是伯牙与钟子期《高山流水》的相知之音。"

战英屏住呼吸听着，注视着如双弹指的姿态和她清澈而又凝注的眼睛。抑扬顿挫、深情款款的筝音，充满了靳常这个简陋而儒雅的厅堂。

曲终，琴声回响，不绝如丝。战英被深深感染，不由得击掌称赞："好曲，好曲！"

如双站起来，双手手指相扣，弯腿屈身作礼道："谢谢左公子捧场！"

八二　左靳联姻

弹完琴，如双下去了，靳常留战英继续坐着，自己却站了起来。他回自己的房间，在里头转着，想着什么，最后，拿了一样东西出来。

靳常重新在案儿旁坐下来，神态有些异样，话语缓慢。“不瞒左公子，内人早逝，如双是我一手拉扯大的。她天生聪慧，善解人意。虽说从小缺失母亲的教养，却自己好学勤艺。后来，想到家里没有兄弟，便自己寻师，练习武艺。眼看着她一天天长大，想给她找个好人家，她却总是百般推托。我想，一来确实是因为她眼高，二来也是她为老父和家里考虑，苦于没有两全之选。”说到这里，靳常看了看战英，话语开始踌躇起来，“今日纸为媒，有缘结识左公子，老夫想为自己的女儿探问一下左公子，左公子以为小女如何？”

本来，战英有些累了，想着早些歇息，明日早些启程，冷不防靳常忽提此事，一下子不知如何应对。“靳先生，我……恐怕不般配吧……”慌忙之中他竟说出了这话，又一想，这样说不妥，便改口说，“我是说，我……”

靳常示意打断了他的话：“左公子的心意，我待会儿聆听。现在只说小女，我看她对左公子甚是心仪。你知道吗，她从来不在人前抚琴，这是开天辟地第一回。”

战英听了一阵心动，睡意也没有了。其实，他又何尝不心仪这位青春貌美、全然不俗的楚地姑娘。只是，他已经是有妇之夫、有子之父，又怎么好在外头另议亲事？

“对靳先生和小双姑娘的厚爱，战英感激不尽。无奈战英已是有家室之人。诚然男子可娶三妻六妾，然当年随刘裕大将军出征北伐，内人逆父母之意，一心等了战英三年。战英如何能辜负她？再说，如此也恐委屈小双姑娘。”

战英一席话，现场的靳常听见了，屏风后面的如双也听见了。父女俩不仅不生气，反而更加喜欢这位从江东来豫南鄂北创业的男人。

然而，战英既然如此说，靳常也就不好勉强。“左公子有情有义，老夫欣赏不已。相识即是缘，成不成亲家，都是相知的好朋友。”说完，靳常从案儿上拿起来一套文房宝物，递给了战英。“此乃我收藏多年的古物。有幸认识左公子，左公子又如此喜爱文宝，这个送与你，应该是物得其主。”

战英双手接过礼物，定睛一看，两支毛笔，边上是一个雕刻很精美的石龟。打开一看，里面乃是一个墨砚。战英顿时惶恐起来：“如此宝物，战英如何消受得起！”

靳常一听便笑了，说：“你就消受吧！”又说：“我们既然有缘，就得要有东西做个纪念。”战英一听更不安了：“可战英身上无一物相送……”靳常“哎”了一声，说：“左公子，君子之交乃缘分，非交易，何必计较这些细节。来日方长，今后纸做大了，我们见面的机会就多了。老夫祝愿左公子纸业腾飞！”

第二天一早，战英便依依拜别了靳常，如双也在一旁相送。

回到家里，谷兰问情况如何。战英蛮兴奋，说他在孝感结识了贵人，纸张销售到荆州没有问题。又拿出来那个汉代古砚给谷兰看，并介绍说：“此人姓靳名常字望河。”

谷兰一看，爱不释手：“这么珍贵的东西，这位靳先生真是慷慨之人哪！”

战英不想隐瞒什么，便对谷兰提起了昨晚靳常提亲的事。

谷兰一听，睫毛一抖，沉默片刻，叹息说：“本来谷兰还跟人说：左家几代，就数我们家战英最高风亮节。人问此话怎讲，我说：左家几代男人，哪一个不是既妻又妾，只有我们家战英，眼不另视，谨守着我一人。”

战英一听，急了，连忙走近说：“夫人误会了。我并未答应啊！”

谷兰便问：“那……你怎么回答的？”

战英说：“我说：‘对靳先生和小双姑娘的厚爱，战英感激不尽。无奈战英已是有家室之人。诚然男子可娶三妻六妾，然当年随刘裕大将军出征北伐，内人逆父母之意，一心等了战英三年。战英如何能辜负她？’”

“靳先生听了又如何回应？”谷兰继续追问。

战英说：“靳先生是明白人，听我这么说，便不再坚持。”

谷兰不再问什么了。战英离开了以后，她独自一人反复看着那古砚，陷入了沉思。

次日，战英一起床，谷兰即问：“夫君觉得小双姑娘如何？”

战英摸不透谷兰的意思，遂说：“这个……不好说。”

谷兰说：“我们夫妻这么多年了，还信不过吗？你尽管说来听听。”

战英说：“小双姑娘和其他的女孩子不同。她自小失恃，却聪慧懂事，很会替他人着想。她勤奋好学，又心灵手巧，气质清新纯净，让人百看不厌。”战英一口气说了这么多，谷兰心里明白了八分。“如此说来，夫君实在是喜欢她了？”

战英赶紧缩回来：“我只是如实介绍。说是这么说，却不可这么做。”

“有何不可？”

谷兰这句问，让战英吓了一跳：“夫人此话何意？”

谷兰看着战英迷离的表情，走到丈夫身边，缓缓而言：“夫君在孝感婉拒了靳家父女，谷兰便明白夫君为人。有你这些话便足够，谷兰心领了。谷兰为夫君和作坊着想，靳先生确是我们左家西迁后难得的朋友和缘分。他乃书香之人，喜爱古宝文物，又经营书籍文房，见多识广，实为左家作坊往西南延伸的不二桥梁。靳家小女，姿质皆佳，文武双全，今后亦为夫君得力之红颜搭档。左家西迁不久，家中孩儿尚弱，正是需要人才之时，如此一举多得美事，谷兰自当成全。”

战英听了，深为感动，也大受启发。他双手揽着谷兰，深情而言：“战英此生际遇夫人，乃三生有幸！夫人如此良善远虑，深明大义，左家之幸！战英本决意只与夫人相守此生，再不觊觎他女。今日夫人如此推心置腹，剖析劝勉，战英当熟虑之。”

战英深思熟虑的结果，便是答应了靳常的这门婚事。

半年后，二十九岁的左战英迎娶靳如双。谷兰和如双相爱互让如姐妹，让旁人看着羡慕赞叹不已。左家从家中到作坊，皆受其益。

八三　美人丹木

却说当时战英从孝感带回了靳先生的文房宝物后，次日就给作坊里的蒙师傅看，问：“咱们什么时候也能制作笔砚？”蒙师傅手捧宝砚和毛笔，爱不释手，说：“这位靳先生真乃有识之士。咱们纸做大了，是可以做文墨物品。弋阳物产丰盛，不愁没有原料。只是，这事得一步一步来，急不得。”

战英点头称许：“嗯，这就是当年黄忠的步步为营。”

与孝感靳家联姻给作坊带来了一股喜气。大家知道了靳家的砚墨书香背景后，对作坊的发展更有信心。不久后，战英作坊一捆一捆的纸首次运往孝感。靳常在孝感接应，连接靳家店市网点，战英纸便由孝感继续往西南输送，进入了荆州纵深地域乃至西蜀一带。

有一次，战英和如双在从孝感回弋阳的路上，在一个叫桐柏陂的地方遇到歹徒的狙击抢劫。虽然两人都有武功，以一当十，勇战劫匪，终见寡不敌众。战英担心如双，急急喊着：“小双，小心！”如双怕战英担心，也大声叫道：“夫兄只管护好自己！”情势正危急时，只听一声大喝，不知从哪里闯出来一个少年。少年一手持一刀，四面挥动劈杀，几个劫匪猝不及防，应声倒下，剩下的抱头溃散。

战英赶过来感谢少年，见他两颊殷红，颧骨微突，腰间别着的一根竹笛更引起他的注意。“敢问少侠大名。”他作揖道。少年带着一点口音，说：“我叫丹木。”

丹木……战英判断这位少年是羌人，并隐约记得丹木在羌语里是云的意思，便再问道：“今日若无少侠及时出手，战英和家人结果难测。敢问少侠从哪里来，家在何方，战英定择时亲临拜访致谢！”

丹木一听，神色变得几分忧伤，甚至带着些许麻木，他用不甚流利的汉语说：“丹木父母几年前……在长安战死……丹木从北边流浪到这里，没有家……”

战英明白了，心有感触。他和如双对视，相互会意。“既是这样，少侠可愿意和我们一起到弋阳去？我们在那里有作坊，有房舍，供少侠立身施展。”

丹木听了，眼睛里闪过一道光，把头转向一边，想着什么。

战英又和如双对视了一下，问：“丹木少侠有何犹豫？”

丹木还是不语。

战英只好说：“少侠既有所顾虑，战英不愿勉为其难，希望我们后会有期！”说完便和如双上了马车。

战英和如双的马车往前走了几步后，忽见丹木趋步而来，说：“我跟你们去弋阳！”

战英和如双欣然点头：“如此甚好，丹木少侠快快上车！”

三人一起，奔弋阳而去。

从此，战英的造纸作坊里就多了一个羌族少年。一开始，作坊里其他工人对这个不大会说汉话的羌族少年多少有些另眼相看。战英就对大家细说丹木的遭遇，叮嘱大家不要有芥蒂，要和睦相处。

尽管如此，还是出了点事。有一次战英从外头回作坊，蒙师傅急急跑过来说：“打起来了！”战英不解：“什么打起来了？”蒙师傅：“丹木和连武打起来了！”连武是作坊里一个血气方刚的小伙子。

战英随蒙师傅急急赶到，只见丹木手执匕首，眼露凶光。而连武毫无惧色，赤手空拳。

“住手！”战英大喝一声，站在了丹木和连武中间。连武的拳头举到空中，同一时间丹木的匕首往下扎，正好扎在了战英手臂上，鲜血立即喷溅了出来。

“坊主！”连武惊呼了一声，怒目射向丹木，冲过去想打他。

“你给我站住！”战英喊道。

连武站住了，转过头来对战英说：“是他先动手的！”

“去，”战英说，“找块布帮我包一包。”

连武急忙去找东西给战英包扎伤口。丹木见状，自己跑开了。

丹木跑到作坊边上一块空地上，坐在一块高高的石头上，眼前是一望无际的原野。他取出笛子，吹了起来。那不是快乐的曲调。笛子好像有些裂了，使得那声音更显苍凉。

接下来的日子里，战英什么事也不做，就在一根竹管上钻眼，磨光。一个孔扎坏了，他就从竹子堆里换一根，再磨，再扎。连武过来了，问：“坊主，你在忙什么呢？”战英说：“没什么，忙你的去。”连武看出点门道来了，说：“坊主，你好像是在做笛子？”

一旁的丹木听了，敏感地转过头来看，却听战英说：“多好的笛子啊，吹什么都成。”

几天后，战英把丹木找来，把一支漂亮的笛子送到他手里。“吹吹，看喜不喜欢。”

丹木接过笛子来，翻来覆去看着。战英在笛子头上做了一个小圈，系了一个漂亮的中国结。丹木举起笛子来吹了几声，声音清亮，立刻吸来了作坊几个员工的眼球。丹木看了看战英的手臂，上面的伤口还包扎着，隐约可见血迹。当着众人的面，丹木扑通一声跪在战英面前。

战英颇感意外：“丹木，你怎么了，起来，起来！”

“坊主给丹木吃穿用，丹木不应该扎伤坊主，请坊主惩罚！”

“说什么呢，快起来！”战英说，“你又不是故意的。再说，我也没有白给你吃的穿的，你在作坊干了许多事，帮了许多忙，砍柴、挑水、拣破麻、浸泡、生火烧熬、打纸浆、过滤、晒干……我也要谢谢你啊！”

丹木不说话了，挑起水桶，飞快跑了出去。

八四　深入鄂西

又要送货了，这一次，左战英计划让连武和丹木一起去。“他们俩一起？你放心吗？”谷兰颇为担心。“有什么不放心的？总要有个开头，不然以后他们怎么处？”

连、丹二人一听战英要他们俩单独出去，互不理睬，只单线和战英问答。临行前，战英交代好了：去的时候，连武赶车，回的时候，丹木赶车。去的时候，听连武的，回的时候，听丹木的。

几天后，两人回来了，衣衫撕破，脸带血迹。战英一看，大吃一惊，以为他们在路上打架了。“怎么回事？”他厉声问。

没想到，连武和丹木竟然互相对视了一下。“你说吧。”连武说。“还是你说吧。”丹木说。

于是，连武告诉战英，他们回来时遇到土匪，少不了一场厮杀。幸亏丹木武功好，而且又吹笛又唱歌的，那些土匪以为他们有大队在后面，便逃跑了。

一众人捧腹大笑。

“连武很厉害。”丹木很认真地说。

战英大大松了一口气，笑道：“想不到一根笛子还立大功了。钱没丢吧？”

“没有，都在这里。”丹木说着，把一大袋铜钱交给了战英。战英从布袋里拿出些钱来，分别赏给两人，让他们好好歇息去。

丹木的汉语有了长足的进步。闲暇的时候，谷兰会教他学汉语，读诗书。有一次，谷兰和他讲述三皇事迹，“丹木，你看，这些古籍里对黄帝、炎帝都有记载。《国语·晋语》载：‘昔少典娶于有蟜氏，生黄帝、炎帝。黄帝以姬水成，炎帝以姜水成。’《易经·系辞下》又载：‘神农氏没，黄帝、尧、舜氏作，通其变，使民不倦。’神农氏就是炎帝。”

丹木听得很入神，说：“我们也敬拜黄帝、炎帝；我们羌人是炎帝的子孙。”谷兰听了很是新奇，问他怎么知道的。丹木回答：“记得小时候在村里看到过族人在祭祀炎帝。他们生火，打鼓吹箫，一边唱歌一边跳舞。”

还在孝感的时候，靳常就跟战英说过，纸张的传播，还是要靠当地作坊。左战英自己做起来，深有同感。记得在淮安时，孙尚祖也是这么说的。弋阳离大别山脉不远，往南去要穿越大片的山丘地带，交通实在不便。于是五年后，丹木和连武肩负左战英的重托，去到荆西的宜昌开新的造纸作坊。为了开这个作坊，三十五岁的左战英三赴宜昌视察和准备。宜昌南临长江，背靠荆西山区。三国的时候，这里分属魏、蜀和吴。站在浩瀚的长江边上，左战英感慨万端。他知道，从这里顺长江东下，就是他遥远的家乡。他的兄弟就在这条长江的那一头。他走得真是很远很远了。大哥此时也许正思念着自己，他怎么能想象得到，他的弟弟现在就在长江的另一头，也思念着他！

新作坊建立没几个月，便遭遇了一次火灾。战英闻讯赶到时，唯见满目疮痍，作坊被烧掉一半，器具被毁，刚制作出来的纸被付之一炬。空气中焦味弥漫。

左战英深受震撼和打击，当即举起一个水桶来，啪一声摔到了地上。没想到主人会发这么大脾气，几名工人被吓坏了。既负疚又难过的连武走了过来，说：“坊主，您别生气……”

左战英吼道：“我不是生气，我是不想干了！”

“不生气就好。”连武转而给坊主安慰打气，“坊主，你不是常说嘛，胜败乃兵家常事。作坊新立，这就算是个意外，就此打住岂不可惜？”

丹木说：“坊主就是太劳累了，还是先休息休息，再做打算。”

连武和丹木的话，让战英慢慢沉静了下来。连武说的是，胜败乃兵家常事，自己也算是沙场悍将了，怎么能因为一次意外就泄气呢？

正在这时，门外突然传来一阵诵诗声：“凤也飞兮，其羽赴汤，其心朝阳……”嗓音清亮豪迈，左战英几位忍不住出去探视。来者三十岁出头，身着天蓝色衣衫，眉目清秀，气宇不凡。左战英认得他，此人名叫上官一蓝，是位文武双全的士人。左战英刚到宜昌时，与他有过一面之交。此时，只见上官一蓝手持一尊色彩斑驳的凤鸟漆器而来。那凤鸟，翘首展翅，跃跃欲飞。

左战英一看，忍住心头的疲劳感，上前作揖招呼道：“敝坊不幸遭逢火光之灾，不及远迎，还请上官先生恕罪。未知先生今日莅临，有何贵干？”

上官笑道：“无甚贵干。在下见左坊罹火，遂想将此克火之凤鸟送与大人。”

战英见那凤鸟五彩瑰美，神态飘逸高贵，惊叹道：“此凤制作如此精美，定是不寻常的宝物！”

上官：“先生好眼力。凤乃楚人心中至圣。一蓝为春秋时楚国芈族后裔，此凤乃楚物家传。”

战英一听，更加惊讶，连忙鞠躬道：“如此珍宝，战英受之有愧！”

上官说：“先生所言差矣。先生不远千里深入荆楚，不辞辛苦造福鄂西，此凤高贵吉祥，无惧灾祸，使其浴火亦能重生，栖身左坊，实得其所。愿它护佑先生坊业从此兴旺发达！”

左战英听了此番话，豁然大悟上官一蓝的一片苦心用意，当即感动不已：“战英愚钝，无德无能而受此稀珍，只当鞭策，定奋发图强，不负上官先生慷慨之赐！”

上官一蓝说了句：“左坊主过谦矣！”将凤鸟郑重交到战英双手之中后，便告辞而去。

左战英吩咐丹木和连武，将这个珍贵美丽而吉祥的凤鸟漆器放置在作坊的显眼处，自己默念起上官一蓝的诗句：“凤也飞兮，其羽赴汤，其心朝阳……”

左战英把弋阳作坊暂时交给谷兰和靳如双看着，自己亲到宜昌督战。大别山路，崎岖难行。但是从心灵上，大别山离左家并不遥远。左战英知道，在这大别山的另一端，是当年天堂寨所在地，也是左家先辈左民和曾小蝶到过的地方。前人的足迹，是对后人的鞭策；先辈的心迹，给了后辈勇气。

辛苦了三年，宜昌作坊终于在当地扎下了根，作坊的纸张供给了江汉平原和鄂西山地的广大地区，深受欢迎。这时，左战英便想进一步把纸运往蜀地。谷兰一听，倒抽一口冷气，说：“蜀地路途遥远难行，我们已经有了一些钱，现在只求平安，还是不要再冒进的好。”战英说：“夫人想法差矣。正是因为蜀地偏远，我才更想要把纸张送进去，惠利方便那里的百姓，钱财之事实属其次。”

谷兰和如双对视，两个女人都被说服了。“反正夫君想要做的事，谁也拦不住。”谷兰低声道。

然而，川鄂边境路更难行，纸张西运不利。有一回，运送纸张的车辆差点连人带马翻入沟堑。连武告诉战英，那一次要不是丹木手脚灵敏，力气大，几个人就粉身碎骨了……

“这样不行。”左战英眉头紧皱着说，“丹木，等天暖和一点，我们一起到鱼复（奉节）看看。那里是交通要冲，兴许，我们就在那里设立第三个作坊。”

连武担心人手不够。战英说：“如果在西边开作坊，会就地找工人。不过，丹木可就要过去了。”

丹木很坚定地说：“没问题，坊主，我听您的。”

两年后，左战英携丹木，穿越鄂西崇山峻岭，到达鱼复考察，计划在这里建作坊。

鱼复素称巴蜀咽喉，临瞿塘峡。这里青壁雄起，湍流滚滚。西据峡谷高地，东望无尽长江。战英跋山涉水，气喘吁吁。问丹木行不行，丹木说：“我喜欢这里！”见左战英不解的目光，丹木继续说：“我的祖先曾经来过鱼复，我能不喜欢这地方吗？我相信这里现在还有我的族人。我来这里，就是回家了，我能不高兴吗？”战英听了，禁不住紧紧抱住了丹木。“明白了。丹木，你是好样的！”

左战英把第三个造纸作坊建在了鱼复，就地取材，招募人员。不久后，战英作坊造出来的纸便沿长江而上，分两路进入了益州。

每次战英来访，丹木都是笑呵呵的，揩揩汗水，告诉战英又有多少包纸运往西边。“辛苦你了！”战英说。“哪里辛苦了？比起我们祖先在高山和大漠里谋生要不辛苦多了。”

“我知道，丹木，其实我们很像。”战英拍着丹木的肩膀说，“我要是贪图舒适，就不会千里迢迢从江左来到江右，来到这么一个鸟儿都飞不过的地方。”

丹木后来就在益州和当地的女子结婚生子，成家立业。他有时候会顺着长江支流往西北探寻，在那里，他遇到了友好的吐谷浑人，和他们一起喝酒，聊起各自祖先流浪的故事。有一次，讲到动情处，他的吐谷浑朋友即兴唱了起来：

一百六十年前哟，首领吐谷浑
领着一千七百户哟，离开徒河青山。
大风呼啸哟，大雪飘飘，
踏破了靴子哟，吹丢了毡帽。
眼前矗立着大地的脊梁哟
绵延不断的阴山。
褐色的山坡哟，直垂草原，
带我们到一条大河的岸边。
青草茵茵哟，牛羊肥壮，
想躺下歇息哟，首领喊向前！
日出我们出发哟，月升我们睡下。

虎豹咆哮哟，为我壮胆，
羊儿叫唤哟，我心忧伤。
跨过陇山哟，蹚过河滩，
峻岭重叠哟，天外有天。
几个春秋哟，几个冬夏，
终于来到我们族人的新家。
赤色的土岗哟，绿色的水潭，
千秋万代哟，永远平安……

丹木听着，听着，想着自己族人类似的艰辛旅程，竟两泪涟涟。

又有的时候，丹木会朝西部腹地去，那里有和他的族人同宗的党项人，他们的穿着服饰很相似。丹木常看到党项族人用蘸着彩色原料的毛笔在崖壁或是山洞里绘画。从他们的绘画里，丹木知道了西土佛祖的故事。那些彩色壁画，特别是神女飞天，常让丹木惊艳不已。他会为那些了不起的绘画师傅吹笛献曲。丹木的笛声，也如那壁画上的神女一般，飞了起来，在高崖绝壁和峡谷江涛中回响荡漾。

在左战英同意下，丹木在益州自行制作羌笛，在川鄂陕一带乃至更西部备受喜爱，被称为丹木笛，汉人称它为云笛。

在建宜昌作坊之前，左战英曾经匆匆回了一趟江东，之后，由于奔波于弋阳和宜昌，战英再也没有回过老家。而后鱼复作坊建成，战英要在三地穿梭奔跑，便更无暇回江东了。

八五　霜晨送女赴徽

又过了五年，一个叫杨千里的徽州年轻人来到战英作坊，跟战英学造纸和做毛笔的技术。杨千里仰慕左家不凡的家史和作坊的开拓发展，怀抱着继承光扬这份伟业的志向，勤学苦练。这时候的左战英和杨千里，宛如当年的靳常和战英。左战英欣赏杨千里的勤奋好学和才智，欲把女儿左修竺（战英与如双所生）许配给他。而左修竺仿佛她当年的母亲，能文能武，英姿飒爽，杨千里也十分心仪。

杨千里来到作坊的两年后，便水到渠成地和左修竺成了亲。左战英心里欢喜，一来女儿有了着落，二来作坊有了新军。不料，一年后，杨千里对岳父说，他想回他的老家徽州去发展。女婿讲了回徽州去的一大堆好处，并明确说他要以左家的名义开作坊。

左战英听了点点头："贤婿啊，当初你来，我就做好了有一天你会自己出去闯的准备。以什么名义做不重要，重要的是把咱们这份技术、这份心意和便利传出去也传下去。不瞒你说，这十多年来我只是先拣难的地方做，其实我早就有意到徽州去干一场。现在正好你有如此志向，徽州又是你的老家，我怎么会不同意？只是，让修竺去那么远，我有些不舍啊！"

感受到岳父的胸怀，杨千里感激而下跪："儿婿感谢父亲的应承！父亲放心，徒儿一定好好照顾修竺。一有机会，我们就回来探望父亲母亲。"

战英说："起来吧，不必多礼。我们爷俩好说，女人怕是要多费些心了。"

杨千里站了起来，说："父亲放心，我会和修竺好好说的。"

左战英靳如双百般不舍，左修竺自己也十分不想离开。临行前夜，忧伤的她抚琴一曲。窗外寒风阵阵，屋里筝曲悠悠，曲调弹出了左战英无限的心事。想到左家八代两百年来的千里征战、开拓和悲欢离合，左战英心潮起伏难平，禁不住跟着筝曲吹响了笛音。

也许，也许当初他应该听大哥的，就待在温暖的江东，现在也许是一个大家子，其乐融融……人生难料，纵有千般"也许"，亦无法从头。

左修竺看着父亲，想着就要离开慈爱的父母，去到遥远的他乡，又想着父母渐渐年老，自己无法伺候身边，禁不住眼泪盈眶。

一家人离情悠悠而缠绵。

杨千里见状，就说："要不，我们还是留下来吧？"

如双和修竺母女一听，充满希望的眼光不约而同转向战英。

“不。”战英说，“人生就是悲欢离合，我们都要习惯它。人总得有点志向。左家要是怕分离，就不是左家了。”

次日，小雪纷纷扬扬，带篷的马车就在外头候着。一群人走到门口时，谷兰的眼泪流得比亲妈如双还多。靳如双从小没娘，性格炼得十分坚忍。女儿淌着泪依依不舍的和她道别时，她硬是强忍着没有哭。左战英强作笑颜送女时，突然想起来什么，疾走回屋去，取出来当年靳常送与他的汉代砚台珍品。

“你们前去徽州创业，这个宝物送与你们做个纪念吧！”左战英郑重地把汉代墨砚递给女婿。

杨千里双手接过岳父的重礼，感动的目光看着左战英，说：“感谢阿爸栽培教诲，还送如此厚礼。儿婿定当不负众望，在徽州为左门开拓一片天。”

谷兰拭泪说：“千里啊，天高路远，我们修竺就跟随你了，多多拜托！”

杨千里对着谷兰、如双和战英鞠躬而言：“阿妈、阿爸放心，千里这辈子一定把修竺照顾得好好的！也望您几位多多保重！”

“修竺，多来信！”如双叮嘱，晶莹的目光紧紧跟随着女儿。

“阿妈，我会的。您自己多自珍重！”左修竺说着，又把目光转向两个哥哥，“兄长们保重，阿爸阿妈就拜托你们多多照看了！”

左甚辉和左一阳（战英和如双的儿子）此时心里也不好受，连声说：“妹妹多珍重，家里有我们……”

眼睛红红的左修竺启步往前，一步一回首，向着送别的亲人们频频挥手。

马车前行，缓缓走出了左家人的视线；车里，左修竺放声哭了起来……

几个月后，左修竺在给父母的信中说，父亲赠送的汉代古砚，给了他们启发，她和杨千里的徽州作坊，除纸张毛笔外，正在计划制作墨砚的事。

八六　回江东

女儿赴徽时，左战英已经四十八岁了。在经过了三十多年的文武征战后，女儿的远赴徽州，让战英突然感觉到累了，孤独了，想家了。元嘉二十四年仲春的一天，天滴答滴答下着小雨，驿站人员冒雨送来了一封江东来信。战英打开一看，是大哥文秀来的。文秀在信中问战英是否一切都好，为什么这么久没有和家里联系。

战英合上信，走出家门。他一路走着，到了一条河岸边。这是淮河的一条支流，在东北不远处汇入淮水。一百三十六年前，左家先祖左江率众南下时，就经过那里。左战英伫立江边朝东望，曾经南征北战、左冲右突的他，此时觉得自己仿佛站在天地的末端，江东老家，离自己是那么遥远，那么遥远……

他独自在江边待了好久，直到觉得身上又湿又冷了，才转身回家。谷兰、如双同站门口，焦急地等待着。战英的身影一在远处出现，她们便迎了上来。“夫君去了哪里？把我们急坏了！”谷兰说。

“身上都湿了！”如双说。

谷兰忙着用手帕揩去战英脸上的水：“快，进屋换身干的！”

如双忙烧水，谷兰忙给丈夫换衣服。等到衣服换好了，姜汤也喝下去了，战英就说道：“谷兰，如双，我想搬回老家去住。”

两个女人听了，瞠目结舌：“搬回老家？哪里？”

“江东啊。怎么，你们都忘了我们老家在江东？”

谷兰和如双面面相觑。“回去是好啊，只是，这里的作坊要怎么办？”谷兰问。

战英说：“修竺有着落了，甚辉和一阳都长大了。现在作坊都是他们在管。我们还有什么不放心的。”

谷兰和如双都表示舍不得离开儿子，如双更有老父要照顾。“我有些累了，容我再想想吧。”战英说着，躺下睡着了。

睡梦里，他到了江东，见到了大哥和三弟。梦醒以后，他便对谷兰和如双说：他决意回老家。如果她们舍不得儿子，可让左甚辉和左一阳半年后关闭弋阳作坊一同回江东去。“有了宜昌作坊，弋阳处放弃也不可惜。”他说。此时在他心里，一生的奋斗仿佛都只为回家。

左战英归心似箭。不久后便携谷兰回了丹徒。如双暂留孝感，既陪同儿子，也关照老父。

还是那条和淮水一起东去的古道，一路崎岖起伏，风吹雨打；一路稻谷菜园，桔梗杜鹃。时见农舍村落，也见庙堂牌坊……还是这一条路，把左战英从豫南重新带回了江东。

站在熟悉的家门口，战英发现左家大宅门上了新漆，贴了新对联，屋角上方的飞檐也修缮一新。大哥文秀，早就站在门外候着他了……

二弟，你终于回来了！

大哥！是，我回来了！

文秀：我们都老了。

连衡：老又如何，世上没有什么比咱们兄弟团聚更好的事了！

二十二年前大哥搬着两个箱子送弟弟赴淮右的情形，此刻又在战英的脑海浮现。光阴如梭，一去不回，唯亲情依然。

文秀确实是老多了，皱纹满额，头发灰白，看上去，越来越像他们早逝的父亲。

八七　左家女杰

文秀的儿子左詹，情商低弱，身体亦不是十分强壮，却娶了一个能干而贤惠的妻子，叫柳下坤。左詹操起家业事务来，显得不得心也不应手，如今的左家江东大业，几乎全部由柳下坤操持，左詹也就乐得过悠闲的日子。战英到时，左家刚平息了一场与当地另一家豪族的纷争。文秀告诉战英，他的这位儿媳出身低微，她父亲残疾，母亲帮人家漂洗衣服，还上街捡破烂，就这么把柳氏和她弟弟拉扯大。当初左詹邂逅柳下坤，一见钟情。不仅经常出去私会，而且每次都要带点钱粮去接济柳家。

对这桩事，文秀的夫人刘氏甚是不乐意。文秀性情温良，见儿子这么喜欢，而柳下坤也长得标致，一点没有贫寒样，就说还是顺着儿子吧，姑娘看起来有几分福相，又两情相悦，还是乐观其成吧。这桩被视为非常之“门不当户不对”

的婚事，当年在丹徒被议论纷纷。好在左家硬朗，不少人反倒看好这桩姻缘。不久后，柳下坤便显示出她超人的聪明才智和胆识。人前，她总是百般顺服地站在左詹身后，一进内室，她便帮左詹运筹帷幄。慢慢地，家业重任转落到了她的肩上。

“好在，”文秀说，“柳氏出身低贱，富贵不忘本，也记得左詹当年对她的恩，性情谦逊，也处处护着左家。我早就看出这一点。”

说曹操，曹操就到了。身后好像吹起一阵初夏一般风，跟着一串好听的声音响了起来：“二叔好！这是侄女亲熬的酒糟鸡汤，为二叔接风洗尘！”左战英一看，如果不是文秀的述说，他怎么也看不出来，站在面前这位看上去极为平凡的女子，竟会是今日左家的实际掌门人柳下坤。

战英连忙起身，双手接过鸡汤，嘴里说道：“谢过贤侄媳！战英闻侄媳贤能淑慧，为左家日夜操劳，实在辛苦！”

柳下坤合手低头回道：“二叔如此说，羞煞侄女了。侄女只是辅助夫君，做些力所能及之事罢了。”尽管她微微低着头，敏锐的左战英还是看到了乌发下面她的一双流动的眸子。

当晚，柳下坤亲自下厨房操刀，杀鸡宰鱼，烹饪大菜飨宴久别回家的二叔左战英，也庆贺左家兄弟叔侄的重归团聚。

次日，左詹发出邀请，请父亲左文秀、二叔左战英、三叔左连衡齐聚厅堂。厅堂上，左詹向二叔左战英叙说了他不在的这些年份家里发生的事。十二年前，文秀得了一场怪病，卧床不起，就把左家重任交代给左詹。左詹实在不感兴趣，做起来被动而艰难。搞砸了几件事，让文秀生气加担忧。文秀想自己再强撑，无奈身体实在不顶事。柳下坤就是在这种情形下挺身而出的。

“现在，”左詹说，“二叔来了，身体也健壮，左家应该让二叔来操持了。”说着，没等惊讶的战英回应，左詹便把一大串钥匙、账本什么的，交到了战英坐的案前。

“万万不可！”左战英说，“你与侄媳做得好好的，为什么要转给我？”

左詹说：“在父亲和二叔、三叔面前，我也不必隐瞒。这些年，左家内外，都是内人在管。今日让出，也是她的主意。所以，还是让她来说吧。”

柳下坤就说：“下坤冒昧，越俎讲几句。下坤钦佩二叔，左家南下百年后，仍有心故园，挺身北伐。后来，二叔离家千里，独自在豫南荆北创业，战英纸从弋阳传到了江左，左家人为之雀跃，门庭有光。今日，二叔回到江左重聚，乃左家之幸。无论辈分、人品、威信，二叔都应该出来主持左家。”

柳下坤数语，把个沙场老将左战英说得眼眶发红，他强忍着不让侄媳发觉。没有想到一个出身低微的女子，竟然有如此的胸襟、见识和气量。此刻，战英已经感到却之不恭。

“左家有媳如是，左家之幸之福！战英此番回江左，本只为与兄弟长相厮守，别无他意。适才听贤侄媳一番大义之词，让战英只有听令一选。不过二叔有个请求。”

柳下坤说：“快别说什么令不令的，二叔有什么需要的，尽管说来。”

战英说：“我初来乍到，经过这些年的劳顿，感到身心皆疲乏。能否容二叔歇息一阵，再议此事？”

文秀发声了：“二弟说得在理。左詹和贤媳，你二叔累了才回家来的。你们就先让他歇息一阵，养养身心再说。”

一个月之后，跨入知命之年的左战英正式接过了江东左家的担子。

八八　柳下坤有喜

有一天深夜，左战英睡不着。他得知，左家最早的账房总管王东琅的后代，现在也做起私盐，和左家争夺产地和市场。战英来到书房，一边查阅账簿卷宗，一边苦苦思索对策。查到一半，忽听门响。

“谁？”战英警觉了起来。却听到一个轻柔女声的回应：“二叔，是我。”举头一看，柳下坤已经来到跟前。

战英感到十分意外和不寻常，遂问道：“侄媳这么晚还未歇息？”

柳下坤低着头细步缓缓而前：“二叔不也是深夜操劳？”

左战英看着她，云鬓盘绕，银簪耳坠相映生辉，簇拥着两弯娥眉、两颊红晕和两瓣微微欲启的红唇。战英忽感魄动，心头无端怦然。“侄媳深夜前来，莫非有事相告？”

柳下坤道：“战英二叔儒雅而英武，侄媳钦慕不已。”

寥寥二语，尽露柳下坤心中情愫。三更半夜此话发于一男一女之间，左战英是有妻有妾的男人，如何听不出来。他神情肃然地说：“侄媳过奖。你我之间辈分有别，伦理凛然。侄媳若无紧要之事，还是先回，明日再聊。”

不料柳下坤听了，不仅不退，反而趋前。“侄媳实有一事，羞与他人提，更不便人前言起。侄媳独信二叔，不知该不该讲出来？”

左战英一听，好奇了起来。“何事困扰侄媳？但说无妨。”

原来，这左詹犯了性无能的毛病，和柳下坤成亲至今，尚无子嗣。文秀夫妻为了此事十分烦恼，刘氏甚至怪罪当年文秀不听她的话，让儿子和柳下坤结了婚。刘氏曾竭力想为左詹纳妾。柳下坤深知纳妾无益，会反辱左家，遂坚决反对文秀夫妇想要为左詹纳妾的想法。为了这件事婆媳二人关系紧绷，而这计划也终于没能实现。柳下坤从少女到少妇，一直默默陪着一个性无能的男人，不敢对任何人讲起。一个花期正旺的女人，压抑自己，柳下坤的生命在过早地渐渐枯萎，直到见到了左战英的那一刻。

左战英听了，一时惊愕，没有想到还会有这样的事情。他怜惜的目光带着点佩服看着柳下坤，明白她这些年来非比寻常的担待。

此时，书房的另一侧，一进左厢房门边，一个人影伫立多时后，闪入厢房。

那天晚上，左战英躺在床上，一夜无眠。次日，战英忙了一整天，傍晚时，他找到了侄子左詹。“来，今晚我们爷俩出去喝几觞！”他拍拍左詹的肩。

左詹一听，畏缩说：“可是二叔，我酒量有限……”“不怕，二叔陪你喝！”“可内人说她做了好吃的等我们……”左詹还想推托。“哎，别管那么多，只管跟二叔走！”

叔侄俩到了一家酒店，左战英一坐下，便唤道：“酒！”

小二抱着酒瓮来了，摆了两个杯子，给两人斟满了酒。“来点酒料。”战英对小二说。

酒菜齐全了，战英举杯邀饮："左詹，来，今晚咱爷俩不醉不散，干杯！"左詹硬着头皮和二叔碰杯，饮下了那尊。

"左詹哪，咱左氏家史你读了没有？"战英开口就问。左詹眨巴一下眼睛，回答："读了，就是记不太清楚。""那叫什么读。左氏家训呢？会背吗？"

左詹眼睛来回倒腾了两下，说："会背一点：左家先祖，源出关中。五世戎马，尽公尽勇。……"往下他就有些迷糊了。

战英忍住没怪侄儿。"哎，要怪你爹。那，今晚二叔给你补课。"左战英便从曹操的时候说起，讲到左家九世祖少年从军，跟随曹孟德击败袁绍，征服乌桓。八世祖于曹丕时在魏国的北方疆域大败鲜卑人。七世祖左干数十载戎马生涯，东西征战，后又南下灭吴，完成国土统一。接着便讲到永嘉之乱，左詹的玄祖父左江率左氏宗亲千里南下，落脚广陵，建立万世祖业。讲到左江和左纳、左民亦文亦武的许多故事，甚至讲到他们的女人们。"咱左家的男儿们，在外能儒能战，在内能业能家，也能证明给咱的女人们看，左家的男人们个个有种！来，干！"左战英说着，举起杯子，咣当一声碰了碰左詹的酒杯，酒溢溅在了左詹手上。那酒杯一碰，左詹心里也咣当一响。想起自己至今无种，脸露尴尬的难堪，默默喝了几口。战英一看，又给他添上。

战英话锋一转，说到了柳下坤。"贤侄，你真有福气，娶了柳氏这么个人见人爱的女人。二叔就奇怪，你们怎么至今没有个一男半女的呢？"

左詹的脸通红，不知是酒红呢还是羞红。他对战英说："二叔，您是不知。柳氏虽好，可太过能干强悍，我在她跟前，就自觉矮了一截。有时候甚至觉得，她是个男人，我反而是个女的。"

"老天爷这是什么话！"战英手指左詹的两腿之间，"你胯下这个家伙她有吗？我问你，柳氏是刀山火海吗？"

左詹不明其意，急了："二叔莫误解，柳氏贤惠，怎么会是刀山火海？"

"那不就得了。"战英说，"二叔告诉你，男人刀山火海都能上！要不二叔当年怎么能破潼关、克渭桥、入长安？刀山火海都能上，还不能入女人的门户吗？”

左詹先是惊愕二叔怎么会说出如此放浪之词，有些难为情，慢慢地却奋激了起来。

“贤侄想想，是不是这个理？”

见左詹猛地抓起杯，战英说：“二叔粗人粗语，贤侄海涵。今日你我叔侄难得一聚，来，把这一大杯干了咱回家去！”

那天夜里，左詹醉醺醺地回到厢房，酒气熏天，把个柳下坤吓了一大跳，连忙拿起面巾给他擦洗，又端来温水给他解渴。“夫君今晚到了何处？怎么这么晚才回来？”

“你别管了！我跟二叔出去喝酒了！”左詹说着，想推开柳下坤，却没推着。

柳下坤听了，心里一动，脱下衣裳，轻扭着腰身走过来，轻声细语地说：“夫君，酒喝下肚，就该歇息了，再说现在已快到子时了。我帮你解衣宽带，我们上榻吧……”

左詹冒着红丝的眼睛看着眼前这个只穿着小红肚兜的女人，好像是第一次才认识她似的。他脑海里轰地一响，心里和五官都是迷迷糊糊的。他推开她，自己把衣服脱了，然后两步过去，手臂一揽，柳下坤已经就势斜倒在了床榻上。

两个月后，柳下坤羞中带喜告诉丈夫：她有喜了。左詹一听，简直不敢相信自己的耳朵，接着便欣喜若狂。

饭席上，左詹告诉所有人，他老婆有喜了，他终于要当爹了！左战英一听，眼睛迅速扫向柳下坤，只见她坐在左詹身后，低头不语。

左文秀夫妇一听，面面相觑，半信半疑。“是真的吗，贤媳？”刘氏问媳妇。

柳下坤两颊微红，低声回说：“回母亲，是真的。”

八九　风波

尽管如此，文秀夫妇并没有显出特别高兴的样子，因为他们不相信柳氏会在结婚无子十多年后怀上左詹的孩子。

饭后，左文秀神情郁闷地把妻子叫到房间里。“夫人，我怎么觉得柳媳有喜的事很奇怪。”文秀说。

“我也觉得纳闷。”刘氏同感。停了半晌，她突然问道：“夫君，二弟回来多久了？”

“三个多月吧——怎么想起来问这个？”文秀的表情更加阴郁了。刘氏看着丈夫的神色，说：“你不是也犯闷吗？”

左文秀说：“我犯闷是因为——”他凑近妻子的耳朵，说：“那天晚上，我看到柳媳进了书房。我知道，二弟那时候没有睡，还在书房里……”

刘氏一听，双眼圆睁，手捂嘴巴，半晌说出一句：“我的老天爷啊！”

那以后，左战英便觉得大哥大嫂看自己时的眼神变了，他们之间的关系更起了难言的微妙变化。他想找大哥聊，又不知要从哪里说起。

这一天，左文秀先找上门来了。“二弟，到后园去。”他招呼道，眼睛没看战英，自己先行离开。战英应了一声，随着快步走向后园。

兄弟俩一路走着，谁也没说话。走到左梁亭下，两人坐了下来。左战英看了看大哥，只见他一脸阴郁，眼睛往别处看。“大哥，儿媳有喜，你反而不高兴吗？”战英问。

左文秀没有直接回答，反问道：“二弟，你凭良心说话，大哥这辈子待你怎样？”

左战英怔了一下：“大哥怎么问这个？”

“你回答我。”

左战英说：“这还用得着说吗？大哥仁爱厚道，待兄弟如慈父。战英若不是因为感念大哥恩情，想圆大哥的兄弟团聚梦，也不会放弃纸业，中途从豫南折回江东。”

“是吗？”左文秀冷笑了一下，“你回江东是来兄弟团聚的，还是来拆散兄弟情义的？”

战英大致明白今天大哥找他出来的缘由了，眼下，他只能回答大哥问的。

“大哥何意？二弟我如何会回家来拆散兄弟情义？”

左文秀终于失去了耐心，索性撕下脸来，直呼名字：“左战英，你装假到底还要装到几时？”

这下战英也冒火了：“我左战英堂堂正正，对家人兄弟真心实意，什么时候装过假？”

左文秀的手指向左园祖宗墓地：“你敢当着祖宗的面说，你没有装假？”

左战英也索性说白了：“有何不敢？难不成，你以为柳下坤肚子里是我的种？”

左战英的直截了当让左文秀吃了一惊：“你小声点！也不怕叫人听见！”

“叫人听见又如何？你们不都是这么想的吗？”

“不这么想要如何想？柳氏十多年无孕，怎么你一来就有喜了？你当我们都是傻子？”

战英此时又委屈又伤心又愤怒：“我看你们还真的都是傻子！你们要这么血口喷人，我还可以说，是你种的种呢！”

“啪”的一声，左文秀的巴掌打在了左战英的脸上。这是大哥第一次打二弟。左战英震惊，战场上挨刀砍都没哭的他，此时眼泪几乎溢出来。“你！你去叫他们两口子来这里对质！”

“还用对什么质？两个月前那个晚上，我看见柳氏走进你的书房！我自己吞下，没有跟任何人讲，心想我的二弟是正道上的人，不会做出有辱祖宗和兄弟大家的事。未曾想到，你忘恩负义，竟然对自己的侄媳做出这般禽兽不如的事情来！现在，在祖宗面前，你还有脸说自己堂堂正正！我告诉你，这个家我做主。左家是有家法的。你等着吧！”说完，左文秀站起，拂袖而去。

“大哥！”左战英追了过来，“今天，是你把我叫出来的。既然你根本就没准备要相信我说的，为什么要把我叫到祖宗这里来？那天晚上，侄媳是去了书房，我也始料未及……”

文秀站住了。

“她告诉我，左詹房事不举，她难过了十几年，没跟别人说。她相信我，就跟我说了。”

文秀惊愕的眼光射向战英：“然后呢？”

战英回答：“没有然后。第二天晚上，我就把左詹拉出去喝酒。”

文秀略微点了一下头，他记得那事。

“喝酒的时候，我跟左詹讲了家史，告诉他左家男人都是有种的，没有什么事是办不成的。我看他喝到六分醉，就带他回家了。侄媳一说有喜，我心里就有数，定是那晚左詹种的种。你要不信，自己去问你儿子和儿媳去！”战英说完，迈大步离开了后园。

战英回到自己的厢房，开始收拾行李，准备离家，重回弋阳。丫鬟莫桑刚好来送水，战英遂对她说：“去给我准备些干粮来。”莫桑有些意外，便问：“庄主又要出门？”战英道：“你不用管，只管备好干粮来。”

等莫桑取了干粮来，战英已经披好外袍，准备出发了。莫桑惊讶，问庄主要去哪里，战英闷闷地回了句：回弋阳。

莫桑睁大了眼睛问：“那，庄主什么时候回来？”

“不回来了。”

莫桑走上前来，低着头说：“您走了，庄园怎么办哪？”

战英先是斥责：“你管那么多干吗？！”过了片刻，他看了莫桑一眼，再添一句：“那么多年没我不也挺好，我来反而添乱。”

莫桑将一袋干粮放在了战英手上，同时轻声说道：“不就是点小误会吗，奴婢以为，说开了就好。就这么走了，多可惜呀……再说，庄园可怎么办呢？”

听了莫桑的话，左战英心里忽地对自己说：是啊，我怎么比一个婢女还小心眼儿呢？……虽然这么想，还是起步走了。走到门口，他撞见了左文秀夫妇。文秀的表情，与半个多时辰前的大异。“二弟，你这是干什么？”左文秀问。

战英赌气地答道：“干什么？我还能干什么？三十六计，走为上计。”

文秀连忙说：“二弟，适才是大哥错怪你了。是大哥的不是，大哥跟你认错！”

战英站着不言语。

文秀又说："看在大哥从小对你好的情分上，原谅大哥这一回，好吗？"

战英嘴唇动了一下，却说不出话来。

"要不，你也给大哥一巴掌？"文秀说着，真的抓住了战英的手，往自己脸上打。

"大哥，你干什么呀？"战英挣脱了文秀的手。

莫桑趁机说："庄主不走了，我去给你们烧茶水去！"

刘氏连忙附和："是，你快去，快去！"

九〇　莫桑：从仆到主

那一次文秀和战英的碰面，道歉和原谅的话没有讲多少，倒是很快就转到了盐业的事情上。后来左詹到了，也加入了议论。

左战英说：左家在淮右人脉历史悠久，王家绝对竞争不过。现在，由于战英作坊的关系，左家又新增了豫南、鄂北和川东的据点，他准备近期再跑一趟，把西边的生意理顺了。现在最关键的是对盐场的争夺。左家现在有足够的财力，一定要把盐城那边的盐场买断，以绝后患。左詹说："二叔高瞻远瞩，我过两天就跑一趟盐城谢家。"战英笑道："你就坐镇丹徒，等着当爹吧！"说得左詹脸红耳赤。

文秀问："那，让谁去跑？"战英说："大哥，你去把左其望叫来吧。"

左其望是左纳的玄孙，也是江东左园现任的账房总管。文秀一听便恍然大悟："二弟好主意，其望是个材。"战英笑对大哥说：咱左家材还多着呢。

左其望不负重托，三赴盐城谢家。第三趟，由左文秀陪着一同前往。谢家本来就是淮安客栈的人脉，也是左家百年的盐业合作伙伴。虽然王家多次从中挑拨并诱以重利，他们终究还是看准了左家在江淮流域大块区域的网点和实力，更有新兴的纸业遍及豫鄂交界乃至川东一线，遂决定中断和王家的生意联系。

战英携侄子左其望、左其望的弟弟左沧亭及几名家丁，一路护盐到了新息。到时，见一群群逃难的人拥入新息，想要渡淮南下。一问才知道，离这里不远，在汝南北边的悬瓠（上蔡）几天前刚发生了一场决定宋朝命运的生死决战：强大的北魏皇帝拓跋焘率大军南征刘宋。魏军长驱直入，直逼悬瓠城下，遭到了刘宋汝南副将陈宪与手下不足千人的顽强抵抗，被迫撤军。战英闻此，长叹一声，对侄子左沧亭说："国家有难，可二叔老矣！"

沧亭听后，眼里闪出一道亮光："可沧亭不老。"

从新息他们直奔弋阳，从弋阳再南下宜昌。在弋阳，左其望见到了从未谋面的堂兄左甚辉和堂弟左一阳，还有已然成了老字号的战英纸坊。在宜昌，则有连武和鄂西北作坊的几位新军。连武见了战英，惊喜万分，紧紧相拥，告诉战英：几年没见，天天想念！

在左战英和左其望的努力下，弋阳和宜昌，成为江东食盐运往江右及淮西广大地区的据点；左甚辉兄弟和连武团队，在经营纸业外，也开始了食盐的护送和转运。

三个月后，左战英回到了江东。因为长途多地奔波而累极了的战英，到家便病倒了，发烧、咳嗽，昏昏沉沉。文秀请来大夫，开了药，那莫桑便急急熬药去了。文秀看着战英，摇头叹息兼内疚。他怨自己不能跑，而要让二弟这么辛苦。战英睁开眼睛，见大哥还在榻前坐着，便说："大哥，我没事，你歇着去吧。"文秀点点头，临离开前俯下身来叮嘱二弟：好好休息，需要什么叫一声。

药熬好了，谷兰这阶段正腰酸背痛，躺在自己的房里，莫桑便端药过来给战英喝。

"庄主，喝药了。"莫桑轻轻唤道。战英眼睛闭着，没有回应。莫桑便在席子上坐了下来，耐心等着。过了一会儿，榻上有动静，莫桑连忙又端着药过来，再一次轻声唤道："庄主，该喝药了，趁热喝。"

战英睁开眼睛，见是莫桑，便强打精神，爬了起来。莫桑连忙搬了个案儿，放榻上让战英靠。然后端过药来。"庄主，要不要我喂您？"战英摇摇头，伸出手，接过药碗，喝了起来。

喝完了，战英额头上满是汗珠。莫桑取出面巾来，轻轻为他揩去汗水。然后，她默默地站到了寝室边上。她本来应该要出去的，自己也不知道为什么要留下来。

榻上又有动静，莫桑连忙过去看。战英翻了个身，睁开眼，看见了莫桑。“你，怎么还在这里？”莫桑连忙低下头来，回道：“我怕庄主有事情需要使唤。”

战英没说什么，自己下了榻。“你出去吧。”战英说。

“庄主是……”

“我要解手，你出去吧。”

莫桑退了出去。过了一会儿，她又进来了。她轻声走到床榻后头，提起那个解手壶，从厢房的后门出去了。不一会儿，莫桑提着那个清洗过的解手壶，蹑手蹑脚走了进来。等到她放好解手壶，就要离开时，战英叫住了她。

莫桑双手盘合着，慎步而来，走到距床榻两步开外时，站住不动。左战英看着她，乌黑的垂发包裹着一张白皙温润的脸庞，大大的眼睛，尖尖的鼻梁，一对隐隐的酒窝，两片小巧的嘴唇。她看上去二十岁上下，身段瘦小，并不丰满。

“你为什么不干活儿去，老在这儿待着？”战英问道。

大约三秒钟后莫桑回答：“回庄主，奴婢见庄主病得厉害，不忍心离开。”

莫桑的回答让战英有一点意外。他看着她，接着问：“老家哪里？”

“奴婢老家彭城。”

“彭城，好地方。”战英自言自语。突然，他问了一句好像不搭边的话：“你喜欢原来的柳庄娘吗？”

莫桑抬了一下眼睛：“柳庄娘，奴婢喜欢。”

战英问：“为什么？”

“柳庄娘，她不凶我们这些下人。”

“哦，是这样……”战英的表情有点神秘，“如果有一天你也当了主人，你会凶你手下的奴婢吗？”

莫桑一听，因为惊慌失措而语噎。

“说呀。”

“回庄主，奴婢不敢想。”

“有什么不敢想的，我是说假如嘛。”

“庄主一定要奴婢说的话，奴婢不会。”

战英病卧多日，身体稍适后，有一日左文秀来探访。话聊叙到一半，战英告诉大哥，他要纳莫桑为妾。文秀听了，既吃惊也不吃惊。“你看上她什么了？”他这么问，心想莫桑并不妖艳。

“她，人好。”战英回答。

“哎呀，人说俊男心花……谷兰、如双人都不错嘛。”文秀酸酸地说，狡黠地瞟了二弟一眼。战英也不在乎大哥怎么说，回应得很直接：“我想再要个孩子。”

“哦，这倒是真的。”文秀说，“不过，女人多了难做人。你看我，一对一，多舒服，落得个清静。”

一个简单的仪式后，莫桑成为左战英的第三个妻子。战英的原配高谷兰眼眶泛红，嘴角机械地堆着笑意，神态近乎麻木。

婚仪虽简，新娘莫桑的神情却是如圣女般庄严。左园内外议论纷纷，莫桑全然不闻。一夜之间，这个向来忠心耿耿别无所求的仆女完成了从仆人到主人的巨变。

九一　盱眙之战，广陵之墟

次年，元嘉二十八年（公元 451 年），北魏军六十万大军攻至江北，扬言要渡过长江，刘宋危急。朝廷要求每家每户都要出丁，保卫南朝。五十一岁的左战英想要重披战袍上阵，二十一岁的左沧亭站了出来：“左家无人了吗，竟要老的上阵！”战英说：“不可，你的玄祖有遗嘱：他的后代不可从军。”沧亭说：“时局如此危急，长江若破，家将不家，还妄谈什么遗嘱！”

左沧亭本来只需要在长江南岸当后备军的，但是他一定要渡江北上，到抗击北魏的前方去。拓跋焘的大军浩浩荡荡地来了。他们从广陵出发，兵临城下，猛攻盱眙。辅国将军臧质对大家说：“将士们，别看拓跋焘装出吓人的架势，当年淝水之战时，苻坚不是有八十万大军吗？结果又如何？不是草木皆兵作鸟兽散了吗？！老百姓支持我们，我们众志成城，盱眙城将坚不可摧！”

拓跋焘十分嚣张，向臧质索要酒水。不料臧质却将自己的尿封好，送过去给拓跋焘。左沧亭和几位战友忍不住巨笑。“这下可有更厉害的仗打了。”沧亭对战友说。

果然，拓跋焘怒不可遏，连夜赶筑攻城长围，填沟堑，造浮桥，切断了盱眙的水陆通道。接着，拓跋焘和臧质之间通信来回，唇枪舌剑，斗智斗勇。拓跋焘说：“我军中有许多汉人，你杀了他们，对我正好。”臧质清楚，当时北魏军中已经有不少汉人。于是，他一方面回复拓跋焘：“春雨马上将到，我们的援军将要四面会集，没你退路！”另一方面给魏军各族士兵致信：“拓跋焘写给我的信在这里，你们都是中国百姓，何必为敌人如此出力？”还悬赏鼓励击杀拓跋焘。

激战的第一天，魏军用钩车钩城楼，宋军便在城内用粗麻绳系住钩子使钩车不能退回。夜晚，宋军奇兵坐着吊桶溜到城外，斩断魏军的钩子，还把钩车拉进城来。这些奇特的战利品，让宋军将士斗志更高昂。

第二天，魏军又用冲车攻城。但城墙十分坚固，冲车每一次冲撞的地方仅仅掉点土。

最后，魏军赤膊登城，轮番而上。守城宋将士刀枪弓箭乱石钩绳齐上。左沧亭此时就在那守军队伍中持弓射杀，目睹敌人的死尸堆积得几乎和城墙一样高。

两军鏖战了一个月，形势对魏军越来越不利：彭城王刘义康截断魏军的退路，刘宋朝廷也派水军由海上进入淮河，而魏军将士中开始有疾疫流行，多有死亡。二月二日，拓跋焘被迫忍辱撤围退走。这时，他们恼羞成怒，为了泄愤，野性大发。宋朝江北的南兖、徐、兖、豫、青、冀六州地方，全都遭受破坏。魏兵一见丁壮人就杀，遇房便烧。更残忍的是，他们用长矛刺婴儿，舞矛嬉戏。他们还掳去一万多人，在宋兵追到前，将他们全数杀死。魏军所过之地大都化为灰烬，淮南一带，几乎成无人区。

而魏军自己的六十万大军折损过半，只落得个狼狈退回魏境。

左沧亭回到家里时，缺了一条胳膊。文秀、战英看了皆难受，沧亭却说：“你们怎么不庆贺我们击溃了魏军呢？！他们滚蛋了，再也无力来犯了！”

文秀设宴为左沧亭洗尘，沧亭喝了一大口酒，心情沉重地告诉叔伯说：“我们左家在广陵的老宅肯定是没了。”文秀惊问为何，沧亭说：魏军撤退时，焚烧江北诸郡县，广陵也在其中。

听到这个消息，左战英兄弟几位情绪激动，久久不能平复。由于文秀年纪比较大了，战英便和三弟左连衡一起，渡江北上去探望老宅。尽管做了充分的心理准备，到了广陵后他们还是完全惊呆。广陵，这座汉代曾经热闹、繁华和辉煌的城市，如今楼角崩塌，烽烟滚滚，哀鸿遍野，血迹斑斑……没有了房舍的旷野上，鼠窜鸦鸣；大风呼啸而过，带着血腥味，仿佛鬼哭狼嚎。

兄弟俩急急奔向他们的祖宅——眼前是一片还在冒着烟的废墟。穿过残垣断壁，来到左家后园，“尹阳河”碑石还在，而左梁亭却只剩下几根木桩子。一百四十年前，洛阳左园被毁；而今，凝聚着左氏梦想和心血的左家第二个家园，也这么毁于一旦。烧焦的草木下，静静地躺着左家当年历尽艰险南下逃难并建家立业的先祖左江和他的爱妻玉容的墓……

兄弟俩踉踉跄跄到了祖坟前，扑通跪地，失声痛哭。

他们又四处搜寻左家尚留江北的宗亲，终于在距老宅不远的另一处废墟后面，找到了左岸生的后代，他们的一个堂侄和他一男一女两个孩子。左岸生其他后裔宗亲则尽皆离散……

远处的淮河，哗哗地响。也许，只有长歌当哭的左氏子孙们，才听得懂淮河的语言。

悲愤万分的战英兄弟带着江北惊恐万状的堂亲回到了江东家里。左文秀一言不发听完他们的叙述，伤怀痛心之余神色肃穆地说：“我们真要感谢左家先祖。如果不是曾祖左纳毅然带着一个大家子二度南迁，跨过长江天堑，我们左家灭顶矣！”

在北方与胡人血战过疆场的左战英，此时咬牙切齿，悲愤难忍。“天佑左家，我们永远不会灭顶。古有唇亡齿寒和毛皮之喻，左家男儿们当不忘家国危难。须知，家国为内外，家我难分离，勿因一己而抛却根本。”

左战英任江东左庄园掌门人时，对《左氏家训》做了些许修补（那时他的第三子已经从军），其中开头的古风诗句如下：

左家先祖，源出关中。
七世戎马，尽公尽勇。
时达则进，兼济天下；
时穷则退，独善其身。
永嘉五年，奔走淮东。
日无懈怠，家业乃宏。
居安思危，江淮并融；
举家再迁，江左圆梦。
唯敬天地，恩泽自然；
唯孝父母，慈爱无穷。
同胞手足，中流砥柱；
子女昌盛，教养之功。
美德载物，仁义礼信，
饮水思源，感念祖宗。
巧技营生，万法皆通。
商通大厦，根基务农。
丈夫独立，克勤克力；
有朋四方，克诚克忠。
宗亲内外，同舟共济，
一视同仁，唯才是用。
真金火炼，洛阳荣光；
人循其训，江左恢宏。

此后，左战英和大哥左文秀、三弟左连衡相厮守，尽享天伦与天年。那也是左家兄弟空前欢聚的年份。

中秋之夜，左家三兄弟坐在祖屋的大天井里聊叙。左文秀问战英："二弟，我都忘了，当年你到洛阳时，看到了咱们洛阳庄园的界碑？"

战英点头称是："我看到了，还留下血字。那个大铜壶也还在。"

"那房子呢？宗堂呢？"文秀再问。

战英脸色转黯淡："宗堂只剩下几面墙，大堂的屋角塌到了地上。"

"记得祖父说过，河对面还有一棵大槐树……"左连衡说。

"只剩下一根秃树干了。"战英说。

文秀和连衡听了，心情都很沉重。"现在北方都是胡人在管，我们这辈子是去不了洛阳的了。"左战英心有不甘地说："这个也难讲……"

一轮明月高挂，光照四野，柔光如水。

月光，也洒在了广陵的"尹阳河"石碑上，洒在了洛阳南郊左梁乡左公庄园沉默的废墟之上……

九二　北固亭，江东左家末代战士

莫桑没有让左战英失望。战英五十四岁时，再得子，取名左旭起。生子后，莫桑更得战英宠爱。左旭起两岁后，左战英卸下半个左家担子，侄子左其望渐渐顶了上来。战英更多的时间是和莫桑及爱子泡在一起。

左战英七十一岁时，携爱妾莫桑和爱子左旭起爬上北固山，登上了北固亭。这里林木葱茏，水天一色。大江中心，浮现着一块绿色沙洲。隔江望北，极目远眺，北岸是一望无际的原野，那里，有已经成了废墟的左家第二个家园——广陵左园。回望京口，他看到了左家丹徒庄园的飞角重檐和成熟了的稻田。第二天，十七岁的左旭起就要离开温暖舒适的家，从军卫国。此情此景，让左战英心绪万端，感慨无限，他吟出了一首古诗：

北固亭上思北固，
家园已隔两重天。
大江天堑断缠绵，
何日玉琼花两岸？

左旭起从模样到性格都极像其父左战英。他十七岁从军，投身大小战事。到了五十三岁时，战死于梁国与北魏的钟离激战。那场战役中，梁朝车骑将军韦睿火速驰援，梁军水火夹击，大败魏军。钟离之役解萧梁于危难，亦重创了北魏元气，这是后话。

左旭起是南朝陈以前江东左家最后一名战士。

九三　千古河洛

左息澎的叙述，到这里告了一个段落。她的叙述，深深地修改了我的那篇报告文学——她把我的家史往前推了一千七百年！也赋予它巨大的立体张力。

从八王之乱到永嘉之乱，一直到北魏统一北方，将近一百五十年的时间里，中华大地数以百万计的人口死亡。百姓颠沛流离，纷纷南逃。左家，就是这南迁大流中的一员。祖上的业绩，历史的冲撞，共同造就了左家几代各个成员的性格和命运。

惠安左家，在那个极为封闭的地方默默地生存、繁衍。历史的尘封，掩盖了这个古老家族由左姓变苏姓再变为曾姓，三姓交叉的悲喜和温馨的传奇。

从广陵到江东的左家，在南北裂变、烽火连天的时期，在历朝盐政变迁的狭缝里艰难地蜿蜒穿梭、生存发展，还在左江、左纳父子时就已经覆盖江淮两地；左战英借着自己开拓的纸业，更把左氏盐业推向长江上游西南腹地。

徽州左家，坚守着他们文房四宝的工艺，没有发展为富豪大户，而是默默护卫着历史大浪冲刷中的文化沉淀。

信阳左家，羌汉两族奔赴鄂西和川东，在峡谷和高原地带艰难耕耘，终如天女散花一般，把承载和传播文明的纸张撒向神州大西南。

曹魏到萧梁的三百多年间，动乱和战争主宰了左家十代儿女的命运，给他们的生活带来了难以估量的艰难、动荡、牺牲和痛苦、哀伤。他们就在这样的时代废墟上硬挺了下来，始终凝聚一起，创造了乱世中的辉煌。

从洛阳南下的左氏第一代、第二代子孙，虽然对洛阳日思夜念，魂牵梦萦，终究因为南北隔阂、朝廷乏力和生活重负而未能如愿重返家园。第三代以降，洛阳已经不再是故乡。然而洛阳左氏的骨血和精灵，在淮河南北、大江上下乃至八闽大地繁衍光扬，生生不息。

在洛阳，我和左息澎沿着伊河河岸缓缓而行，看河水两岸深邃的、迷离的景观。不远处伊河与洛河交汇。在那交汇处，天上正飘着紫色的、成巨大半圆形的彩霞。我相信，这条伊河与一千七百多年前左庄园西北端的尹阳河一定有关联，或许它们就是同一条河。伊河千古流淌，见证了左家千年的深情、奋斗、足迹和坚守。

左息澎带我到洛阳东边十五公里的偃师二里头村，指着那一片广袤、粗犷而神秘的旷野对我说："看见了吧，那里就是夏王朝国都斟鄩所在地。夏王朝，真实地存在过，就在洛阳。"

透过这片原野，我的思绪飞越五千年。其实，洛阳本身就是一个图腾。是图腾，它就在其子孙的生命里无所不在，无论他们走多远；它被他们的深情、希望、苦难和荣光所浸泡。虽然那荣光和希望在魏晋南北朝时几近破碎断裂，但它随着南迁的足迹，继续在江南顽强地延续，迸发出新的光芒。

有人说，洛阳也好中原也罢，当时只是一片废墟一个烂摊子；又有人说，时代不同了，现在有多少辉煌大都超过了十三朝古都……殊不知，洛阳，即便被烧成一片瓦砾，它也仍然是一个图腾，因为，希望是不会被烧光的。图腾，它既不会被时代淹没，也无法用任何的物质和技术来衡量。

洛阳的光照下，也闪现着华夏少数民族的足迹；尽管许多身影匆匆，但在洛阳的千古旗帜下，他们永不磨灭；历史记着他们流浪的足迹、征战和梦想。

左息澎告诉我，我们左姓，本来就有许多源头，来自许多个不同的民族。今日的左氏，就是一个民族融合的结晶和象征。说着，她目光北移，转向古老的冀、雍、兖诸州，像在追溯，像在浮想联翩。

“其实，故事还没有完。”她说，“左家还没有如他们家训所说的，要返回洛阳。”

“返回洛阳，还有可能吗？”我问。

左息澎看了我一眼，反问：“你对命运的奇迹没有信心和想象，如何写作品呢？”

我自觉惭愧，静默几秒，突然对“民族融合”非常好奇，便转了话题：“你说，左氏怎么成了民族融合的结晶和象征呢？”

“北魏，”她轻语，“梦幻一般的北魏……”

北魏？一个鲜卑族的王国，它和左氏有什么样的关联呢？

被这个谜题所吸引，我改变了原先就此打道回府的计划，转而随左息澎来到了大运河。在这条隋朝完成的京杭大运河上，有一位王姓师傅。王师傅和运河上许多船长一样，祖祖辈辈生活在大运河上。我们坐到他那艘两百吨的大钢板船上，看运河两岸美丽而又质朴的风光：房舍、树林、田园……就在这艘船上，左息澎续讲的故事和前面讲的完全连接上了。讲到动人处，王师傅把船停到了岸边，坐过来，和我一起听着左息澎滔滔不绝而又绘声绘色的讲述。

第五部　北魏梦缘

九四　广陵之难

左家和北魏之间的故事，就始于盱眙保卫战。却说左岸生，本姓姜，是左民在随祖逖北伐的路上遇见的一位中原孤儿。左民把他带回左家。不久后，岸生便随左江姓左，加入了左家兄弟的行列。再后，左民做主，让岸生和左家五妹左玲成亲。左家二度南迁时，由于广陵需要有人看守，岸生便自告奋勇留在了江北。作为左家的干儿子和女婿，左岸生一个无私的决定，种下了左家与北方强国北魏缘分的种子，也为江南左家再返洛阳规定了它的轨迹。命也？运也？还是人心人情？

公元 451 年，北魏皇帝拓跋焘攻盱眙城不克。被迫后撤时，北魏军对刘宋的淮南诸郡进行烧杀抢掠。之后，左岸生在广陵的后裔中有他的曾孙左瑜及其一子一女随左战英渡江到丹徒。左瑜另外两个儿子，十七岁的长子左彰鸿和十六岁的二子左弦飞被北魏军掳走。由于两人当时跑散，又被关在不同的马车里，所以各自并不知道对方的情况。

大哥左彰鸿在魏军车上，一开始焦虑担心，不知弟弟弦飞究竟怎么样了。一天一夜没吃没喝的，他饥渴难耐，只好伸出头去请求车夫："能不能给一口水和一点吃的？"马车夫二话不说，扔过来一根啃了一半的羊腿，水却是没有。左彰鸿从来没吃过羊肉。这会儿，他张口便咬，咬下来便只管往下咽，不知羊肉为何味。

过淮河的时候，一个魏军小头目过来吆喝要他下车。左彰鸿随着队伍来到渡口。他实在是太渴了，便不顾一切跑到水边，大口大口喝起水来。魏军小头目追了过来，一把揪住了他，呵斥道："小汉崽，想跑？小心我一刀宰了你！"小头目的威胁不仅没有吓着左彰鸿，反而提醒了他：他要逃跑！

过了淮河，一下子就冷了起来。左彰鸿前后左右都有魏兵，让他逃跑不得。魏兵骑着马，他却得靠两条腿紧紧跟着。不知走了多久，队伍进入了北魏地界。这时，左彰鸿两条腿已经走得几乎没有了感觉。好不容易，队伍在一条河边停了下来，做了短暂的休整，筋疲力尽的左彰鸿也跟着有了一顿饭吃。吃饱喝足了，队伍继续往北。这时，也许是因为看到左彰鸿实在走不动了，那个魏军头目一手将他提了起来，扔进了马车里。越走，天越冷。左彰鸿身上穿着薄薄两层衣衫，坐在车上冷得直打战。他从行装里取出来一件备用的衣服，往肩上一披，蜷缩起身子。这行装是魏军到广陵时他匆匆包好想逃命的，可惜他跑晚了一步。现在，又累又困，他睡着了。

睡梦中他的脑海一片纷乱。他看到听到刀枪飞舞，马蹄纷沓，火烟四起，嚎哭一片。他在前，弟弟弦飞在后。"弟弟，跟上，往这边，这边……"他一边叫唤一边跑。等到他一回头，不见了弟弟！"弟弟！弦飞——""哥，你在哪儿？等等我——""弟弟，哥在这儿呢，你在哪儿？……"弟兄俩随着互相的呼喊走近了，走近了，就快要碰到一起的时候，几个北魏军突然出现，几声狞笑和叫喊，他被绑了起来。从另一端，也传来了弦飞的尖叫。

他也跟着疯狂地尖叫了起来。脑上挨了一棍，一阵天旋地转，四周一片死寂……

不知过了多久，左彰鸿被人在头上猛敲了一下，敲醒了。"起来，要过河了！"他猛一下睁开双眼，就见一条冰封大河赫然出现在眼前。思维重新回到了左彰鸿的脑袋里。他判断，这就是人说的黄河了。这里是君子津，魏军大部队就从这里渡过黄河，然后他们会朝东直奔都城平城。

刚过黄河，左彰鸿觉得这是个逃跑的好机会，于是指着自己胯下说："我要解手！"那魏军头目一来是因为刚过黄河，队伍有些乱，二来也是因为这是北魏地界，离都城不远，料想左彰鸿即使想跑，也跑不出北魏的手掌心，于是就没有拦着他。左彰鸿走到一边，正想解手，突然听到魏军中有人大声喊着什么，那些骑兵立刻奔驰了起来。三下两下，就把左彰鸿甩在了后面。

左彰鸿此时脑筋急速转着，他要往哪里去？跑回广陵？可广陵家已破。现在已经到了河北，离南方千里之遥。广陵，怕是回不去的了……而且弟弟，弟弟也被抓到了这边。

左彰鸿决定先逃离北魏军队再说。他掉转方向，往东急速而去。身后，北魏军队的马蹄声和吆喝声依然喧嚣，眼前，是一条冰封的小河。左彰鸿几乎没有任何迟疑，他把包裹往脖子上一结，往后背一搁，便一脚踩上了冰河。

冰河上，冰气袭人，冷风割面。左彰鸿往前迈着，不知道过了这河，前方是什么。脑海里突然涌现出父母和兄弟姐妹的音容笑貌，热泪涌出了他的眼眶，很快，便在脸上结了一道冰凌。

不多会儿，左彰鸿上了河岸。此时，他才感到自己已经精疲力尽；强劲的北方寒冬，正在慢慢侵蚀、扑灭他的生命之火。他脚步越来越踉跄。意识里，他却清楚地知道，他不能放弃。只要他一倒下来，他就会被这冰冻的天地埋葬。恍恍惚惚中，他的口里竟念了起来：

左家先祖，源出关中。

七世戎马，尽公尽勇。

…………

九五　命回清净寺

左彰鸿在茫茫的冰冻的原野上一边念着《左氏家训》，一边挪着脚步。意识正在一点一点迷糊时，忽然，他撞到了一个硬硬的物体。定睛一看，原来是一堵墙。他心里怦然一动，一抬头，看到了一扇门，上面写着“清净寺”三个大字。他一头撞了进去，只走了五步，便倒在了地上。

左彰鸿再醒过来时，发现自己躺在了一个温暖的床榻上。跟前，坐着一个僧人。僧人的形象在左彰鸿的眼里渐渐地由模糊变清晰。他目光有神，静穆而温和；眉骨敦厚，额头清朗；胡须灰白，两颊红光。僧人正端着碗，喂自己汤水。那汤水温温的，暖气直沁左彰鸿的肺腑。

左彰鸿心头闪过的顾虑片刻消失。

“你醒啦？感觉如何？”僧人很有底气的声音响了起来。

左彰鸿只觉得周身乏力、虚弱。“请问有……有没有一点热粥？”

僧人点了点头，把头转向他身旁的小僧人。小僧人便一溜烟离开了。彰鸿感激地看着眼前的僧人，说了句：“多谢高僧救命之恩！”

僧人是这家清净寺的住持，人称静心师父。见彰鸿作揖称谢，静心只说了句：“佛门本分。”

一碗热粥下肚，左彰鸿稍稍恢复了一点体力，便向静心师父叙说了他从广陵到河北一路的遭遇。说到家破人亡时，数度哽咽。

静心师父的眼光充满了同情和慈悲。等彰鸿叙罢，他便问他未来有何打算。

本来，左彰鸿对未来心中茫然，现在经静心师父一问，突然有些咬牙切齿地回道：“我想从戎！”他想从戎，杀北魏军，报这家仇国恨。静心师父听了，默不作声，片刻后他说：“公子眼下体虚，外头又战乱，还是在这里先住几日，养好了身体再说。公子觉得如何？”

左彰鸿觉得静心师父说的在理，便俯首作礼，感谢静心师父收留之恩。

左彰鸿在清净寺里住了几日，接触最多的是那位十三岁的小僧。小僧名释流，是静心师父路遇并救起的北方孤儿。每天，除干杂活儿外，释流就是在写字、诵经。这天，左彰鸿好奇，便过来看。只见释流用毛笔写下了这些：

“如是我闻：一时，佛在舍卫国祇树给孤独园，与大比丘众千二百五十人俱。尔时，世尊食时，著衣持钵，入舍卫大城乞食。于其城中次第乞已，还至本处。饭食讫，收衣钵，洗足已。敷座而坐。”

彰鸿勉强能读懂。接着，见释流又写下了这段：

“佛告须菩提：‘诸菩萨摩诃萨，应如是降伏其心：所有一切众生之类——若卵生、若胎生、若湿生、若化生；若有色、若无色；若有想、若无想；若非有想非无想，我皆令入无馀涅槃而灭度之。如是灭度无量无数无边众生，实无众生得灭度者。何以故？须菩提！若菩萨有我相、人相、众生相、寿者相，即非菩萨。'”释流不仅工工整整写下了，还一遍又一遍地诵念着。

彰鸿问释流，这一段是什么意思。释流说：“这个呀，你最好要请教静心师父。”又一转念，说：“静心师父可能不一定告诉你呢！清净寺里的弟子，每个人都要先平心静气地干些活儿，然后开始抄写经书，师傅才会给你讲解。”

释流没有胡乱说。清净寺住持静心师父出身农家，躬耕多年。直到现在，他仍然在清净寺后面开辟园子，亲自栽种蔬菜瓜果。

彰鸿不说话了，他转身走到一棵色叶树底下，掏出来他的《左氏家训》诗，轻声念了起来。

静心师父过来了，他悄悄地站到了左彰鸿身后，看着那家训诗，听着彰鸿的诵念。左彰鸿刚落难到清净寺的那两天里，静心本想这位遭逢重难的少年，或许可以被栽培成为一根佛门好苗。不过，接下来的几天，他渐渐觉得这个出自江南豪门兼兵戎之家的少年俗缘深厚，尘情太重。等到彰鸿念完了家训诗，静心便在他身边坐了下来。左彰鸿一见，连忙收起家训和家史抄本来，向静心问安。

“我看你身体养得差不多了，是到了离开清净寺的时候了。”静心说。左彰鸿一听，扑通一声跪到地上，说：“天地之大，现在却没有彰鸿可去之处。恳请恩师指点一二！”

静心说：“你往东去吧，往东去，有乡村田野，总能找到你有缘的人和地方。”

两天后，左彰鸿重新背上行囊，告别静心师父、释流小师弟及清净寺里的众僧兄弟。

“彰鸿哥哥，你什么时候再来看我呀？”释流眼睛眨巴着问。彰鸿一愣，实在不知道自己什么时候还能回到这里，又不忍让少年失望，便说：“释流师弟，不会太久的，我会尽快再来看你的！”正说着，静心师父来了。天冷，静心师父特意在左彰鸿身上加了一件他亲手缝制的衣服，还给了彰鸿一根木杖，说是既可当杖，也可防身。

左彰鸿心中几多难舍，深深感动，遂俯首跪地泣言："静心师父和清净寺的恩德，彰鸿没齿不忘！"说完连磕三个响头。

九六　取暖章岭乡

左彰鸿告别了静心师父后，一路往东。他心里盘算着，先找到立脚处，再设法寻找弟弟。

走着走着，黄河被他甩在了背后，前面，赫然出现了高大雄伟、绵延起伏的长城。左彰鸿一边被长城的威严雄伟所震撼倾倒，一边又担心过不去。走到跟前，发现这里不仅没有北魏的兵在，而且还有一个小小的缺口。他便从那个小缺口过了城墙。

长城内外，似乎两重天，两样景。越过长城，太阳似乎都变得暖和了。从那里往东又走了一阵，便如静心师父所说，他看到了乡村田野和人家。

他走进一个叫章岭乡的村庄。天近傍晚，家家户户紧闭着门，彰鸿没有办法，只好挑一间，敲敲门。

一个老汉开的门。彰鸿作揖道："老伯，在下……左彰鸿，江南人士。请问可否借宿一宿？彰鸿不胜感激！"

老汉肤色棕铜，满脸深纹，有着宽厚的鼻梁和嘴唇。他一见左彰鸿的模样，没有言语，即半开门户让他进去。

左彰鸿进得门来，那种暖感难以言喻。广陵家破以来，这是他第一次有了这种暖感。

老汉对他说："进来吧。看样子，你饿了吧？正好，我们在吃饭，你也一块儿吃吧。"这简直是惊喜上的惊喜。现在，他不仅有了地方藏身，还有东西可以填肚！左彰鸿止不住鞠躬拜谢，感谢这位老伯伯，也感谢老天爷的慷慨。

屋里光线不是很好，跟着老汉，彰鸿坐到一张粗糙的木案前。

"妞，你去盛一碗饭给这位客人吃。"老汉一句话，彰鸿这才发现屋里还有另一个人：一位少女！那少女应了一声，端过来一碗食物，放在彰鸿面前。彰鸿谢过老汉和姑娘，端起碗来，看不清这碗里究竟是什么，饿极而张口。那东西，不像米，不像面，左彰鸿吃不出那是什么，只知道，它能填满自己的肚子。

“南方人没吃过吧？这是高粱米焖豆子，吃了长力气！”老汉说。

经老汉那么一说，左彰鸿竟觉得那碗东西越吃越香。光顾了吃，却没有注意到旁边的姑娘，章老汉的十六岁闺女章冬兰正偷偷地打量着他。和这对父女同案而食，左彰鸿竟了无陌生感。

饭后，章老汉盘腿坐在炕上，和左彰鸿聊起了家常。聊叙之间，宛如家人，亲切自然。彰鸿就像和大伯谈心似的，把自己如何到北方的前后缘由都告诉了章老汉。章老汉一边听着，一边喝着自家的农家茶。他明白了，这个年轻人现在其实是无家可归；另外，这个十七岁小伙儿尚未婚娶。等左彰鸿安静下来了，他便说话了，告诉左彰鸿，他原本有一个儿子，五年前被北魏强征去打仗，结果战死漠北。说到这里，一直看上去很淡定的章老汉黯然神伤，边上的小女冬兰抹起泪来。经历了大难的左彰鸿将心比心，好生难过，却一时找不出话来安慰老汉和冬兰。

三个人的屋子里静寂了好一会儿。

章老汉终于又说话了：“左公子要是不嫌弃，就先在我们这儿住一住，等外头清静些了，再作打算。不知你意下如何？”

左彰鸿听了章老汉的话，略微环视一下四周，心头涌上来一股酸酸的感觉。这个大约七米见方的土坯房，和左家大院完全无法同日而语。自己再怎么说也是豪门公子，如今却落得个要与这样一对乡间父女同一屋檐，未免……然而，眼下的自己，还有本钱摆阔吗？在这对至少还有吃有住的父女面前，自己还有什么优越感可言？

章老汉见左彰鸿半天没吭声，便说：“公子若已经有其他着落，我也不勉强。”

左彰鸿一听，仿佛一根救命的稻草就要随波而去，连忙抓住说：“在下感谢章伯惠留。章伯不幸失子，彰鸿愿暂且留住，以应章家内外之需。”他忍着不提自己其实亦丧家之人，然而下意识里他明白，战乱不以人的意志为转移地将他和章家拉到了一起。

左彰鸿在章家开始了他从来没有经历过的生活。他开始跟着章老伯到田里干活儿，翻土、锄草、种菜、浇水……不过有一件事是左彰鸿必须做的，那就是练武。没有武器，彰鸿就用木棍当枪练习。慢慢地，他发现每次他练“枪”的时候，少女冬兰就会在一边看。一开始是躲躲闪闪的，后来他“枪”练多了，她的胆子慢慢大了起来，似乎不避嫌了。再往后，窥视他练武的人又多了一个：章老伯。

九七　大年三十夜

两旬后，恢复了强壮体格的左彰鸿冒险前往平城打探弟弟的下落，结果什么都没打听到，还差点又被北魏兵逮了去。负伤重返章家，章老伯一边为他温酒一边说：“找你兄弟的事还得从长计议。”摸着疼痛的伤口，左彰鸿不得不暂时接受章老伯的说法。

这阵子来，在彰鸿发现自己突然如饥似渴地想念大米，想得简直要发疯。可章岭乡一带没有大米。冬兰想尽办法，穷尽她驾驭五谷烹饪杂粮的本事，熬出了一种细细绵绵的高粱米粥。她一双鲜润的手端过来那碗又香又软、口感极佳的高粱米粥。不知道是不是因为这是冬兰专门为他做的缘故，这碗高粱米粥多少弥补了他对江南白花花大米的思渴。

马上就要过年了，冬兰也特别地忙碌起来。左彰鸿和她一起打扫屋子内外，挂起红灯笼，结起彩丝缎，章家寒舍穿上了过年的盛装。眼前的喜庆气息，忽然化为愁红惨绿，勾起左彰鸿无限的家思。他独自走到外头，坐在一个石槽边上，开始了狂野无际的乡思，两年前的那惊魂一幕重新出现在眼前……魏军来了，见人就杀。他看见几个堂亲被杀，接着，母亲也倒在了血泊里。“娘！”“淑贞！”他们失声哭喊着跑向母亲。不料一群魏军扑了过来。他连忙转身逃命，一转眼，家宅着火，父亲和小弟弟及妹妹不见了，身边只有他和弟弟弦飞。他们狠命跑着，兜着圈子，想逃过强敌，也盼找到家人。家人没寻着，自己却和弦飞跑散了……

……往事历历在目，鲜活如昨日，却不堪回首！想到这里，左彰鸿双手掩面，不知所以。他恨北魏，恨他们让自己家破人散。他思亲，不知爹和弟弟妹妹他们现在哪里？大弟弟弦飞又在何方？恨，却无力去报仇；爱，也无力去寻找。此时的左彰鸿，不要说国仇家恨，不要说士族的傲慢，他整个做人的信心和期盼都在崩塌中。

有人拍着自己的肩膀，彰鸿仿佛从噩梦中被人唤醒，一回头，原来是章老伯。

“大伯！”他情不自禁唤了一声，双眼泛潮。此时的章老伯，就是他最亲近的人了。

“要不要和冬兰一起包饺子去？”章老伯问。

“包饺子？”彰鸿听不大懂。

“走，一起看看去！”

彰鸿随着章老伯来到大木案前。案上放着一小片一小片的面皮。陶盆里放着冬兰精心配好的料，闻起来有种特异的香，看起来也勾人胃口。冬兰站在案前，抓起一点配料，放在面皮里，然后手很灵巧地把面皮包裹起来，成了一个好看的饺子。彰鸿第一次见人这么做吃的。一边的章老伯也跟着包了起来，还叫他也试试。彰鸿挽起袖子，很认真地学着包。刚开始，料不是放得太多，就是放得太少，也不知道要如何将那面皮包裹起来。

冬兰走过来，教他要领，无意中她的手碰到了他的，她敏感地停了一下。碰到了冬兰的手，彰鸿心里也怦然动了一下。一家三口，就在这大年夜，七手八脚地准备着他们的年夜饭。等饺子熟的当间，章老伯低声哼起了小调：

大年三十夜
门外雪花飘
心上人在远处
俺一个人包着饺

嫩嫩的皮，鲜鲜的馅
等不来心上人，俺的心
在滚水里受煎熬

唱完了，章老伯长叹一口气，对左彰鸿说：“彰鸿啊，大伯要谢谢你，今年章家这年过得有声有色多了。”彰鸿回应道：“是彰鸿要感谢大伯才对！”

吃完年夜饺，当天晚上，等冬兰歇下了，章老伯就邀左彰鸿一道喝酒。酒喝到一半，章老伯说：“彰鸿啊，大伯年纪大了，活不了几年了。我走以前，希望看到冬兰有个好的着落。我看哪，你们两个孩子挺合适的，冬兰她中意你。这孩子从小没娘，跟着我受苦受难，懂事，知本分，解人意。你要娶了她，不会受委屈的。我看你人不错，冬兰她嫁了你，也就有了依靠。你觉得如何？”

章老伯这一问，似乎自然，也着实突然。左彰鸿一时没有想法。章老伯见彰鸿没答腔，索性进一步问：“你若不嫌弃，我看，我们就把这婚定了吧？”

左彰鸿现在还能说不吗？快十八岁的他，一无所有，还能有什么本钱来讲求什么门当户对那档子事？再说，和冬兰同住一个屋檐下，他一个血气方刚的青年又如何不会往那方面去想？

仿佛瓜熟蒂落一般，左彰鸿点头了。

次日，彰鸿用另一种目光看着冬兰。冬兰的眼睛里含羞而带着幸福。那幸福传染了他，他意识到，他是个有女人的男人了。

尽管这婚姻类似于“兄妹婚”，章老伯还是郑重地准备了礼物。那礼物，是一把宝刀。这几乎就是老人一生的积蓄了。章老伯说：“彰鸿啊，我看你喜欢舞刀弄枪。婚姻大事，这就算是章家送你的大礼了。”

左彰鸿接过那刀，脑海里时而填满往事，时而空空如也，时而辛酸痛楚，时而幸福快乐……

在这战事连连的北方，一个贫穷乡里的贫穷农民的女儿嫁给一个没有家的男人，婚礼本身也没有什么好讲究的了。一家三口一起布置新房，乡里几个穷乡亲过来热闹了一下，拜拜天地，这夫妻也就做成了。

冬兰初孕的时候，也是章家地里的麦子成熟的时候。左彰鸿背起一捆捆沉甸甸的麦子，突然感到了一种从来没有过的踏实和满足感。广陵一把毒火，他却浴火重生，从一无所有到有妻子，有麦子，即将有孩子。成婚起，他白天在地里挥汗，晚上搂着冬兰入眠。他不再练武，脑海也越来越被会长出庄稼来的泥土填满。

他的笑，也变得越来越憨厚。

他想起了静心师父，假如没有静心师父……他没有再想下去。

赶在孩子出世前，左彰鸿赶着驴子走了两天的路，重新来到清净寺。

他认得这个门，记起了他眼前抹黑倒地的那一刻。一切仿佛就在昨天……

释流见了彰鸿很高兴，连连喊着："彰鸿哥哥，彰鸿哥哥来啦！"他长高了，声音都变了，手里还拿着那本《金刚经》。

静心师父满脸慈祥地出现了。当左彰鸿把粮食奉上的时候，静心师父看了看他，说了句："我佛慈悲！"接着双手合十道："善哉，善哉！"

九八　一个准鲜卑

却说左彰鸿的弟弟左弦飞，从小喜武，身体也长得壮实，才十六岁，就比大哥左彰鸿高出半个头。不仅个儿高，鼻梁也高，头发还有一点棕色。从小父母就觉得这孩子奇异。被抓到北魏的武川镇后，本来北魏兵想打发他去田里做苦力，他却说他要当兵。魏兵横横地笑了，说只有鲜卑人才能当兵，你个小汉崽，就老老实实田里蹲着去吧。左弦飞突然灵机一动，说他祖宗里有鲜卑人，还说："不信你们看，我有棕色头发哦。"说完还比画了几下武功。他这一闹腾，把一个叫拓跋冶的军营副将给引来了。这个拓跋冶祖籍关中，有汉人血统，一听左弦飞称有鲜卑血统，想当兵，又见他身手不错，当场就说："试试看吧！不过，你恐怕得改姓拓跋。"

左弦飞一听，愣了一下。拓跋冶跟他使了使眼色，左弦飞就想，姓什么，在心中；眼下落难，该屈就屈吧。于是，左弦飞成了拓跋弦飞。

武川镇位于大青山北麓，为北魏戍边重镇，北魏军队在这里的险要处建筑工事，以提防柔然进犯。近十年来，可汗拓跋焘十数次大破柔然。拓跋弦飞到的时候，这里虽然硝烟未灭，可是已经安静多了。拓跋弦飞不免有几分失望。广陵家破，他自己被掳。虽然知道他在江左有堂亲，可被掳千里，与江左隔了三条大水，南下无门。他本来是想趁势在边关干出点名堂来，将来寻机南下寻亲。而今看来，他戎运不佳，边关一时无战事。

观身边的人，日子过得好生潇洒。这天，几个将士嘻嘻哈哈来找拓跋弦飞，邀他一起去下馆子喝几盅。弦飞不喜饮，没有跟着去。不仅没有跟着去，还自己跑到场地上练刀枪。练到一半，拓跋冶来了。弦飞一见，便停了下来。两人在一处沙丘上坐下，从这里远眺，能看到柔然的茫茫瀚海。

拓跋冶身材伟岸，在军营里算是武功了得的一位。他问拓跋弦飞为何不跟那几位一起去喝酒。弦飞说，不为什么，只想练练武，反问拓跋冶是不是打过柔然。拓跋冶说是，跟随可汗拓跋焘打过，不过只是一些小仗而已，22 年前的那场大战才过瘾。“至少你还跟着可汗打过仗。”弦飞羡慕地说。“到了武川，就别愁没仗打。”拓跋冶告诉他，“好好表现，争取入轻骑。”

两人一聊起来，拓跋冶才知道弦飞的祖上也出自关中，于是话更投机。此后二人就常一起进出。

拓跋弦飞勤练武功，在军营里也乐于助人，为大家做事情，渐渐得到了长官的青睐，终于如愿被选入轻骑兵。入了轻骑，果然就有打仗的机会了。他和拓跋冶一起先后多次随军反击柔然的进犯。拓跋弦飞一看就是个不怕死的少年猛将，仗仗冲锋在前，对面的柔然兵还给他起了个外号——“小飞腿”。没过多久，拓跋弦飞获得升迁，当上了一名小军官。

有机会当轻骑，有机会打仗，现在还做了个小军官头目，拓跋弦飞禁不住有些得意起来。这天，也不知道是这武川镇的什么节日，一群将士又说要到镇上去痛饮一顿。这回，拓跋弦飞去了。

武川镇上一家叫做镇北的酒家里鼓乐声响，肉香四溢，酒气冲天。一大群北魏士兵在这里吃喝作乐。左弦飞——拓跋弦飞，自从广陵大宅被毁，家破人散，被掳北方后，懵懵懂懂不觉两年了，深藏心底的郁闷和压抑终于找到了发泄的时机。他跟着以鲜卑人为主的这群士兵大吃大喝起来。本来就没有大酒量的他，喝下了几大盅后，便撑不住了，开始“吐真言”。

“我，跟你们都不同。我家在广陵，广陵大宅院，还有农庄、作坊……知道吧？”

“你们家，真的那么有钱哪？”一个鲜卑小兵好奇地问。

“骗你们干吗！我们家先祖跟武皇帝曹操爷一起统一北方，跟文皇帝曹丕爷一起打败当年的鲜卑人，还随晋武帝司马炎一起灭掉吴国，统一华夏。”

鲜卑小兵眨巴着眼睛，左弦飞说的，除鲜卑人被打败外，他基本上听不懂。

“什么，你说我们被打败？什么乱七八糟的！”另一个鲜卑兵说。

突然，士兵群中走出来一个人。他喝得两颊通红，眼睛却是尖溜溜地一闪一闪，盯着左弦飞死看了一会儿，突然说：“我知道你，你个小汉崽子！两年前就是老子我绑你上的车！什么广陵大宅院，两年前老子我过了淮水，烧了你的大宅，还砍了你娘，你都忘啦？什么农庄作坊的……”

左弦飞的酒，刹那就全醒了。他也认出了面前这个人，就是两年前杀人放火，还绑他上车北上的那个魏军小头目！

两年前的血腥一幕此时再现眼前。他见到自己的母亲和宗亲被杀，还有街坊的初生婴儿被长矛刺死，周围团团火烟，耳边一片哭喊……左弦飞按捺不住，一把揪住那个小头目就是一顿痛打。周围几个喝得醉醺醺的鲜卑兵一见，一拥而上，拳头像雨点般打了过来。

国仇家恨刹那溢满左弦飞的心头，他咬牙切齿，豁了出去，以一当十和一群鲜卑兵打了起来。他本来功夫就好，现在又多了一股猛烈的爆发劲，三下两下，几个烂醉的魏兵便被打得七零八落。

有人跑去报告大营，说镇北酒店打成了一团。于是大营军官带一队人马赶了过来。不由分说，把拓跋弦飞绑了，押回大营。

军营长官本来是蛮喜欢拓跋弦飞的，见弦飞打趴一众人，并不意外，还更加欣赏他的身手。无奈，眼下军营里被那个小头目煽动得群情激愤，一致要求杀了这个汉人。长官只好问："有没有人替他求情的？"

人群里传出来一声"有"，拓跋冶走到了前面来。"他有什么错要被杀呢？"拓跋冶问大家，"他有鲜卑血统。两年来他跟着大魏一起征战柔然，立下功劳，这样的人要被杀，那我们岂不是也都不该活了吗？！"

拓跋冶的话很快被一群人不管三七二十一的乱喊乱叫压了下去。长官见状，便大声喝道："都给我住嘴！你们打不过人家，就要杀人家，有失公允，况且还有人替他求情。这样吧，既然他也确实打了你们，那就把他逐出武川镇吧！"

长官大概是看出眼下群情不好控制，想先把拓跋弦飞支出去一阵。最好的保护他的办法，大概就是这一招了。为了防止那群人追杀过来，军营长官和拓跋冶还亲自骑马护送拓跋弦飞翻过大青山，来到南麓。

左弦飞心头百感交集，鞠躬感谢拓跋冶的朋友侠义，感谢军营长官的赏识和不杀之恩。

"小子，别走太远。"长官说，"看你的造化了，希望你有机会回来继续效忠大魏。"

不知道那造化会把自己带到何处，就这样，左弦飞上路了。

九九　拓跋冶比武，左弦飞缘定武川

左弦飞选择北边的路，一路东行，想避开平城，离魏军远远的。可这黄河以北，走到哪里都是魏的地盘。他只好尽量地远离魏的心腹地带。马没有了，武器也没有了，靠着两条腿在茫茫的野地行走，寒风瑟瑟，初雪纷飞。快一天过去了，没有任何东西入肚，两年前流浪时那可怕的饥寒交迫感又一次袭上来了。

好不容易，看到前面有个小摊儿，他加快脚步过去一看，有汤水，有面饼。他口水都快流了下来，强作镇定，递过去一个钱币。摊主伸出两个指头，于是，他又递过去一个。

两个钱币，把他喂饱了。天也快黑了，他继续赶路，想找一个僻静点的地方露宿。前面有几面破败的墙坯，一棵大柞树挺立着。左弦飞过去，身体一瘫，坐了下来。

他靠在柞树树干上，脑袋一歪，刚要入眠，忽听身边有呼呼的声音，睁开眼睛一看，昏蒙中看到两粒闪烁的眼睛。那是一条野狗，恶狠狠地看着他。“妈的，老子劈了你！”从武川镇下来的左弦飞，哪里会怕一条野狗。他腾一下站起来，抡起路上捡来的木棍子，猛地往下劈。野狗急闪，那木棍被劈成了两截。

野狗再度扑过来，左弦飞出手极为敏捷。他一手抓住了野狗一只前腿，在空中转了几下，然后猛摔地上。

野狗断了骨头，也断了气。左弦飞不放心，捡起半截木棍，又朝狗头上猛击数下。

左弦飞斜斜地躺在了矮墙后面。身上有从武川带下来的皮毛衣服，他终于能安然入眠了。

第二天一早，冬日出来了。左弦飞把那条死狗背在肩上，继续赶路。走了一程，忽见路边有尸骨，还有一把发黄的刀，刀把上刻着他不认识的文字。想到路上需要，他便拾起了那把刀。

手上有刀，走起路来就神气了一些。又走了一个来时辰，左弦飞看到远处有一面旗幡，上面写着“酒”字。他抖了抖肩膀，朝酒家走去。

“客人早哇！”店主出来招呼，小心翼翼地上下打量着来者，却见左弦飞从肩上抖落下一条死狗来。“客官这是？”弦飞说：“这是我昨夜打死的野狗。如若有用，我就拿它来换点吃喝的吧！”

店主眼珠子一转，大冬天的，这热性的狗肉正可以拿来做做招牌，就说：“有用，有用，客官这边请！”

左弦飞像模像样地坐好了，把刀放在了一旁。店主在他的案前摆了汤水和酒肉。见弦飞身上穿着皮绒，就问：“客官是北边下来的吧？”

“是。”

“那客官这是要去哪里呀？”好奇的店主又问。

左弦飞被问住了，是啊，他这是要去哪里？他喝下一口酒，含混而答：“我到南边去找个朋友。”

“客官可要小心哪。”店主说：“前些日子，离这边不远还有战事呢。几个伤兵跑过来跟我要吃的，白吃白喝不说，还打伤了我的伙计！”

左弦飞一听，心想：看样子，这一带也不安全，不行，我还得往东去！

酒足饭饱后，左弦飞抖了抖行囊，步出了酒店。

他不知道自己究竟要去哪里，因为天地之大，真的没有他去的地方。听说东边有海，当年力盖群雄的大英雄曹操曾经临海写下名诗：“东临碣石，以观沧海。水何澹澹，山岛竦峙。树木丛生，百草丰茂。秋风萧瑟，洪波涌起。日月之行，若出其中；星汉灿烂，若出其里。……”那么，就到海边去一观沧海，也沾一点曹孟德的雄气和佳运吧！

不料刚往东走了没多远，就听到后面马蹄声急起。这么急的马蹄声，不是什么好事吧。左弦飞闪身站到路旁，却听马上有人喊道：“弦飞留步！”左弦飞一惊，站住不动了，心想就算要跑，也来不及了。

来者近了，原来是拓跋冶。左弦飞一看，心中一松一喜，遂问：“大哥疾驰，有何要事？”

拓跋冶说：“要打仗了，长官要你回去将功赎罪。”

拓跋弦飞怔在那里，简直不敢相信这是真的。拓跋冶看透了他的心思：“这是真的，上来吧！”说着从马上伸出手来。拓跋弦飞一阵兴奋，纵身跃马。

“咦，冶兄怎么手臂上有血？”弦飞关切地问。

“没事，一点小伤。”拓跋冶说着，带着弦飞，扬鞭策马，朝西飞驰而去。

回到武川，拓跋弦飞才知道其实并不是有仗要打，而是拓跋冶不甘心就这么让弦飞走了，与其他几个鲜卑兵打赌，要比武，说如果他能连胜三个鲜卑兵，拓跋弦飞就能回营。

几个鲜卑兵与拓跋弦飞并无深仇大恨，只是一时性起而已。而这头拓跋冶是非常想要留住自己的好友。双方一交战，一方保守，另一方玩命，拓跋冶果真连胜三夫。不过力战最后一人时，手臂被划伤。拓跋冶草草包扎，便急急驰马来寻友。

拓跋弦飞知道此事，感动得不行。好汉拓跋冶，真能为朋友“两肋插刀”！

一〇〇　南北扬镳

拓跋冶留住拓跋弦飞，彻底改变了左氏轨迹，改变了武川左氏日后的命运。

又参与了几次战事后，拓跋弦飞后来与一个鲜卑女结婚，不久得一子。这时，给儿子起什么名字让拓跋弦飞犯难。最终，因为难以忘怀的广陵之痛，他给儿子起名拓跋淮。

儿子的出世，点亮了弦飞心底的一个角落。他意识到，自己的生命里本来就不只是打打杀杀这么简单。自己的生命里有血与火、刀和枪，更有大江大河，有左门的骨血和灵魂。他必须把这一切传给儿子。本来，左氏的家训和家史抄本就从来没有离开过弦飞，即便是他从淮南被掳到了河北。他还记下了广陵被焚之后他所知道的家史。

儿子五岁了，这天，拓跋弦飞气喘吁吁地回家来。妻子好奇地问：“你上哪儿去了？瞧你，好像刚打了仗回来似的。”

弦飞嘿嘿一笑：“仗没的打，我到南边去买点读书写字的东西。”说完抖落了行囊里的纸、笔和墨、砚。妻子不解：“买这些，要干吗？”弦飞目光神秘：“这你就有所不知了。”

弦飞手把手教儿子读左氏“典籍”，教他写汉字，背家训。“来，‘左’字，一横，一撇，对了，这里一个短横，一竖，最后，这底下，一个长一点的横。写对了，好儿子！”

字写完了，左弦飞便讲述道：“我们的直接太祖啊，叫左岸生。太祖的养父，也就是我们的太太祖，叫左江。咱左家先辈都是持刀打仗的英雄好汉。当然啦，也有赚大钱的聪明人！最重要的呀，咱左家人吃苦耐劳，不忘祖宗，能干大事！儿子，爹说的你听得懂吗？”

年幼的左淮点头说："听得懂。咱左家人又能打仗，又能赚钱。"

弦飞乐了："好儿子，说对了，这就叫'亦文亦武'。"

拓跋冶来找弦飞饮酒聊叙，见弦飞在眉飞色舞地教子，好奇地在一边静静观望。越观望就越觉得他当时挺弦飞挺得对。这左弦飞的家世可是非常人能比啊！

两人对案而饮时，拓跋冶感慨道："弦飞弟，我真服了你们左家人了！"

弦飞喝了一口酒，应道："大哥，说真的，我自己都觉得奇怪，左家的这点魂，就能这么大江南北地一代一代往下传。你看我，身在武川，不忘广陵。"

尽管拓跋淮有一个鲜卑母亲，却似乎天生不是当军人的命。长大后，他虽然也从军，却兼任了武川镇的一名行政官职。官不大，杂事却多，成天都在外头跑。

左弦飞四十四岁时当了一对双胞胎的爷爷。亢奋中的他于是又一门心思望孙成龙，分别为双胞胎兄弟起名左之龙、左之翼，鲜卑名拓跋龙、拓跋翼。

双胞胎兄弟长相几乎一模一样，即便自己家人都很难辨认。他们从小就一起在阴山脚下和草原上滚打，形影不离，感情十分好。后来，他们便随爷爷一起练骑射。拓跋龙速度极快，能抓住飞箭。拓跋翼臂腕有力且灵活，能远距离投射飞镖并准确中的。两兄弟一起过八岁生日的时候，拓跋龙对弟弟说："以后咱俩一起上战场。要是有箭向你飞过来，我伸手就能抓住它。"弟弟拓跋翼回应说："好呀。如果有人向你冲过来，我就用飞镖打他！"

除了骑射武功，爷爷也少不了教他们汉文，特别是给他们讲他们的根——左家的故事。

十七岁时，双胞胎双双长得英武俊伟。这两年，北魏皇帝下令着汉服，说汉话，双胞胎的鲜卑名从此改为：元之龙和元之翼。

皇帝都要汉化，本来就来自汉人的左弦飞（元弦飞）一家更是动了乡思。左弦飞的心被拆成两半：一半想着淮南、江南，一半想着大哥左彰鸿到底在哪里。他觉得大哥八成是在北方。这日，左之龙说了一件令爷爷既惊讶又欢喜的事。他说，他要替爷爷南下，渡江去寻找那里的宗亲。与江南左家重聚，一直是左弦飞心底最深的愿望。左之龙自己提出要南下，他自然是异常兴奋，全力支持。他绘了一幅地图，告诉孙儿走哪一条线最近，也最好走。

“孙儿，如果你能渡得大江找到我们的宗亲，见到你伯父叔公或者是其他亲人时，告诉他们我日夜念着他们……”一句话没说完，他已经先激动。“不过，”左弦飞继续说，“寻根是其一，其二，爷爷从小教你文武，到了江南，有机会就要为国出力。记住了没有？”

左之龙没有回答，却问：“爷爷，我们现在是哪一国啊？”

左弦飞一听，不禁一愣。是啊，哪一国？儿子左淮已经生在北魏，对孙子来说，他们生在这里，长在这里，要让他们认定南方那个朝廷才是自己的国，是有点拗……一个念头闪过脑海，左弦飞脱口而出：“北方南方，本来就是一国。”

左之龙似懂非懂地点了点头。

左之翼一听哥哥要去南方，立刻说他也想去。左弦飞不让。左之翼问为什么，还说我们两兄弟做什么都在一起。左弦飞就说：“你们是两个人哪，两双眼睛，四只脚，哪能总在一起。”

左之翼好生不高兴。送哥哥出门时，表情异常郁闷。左之龙安慰他：“弟弟，别想太多，爷爷年纪大了，爹又老不在家，家里总要有个年轻的坐镇。我很快就回来了。到时候我们又在一起，我还会给你带回一点江南的玩意儿，不是很好吗？”

左之翼没多言语。他拥抱哥哥，只说了句：“哥多保重，早点回北方！”

哥哥的出远门影响了左之翼。他顿时意识到自己已经长大，应该离家去独自闯荡了。哥哥出远门的同年，他也离开家，离开教养他的爷爷，参加北魏的军队去了。

两个文武兼备的长孙都出了远门，让左弦飞备感失落。他常站在家门口，一会儿朝南望，一会儿又朝北望。朝南望时，他的脑海里泛起绿洲点点；朝北望，眼前是一派褐色的大漠。左之翼从军，是他硬要去的，他并不同意。想起当年，他也曾经在北魏军营里当过兵。可那时候打的是柔然，多少还有几分捍卫华夏中原的神圣意义在里面。现在呢，柔然已经不是北魏的主要对手，北魏现在主要打的，其实是南方的汉人朝廷。当朝皇帝现在正加紧秣马厉兵，准备南下伐梁。左之翼在这个时候加入魏军，又意味着什么？左弦飞心中怅然，惶惶不安。

一〇一　穿越黄土高坡，左之龙过长江

左之龙离家后，不久便渡过了黄河。过河后，左之龙打开地图，看了看，然后叠好地图，继续往前走。

他登上了古鸿沟的渡船，站立船上，听艄公嘴里哼着当年霸王的歌："力拔山兮气盖世，时不利兮骓不逝。骓不逝兮可奈何，虞兮虞兮奈若何！"

与当年左民和少虎淮右护盐时走的邗沟相比，霸王和汉王当年以为界约的鸿沟，如今已经不甚通畅。"小伙子，这条水路今后得靠你们来打通喽！"老艄公一边吃力地撑着竹竿，一边说道。行了一阵子后，船终于被淤泥堵住了，左之龙只得下船来，续走旱路。

月明星稀，左之龙夜宿荒郊。

左之龙渡过淮水。上岸后，他撑着木棍子一步一步往前走。照着爷爷的指点，他赶上了邗沟渠道上的船，朝长江而去。赶上风浪，只见天际那红红的夕阳，在风口浪尖上一沉一浮……

最后，左之龙跨越长江。马背上长大的他，领略着大江汹涌。整个世界仿佛都在摇晃中，让他感到十分的震撼。

到了南岸后，他步履蹒跚，一路颠簸，终于到了京口。这一年是公元496年，南齐建武三年。这时候的左家掌门人是左其望的孙子，二十四岁的左任贤。左任贤中高身材，一脸俊朗，仪表堂堂。他深谋远虑而不失果断，温和仁厚而不失威严。此时的江东左家虽然还没有到富甲天下的地步，但是财物实力已经超过左纳甚至左文秀时许多。也是在他的手里，左岸生的后裔和左纳、左健的后裔曾经有过的嫌隙得到了弥合。

当左之龙站在丹徒左家大宅大门口的时候，已经是衣衫褴褛，两脚淌血，两颊内凹，体力几乎要支撑不住。

其实，刚刚离家的时候，他是有些茫然的。他知道江南和武川之间隔着千山万水，第一次离家，独自出这么远的门，他实在不知道自己是否能最终到达目的地。穿越山西的滚滚黄土时，他仿佛是在朝圣一般。那一个从爷爷那里一直传下来的信念，支撑着他跋涉山地高原。而当他渡过了黄河之后，回头望河北，武川已经无影无踪。他知道，他已经不能够回头。眼前，是绿野成片的华东平原。爷爷说得对，过了黄河，路就好走多了。爷爷在等待着他的好消息。找到江左宗亲，是武川左氏后代的梦想。黄河渡过了，他也可以渡过长江！

现在，当他站在“丹徒左家”的巨幅匾额下时，这两个多月来的记忆刹那几乎全部消失，他宛如站在梦中一般，就这么呆呆地，像一座塑像那样站在他祖宗的辉煌之下。

大门吱呀一声，走出来一个人。这人叫陈阿吉，是左宅里的下人小头目。他看见了呆立着、乞丐不如的左之龙，皱起了双眉。

“走开！走开！站在我们家门口，也不嫌寒碜！”说着他动手将左之龙往后推。

左之龙清醒过来了，连声喊道：“我要见这里的主人！我要见这里的主人！”

“这里的主人是你能见的吗！趁早走开，不然我打断你的腿，贱人！”

陈阿吉推左之龙的时候，一辆马车正从后面驶过来。极度疲惫虚弱的左之龙被陈阿吉连推带打，几个踉跄，撞在了从后面而来的马车上，立刻倒地。

“停住！前面倒下去的是何人？”车上的左任贤一边喊一边从车篷里探出头来。

马车停住了，左任贤下了车，急急走到昏倒了的左之龙身边。

“庄主回来啦！”陈阿吉一边堆起笑脸一边迎了上来。见左任贤正在探视那个“贱人”，阿吉就说，“这个疯子，刚才还说要见您呢！”

“你怎么知道他是疯子？”左任贤直起身来，问阿吉。

“主人，您看他这副模样……”

“适才，是你推他的吗？”左任贤打断阿吉的话。

“我不推他，他就直直进去了。”

“你过来，把他背进去。”左任贤命令道。

阿吉不解：“主人，您是说……”

左任贤提高了音调：“把这个人背到屋里去，我说得还不够明白吗？”

进了屋，左任贤又吩咐另一个叫得琅的下人给左之龙喝水、清洗、换衣服。

得琅在给左之龙换衣服时，不小心碰翻了他的行囊，一叠纸笺掉了下来。得琅不经意一看，大吃一惊。他手捧着纸笺，急急来到左任贤书房。“庄主，庄主！”他连声叫道。

“什么事？进来说。”

“庄主，您看！”

左任贤一见纸笺中的“左氏家训”字样，眉头一扬，问哪里来的？

“就在刚来那个人的行囊里。”

左任贤一听，立刻站了起来，二话不说，便往客厢房里来。

一〇二　刀别

左之龙昏昏沉沉地躺着，脸上露出不安和痛苦。

“兄弟！兄弟！”左任贤呼唤着。

仿佛在遥远的异乡路上听到故人的呼叫，左之龙慢慢睁开了眼睛。

左任贤的脸庞映入了他的眼帘，他的目光碰到了他的。左任贤那聪慧、俊朗而带仁厚的神态，与左之龙梦中江左亲人的风姿不谋而合。他想要坐起来，左任贤俯下身来，双手将他扶了起来。等他坐稳了，左任贤双手从得琅手中拿过《左氏家训》抄本，呈到左之龙跟前：“敢问兄弟，这个，是哪里来的？”

左之龙没有直接回答，却轻声反问："敢问兄长，兄长可是丹徒左园的庄主？"

左任贤点头说："我就是丹徒当下的庄主左任贤。"

左之龙一听，忍着全身的痛楚，单膝跪倒，热泪坠落，激动不能语。

左任贤动容，心中已明白大半。他知道，当年左家从广陵迁至丹徒时，左岸生一支留守广陵。后来，虽然岸生夫妇携两个年少的儿子渡江南下到了丹徒，后又移居建康附近，但他们还有后代住在广陵老宅。公元451年广陵左宅被毁时，留在广陵的堂亲遭难，几个孩子的母亲被害，大哥二哥不知去向，而父亲及一男一女随左战英南下到了丹徒。现在这一支堂亲的后代就住在庄园里。

左任贤猜测，这位不知从何方千辛万苦前来丹徒的年轻人，应该就是当年失散的堂亲的后代。想到这里，他连忙将左之龙扶起："贤弟请起，坐着说。"说着一边示意得琅搀扶左之龙回榻上，一边招呼丫鬟送汤水。

左之龙仍然跪着，直到说了声："弟弟左之龙见过大哥！"才被搀扶着重新靠到榻上。

热汤来了，左任贤亲自端过汤碗，送到左之龙跟前："之龙弟弟喝点热汤！"

左之龙双手接过汤碗，泪眼看着大哥，将那汤一饮而尽。

那神奇的热汤，既让左之龙恢复了体力，也慢慢抚慰了他激动难耐的心绪。"贤弟告诉大哥，你是怎么到的这里？"

左之龙便告诉左任贤，他家在大青山北边的武川镇，祖父名左弦飞，是当年广陵左园左岸生的玄孙。说着便展示出爷爷亲笔书写的左家广陵老宅如何被焚，他如何与亲哥哥离散，如何被掳、参军，后来在武川成家立业的历史。说到这一路，左之龙说，他都有些记不清了。只记得翻山越岭，遭遇过狼和蛇，和路匪殴斗过，被人从水里救起……过了淮河后，他，一个武川军人的后代，竟靠一路乞讨活了下来……

最后，左之龙把《左氏家训》诗全文一字不漏背诵了出来。

原来，自己这位堂弟竟然是从大北方千里迢迢下来的！左任贤一言不插，凝神听着，眼睛早已湿透，心头感慨不已。左弦飞遭劫，祖孙三代被阻隔北方，却能谨守左家之宝。左家儿女不管相隔多远、多久，靠着家训和家史的力量，他们总能凝聚在一起。

左任贤当即差人唤来左之龙的叔公左存瑾及其孙左二鹏。左存瑾一见左之龙，惊喜之下，当即情绪崩泻，拥着孙侄哽咽起来。“之龙啊，真没有想到这辈子能见到北方亲人哪！你爷爷怎么没来啊？他好吗？”他掐着手指算，说，“你爷爷今年应该是六十一了吧？记得他大我三岁。”左之龙也激动不已，告诉叔公他爷爷还好，日夜念着他；只是家里还有事情，而且年纪大了，不便出门，故让他先来探视。

却说那下人小头目陈阿吉，因为势利眼羞辱左之龙并将他推倒在地，事后受到左任贤的严罚，关闭数日。出来后，他心里不甘，就在左宅内外散布流言，说左之龙来江南，纯粹就是北方的土亲戚高攀富贵家，想来分一杯羹而已。“他们算老几？一个干儿子，连庶出都不如，只不过是沾了当年五姑娘的边罢了，哼，也不自己掂掂分量！”这些流言蜚语传来传去，最后由左存瑾传到了左之龙的耳朵里。

左之龙是个聪明且敏感的人，谁说陈阿吉说的没有一点点道理呢？自己的先祖左岸生的确是当年左庄主的养子而已，而先祖母左玲又是庶出。别的不说，就看叔公左存瑾一家并没有住在左宅里，而是住在庄园外头的屋子里，内外有别，非常明显。这些天来，除庄主待他热情外，其他的人看他的时候都是冷冷的，硬硬的，笑容也像是强装出来的一样。从武川千里迢迢来到江左，住进这个左家大宅，左之龙竟有一点寄人篱下的感觉。再说，左宅富丽堂皇，千好万好，可终究不是自己最后的志向。自己现在家在武川，既然长久分隔的宗亲见过了，他就准备返回北方，和爷爷及兄弟团聚。

不过，就在这时，南方盛传北魏军队要南犯的消息。消息传到左之龙的耳朵里，他突然想起来爷爷叮嘱过他的话。爷爷曾说，让他来江南，一来是来认亲，二来是有机会希望他能报效江南故国。现在，不正是报效故国的机会吗？

有朝一日建功立业，回到北方后爷爷定会高兴！再说了，阿吉和左家有一些人不是曾经说自己是北魏贼人吗？现在自己就做出点大事来让他们看看，自己究竟是什么人！

主意定了，左之龙便来找左任贤，说他想到建康去当兵。

左任贤听了十分诧异：“参军？为什么？你不要听信下人的妄语，我正准备把那个陈阿吉赶出左家！他实在太不像话，一犯再犯。”

左之龙摇摇头，说：“和他没有大关系，因为这本来就是我爷爷的意思。他从小教我读圣贤书，还教我习武，就是让我深明大义，将来报效国家。”

左任贤明白了，可刚刚才住了一个多月就要离开，他心里十分不好受。想到陈阿吉自始至终对左之龙的刻薄，他当众把他叫了来，呵斥道：“这段时间来你出言不逊，左家的历史你懂什么？左岸生为左家拼命的时候你在哪里？我告诉你，一百个陈阿吉也抵不过一个左岸生。无事生非的家伙，你走人吧！”

当日，陈阿吉在众目睽睽之下被赶出了左家。对陈阿吉的态度和言论相当不满的左存瑾见此，心里甚慰。

在饯行餐席上，左存瑾一家都来了。没有想到团聚后这么快就又要分开，而且是要去做玩命的活儿，左存瑾心里非常不舍。“孙侄啊，刀枪无情，能不去打仗就不要去。当一阵兵后，就好好地回这里来过日子，好吧？”一席话说得左之龙心中暖烘烘的。

一直没怎么说话的左任贤拿出一把宝刀，送给了左之龙。“当年我也曾有报国之心，买下此刀。愚兄庸碌，现在赠予你正合适。”

左之龙接过刀来，只见上面纹路熠熠，刀锋如霜，既喜爱也感动，一番深谢，表示为弟定不负所望！左任贤说兄弟之间不必客气，接着举起酒杯祝道：“愿之龙弟弟早日平安荣归！”

左存瑾等几位也纷纷举杯祝酒。

左之龙临行前给爷爷写了封信，托付左任贤设法捎到武川报安。虽是南北不同国，邮路多阻隔，但左任贤说他一定尽力尽快。

一〇三　齐变梁，崔、左蒙冤

左之龙参军后不久，便被调离建康，奔赴荆州守护。次年六月，北魏孝文帝即开始了南征。左之龙随军在雍州和荆州之间与北魏军打了数仗，虽有过小胜，短暂守住城池，但终因国力不强而又内昏，致使南阳、新野、南乡诸地尽失。战斗中，左之龙每每有种奇怪的感觉：他从北方来，却跟着南方朝廷来反击北方。事情好像是拧着的，自己的心也是拧着的。

一年多后，永元元年（公元499年）正月，左之龙随南齐名将陈显达部进攻北魏，二月时与北魏名将元英交战，屡破魏军。南齐军进而围困马圈城，历时四十天。城中食尽，魏守军饥疲，被迫突围逃走。

然而，三月，魏孝文帝亲自率军从洛阳出发，魏军士气振作，齐军却惊恐沮丧。最后齐军兵败，陈显达逃回建康。四万齐军生还的只有一万。后来因为魏帝拓跋宏病卒，魏军才被迫返北。

左之龙心里一方面为拓跋宏的病逝而感到难受，拓跋宏也曾是他的君主，他觉得推崇汉文化礼仪的拓跋宏是个好皇帝。另一方面参军后的几场战役，基本处于劣势而战败，这也使得他非常沮丧，可又心有不甘。回想战场上的惨烈状况，血肉横飞，腥味四溢，多少人就在他前面和左右倒下。可他活过来了。河南之战，齐军死伤三万多人，他怎么就不死呢？也许，也许他胜敌报国的机运还在后头？

报国？可自己的国究竟是在哪一方？左之龙再一次自问这个问题。在爷爷心目中，他们的国是南方的故国、故园和亲人，可当今的南朝皇帝昏庸荒唐，已经是众叛亲离；眼下的齐国一片混乱，自己即便有报国之心，又如何报国？《左氏家训》诗云：“时穷则退，独善其身。”独善其身，到哪里去独善？左家庄园离这里只有一天的路程，自己随时可以回去，可就这么回去，如何对得起大哥左任贤的赠刀之谊？

正在苦恼时，和他一起死里逃生的袍泽崔毅过来了。崔毅和之龙是丹徒同乡，年龄相仿，本来是个英俊小生，河南一战，他的脸被划了一道，破了相。

“兄弟，想什么呢？”崔毅问。

左之龙拿着一块棉布，一点一点擦着他的宝刀。崔毅探头一看，羡慕地说：“好刀啊，你瞧这纹路，真够细的。”

“是我大哥送给我的。他很有钱。”左之龙说。

崔毅眉毛一扬：“你大哥有钱，你不就有钱了，那你干吗还在这里打着老打不赢的仗？”

左之龙嘴角淡淡一笑：“我大哥有钱，那是他的。”

崔毅看着左之龙，仿佛在研究他的表情。停了一会儿，他说：“哎，之龙，你要真不想回家去，那，我俩一起到樊城去投靠萧叔达好不好？听说他很有出息，现在是雍州刺史，手下将士不少。”

左之龙停住了手。关于萧衍，他也略有耳闻。他和北魏多次交战，虽然也打过败仗，但仍旧声誉很高。与其半死不活地待在建康，还不如去投奔有希望的长官。

心意决了，左之龙遂给丹徒的左任贤写了封信，说他要赴樊城，投奔雍州刺史萧衍。

就这样，当年秋，左之龙和崔毅二人一起到了樊城，成了萧衍的部下。

左之龙和崔毅在樊城只待了一年多一点的时间。永元三年（公元 501 年）正月，萧衍领军从雍州出发，三月，拥立明帝第八子南康王萧宝融在江陵即帝位，改元中兴，是为齐和帝。这时，周围的人慢慢能嗅出萧衍的雄心。至九月，左之龙和崔毅跟随萧军先后攻占夏首、汉口、江州，逼近建康。十二月，萧衍军攻入建康台城。第二年四月，萧衍自己在建康称帝，改国号为梁。他便是后来的梁武帝。

一年时间，左之龙和崔毅跟随萧衍一路东进，最后又回到了建康。而这一次回到建康，朝廷改朝换代，天变了，变得清朗了。两个好友既感慨也兴奋，看到了一点希望的光。

萧齐时淮北之地几乎丧失殆尽。而梁帝萧衍即位之初，北魏内部正处于动荡之中，各地民变纷起，梁帝认为这是天赐良机，便开始了北伐的军队部署。

一听要北伐，左之龙和崔毅很是兴奋，总归是要朝着当年南北一体的方向去。他们奉命去准备粮草，半路却因为校尉贪恋美女而耽误了行程。到达大营时，大军副将追问为何晚到一日，那校尉却告是因为左之龙和崔毅半路遇匪帮时双双恋战所致。他们半路遇到匪帮袭击是实，但真正的原因却是那校尉自己的一夜风流而贻误时机！

战事紧急，将军哪有时间听左之龙和崔毅辩解，当场便将崔毅分到另一支队伍里去。

“怎么会这样，怎么会这样！”分别时崔毅又委屈又郁闷，想到无法再和好友相随，难过之至。“算了，我们只是听命的兵。大战当头，哪能由着我们。”左之龙强按心中的不平，安慰好友。

临别前，两个袍泽、同乡和好友互道好运。“兄弟，保重，希望我们后会有期！”崔毅神色有些黯淡，拥着左之龙说。“我们一定会的！祝我们都好运！”之龙给崔毅打气。

崔毅凝视了之龙几眼，然后头也不回地走了。看着他的背影，左之龙突然感到一阵怅然。有一句话，他们都没有说，那就是：“活着回来！”

崔毅走了以后，左之龙遇到了一件更让他心惊的事。江左大哥左任贤来信，说武川有人南下，告知左之翼已经随北魏军南下的消息。读完江左来信，左之龙两眼发直，不知如何是好。如果早知道弟弟要当兵南下，他就不会选择到南朝来当兵。现在这样，万一两兄弟战场上见着了要怎么办？！

一〇四　钟离之战

天监四年（公元 505 年），左之龙归入豫州刺史韦睿部下。韦睿先是派遣长史王超宗、梁郡太守冯道根攻北魏小岘城，没能打下来。韦睿在魏军城防栅栏外巡视时，城中忽然出来数百人在门外布阵，韦睿要攻击他们，诸将却有些惧怕，找借口说：“我们都是轻装前来，还是让我们先回去穿上盔甲再战吧。”韦睿看出他们惧战，便说：“魏军无缘无故把这些人放出来，他们定是一些勇悍的人，若能击败他们，这城就不攻自破了。”大家还是犹豫不定，韦睿指着他的节杖说：“朝廷授我这东西，不是拿来好看的，韦睿法令，不可违抗！”于是挥兵出击，左之龙就在这出击的士兵里。每次短兵相接，或是长驱杀阵，他都要提醒自己不要想弟弟的事。可是每一次他的额头上都会无形中多长出一只眼睛来，寻找他的弟弟。

这一次，魏军战败，梁军在韦睿的率领下乘胜攻城，第二天夜里城就被攻克。梁军随即向合肥进军。

合肥是座难攻的城，之前梁军曾久攻不下。韦睿到了合肥后，考察地势，想到“汾水可灌平阳”的道理，就在肥水上筑堰。很快堰成水通，战船相继开到。这之前北魏军分别建筑了东西两个小城，夹合肥而立。韦睿首先进攻这两个小城。没多久，北魏援军杨灵胤率兵五万杀到。梁军诸将又惧怕抵挡不住，请韦睿奏请增兵。韦睿说：“敌军已到城下，求救兵怎么来得及？何况我们求救，他们也会增兵，‘军队制胜在于齐心协力’，千古一理。”说完果断迎上去和魏援军接战。每次听到韦睿阵前鼓励的话，左之龙都会备受鼓舞。他不知道那些将领在害怕什么。将领还没动呢，他先在后面喊杀。后来诸将豁出去拼命，这一次，梁军又一次获胜。

看来，跟上什么样的将军很重要！左之龙心想。

肥水堤堰筑成后，韦睿派将士在岸边筑城守卫它。不料魏军攻陷了这新筑的城，并乘胜杀到韦睿建筑的堤堰下。见状，有人便劝韦睿退回巢湖，其他几位将领也请求撤退。一向好脾气的韦睿，见几个将领一直如此畏缩，忍不住发怒道：“军败将死，有进无退！”他命令左右取来他的伞扇旗帜等仪仗，立在大堤下面，表示决不退却。

让左之龙感到惊奇的是，韦睿身体羸弱，作战从来没有骑过马，而是坐着小车督率军队，却每次都能振奋军威。这会儿，见魏兵前来破堤，韦睿亲自率军和他们争夺，左之龙更寸步不离韦睿左右。梁军一时声势大作，魏军节节后退。稍后，韦睿筑垒造舰，四面进攻，终于攻破合肥城。

天监五年，北魏名将、中山王元英进攻北徐州，把北徐州刺史昌义之围困在钟离城。魏军号称拥兵百万，而钟离守军仅有几千人。萧衍派征北将军曹景宗领兵抗击。曹景宗在邵阳洲扎营，筑垒防守，却不敢前进。萧衍怒了，诏韦睿来见，赐他龙环御刀，说："诸将有不听命令的就斩了他！"

左之龙跟随韦睿大军从合肥出发，火速赶往邵阳，直接过阴陵大泽。路上碰到几处山涧峡谷，部队就得马上临时架桥渡过。此时，又有不少人劝韦睿慢点儿前进，以避魏军锋芒，皆被韦睿严词驳回。这是一次严酷的行军，左之龙学到了什么叫刀山火海也要上的道理，没有路，砍树架桥，就算是峡谷上的独木桥也要过。就这样，韦睿军十天就赶到了邵阳，与驻扎在淮河道人洲的曹景宗将军会合。韦睿在曹景宗营前二十里处，连夜挖掘长壕，扎上鹿角，把河洲截断形成城防，仅一夜之间，营寨就筑好了。

元英大惊，用棍子敲着地说："怎么可能这样神速呢！"

"这个时候，速度就是胜利。"韦睿说。此时，曹景宗派人潜渡淮水，通知钟离守军援兵已到。本来，城里守卫一天比一天艰苦，知道有了援兵，人人兴奋，勇气倍增，士气大振。

魏将杨大眼率万余骑兵来战，先后针对邵阳洲上的梁军主营发动攻势，杨大眼勇冠三军，所向披靡。韦睿则把车辆联结成阵，指挥两千强弩手利箭齐发，洞穿魏军铠甲，一箭贯穿大眼右臂，杨大眼只得落荒而逃。第二天早上，元英亲自率兵来战，韦睿坐白木小车上，手执白角如意，从容指挥军队，一日数战，搞得元英心里惧怕。夜里，魏军再来，密箭如雨。韦睿的儿子韦黯请父亲下城避箭，韦睿不答应。"怕死就不要上阵。越是这种时候，我越不能离开。"韦睿告诉儿子。

左之龙一听，好生敬佩。就凭这样的将军，梁军一定能胜利。果然，在韦睿的沉着指挥应战下，魏军的进攻未能得逞。

先前，钟离城因北临淮水，不利进攻，北魏便在位于淮水中的邵阳洲两岸搭起了连接淮水南北两岸的跨河长桥。元英驻军南岸，负责攻城；杨大眼踞北岸，负责粮运补给，萧宝寅则确保桥梁本身的畅通与安全。现在，形势对梁军越来越有利，梁帝便命令韦、曹二人乘坐战舰对两座桥梁发动火攻。天监六年

（公元 507 年）三月，淮水暴涨，韦睿先是命令水军对魏军发动攻势，并亲自用载满油料和草料的小船焚烧两座桥梁。

两座桥梁，顿时烈火熊熊。

一〇五　刃上重逢

元英与杨大眼见战况如此，各自奔逃。魏军有的投水，有的被杀，溃败如决堤。韦睿派人通知城里守将昌义之魏军溃败的消息。苦苦而顽强地坚守了钟离孤城数月之久的昌义之悲喜交加，顾不上回答，只是一个劲儿地喊："活了！活了！"

从死里又活了过来的钟离城守军，在昌义之率领下，如离弦之箭一般冲出钟离城门，追击败退的魏军。

左之龙也在这追杀穷寇的队仗中。他一边喊杀，额头上的那第三只眼睛却没有闲着。这场火攻和追杀中，魏军阵亡将士遍布淮水百余里，惨不忍睹，而被生擒的也有五万余人。

左之龙骑着马，围着魏军俘虏绕行，闻着空气中的硝烟味，心头涌上来一种莫名的不祥感。忽然，他看见一个魏军俘虏和一个梁兵打了起来。他觉得那俘虏的脸庞和身姿看上去很熟悉。就在左之龙加快速度冲过去的时候，说时迟那时快，就见那俘虏猛地取出一支飞镖来，朝对面的梁兵投了过去。那梁兵应声倒下，而他身边的另一个梁兵冲过去，挥起大刀朝那魏兵劈了下去……

最害怕的事情，它居然就这么发生了！"不要打了，不要打了！"左之龙跳下马来，声嘶力竭地喊着，冲了过去。那梁兵一听，回了一下头，那受重伤的魏兵趁机扑过去，一把匕首扎在梁兵的胸口上……

"不要打了，弟弟呀！我是之龙，我是哥呀！"就在左之龙拼命呼喊着跑过去的时候，左之翼倒在了血泊里。

左之龙跌跌撞撞地奔过去，跪在地上，抱起了垂死的弟弟。"弟弟，看看我，我是哥哥呀！"左之龙数场战役不怕伤不怕苦不怕死，现在，却血泪齐下。

左之翼睁开眼睛，吃力地看了一下哥哥，说："真没想到，是哥啊，好啊！回家去，告诉爷爷，之翼下辈子还做他的孙子，还做之龙的双胞弟弟……"就在兄弟俩的目光相遇的一瞬间，左之翼一口血涌了出来，断了气。

天就在那一刻塌了下来。左之龙眼睁睁看着自己最心爱的弟弟断气，耳边还回响着当年他和弟弟之间的对话："以后咱俩一起上战场。要是有箭向你飞过来，我伸手就能抓住它。"他对弟弟说。弟弟回应道："好呀。如果有人向你冲过来，我就用飞镖打他！"

这就是命吗？还是数？这个命数的东西，它竟然是这样的庞大，铺天盖地，让小小的人无可逃逸。

左之龙的心被冰冻住了。

…………

梁军大营正在庆祝胜利，清点战利品，左之龙马背上驮着弟弟的尸体，头也不回地往前走去。现场的一个梁兵告诉韦睿："就是他，害死了我们一个兄弟！"韦睿说："去，把他拦回来。"

左之龙面无表情地折了回来。

韦睿一看，认出了这位整个战役中勇往直前的青年战士。

"有人报告，你害死了一个梁军士兵，是真的吗？"韦睿问。

左之龙回答："我没有，我只是喊别打了。"

韦睿眉头一皱："战场上，你为什么要喊别打？"

左之龙："因为，我看到了我弟弟。不过，没用了，他死了。将军，要杀要剐，您随便吧。"

韦睿闭目，叹出了一口气，又问："你驮着你弟弟，打算去哪里？"

"我打算好好把他埋了，然后回家去。我们是双胞胎，他死了，我也没用了……"

韦睿吩咐手下人："给他点钱，让他厚葬自己的弟弟。"

左之龙带着弟弟的尸体走了好远好远，再也没有烽烟，再也没有厮杀，只有一棵巨大的静静矗立着的古槐。他挖了一个大坑，把自己心爱的弟弟放了下去。封土前，他用刀割下弟弟的一缕头发，藏了起来。他要把弟弟的头发带回老家。

左之龙怎么也不会想到，就在钟离城保卫战中，江东左家的一个战士就死在那惨烈的孤城攻防中。那个男子就是左战英的小儿子，五十三岁的左旭起。

左家三儿郎赴汤蹈火于同一座孤城的攻防激战，两个人至死无缘相认，两个人相认在天人永隔的一线间。

这一年，是公元 507 年。这年头，几乎每季都在酿造命运的苦酒，每年都在生成阴差阳错的遗恨。

一〇六　“性本空，我本无”

左之龙如何南下，现在他也如何北上。他只想早日回到武川，他知道，爷爷还在等着他和弟弟的归来。渡过黄河，一路往北。这个时候的北魏国土，凄凄惨惨，几乎见不到一个有精神的士兵。这个时候的左之龙，已经全然搞不清楚自己的国度究竟是哪一个，是南方那个朝廷，还是北方这片土地。离开钟离战场后，他没有折回江东左家，却捎了一封长信给他爱戴的左任贤大哥。没有别人可以哭诉，他跟大哥诉说了自己与弟弟如何刀尖上重逢即诀别的人间惨剧。

左任贤接信，双手发颤，脸色阴沉得如三九严冬。他恨不得此时能在左之龙身边安慰他，和他分担这可怕的心碎时分。这场战争，无论胜负，都已经摧毁了许多人的欢乐，也摧毁了之龙弟弟和左任贤自己生命里的许多东西。

哀痛到了极点后，左之龙却又不得不庆幸自己参加了那场钟离战役，让他有机会见弟弟最后一面，也让弟弟死前获得些许的慰藉。

初夏的大青山苍翠无比。左之龙又一次看到了那个不知是谁立的界碑：武川镇。踏上了那条熟悉的、有一点起伏的小路。路两旁的春小麦长得挺拔，绿中泛着金光，随风起伏，温柔地抚慰着左之龙受伤的心。

到了家门口，就见娘在外头洗衣裳。他拴了马，便过去喊娘。娘一抬头，眼睛一亮，泪珠儿滚了下来。“龙儿呀，你可回来了，回来了！把娘想得好苦呀……”左之龙过去，抱住了娘，看着她那双思念儿子的眼睛，为她揩去泪水。“爹呢？”他问。

“你爹呀，又跑差事去了。”

“妹妹呢？”他又问。

“你妹妹到菜园里去了，一会儿就会回来的。龙儿呀，娘看看你，你瘦多了，肯定是吃了不少苦头。”娘一边说着，一边抹泪。“来，进来吧，娘做点东西给你吃。”

一进门，他便看到了白发苍苍的爷爷。十年不见，爷爷变得他几乎要认不出来。他低着头，闭着眼，嘴里念着什么。左之龙轻轻走过去，默默地看了看爷爷。他，仿佛知道自己的归来，可他双眼仍然闭着。

“爷爷，爷爷，我回来了！”

左弦飞缓缓睁开眼睛：“是你呀，龙儿，你走了那么久……”

是啊，谁曾想到，说是南下认宗亲，一走便是十年！

“是，是我……爷爷，我参加南方的军队了，弟弟他……”

左弦飞没有让他说下去，便径自站了起来。他拿起一本书，走到了后院。走到一棵树下，他盘腿而坐，打开书念了起来。

左之龙悄悄跟了过去。他原本以为爷爷是在念《左氏家训》，没想到他念的是另一种“训”，他听不懂。左之龙止不住好奇，轻轻问了一句：“爷爷，您念的是什么？”

左弦飞给孙子看那书的封面，那上面写着“金刚经”三个字。

左之龙心中百味。他想，聪明的爷爷大概已经知道了他要说的话；他想，他再也不必因为要跟爷爷道出这人间最哀痛的事情而有任何负担。可是，这个世界上没有人——一个也没有——能够分担他与弟弟十年分离，一朝疆场诀别的剧痛。这个时刻，他的心裂开来，淌着血。这剧痛，已经超过了他所能承受的范围。他不能在母亲面前哭喊，他只能在这里哭喊。“翼弟——”他唤了一声，转身离开。

“龙儿！”他听到身后一声唤。他泪流满面，奔到爷爷跟前，俯身下跪，趴在爷爷膝上。爷爷的手，抚摸着他，从头，到肩膀，到双手，到两腿……“无坚不摧，无障不破。”左弦飞喃喃。

“爷爷，您说什么？”左之龙不解。

“一切皆因缘，性本空，我本无，龙儿勿要执着于哀而出不来。”左弦飞说着，却管不住自己下坠的泪珠。

一〇七　五十六年后的拥抱

左之龙回家的三天后，家门口一阵喧闹。正在默默念着《金刚经》的左弦飞身体无端一颤，站了起来。左淮正好在家，连忙过去搀扶。左弦飞手指门外。于是左淮扶着父亲走到门口。走出去一看，就见几个魏兵围着两个汉人嚷嚷。那两个汉人一老一少，年龄几乎和左弦飞、左淮合拍。左淮一看，心中咯噔一响，不禁转头看了看父亲。

左弦飞挣脱儿子的搀扶，径自向那个年迈的汉人走过去，一边走，一边眯着眼睛端详着对方。而那位老伯，也一样眯着眼睛看着他。左弦飞走到跟前，眼睛直直地看着对方，用略微发颤的声音问：“你找人吗？”

对方的声音也有些发颤：“是。”

“找谁？”

对方双唇打着战，一时发不出声来。年少的便代着回答：“大叔，我们找一个叫左弦飞的，广陵人，五十六年前被掳到北方来。不知您知不知道这个人？”

时空仿佛就在这一刻定住了。左弦飞毫无悬念地立刻就认出了自己眼前站着的这个颤颤巍巍的老人。而时空在这一点定格的同时，另一个时空在另一点上也定了格：刀枪飞舞，马蹄纷沓，火烟四起，嚎哭一片。左彰鸿在前，左弦飞在后。“弟弟，跟上，往这边，这边……”等到左彰鸿猛一回头，却不见了弟弟。“哥，你在哪儿？等等我——”“弟弟，哥在这儿呢，你在哪儿……”弟兄俩互相走近了，走近了，就快要聚合到一起的时候，几个北魏军突然出现，把两个兄弟阻隔开来，分别抓住，绑了起来……

“弟弟呀，五十六年了呀……”左弦飞还没来得及开口，左彰鸿先唤了起来。五十六年来，他天天想着弟弟，想着他会在哪里，到底怎么样了。他坚信弟弟还在北方，还活着。几十年来，他走过冀、兖、雍、豫数州，穿破了多少双鞋子，不断寻找弟弟的下落。这一次，算是他最后一次的努力了。

随着左弦飞一声“哥”，被时代隔绝半个多世纪的两兄弟抱在了一起，悲喜交加，泣不成声。

一旁的左之龙看着，欣喜之余，心中却在流泪。爷爷和伯公的重逢，勾起了他和弟弟钟离城永别的伤心事。淮河水上的那场大火，弟弟左之翼临死前看着他的那副神态，在左之龙眼前历历在目。

两个老人紧紧相拥的情形，也震撼了左之龙的心魂，在他的跟前活生生展现了左家亲人间巨大的凝聚力。只有到了这个时候，他心中的家国乱绪才终于理清。他生在武川，但他的故里的的确确是在淮河南岸的广陵。武川的根和广陵的根，在他的心里紧紧地连接在一起。

左之龙和爷爷一起，跟着伯公上马车走了，他们要到伯公的乡下去住一阵。还在马车上的时候，年老的兄弟俩就你一言我一语地聊个不停，仿佛要把这五十六年的匮缺全部补回来一般。说到开心处，老兄老弟呵呵而笑，露出了他们仅剩的几颗牙齿。

到了章岭乡下后，有一天，左之龙看见有个上了年纪的妇人在和爷爷说着什么。那妇人走了以后，爷爷便过来对他说：“龙儿啊，刚才那位婆婆介绍了乡里一个叫槐花的姑娘。我觉得挺合适，你要不要看一看？”

左之龙知道这一天早晚会到，这件事也早晚得做，顺口就答：“爷爷，就听您的。”

槐花姓赵，年方二十二，是个农家姑娘，家里有老父，还有兄弟和妹妹。槐花身材略胖，大圆脸。虽然左之龙的爹是个地方官吏，之龙自己当过兵，见过世面，但是赵家说了，他们是三国名将赵子龙的后裔。所以，基本上，左赵两家是门当户对。这个亲就这么谈成，良辰吉日也很快选定。一个月后，赵槐花嫁到左家。

年迈的左彰鸿经历了他人生的一次回光返照，分享了孙侄的大婚之喜。这是他在几十年寻亲路上所不敢想的。

生活的悲喜，似乎就像程式一般来回推演。婚喜之后，弦飞便要离开了。左彰鸿立在门边，用昏花的眼光，默默地送走了挚爱的弟弟。

左弦飞、左之龙爷孙俩回到武川后，之龙的爹娘见二十九岁的儿子一趟冀州行，带了一个貌美体健的儿媳回来，那个欢喜劲就别提了。

仅仅几个月后，便传来了左彰鸿去世的消息。左之龙不敢让爷爷知道，自己默默地承受着。然而，这患难的兄弟俩像是心有灵犀，左之龙的儿子出世的第二天，爷爷左弦飞便走了。临终前，左弦飞看着抱到他跟前的曾孙，露出了欣慰的却也带几分无力的笑，说了句："我去找大哥了……"便合上了眼。

最快乐的事和最哀伤的事，又一次在左之龙的生命里聚合。他抱着初生的儿子，眼里含着泪，心里想着，希望儿子，不再像他的父辈和祖辈那样饱受战火摧残。

然而，在一个分崩离析的年代，对祥和的期望就像是惊涛骇浪里的一叶扁舟……

一〇八　六镇起义，兄弟续情

左之龙给儿子起名左平（元平）。左平三个月大时，就去摸爸爸的刀。左淮忧郁地说："平儿怎么会想当将军呢！"

是啊，经过钟离惨战之痛的左淮和左之龙父子，心里是百般不愿意后代去从戎。然而在武川镇，你要挡住一个鲜卑裔年轻男人去舞枪弄棒可不是件易事。左平十四岁时，已经骑射刀枪样样会。也就是在这一年，公元523年年底，六镇起义爆发，关陇大乱。

这场起义爆发，酝酿已久，不管是左淮还是左之龙都有预感。有人说，这是因为北魏迁都洛阳，冷落了六镇的缘故；有人更推而广之把这场祸乱归咎于当年文帝的整个汉化政策。不管怎么说，几十年整个北方的战乱和流民，在近些年的干旱和饥荒冲击下越发严重，无疑是六镇起义的因素之一。在这场迅猛的变动中，不被卷入都不可能。次年年初，十五岁的左平戎马出发，参加起义队伍。

正光五年（公元 524 年），南梁趁北魏内乱，发动北伐。左之龙闻讯时，马上想到的就是崔毅，想到当年他们含冤离别和互道好运的情形。也许，也许崔毅他会随梁军北上。那样的话，他们就还有可能再相见！

命运穿过了几多也许，几多可能——那年初冬，犹如在梦中一般，左之龙在去章岭的路上遇见了崔毅。

“之龙啊，我这不是在做梦吧？”崔毅在朦胧中问道，他脸上那道疤仍在。

左之龙激动地说：“不是梦！崔毅，一听南方北伐，我就有预感！”

两人紧紧相拥时，左之龙发现崔毅的左手只剩下三个指头。“你这手……”

崔毅没回答，却连连说道：“其实参加这场北伐，我最大的愿望就是能遇见你！我就说嘛，我们是有好运的人，我们会见面的！”

左之龙不断地点着头。这一刻，他心里突然一阵感恩。不管怎么说，老天爷待他还算不薄。在这个兵荒马乱的世道，老天还让他们两个袍泽再次见面。

崔毅后来告诉之龙，钟离之战打得如火如荼时，他在西部一线作战。那时梁武北伐，元英迎战，所属号称百万之众。两个手指就是那时候没的。

这里是北魏的地界，崔毅却说什么也不离开了。他说自己南方的家已破，之龙又在这里，他再也不想和好友分开。而左之龙又何尝没有同感同念。想了又想，左之龙遂把这位同生共死的兄弟带到了章岭堂亲的家。

从此，崔毅就成了左家中的一分子，在章岭安家落户，垦田务农……

一〇九　关陇风云，左平救主

孝昌二年（公元 526 年），关中也起了战火，延烧经年。三年后，二十岁的左平终于要出远门了。他提着长枪，跨上战马，离开了爷爷和父亲的视线，跟随只比他大两岁的宇文泰，开始了他的征战生涯。望着儿子策马疾驰的背影，老兵左之龙心头百味交杂，不放心，又无可奈何。一切，靠他的造化了！

公元 534 年，六镇起义余波荡漾下的北魏分裂成了东魏和西魏。当时东魏势强，统帅高欢有平定统一关陇之意。大统元年（公元 535 年），高欢率大军造三座浮桥，准备在蒲坂抢渡黄河。第一次东西魏大战小关之战拉开序幕。左平听从宇文泰的指示，加入骑兵突袭东魏悍将窦泰。处于劣势的西魏以出其不意的战术大破东魏军。

大统三年（公元 573 年），高欢领二十万大军从壶口出发赶赴蒲津，第二次东西魏之间的大战（沙苑之战）开打。此时关中正大闹饥荒，宇文泰带着不足一万的兵马在恒农谷仓休整了五十多天，好不容易才让饿得皮包骨的军士们挺了过来。一听说高欢渡河而来，宇文泰部急急入关准备。高欢很快引兵来战。宇文泰考虑到敌众我寡，遂听从部将李弼之计，偃旗息鼓，在十里以外渭曲长满芦苇的沼泽地埋伏，只待鼓声起而齐出杀敌。高欢探得情报，本想放一把大火把西魏军烧死在芦苇丛里，怎奈他听从了手下的谬言，反而任随东魏兵贪功冒进，战阵散不成形。两军相接之际，宇文泰亲擂战鼓，埋伏于芦苇丛中的士兵奋身而起，左平一马当先。这时，只见宇文泰的部将李弼率领一支铁甲骑兵从侧面横击，东魏军队被截成了两段。那李弼的弟弟李标是个小个子，勇奋异常，每次冲锋陷阵时都隐伏于马背上左劈右砍。东魏兵只要看到那匹好像是“无人驾驭”的战马就会惊呼“小个子来了”而抱头鼠窜。宇文泰从远处望见，抚须赞叹：“有胆略如是，又何须八尺之躯！”

此战下来，高欢丧甲士八万人，丢弃铠甲十八万。而西魏宇文泰经此一胜，兵精粮足，士气大振。打了大胜战，左平异常兴奋。

大统四年（公元 538 年），宇文泰与高欢大将侯景的大军在邙山附近交战。混战中宇文泰战马中了流矢，一个惊奔，把宇文泰甩在了地上。东魏大军围追上来时，宇文泰的兵将护卫都跑散了。左平一见，火急前冲下马，急中生智，用马鞭抽了一下狼狈趴地的宇文泰，骂了句：“你个贪生怕死的糊涂兵，王爷到哪里去了呢？你为何不去保护王爷，反而自己留在这里？”围上来的东魏兵一听，以为宇文泰只是个小虾，便转而去追杀高官大将去了。左平连忙扶宇文泰上马，双双逃去。这时，西魏后军至，军势复振。宇文泰掉头迎击侯景军，侯景军败北而去。

回营帐时，宇文泰很感激左平救了他一命，问起左平的姓名和籍贯。左平说他叫元平，生在武川，已经随宇文泰将军好多年了，打了小关和沙苑之战等数场大小战事。宇文泰说很惭愧至今不识得。左平说：“将军不识得我，是因为将军转战各地并日夜操劳运筹。”宇文泰见左平忠勇而机灵，当即送给他一张长弓。

左平恭敬地接过那弓，只见它弓臂强劲，末端还有两个朱色弓弰。

“当年我就是带着这把长弓参加六镇起义的，一转眼，十年过去了！”宇文泰感叹道。

一一〇 “南方运”

左平后来娶了一个鲜卑女子，叫怡妍。怡妍是一个性情非常好的姑娘，嫁给了左平后，更是温顺体贴。左平三十四岁时，怡妍为他生了一个儿子，取名左随。左随出生时个头很大，毛发棕黑，密而微卷，眼睛炯炯有神。

有一日，门外来了一个中原相士，说是能神测未来，趋吉避祸。左平好奇，便让他进来给儿子看看相。怡妍抱着儿子出来了。相士仔细看了看婴儿左随（元随）的样子，微微一笑，说道：“这孩子有江南运，将来是会到南方去的。”

左平听了，心中咯噔一下：“南方？南方哪里？”

相士看了看左随的手相，说：“命理尚难定，然非江左即淮左。”

相士走了，怡妍却有些愁上眉梢了：“你说这是真的呀？咱们元随将来会去江南？”

左平说：“看把你愁的。时间还早着呢！再说了，果真是这样，那我们就一起去，好不好？”

怡妍点头说："反正你去哪里，我就跟去哪里。"

妻子抱着儿子走了。左平静下心来，觉得相士说的有些靠谱，便来跟老父左之龙汇报。左之龙听了，默不作声，心底却是掀起了浪潮。

"父亲，看来我们和南方的左家缘分很深。"左平说。

"那是因为，我们本来就是一家。"左之龙说，想起了大哥左任贤，不知他怎么样了……

这时，东魏已经演变为北齐，皇帝是当年高欢的次子高洋在做。而西魏政局也不稳定。左平还在军中，六十四岁的左之龙便常伴孙儿左右，教孙儿汉文和家史。

左随长到十岁时，左之龙病重。左平闻讯赶回家中，就见左随跪在爷爷左之龙的床榻前，一手拉着爷爷的手，一手抹着泪。

"父亲！父亲！我来了，您怎么样？"左平急至榻前。

当着儿孙的面，左之龙手直直地指向南方，说了声"左家……"手便骤然垂落下来。

"父亲！您放心！孩儿有朝一日一定下江南，和左家团聚！"左之龙眼睛徐徐合上的时候，左平连连说道。不知道父亲听见了没有。他应该是听见了吧，因为他的嘴角，显示出了一丝笑意。

南北朝局势的发展，结果竟然和江东左家第一位掌舵者左江预料的一样，弘农郡华阴人杨坚平定北方，而后兴兵灭了南朝陈，结束了长达近三百年的南北分割。遍体鳞伤的黄河上下、江淮南北，终于有了疗伤的时机；饱受战乱之苦的百姓，终于能够安居乐业；而南北大团聚大融合的民族意识也终于化为了现实。

不过，事情还得往回说，在了解了北魏间左家人的经历后，我们要回过去看看江南左家在从南朝梁末年到南朝陈之间的这些年代里是怎么过来的……

爸爸去了北方了！……

第六部　无关后庭花

一　江陵之火

话说左旭起五十三岁时参加了梁朝与北魏的钟离之战，大破魏军。那时候，他的英雄父亲，足迹遍及大江南北、荆扬腹地的左战英早已不在。左家在北方的后人左之龙、左之翼分别南下，各为主战互相拼杀。这件事左之龙兄弟事先互不知晓，更不用说他们和江南宗亲左旭起的相认。然而，左家人的故事，从东汉末年至今，从关中洛阳到广陵、江左，脚印深浅顽强，一直就没有中断过。北雁新羽南翔、梅花故魂入江，历史的命运，将他们带入了江水独秀 、鉴湖藏忧的南朝。

梁军钟离大胜的四十一年后，怀朔镇人，叛离东魏转而投梁的鲜卑化羯人侯景，因为不满梁武帝和东魏将他作为交换，起兵叛乱。第二年，即公元 549 年，叛军攻占梁都建康，囚困梁武帝，将他活活饿死。

侯景此人，虽左脚上长着一个形状像龟一样的肉瘤子，走起来一拐一晃，却是一个骁勇好斗、狡黠而又反复无常的人。他的叛乱很快引来了梁朝部将的讨伐。公元 552 年，驻守岭南的梁朝大将陈霸先北上与另一位将领王僧辩会师，收复了建康。侯景被部下杀死，叛乱终于平息。

陈霸先字兴国，祖籍颍川，吴兴长城下若里人。他高个子，额头隆起，一副顽强倔强的样子。据说他还很有帝王相，因为他手臂很长，几乎过了膝盖。其实，陈霸先出身寒门，在门阀制度森严的南北朝时期，本来是很难有出头之日的。侯景作乱，陈霸先毅然带领三千南部地方兵团，从岭南出发，北上勤王，讨伐叛军。左旭起的曾孙左小微，当时于江陵从军，后来便转入陈霸先的麾下。

那一场浩劫，江南百姓横尸遍野，江南士族人财遭劫，山河破碎，梁朝式微。庾信写了一部《哀江南赋》，多所提及侯景叛乱中江南所遭的劫难。

仅仅三年后，西魏军攻进梁都江陵，又一场浩劫开始了。

当年左旭起从军后，曾在父亲左战英经营过的地方——古楚国西塞要地宜昌住过一段时间。左旭起孙子左冉，年轻时移居江陵，在那里扎下根来，成家立业。左小微就生在江陵。小微小的时候，每年五月的一天，左冉必定拉着他的手去到大江边的山丘上。山上有一座庙宇，门前竖立着一尊关羽的石雕。那关羽，体魄魁梧，手持长刀，美髯飘起，眺望着大江滔滔。

顺着关羽的目光望去，江上有人划着龙舟。而江畔一个开阔的场地上，人们烧着火把，举着画有凤凰的旗帜，跳着舞，唱着歌：

高阳后裔，祝融子孙
筚路蓝缕，以启山林
华夏故土，一脉相承
凤凰于飞，佑我楚荆
…………

“他们在唱什么？”小微问父亲。

左冉就跟儿子讲了楚人的故事：楚人原为中原人的一个部族，被周朝天子逼迫，离开中原，千里迢迢落脚荆楚这个地方。虽然是这样，楚人内心一直葆有一份中原的心和自豪感，知道自己的祖先上达炎黄。他们有着坚韧的意志，辛勤地开荒拓野，经营荆楚，终于建立起了强大的国家。楚人信仰凤凰，相信这种神鸟在保佑着他们的族人、国家。

左冉还给小微讲关羽的故事。

那些故事，植入了左小微幼小的心灵。几年后，左小微长成英俊少年，立志从军。在征战的生涯里，左小微冲锋陷阵，十分英勇，因为他觉得自己是在为一块了不起的土地家园而拼杀。

二十四岁时，左小微便升为军中将领。可惜，他生不逢时，在一个昏庸之君的统治下，南朝梁的国土一块接一块沦丧。紧接着，西魏大军压境，在江陵保卫战中，他为救国一以当众，最后身中数刀，惨烈战死。

酷爱读书但头脑迂腐的梁元帝不甘心华夏典籍落入敌手，焚毁了珍藏那里的十四万卷珍贵的华夏古籍图书，嘴里还念念有词："文武之道，尽今夜矣！"当时的文史官左简在一旁，熊熊烈焰映红了他的脸，灼烧着他的心。他泪流满面："中华珍宝，亦尽今夜！"

江陵焚书时，公元 555 年，左简二十九岁，论辈分是左小微的三堂叔。左小微才二十六岁，身后留下两个男孩：大儿左志文九岁，小儿左志琼七岁。

焚书的十几天后，梁元帝被西魏立的傀儡萧詧用土袋闷死，西魏军开始追捕江陵百姓。

一一二　卢华静流离至建康

左小微家里，家门紧闭，夫人卢华静收拾了一包东西，带着两个孩子，忐忑不安地等待着夫君的到来。战斗开始前，左小微已经知道大事不妙，叮嘱妻子收拾好东西，做好撤离江陵的准备。卢华静左等右等，丈夫却一直没有露面。

"砰砰砰……"一阵急促的敲门声，卢华静走到门边，从门上小孔里认出来者是梁国的人。

门开了，卢华静急问："我家夫君呢？"

来者是梁军传令兵，此时却着便装，满脸黝黑，告诉卢华静："左将军已经不幸被敌军所杀，我们的皇上也没了。眼下魏军正在城的另一头追捕江陵百姓，您要赶紧离开！"

卢华静一声"天哪"，眼前一黑，人便瘫倒。

传令兵不由分说，背起卢华静，牵起左志文的手，左志文拉着弟弟，就这样，四个人夺门而出。

一路上，九岁的左志文目睹了还冒着烟的废墟、四处仓皇逃散的人群，听到了人群中的哀嚎和亲人之间的呼唤……

传令兵将卢华静母子三人安全送上了船，便说自己还有要紧的事，匆匆离开。

船离岸了，七岁的左志琼问母亲："爸爸怎么没在船上呀？"

"是呀，"左志文也问，"爸爸呢？爸爸在哪里？"

卢华静不知怎么回答两个孩子，一边搪塞说"爸爸在等下一条船。等我们到了江东，就能看到爸爸了"，一边偷偷抹着止不住的泪。

船上都是逃难的乡亲，一阵颠簸，卢华静顾不得悲伤，双手紧紧抓着两个孩子。

船恢复了平稳，两个孩子竟然都睡着了。卢华静一阵伤痛刺心，回头望故园，江陵已经在水的另一端。卢华静像失了魂一般思念着左小微。他常年在军营，每一次回家只待很短的时间。卢华静常常难掩失落和怨怼之情。左小微看出来了，有一次，离家的前夜，他给妻子唱了一首歌：

我问星星，问到天明
为什么你狠心让我久等？
我问桂花，问到花落
为什么你一走再不回头？
我告诉星星，说到天明
我想蹚过天河，与你相依
我告诉桂花，说到花落
花开花落，你总在我心底
…………

卢华静下意识哼出了声，声泪中，她累极而眠。

船远离了江陵伤心地，沿江而下，最后停泊在建康。卢华静早就从丈夫那里知道，他们在建康有宗亲，她还记得宗亲在建康的大致方位。一个悲伤的妻子，领着两个饥肠辘辘的孩子，在建康城内的大街小巷间转了几个时辰，终于寻到了左家宗亲的宅院。

这时候，江左左家掌门人为左纳的后代左家青。他高高的个头，面容清朗俊美而有质感，有点像是当年左文秀和左战英的结合。家青此时二十二岁，在小自己十七岁的小弟弟左成洛面前，俨然一副慈父的样子。

从京口迁至建康的左家，在侯景之乱的几年浩劫中，也未能幸免。左家青有武功，为了救小弟弟，身上受了伤。他的妻子却在城外的布匹商埠里被辱，自投长江。哀伤中的左家青又听说魏军陷江陵、江陵古籍灰飞烟灭、梁帝被土闷身亡、堂亲左小微战死这一系列不幸消息，新仇旧恨，悲愤不已。当卢华静一家三口衣衫褴褛，唇干口燥，跌跌撞撞出现在门口时，左家青二话不说就将三人迎进家来。即刻，他专门腾出一落厢房，接纳自己这位堂亲嫂子和两个小堂侄。

一一三　荷叶鸭子饭

此时，建康也不平安。侯景之乱后的梁国，已是江河日下，危如累卵。当年和陈霸先一起作战的梁朝另一大将王僧辩，却在北齐的威逼下屈服，迎立北齐扶植的傀儡皇帝。陈霸先知道了以后，即刻赶去见王僧辩。“君才，我们本来不是说好好的，不受齐人牵制，自行拥立九子？”陈霸先责问道。

王僧辩踌躇不语。陈霸先苦苦劝阻未果，便横下心来。九月，陈霸先从京口举兵，突袭建康，诛杀王僧辩，重新立萧方智为帝。北齐一见傀儡皇帝被拉了下来，不甘心，于是整合十万大军，挥师南下，进攻建康。

建康城中，陈霸先率领他的战士们秣马厉兵。他心里清楚，这将是他出岭南后所碰到的最严峻的一次考验：家国百姓，生死存亡！

公元556年，四月梅雨天，从屋檐往下滴滴答答不停的雨点，竟连成一片弹跳着的丝带，听起来又像是珍珠敲打出来的一曲带着乡愁的曲子。

大门吱呀一声，一身湿漉漉的和管家带着两个年轻伙计回来了。左家青急忙迎了上去："怎么样？"

和管家报告说："庄主，大米都送过去了，同各方一起，凑足三千斛米。听说宣毅将军自己还在凑百千只鸭子，犒劳将士。"

左家青欣慰："宣毅将军还真有办法！"

和管家称许："可不是嘛。都说他是兴国（陈霸先字）的左臂膀！"

南方连日阴雨绵绵，北齐士兵多不适应，建康城久攻不下。六月十一日，天放晴，陈霸先知道，决战的时候到了。侄子陈蒨筹集好了军资，及时送来了三千斛米和一千只鸭子。陈霸先大喜，命令厨师们赶烹大餐。江南烹饪好手们用玄武河岸边的荷叶裹米饭夹香喷喷的鸭子肉，飨宴众将士。吃了一顿别有特色、香气萦绕的荷叶鸭子饭，将士们士气大振。

被围困了数月的建康城，乍雨还晴，显得紧张而诡异。经历了侯景之乱的满目疮痍，再经历这数月的攻防拉锯，建康百姓的心都提到了嗓子眼儿上。

和管家手持三炷香，在佛祖面前为左家，也为建康城祈福。这尊佛像，就是当年广陵左家老掌门左江敬奉的那一尊，是当时的左家护卫长少虎从汝南经淮河运过来的，算来，已经有两百四十三个年头了！从广陵，它又被运到了建康。这尊佛像，目睹了南北朝烽火和左家几百年的沧桑，护佑着左家的世代子孙。

香炉上方香烟袅袅，和管家闭目默祷，银须和那白烟相互映衬。

此时，在建康城墙内外，正演绎着关乎南朝命运的惊心动魄的历程。无数利箭从高高的城墙内射向进犯者的胸膛。那顿极香的荷叶饭的后劲还在持续发酵，陈霸先一声"出城破敌"，城门大开，百千英勇的南朝将士如箭离弦，如潮扑滩，杀声震响。北齐军队早已被南方的阴雨泡软，久攻不克，三鼓而竭。

陈霸先的将士们一举击溃北齐军，歼敌近八万。建康城，保住了！

一一四　左简夜奔

仲夏夜，天气闷热，似乎预示着另外的一场雨。而灌木和草中的夜虫，却还是不知疲倦地叫着。不间歇的虫鸣声中，左家的人都进入了梦乡。

左家青近来心里有事，睡不安稳。半夜醒来，觉得热，便起身走出厢房。正踱步走下天井，忽闻大门那边似乎有声音。他警觉了起来，回房取出宝剑，朝大门走去。

没有错，他听见外面门卫在跟什么人说话。左家青微微拨开一扇门，问道：“是谁？”

一个低沉却洪亮的声音回答：“江陵著作郎左简，前来建康投奔宗亲。”

左家青一听，是自家人，连忙开门。“原来是简三叔，快快请进！”左家青听卢华静提过，江陵有位他们称为简三叔的宗亲。

愣了片刻的门卫连忙作揖道：“在下不知是自家简三叔光临，多有得罪，失礼了！”

左简安抚道：“乱世嘛，你没有得罪我，我还得表扬你！”左家青对门卫说：“将功赎罪，你先别在外头了，进来帮三叔安顿一下。”门卫连声称是。

原来，江陵焚书后，左简和梁元帝及一些宫中官员一同被掳，看见萧绎被魏兵用土闷死的惨状。书籍全部被梁元帝烧光了，西魏人见左简有学问，便将他带到了北方。左简思念故土和家中妻儿，寻机悄悄逃出了西魏。回到江陵后，他不敢再待在家中，于是带着妻儿居无定所，就在荆楚一带漂泊。如此不是长久之计，他突然想起自己在建康有宗亲，侯景之乱时还满心担忧他们的处境。如今，江陵已无遮拦，他琢磨眼下的最佳去处就是到江左来与宗亲团聚。

一家人仓皇来到夏首古渡口搭船，沿江而下。兵荒马乱，船路不顺，跌跌撞撞，沿岸漂流，几个月后才到了建康。

左简和家人已经几日没有好好吃东西，看上去瘦弱憔悴。左家青看在眼里，差人唤醒了两三个下人，连夜起来打理吃的喝的接待远道而来的宗亲。

吃完后，左简夫人江荷馨和儿子左之明皆疲累不堪，到厢房歇息去了。左家青和左简这一对素未谋面的左氏叔侄，对案而饮，谈起国事家事，悲欢离合，忧思愁绪，两心共鸣。谈起刚刚大获全胜的建康保卫战，左简低声说："兴国公崛起寒门，临危受命，击退强敌，救护大梁。如今元帝已殁，太子稚弱，我看这态势，大梁改姓陈不久矣。"

左家青也低声说："只要于国于民好，谁来当皇帝都一样。"两人一直聊叙至天明。

次日下午，团聚了的建康左家，在左氏牌堂里跪拜左氏的列祖列宗，感谢祖宗佑助，左氏几支得以在战乱之后齐聚建康；祈求祖宗庇护，左家继续兴旺发达。之后，一个大家子就在大堂里用餐，共叙左家宗亲之情。这餐席的座次也有些特别。一个大家子里左简辈分最高，左家青却是与他一起坐上座。和管家推了半天，还是拧不过，也坐到了上席。夫人们和她们各自的孩子们一起坐在下面。左简心里多少有些咯噔，又一想，再怎么说，自己是来投靠的，建康左家掌门人理应坐上席。至于总管家嘛，肯定是功高位重吧！而孩子们还小，夫人们没有按惯例坐后面，而是与各自的孩子们坐一排，也说得过去。

这个餐席上，和管家遵照左家青的吩咐，特意做了一道荷叶饭，里面裹有煮鸭块。

"荷叶裹鸭饭，这是我们江左的吉祥饭！"左家青说，"兴国公就是靠这饭，鼓励士气，大败北齐军的！"

"贤侄说得好！"左简赞许。

左家青亲自给三叔斟上酒，自己端起酒杯，环视上座和下座，说："身处乱世，三叔和嫂子没有忘记建康左家，一路颠簸辛苦至此，我敬你们一杯！"说完一饮而尽。

左简一边点头致谢，一边饮下了手中的酒。

左家青转而给和管家斟酒："这一阵，和总管实在辛苦。齐人来犯，和总管不辞艰难，亲自把左家的米送到兴国公那里，这杯，我敬您！"说完又是一饮而尽。和管家惶恐，在连声"不敢"中喝下了那杯酒。

卢华静则在底下，默默不语。从江陵逃难到建康至今，几乎每一个晚上，眼睛一闭，便是左小微那俊美的脸庞，还有他们匆匆在一起的柔情时光。而今又一家宗亲乱世来投奔，在碰痛她心底伤口的同时，也给了她微微的抚慰。她轻轻饮下一口薄酒。

她的两个儿子可就没有那么安静了。“爸爸呢？爸爸怎么还不来找我们呢？”左志文问。话音刚落地，左志琼也跟着叫起来：“我要去找爸爸！”

左家青见状，离开席位，来到卢华静母子跟前。“志文，志琼，渡口人多，你们爸爸没搭上船，他呀，跟着我们的军队到北边去了。”

志琼睁大眼睛：“北边是哪里呀？”

左家青想了想：“这么说吧，咱们这一大家子的人，很早以前都是从北边下来的。以后，我们也要再到北边去的。到时候，就能见到你们爸爸啦！你们要乖，听妈妈的话，到时候见到爸爸的时候他才会高兴。”

两个孩子将头转向卢华静。卢华静强忍泪水，抿着嘴唇点了点头。

一一五　家青动情

果然不出左简所料，一年后，江南国号由梁变成了陈，皇帝就是陈霸先。陈武皇帝登基后，勤俭持国，恢复农耕百业，千里江南从烽火废墟和血腥伤痛中慢慢复苏，开启繁荣。可惜，武皇帝只在位两年，便弃世驾崩。陈朝，依着长江天险，开始了它在北周虎视眈眈下危机四伏却又绮丽锦绣的路程。

左简毕竟名气大，很快就被皇上召进了朝廷。平时闲暇时，他会管管家中几个孩子的学业。

左家人有文武双全的传统，不过，左小微的两个儿子，却很有趣地有了文武分工。哥哥左志文长得文秀，在学堂里一蹲就是两个时辰。他爱读书，先贤史籍诗书皆勤涉猎，近世昭明太子的《文选》他更是爱不释手。弟弟左志琼长着一张圆脸，喜欢舞枪弄棒，读起书来却是少了兄长的沉潜。

左志文深得三叔公左简的喜欢，左简给了他一个字——子荆，意指志文来自荆楚人文之地。左简认为他将来肯定是栋梁之材，一有空，就会陪他读书，和他谈话，对他的重视关怀，甚至超过了对自己的儿子左之明。

左家青本人从小跟随高人习武，练得一身好武艺。自从侯景之乱后，一种江南家国的危难意识就在家青心头油然而生。简三叔教大侄儿习文，他便教二侄儿习武。有一回，左家青带着志文兄弟登上栖霞山。透过满山红叶，家青指着北方对两个孩子说："咱们左家原本来自洛阳。将来，叔叔定要带你们回到我们祖先生活的地方！"

左家青对孩子那么说是有原因的。和左家历任掌门人一样，左氏宗堂是家青经常要跪拜的地方。那里有牌位、家训，还有代代传承、添加的家史、族谱。再见洛阳是代代左家掌门的心愿。

卢华静也没有闲着。日子过得快，转眼四年多了，两个儿子已经习惯了这里的生活，她也已经把这里当作自己的家。她缝缝补补，而且每天都会亲自下厨房，为三叔、家青和两个孩子煲汤喝。

陈文帝继位后，励精图治，注重农桑，兴修水利，建康城也显得生机勃勃。别的不说，那条秦淮河的两岸，商埠酒家，百物繁华。卢华静不时会在丫鬟陪同下，到那里去物色好的纱线。回来以后，纺机便飞转了起来。织好了布，她便开始剪裁制衣。这一大家子穿的，几乎全出自她的一双巧手。

这一日，她见家青的衣衫在教孩子武功时撕裂了，便默默地取来，穿针引线，不多久，那衣衫便弥合如初。

这一切，都被左家青看在眼里。卢华静个子不高，脸蛋长得十分标致。两根别致的长簪，支起她一头秀发，更衬托出她脸庞的可人。她性情温顺，含蓄，平淡的神情时而透露着她内心的坚忍。一方面，左家青喜欢这种性格的女人，另一方面，又十分同情她的遭遇，总希望能给她更多的关心和支持。慢慢地，对她的关注越来越多，对她的感觉越来越浓厚。

卢华静话不多，手不闲。虽然练就一双巧手，自己的衣着却十分简朴。两个没爸的孩子，一开始可以看出他们对母亲的依恋。到了建康后，他们便慢慢地和堂叔亲近了起来。和两个孩子闲聊时，家青会有意无意地询问起和卢华静有关的事情。两个孩子，特别是小的左志琼，会口无遮拦地知无不言。了解得越多，左家青对卢华静就越发有好感。

一一六　华静为难

左简夫人江荷馨个子比较高，修长的脸，一头云鬓，珠光银色，十分讲究。也许是因为左简总在朝堂上任高职，江荷馨已经习惯了衣来伸手饭来张口的生活。因为闲得没事干，她有时也会好奇，跟着华静一起去到秦淮河畔闲逛游玩。

那秦淮河两岸，绿丛花影，亭台楼阁，使得那河水也跟着五彩斑驳。荷馨一到那里，立刻就会被那些委婉的乐声和轻柔的歌喉吸引了去。华静并不十分喜欢那些歌女的曲子，加上她事情又多，有几次她不得不把荷馨放在歌楼里，自己先去办事。

有一回，卢华静买了东西回来，江荷馨一看卢华静买的纺纱，就说："哎呀，瞧侄媳买的这纱，织起来多麻烦呀！我见布庄里有布，人家织得好好的给你，干吗不将它买了来，省去多少事呀！"

卢华静说："自己选纱，自己织，称心一些。"

荷馨瞟了华静一眼，用一种很特别的声调说："侄媳真是勤快又手巧，难怪呢，咱家青贤侄看你的眼神都不一样。"

华静一听，荷馨似乎是话中有话，就说："都是一家人，有什么不一样的？"

荷馨扭了扭腰身，说："侄媳，你是真的没看出来还是……我看哪，家青贤侄他八成是喜欢上你了呢！"

华静心中一时惶恐，说："馨姨您……这话可不好说的。"

荷馨诡秘一笑："好了，馨姨不说了，咱们回家吧！"

走进左宅大门，卢华静第一次有心跳的感觉。其实，不用江荷馨提醒，她自己也已经有了觉察。一段日子以来，她能隐约地感觉到，左家青总是用一双温柔的眼睛看着她。她一般是不敢拿眼睛直视他的。有一次，她把新做好的衣服交到他手里，不直视显得不礼貌，于是她看了看他的眼睛。两双眼睛碰到一起的那一刻，她心里明白了。那以后，家青不再称呼她“嫂子”，而是索性直呼其名了。这让她既感到几分亲切，又有一些不自在。作为一个年轻守寡的女人，她内心深处的本能何尝不是希望能再有一个男人倚靠终身呢？

但这怎么可以呢？如果这样一直下去，她在左家还能立足吗？

可是，这一家之主不就是家青他自己吗？他要做什么，谁又能管得了呢？

那又如何？人伦事大，这样的事，一定不能让它继续下去！更何况，左小微在她的心底占据着无人能取代的地位。

她这么想着，挣扎着，冷不防迎面差点撞上了左家青。

“华静，回来啦？”左家青一声问，热气四射，逼得卢华静几乎往后倒退一步。“不好意思，我贪听了一会儿歌，回来晚了……”

左家青马上接上去：“嫂子每天为大伙儿忙这忙那，多听一会儿歌还不应该吗？以后，我让阿中陪你出去。天晚也不怕。”阿中是左宅的家丁。

卢华静一听更为惶恐：“兄弟忙庄园的事，就不要为我这点小事操心了。”

两人你来我往的情形，让江荷馨看了个透彻。当夜，她便把自己所见和所想告诉了左简。

一一七　茶楼临江

左简是什么人，读尽圣贤书，动辄“子曰诗云”。隔日，他便将左家青邀到一家茶楼去。

茶楼侍者端过来一壶碧螺春。倒入杯中，只见叶卷如螺，色泽银绿，翠碧诱人，令人未喝先醉。

茶楼临江。初秋时节，天高水清，两岸的婀娜多姿尽倒映水里。从对岸的长江秦淮河交汇处，传来一阵阵箫声。左家青听得入了神，并不知道三叔邀他出来要议什么。

“家青贤侄啊，你说，简三叔应该不算外人吧？”左简开口了。

左家青有些摸不着头脑：“我们都住在一起了，三叔怎么会是外人呢？”

“这就好，三叔这心里有几句话，不知当说不当说。”左简小心谨慎地引入他的主题。

左家青为叔叔斟茶：“三叔但说无妨。”

左简于是文绉绉地说：“我闻，戎狄蛮夷之族有兄死弟娶其偶乃至父亡子承其妻之俗，盖因香火传续之需。但我华夏正统视彼为非礼乱伦，鄙之而不苟同。”

左家青嗅出一股浓浓的味道来了，就问：“三叔缘何跟我说这些？”

左简委婉地答道：“我见志文之母似有意于你。”

未料左家青听了这话，第一反应竟然是心中暗喜，默然没有搭理左简的提醒。

左简不解，于是加重了语气：“依三叔之见，青侄若想延续子嗣，便应尽快从外面另寻合宜的女子续弦，以免不轨之女乘虚而入。”

这下左家青彻底听明白了，于是实话实说：“恕我直言，三叔有所不知。我与华静相好，并非图留子嗣，而是因为华静是女子中的佼佼者，绝非三叔所说的不轨之人。她至今都十分自律，难以触碰。是我先萌生此意。”

没想到自己委婉相劝，家青却如此直接了然地顺着竿往上爬。左简只觉耳根阵阵发热，冲口便云：“青侄当心哪，如纵容此欲，便是辱没祖宗！”

左家青见这位只比自己大七岁的堂叔已然把祖宗也扯进此事来，坦然应对说：“简三叔既提祖宗，左家祖宗中一位叫左民的，好像也有些许你所谓的‘出轨’。”

左简直摆手：“可不能乱臆测。左民后来离开左家，径自去了惠安，并在惠安娶妻生子，何来出轨之说！”

左家青不说话了。本来清香袭人的碧螺春茶，这时显得乏味。他推说家里有事得赶紧回去，便起身与左简作别。

刚刚在茶楼里的郁闷，一回到家里便烟消云散。堂叔的阻挠，反而让左家青更加明白自己对卢华静的情感，他的内心更坚定了。

一一八　情志弥坚

他一头扎进左氏牌堂。案台上第一个牌位就是太祖左江，第二个便是左纳，左民却无处可见。左民的牌位，应该会在惠安吧……虽然他在江左没有牌位，但左家青知道左民的身世和他的许多故事。当年左民已经够勇敢地追求他的爱，由于内外种种原因，由于婉心命薄，终于有心无果。

而今，那个侯景南下作乱，害苦了士族，也崩溃了世人心目中的许多执念。我左家青真心喜欢一个女人，为什么不能堂堂正正地争取？她曾经是堂哥的妻子没有错，可堂哥已经不在了，何况，堂哥毕竟不是亲哥哥，隔了几堂还不知道呢，他从来没见过这个堂哥。卢华静就是一个普通的女人，难道就因为她原来的夫婿姓左，他便不能娶她？！左家青这会儿完全不信那个邪！

他来到卢华静的厢房。还没进去，就已经听到那吱吱呀呀的织布声。华静是那样的专注，以至没有觉察到他的到来。

他默默地走到织布机旁，用手轻轻一点，机器停住了。

卢华静抬头，有些意外，连忙招呼："家青兄弟好！"

"华静，先别忙这个，我们说说话。"左家青说着，自己走到小厅里，坐了下来。

卢华静心中忐忑，跟着过去，也坐了下来。

左家青看着略微低着头，不敢直视他的卢华静，语气坚定地说："华静，我已经想好了，我要娶你。"

卢华静睫毛微微颤抖着，说了句："家青兄弟，恕我直言，这个，使不得。"

左家青没想到卢华静会一句话回到底。他先是激动了起来，接着后悔自己没有先做铺垫，最后，他强作平静，说道："咱先别说死，好吗？我先问你：你喜欢我，对吗？"

卢华静欲言又止，琢磨着回复的话。左家青便又再问一句："你喜欢我的，对吧？"

卢华静找到了合适的回复："我是喜欢你，因为我们都是自家人……"

左家青立马接过话头："那就行了。我回头就去准备，我们下个月就成亲！"

卢华静惊恐地说："使不得呀，兄弟！"

左家青问："为什么？你给我一个理由，为什么使不得？"

卢华静低着头咬着牙回答说："因为，因为嫁给我夫君时我就说，我生是他的人，死作他的鬼。"

"那叫烈女、贞女，随你用什么好词都可以。可是那有什么意思呢？对谁好呢？对孩子，对女人，还是对死去的丈夫？还是对那些立牌坊的石匠？左小微，他已经为国而死了，再也活不过来，再也不能亲近两个孩子，亲近你了……"说到这里，左家青一阵冲动，双手扶住了卢华静的肩膀。只觉得对方身体一颤，他把自己的手缩了回来。他告诉自己：要冷静，要稳住，欲速则不达。

他想起了孩子们，于是，转了话题："小寒小春都喜欢你，夸你有耐性。她们现在绣得一手好花。你那一头，志文志琼跟我也很亲，志琼那小子恨不得就叫我爸……"

"家青，你让我静一静，行吗？……"卢华静打断了家青的话。左家青点了点头："好吧。顺便跟你说一声，我要出趟远门，明后天就走。"

华静一下抬起头来，看着他："出远门？家青兄弟要去哪里？"

"新息，在淮水的西头。左家在那里一直有生意。我本来早就该去了的，一直没腾出空来。"

卢华静不安地问："那不是胡人的地方吗？你去那里，会不会不安全啊？"

左家青答道："那也没办法，总得有人去。要是真死那里了，家里不还有我弟弟顶着。"说着瞄了卢华静一眼。华静连声说："出远门之前，不好说不吉利的话。"

家青笑了，改口道："好，说吉祥话，我一定平安回来！"

一一九 淮西寻故栈

其实，新息行并没有那么特别的紧，且本来家青亦有意让弟弟家禾跑一趟，锻炼锻炼，熟悉一下左家在淮右的业务。出这个远门的主意是在和卢华静的谈话中临时决定的。和卢华静的关系困扰着家青，他决定离开一段日子，让华静有机会静下心神，好好做决定。

两天后大清早，左家青告别家人，走出左宅大门。卢华静送他到门口，目光殷殷地叮嘱他小心保重。弟弟家禾一直将他送到江边。从京口搭船，他北渡长江。

身上披着卢华静为这趟远行特别准备的披肩，肩上挎着她为他整理的行囊，江水滚滚，潮寒袭人，家青心里却是暖和的。这两天华静的细心照料，让他几乎要放弃离开。但是他心里清醒，如果待下来，他不敢保证卢华静就能绝下心意答应他的求婚。

一个半时辰后，他到达了江北。从这里他骑上马，直奔淮水南岸。由于建康左家一直经营商务，历朝政府都发给他们通商符节。侯景之乱后，左氏是江左仅存的几大士族之一。如今，江北淮南一带已经是北齐的地界。不过因为当下陈朝和北齐没有战事，左家青给北齐哨兵看过他的通商符节，他们便让他过去了。

他在淮南驿站过了一夜，第二天又赶早，搭上了去淮右的船只。

比起江南的秀色和繁华，淮河两岸显得十分冷落。时而见三五农夫躬耕，却显得农作乏力。家青知道，这条路，他的先祖左纳、左民都走过，左战英从江左迁徙到豫南鄂北时，也走过。不论哪个朝代，南北如何分隔，这条淮水，和他们左家的缘分绵绵不绝。

十几天工夫，左家青来到了淮河南岸的淮安客栈。客栈名虽然没有变，但是主人换了。这里现在是北周的地界，淮安客栈现在由一个叫日谷得的鲜卑化羌族人打理。客栈外那个记载着孙左两家长年友情的“孙左亭”已经被焚毁，但石碑还在。左家青站在碑前，体验着时过境迁，人非物亦非的世间沧桑，万分感慨。

左家青和日谷得两人第一次见面，有些生分，但是客气友好，左家青还备了一份礼物送给日谷得。之前由于梁朝和北魏关系不好，左家停止了往北魏地界私盐的销售。这次左家青来淮西，就是想了解情况，看是否合适恢复这桩私盐买卖。

在和日谷得的交谈中，左家青了解到北周和北齐之间处于敌对状态，互相虎视眈眈试图吞并对方。左家青感觉到，无论是谁吞并谁，对南方陈朝都是一件坏事，因为届时南北决战将不可避免。当场，他心里便决意断了这个私盐西北售的生意。利润虽大，但有利北方强敌的事左家不能做。

来见日谷得，左家青只是以寻访旧友为由，并未提半字生意的事。在淮南一带待了两天，第三天，左家青和日谷得道别。临别时，日谷得还送左家青一个羌族礼物——五色布包，以示丰富吉祥。

回家途中，左家青既兴奋又忧思。兴奋的是他自认做了一个正确的决定。忧思的是，不知道卢华静是不是想好了，是不是和他一个心思……

初冬，远方的山已经有了积雪，地里有农民在收藏谷物和菜果，准备过冬。想着四季皆美丽丰盛的建康和家里也许正等待着他的华静，左家青归心似箭。

一二〇　志文劝母

家里，卢华静这些日子也心神不宁。若说她不爱家青，那是假话。可是在她心灵深处，她不知道这份爱是不是非分之想，甚至是邪念，因为她不知道自己是否还有自由、权利或者是否应该再嫁人。在碰到左家青之前，她没有想过这个事，更没有任何心理准备。家青不在的这段日子，她还真的很想他，盼着他早点回来。眼看着家青的归期近了，她又有些茫然不知所措。这日，她忍不住把大儿子左志文唤到身边。

"阿妈，什么事？"志文问。母亲的不宁情绪，细心的他都看出来了。

"志文，妈是有点心事……"

"是不是和叔叔的事？"志文竟然这样直截了当地问，把卢华静吓了一跳。志文十四岁了，长得跟他父亲一样英俊，连神态都很像，华静经常会在恍惚中从志文的脸上看到故去的丈夫左小微。长成少年的左志文很懂事了，这让做母亲的很感欣慰，跟他问一问这件事，也是应该的。华静想到这里，便问儿子：“孩子，你很聪明，给你猜中了。你家青叔喜欢妈妈，待妈妈很好。好些日子前就跟妈妈说，他要……”卢华静竟有些说不出口来。

左志文便接着母亲的话问：“他要娶阿妈，是吧？”来建康四年多，左志文从儿童长成少年，他和弟弟早就明白了四年前他们的爸爸究竟发生了什么事。

华静看着儿子的眼睛，点了点头：“可妈妈就是拿不定主意……”

志文又问：“阿妈也喜欢叔叔吧？”

卢华静边想边答：“一家人，自然是喜欢的……”

“那阿妈还有什么拿不定主意的？叔叔对你好，对我和弟弟也很好。我和弟弟都很喜欢叔叔。我们还真的就像是一家人。阿妈，我想，你要是嫁给了叔叔，爸爸会高兴的！”

华静抬起头来，盯着儿子的眼睛，问：“孩子，你真的这么想？”

左志文很认真地说：“是啊。我们都高兴，爸爸能不高兴吗？”

十多天后，左家青站在了自己大宅的门口。门卫匆匆进去报告后，弟弟家禾赶出来迎接。卢华静听见了，心头大乐，却只待在厢房里，没有出来。

左家青把这趟到淮西的情况和决定先简单地告知了家禾，兄弟俩聊叙了一会儿后，风尘仆仆的家青便来到卢华静的厢房。卢华静没在厢房里，问丫鬟，才知道华静已经下了厨房。

当天晚上，一家人围一起吃饭。左简的眼睛时不时地在左家青和卢华静之间来回转，琢磨着这两人现在处在什么样的关系状态。

左家青有意把气氛引开，便讲起了淮安客栈的事。还取出来日谷得送的羌族礼物，说这个礼物既是吉祥物，也是羌族小伙子常用的定情物，不避嫌地当场送给卢华静，说：“华静，我看这个给你最合适了。”众人面面相觑，华静当众耳热。

左家青却一点都不在乎地继续说：“过几天，你肯定能做出比这更漂亮的来！”

晚饭后，左家青来找卢华静，问她：“我不在的这段日子，你想我不？”

卢华静默不作声。左家青便直截了当问："你是否想好了？是否决意和我一起？"

第一次，卢华静抬起头来，直呼其名："家青，你对我好，我全都知道。其实，我，我也打心里喜欢兄弟……只是，我怕，简三叔他会不依。"

"跟他有什么关系啊？"家青没有想到，华静也看出左简的端倪来了。

"怎么没有关系？"卢华静说，"左家现在，数简三叔的辈分最大，他又是朝廷里的高官……"

"那又怎么样？他能拿我们怎么样？我们没犯王法，《左氏家训》里更没有不让女人改嫁这一条，也没有禁止兄弟承婚这一说。退一步说，小微和我本不认识，我们充其量也只是隔了几层的堂兄弟。他那么煞有其事的，真有些莫名其妙！华静，你不用怕。你喜欢我，这是最要紧的……"说到这里家青握住了华静的手，"其他的，就听我的，我会安排好的。"

一二一　不速之客

隔日，左家青召来左家禾、左简、和管家等几位，告诉他们，他近日就要和卢华静成亲。弟弟家禾说："太好了！"和管家说："恭喜庄主！你们俩着实很般配。"唯有左简郑重道："家青贤侄，这事我们谈过。我看，你还是再慎重三思吧？"

左家青："这么简单的事，有什么好反复思的？我喜欢她，她喜欢我，就这么定了。"

和管家明晓左小微和左家青之间只是远房堂亲而已，对左简阻挠这件事心里蛮有意见，他想给家青撑腰，便提高声调对家禾说："二少爷，咱们得去开始张罗了！"说着拉着家禾往外走。家青趁机跟着出去，却被左简叫了声："家青侄儿请留步！"

等和管家和家禾走远了，左简便说："家青，不是三叔多嘴，娶兄弟的妻子这样的事，有败风俗，有损宗名，智者不为呀！"

左家青的脸上露出了不耐烦的神色："堂叔，华静来建康之前，我根本就不认识小微这个人。"

左简："可后来知道了呀。"

"知道了又如何？我们俩离亲兄弟还远着呢！就像我和您，也是隔了不知多少层的堂叔侄。"言下之意，你这个远房亲戚，管什么闲事呢！

左简听出音来了："家青，你这么说可就生分了。同是左门，我年长于你，自然有一份责任纠正引导你。"

左家青十分不悦："我做错了什么要你来纠正引导？我和华静，既没犯王法，也没违家训。堂叔，拜托了，我还有要事，恕不奉陪了！"

数日后，左宅来了一位不速之客，身边还带着随从。左家青迎过去，愣了一下。来者冠带堂皇，墨须凛然，一看就是个朝臣。左家青忙拱手作揖道："家青不才，还请大人告知尊姓大名。"

来者回礼道："本人姓姚名参字一辅，朝廷御史。"说完四下打量着左宅。

家青拱手道："御史大人光临敝舍，不知有何贵干。"

姚参郑重其事地说："实不相瞒，有人报告，建康左家私售食盐与北周。此乃危害国家之举。本官奉命前来核实。"

左家青心头一震，大脑一思，作答道："左某感谢一辅大人未听信谣言，屈尊前来核实。建康左家自前朝天监六年起，就已经断绝了在北魏地界的生意往来。何来私售食盐与北周之说？"说罢唤来和管家："诚之，你去把过去六十年左家盐业记录拿出来给大人过目。"转身又对姚参说："大人可否厅里一坐稍等？"

"也好。"姚参说罢，随左家青在大厅里坐了下来。很快，下人便奉上茶来。

和管家携一位帮手捧着一大摞卷宗上来了。姚参接过卷宗，只选了头尾几年的材料看。看着看着，忍不住称许。左家私盐记录，一笔一笔，时间、地点、数目、事件、人名、备注等，清清楚楚。天监六年之前，有清楚的淮右往来记录，之后便一笔都没有。最新的一条记录吸引了姚参的注意。一看，原来是左家青决意不再重拾淮右生意的决定。备注里写道："观北方态势，今有北齐北周两强互斗。待两强合二为一，则乃我朝之大患。左家私盐，断无售与敌国之理。"

姚参赞叹道："左家渊源，我略有耳闻，果不愧为世代忠良之家。惜上告之人，不明此理，实有失公允及鉴察之真。"

原来是有诬告者，左家青心里愤慨，试探地问道："谢姚大人明察。不知是何人如此中伤左氏，还请姚大人为左家主持公道！"

姚参："左公放心，待本官回去，定还左家清白！"

姚参不肯明说，左家青心里盘算，此诬告之人，非左简莫属。

朝臣走了，左家青心中却愤愤不平。卢华静送来煲汤，见状，问何事郁闷。

左家青："那个所谓的堂叔左简，恩将仇报，竟到朝堂去告左家的刁状！可恶莫过于此！"

华静愕然："有这等事？左家有什么可让他告的呀？"

左家青："说的是。如果是实有其事也就罢了，他竟然无中生有诬告左家卖盐给敌国。他难道不知私贩食盐给敌国罪可杀头？"

华静大惊："这可如何是好？"

家青安慰她："不用担心。适才朝廷里姚大人来过，已经查明了。"

卢华静深深松了一口气，心想：看来这个当官的三叔还真是得罪不起。左家青好像看到了她的心思，言道："我们并没有惹他，是他没事找事惹我们的。不必担心，我不会让这种人在左宅住。他忘恩负义不仁在先，我没法跟他讲宗族之情之意！"

华静听着，心中忐忑。

一二二　终成姻缘

那天晚餐席上，左家青几乎一言不发，气氛诡谲。

左简在朝堂上遇见姚参，已经被训斥了一番。这会儿，他自知理亏，正忐忑不安。

晚饭后，左家青将左简叫到侧厅，并招呼左家禾和卢华静也一起来。

左简知道这次准没好事。果然，左家青直截了当说道："堂叔，三年前你逃难来到建康左家，家青没有二话便收留了你们一家子，直至今日，家青自认仁至义尽。"

"家青贤侄……"左简想插嘴。

左家青打住他："让我把话说完。堂叔既已在新朝任职多时，想来不必继续委屈挤身建康左氏寒舍。家青敢请堂叔另寻佳处乔迁吧！"

"家青侄儿原来是在下逐客令……"左简最害怕的就是这个。虽说他已经在朝廷任职，但新朝节俭，俸禄有限，建康住房拥挤，房价奇高，不住这里，他要到哪里住去？不说房钱本身，就说花钱雇用人他也花不起。而自己那个夫人江荷馨更是一个花钱的料！

左简一时慌了手脚："侄儿，你何至如此呢？"

左家青怒道："堂叔为何不问问自己呢？如果不是姚大人明鉴，你会把建康左家推向灭绝！你读书破万卷，哪一个圣贤教你忘恩负义？不说圣贤，《左氏家训》你读了吗？列祖列宗有这么教导的吗？你如此恩将仇报，出手如此狠辣，我如何还能留你这个祸害继续住我左家？！"

左简惶恐而言："贤侄言重。简确实没有如你所言的狠辣之心，只不过，只不过想以此为谏，让你放弃续弦迷途。是简一时糊涂，没有想到兹事体大。我已经跟姚大人谢过罪，还请贤侄原谅愚叔这一回。搬迁之事，能否再思？"

一旁的卢华静低头作礼言道："想必堂叔是一时没有想清楚，华静斗胆请兄弟从宽考量。"

本来，左家青驱逐左简心意已决，但想到在建康这个地方另谋新居的确不易，又听华静一言，便说："堂叔之言行，已然触犯左门底线，家青一言既出，难再收回。不过堂叔放心，家青会给足你时间。"

三周之后，左家青和卢华静正式成婚。左宅内虽张灯结彩，但婚礼从简，仅请来知心好友相聚一欢。左简也恭恭敬敬地送了一份贺礼。

洞房花烛夜，卢华静羞涩、不安而又甜蜜地坐在床榻的一头。左家青挨着她坐了下来。

“家青，我们这是在做梦吗？”卢华静问。

家青回答道：“华静，这些年我读家史家训，明白了一件事：人不能只是做梦而不敢去闯新路。当年洛阳左氏大家逃难至南方，家业从头开始。如果不是先辈敢于做前人没做过的事，又怎么能百年兴盛至此。我们的事也是……现在，我俩处在这里，不是梦，因为我们咬牙闯过来了……”华静说：“都是兄弟胆大，坚持。”

“怎么，还叫兄弟啊？”左家青调皮地看了华静一眼，见她脸颊红透。“其实，你胆量也不小，又心善，又手巧。家青为你做什么，都是值得的！”左家青说到这里，两只手轻轻地一搂一抱，华静便已经顺从地倒在了他的怀里……

一年后，一个男孩出生了，取名左一新。

一二三　孤女周银花

左一新长到一岁多时，十六岁的大哥左志文跟父母提出要北上寻根兼探访中原的人文名胜。

左志文这个志向根植很深。初来建康，当妈妈和养父编造爸爸在北方故事的时候，这颗种子就种下了。打那时候起，他对北方就充满了好奇。后来，家青又在栖霞山上郑重地告诉他和弟弟：他们来自北方的洛阳，有一天，是要回去的。他被北方深深牵引。

母亲卢华静听了儿子的请求，虽然欣慰儿子有心，不忘本，可却是相当的不愿意。因为志文年纪尚小，中原离家千里，且战事纷繁，政局不定，叫她如何放心得下。

为了阻止志文出远门，华静和家青商量，急急托人介绍了一位少女，少女十六岁，姓周名银花，据说是一个抱养的孤女。周银花长得端庄可爱，充满了青春少女的美。相亲那日，志文悄悄抬头，见银花低着头站在她养母身后。他看不清她的全貌，只见两弯眉毛和一管秀气的鼻子，看上去绝对是一个善良温和的女孩。不知她是不是也悄悄看过自己。

女方走了，志文心里认可，嘴上却不言语，只说他要出远门，还不想结婚。家青夫妻见儿子并不排斥银花，不顾儿子说的出远门不出远门，便急急和周家定下了亲事和婚期。

闪电一般，就到了新婚之夜。两个少男少女，面对面坐着。大婚之前，他们一句话都没有说过。两双眼睛，互相躲避，却又互相好奇。

终于，左志文打破了沉默："银花，你是几月生的？"他知道他们同年生，只是不知道月份。

银花被问住了，陡然伤心起来，因为，她的继父母并不知道她出生的确切月份。

"怎么，你不知道自己的生日？"

银花茫然摇头道："不知道，我是被抱养的……"

"哦……"志文语噎。

"不过，"银花用动听的嗓音说，"我自己觉得我一定是腊月出生的。"

左志文并未问银花她为什么那么觉得，而是接着她的话说："哦，那你小我三个月。"

周银花听了，不禁抬起头来，看了看她的这位小哥哥。见志文也正看着她，她的脸顿时红了。那一脸红晕，如同那姣美月亮对潮汐的作用力那般，激起了少男左志文体内的春潮。他伸手抱住了她，嘴里说着："银花，别难过，我会好好待你的！"

那天晚上，两个青葱处男处女羞羞答答地经历了男女之事。

次日，左志文在手抄《左氏家训》，银花陪在一旁，竟念出了声来："左家先祖，源出关中。七世戎马，尽公尽勇。"她的咬字和音调很是别致。

左志文诧异地问道："银花，你识字？"

银花："一点点。"

"我看你认识的字不光是一点点哦，怎么学的？"

银花回答：“有一个好心的老师教过我。”

左志文很高兴，看来，他的新娘不仅善良可爱，还识得不少字。将来，或许他们可以一起做一点文字活儿呢……想到这里，左志文突然脱口而出：“你知道吗，再过一阵，我就要出远门了。”

周银花先是摇摇头表示她不知道，接着就露出了惊慌的神态：“你要去哪里？”

那一刻里，左志文忽然有了一种从来没有过的感觉和意念。他觉得自己对不住眼前这位全然无辜、值得人珍惜疼爱的女孩。可是他的计划已定，心意已决，不可能再回头的了。他跟银花解释说：“银花，我的祖先来自北方。他们在中原的天南地北都走过、住过。我就是想到北边、西边去，走他们走过的路，看看那些祖迹现在怎样了。”说着，他摊开一幅他自己画的地图给银花看：“看，这是关中、萧关、散关、这是长安、潼关……往东去，这是洛阳，左家的左梁大致在这里。下来是淮水，再往下是长江。这就是咱们住的地方——建康。”

银花的眼睛随着左志文的手移，心里更加不安了：“那得要出去多久啊？”

志文于心不忍，安慰她：“不会很久的，我不游乐，一定早回来！”接着还叨叨了几句别的话。第一次，他学着安慰女孩。

一二四　策马西北行

十六岁的左志文娶了比他小几个月的周银花，心里虽觉幸福，却没有能够消解他出游的意志，阻止他的脚步。他告诉一家人：“很多人都是在这个年纪甚至更早离家长见识学本领的。左家祖辈中的左战英孤身前往八公山时，十六岁还不到。汉人虽南下，但汉人的许多文化古迹圣地，依然在北方。不去拜访温习祖宗的骨血旧迹、魂魄端始，枉为汉人，更枉为左家人！”

左志文如此坚决，百般计谋皆无效的卢华静和左家青只能放行；新妇周银花也只能含泪接受这个事实。

为了儿子这趟不知有多久的远行，卢华静特意购置了一顶既挡雨又遮阳的斗笠，一个竹筐。又亲自做了几双鞋子，几套衣服。周银花亲自绣了一个平安符。左家青从家丁中挑了一个身强力壮功夫好的年轻人，名叫季迁的，陪着同行。

临行前，卢华静千叮咛万嘱咐。想到左小微早亡，如今大儿子又要远行，一阵伤心不舍，平日内向的华静此时泪流满面。

左志文不愿见到母亲这般伤心，露出笑脸竭力劝慰，还叮嘱银花好好陪着妈妈。他看了自己的新婚妻子一眼，心里清楚，银花此时也正难过着。

左简此时仍任朝官，并且与家青和解，继续住在左宅大院里。他从小喜欢左志文，当初志文提出他的旅游计划时，他就相当支持。为了左志文的宏大计划，他特意为志文准备了一个特别的符节：供陈朝民间儒生学士探访北方的证件。

带着父母的百般不舍、银花的万般忧伤，背着从家带出来的厚重行囊，左志文告别亲人，告别左宅大院门口那对古老的石狮，一声马鞭响，家，很快便被甩在了后面。

三堂叔公给准备的这节令还真管用，家青一到长江北岸的北齐哨卡时就用上了。那哨兵一看左志文是个民间儒生，见他背着竹筐、头戴斗笠的样子，没多盘问便让他过去。

左志文沿着北齐地界一路西北行。那条路，基本上是当年左民随着祖逖出洛阳南下的路。此时收割的季节已过，处处可见农民在地里锄草翻土，不时飘过来阵阵泥香草味。比起祖逖那会儿，情形要好上许多。

一二五　和洛阳擦肩而过

二十几天后，他从许昌进入了平顶山。就在他快要进入洛阳地界时，忽听叫嚷声四起，接着见一群人朝这边奔跑而来。“快跑，快跑，不要过来！”领头的汉子朝他喊道。

左志文迷惑而问：“发生了什么事？”

汉子说："洛阳那边两支人马在交战，去了会送死。"

左志文又问："这边应该是北周的地盘，怎么会有两支人马？"

汉子对他翻了翻白眼："不怕死的，你就去吧！"

左志文不信邪，继续前行。不料，远远地又跑过来一拨人。到了跟前，见他们个个惊慌失措，左志文忍不住问："这位老乡，洛阳那边到底出什么事了？"

一位老者对他说，洛阳一带近来时有土匪兴起。他们各据地盘，仗着势力，不是抢夺百姓，就是互相挞伐。"你外地来的吧？不知道这些恶人的厉害，他们不光抢财物，甚至开膛剖腹，无恶不作！我劝你还是先避避风头，等平静些的时候再来不迟。"

"官府不管吗？"左志文讶异而问。

"官府？你是说北周朝廷还是北齐朝廷？现在两边不消停，哪还有空管土匪的事！"

老者的话，左志文不听都不行了。想着自己还有许多地方要去，洛阳下次折回来应该还有机会。左志文朝着洛阳的方向眷恋不舍望了许久。不远处有条小河，这条河，应该能通到左梁西北端的尹阳河吧！他在河边蹲了下来，伸手触摸那已然十分寒冷的河水。那河水随着他一指触碰而动了起来，一个个圆圈向四周扩散。耳边响起来很久以前养父和母亲的话：爸爸去了北方了……妈妈和养父的话也许并不虚幻；也许，爸爸的灵魂此时正伴随自己的左右！他闭了一会儿眼睛，好像在和他的英雄父亲神交一般，嘴里念着谁也听不懂的话。睁开眼睛，从那水的倒影里，他好像看到父亲和父亲背后的祖先们刚毅而睿智的目光。

他继续西行，到达了北周的辖地。北周与北齐世仇对立，对一个小小的南方陈朝文人倒是蛮客气。之后，左志文转而向南，到达了当年左战英作坊首站：弋阳。那里的纸作坊仍在，仍有左氏后人在经营着。左志文过去，和宗亲相认，相聚甚欢。看着作坊里一摞一摞的纸，年轻的左志文对既是战士又是业主的左战英充满了敬仰，也敬佩自己的宗亲们不辍旧业，勤勉以继，将作坊一直坚持了下来。在弋阳宗亲的帮忙协助下，他继续南下，来到宜昌。宜昌作坊现在是当年连武的后人在经营。连家人用宜昌特有的香辣刁子鱼和红油香面热情款待左志文，畅谈左连两家互相帮衬，互相成为对方的命运推手的奇妙缘分。大伙儿围坐一起，喝着热腾腾的宜昌土鸡汤，一百三十几年的历史，讲起来恍如远古，却又近似昨日，如同碗中热气逼人的鸡汤一般亲切。

从宜昌，左志文继续一路西南行，到达号称巴蜀咽喉的鱼复。这里危崖绝壁，东临湍流滚滚的瞿塘峡，西望蜀道无尽的高原和峡谷。左志文站在高崖上，想象当年已经四十多岁的左战英跋山涉水，来到这里视察巴东地势的情形。就在鱼复，左战英毅然决定开设第三个纸作坊，由羌族人丹木主持。而今，丹木的后人继承他们先祖的基业，在这里制作纸张以及羌笛等羌人特色的文具、礼品，甚至还有酒食及衣鞋等各类杂物，俨然是鄂西和巴蜀之间一方人气兴旺的宝地。

作坊主人知道了来客的身世后，热情欢迎他。左志文和作坊的羌人老乡，还有几位吐谷浑的兄弟围坐一起，欢饮青稞酒，欣赏各位老乡兄弟的笛声、鼓声、歌喉和舞姿。当场他就学会了一首羌歌：

我的家在绝壁上
苍鹰在我的歌中盘旋
彩云从我的故事中飞过
蝴蝶和蜜蜂飞不到的地方
我爬呀爬呀
摘下来一朵美丽的花朵
…………

一二六　缘接宇文邕

离开鱼复不久，左志文的旅程发生了戏剧般的巨变。在沿长江北岸东进时，他突遭北周人挟持，并将他千里迢迢带回都城长安。此时正是严冬腊月，长安城雪花飞舞。北周刚上任不久的新帝宇文邕传唤左志文。

宇文邕此时二十岁不到，少年气盛，英姿勃勃。对话不久，宇文邕便看出左志文知识渊博，是可用之才，意欲将他留在身边。左志文慌了神，告诉北周皇帝使不得，他家中还有父母妻子在眼巴巴地等着他回去。宇文邕说："那还不好办，朕将他们都接了过来。"

左志文更加惶恐了："陛下，在下在江南有家业，家人亦不适应北方气候水土。北迁之事恐怕不宜。"

宇文邕有些不耐烦了："大丈夫做事，哪有那么多事！你就修书一封，告诉他们你在北周效劳，日子过得很好就行。至于说女人嘛，大周漂亮的女子多的是！"

左志文哭笑不得。

不多久，北周皇帝果然差人送了一批美女到左志文的住处来。其中一位鲜卑姑娘叫元佳萝，深眼窝，高鼻梁，五官绝美，宛如画出来的一般；睫毛一动，眸子一闪，风姿动人。宇文邕说："你看，这么美丽的女人，朕准你娶她为妾，这可是你的福分！"

左志文作揖，目不斜视，沉静而言："在下感谢皇上恩典。只是志文家中已经有妻子守候，恕志文难以从命。"

左志文知道，此时远在建康的母亲和妻子不知怎样地在盼着游子归来，他如何能从命娶了这个女子呢？一旦真娶了一个北方女子，他南归的希望无疑会更加渺茫。

出乎意料的是，未接受皇命接纳美女，皇帝非但没有责怪他，反而欣赏他心意专一且意志顽强，更不愿意放他走了。为了抵御各种诱惑，左志文开始念佛读经，等待归期。同时，他给南方寄了家书，报告平安。

那封家书，得到北周皇帝特别的帮助，两个月后终于交到了望眼欲穿的卢华静的手里。

卢华静双手颤抖着，打开那封北方来信。当读到志文在信中唤母的时候，再也按捺不住，泪奔如注，哭倒在左家青的怀里。

左家青拍着她的肩，安慰她："别难过了。孩子自己选择了这样的路，平安就好。"

信封里还有一函，是给周银花的。那天夜里，银花就贴着那封信进入梦乡。她梦见左志文艰难地行走在一片金色的沙丘上。前无村，后无店，甚至树影水迹都不见。在那么荒凉的地方，志文他一定是又饿又渴又累……就这样，在惊慌不安中，她叫着自己夫婿的名字，醒了过来。

四周空荡荡的，只有她和那一封薄薄的信纸对视。

第二天，银花把自己的梦境告诉了婆婆。"真是奇怪呢，我从来都没有见过那样的地方，怎么会梦见呢？……志文他，不知道是不是遇上了什么麻烦……"银花愁上眉梢。

心里很不好受的卢华静，只能强打精神安慰儿媳："他这不是刚刚捎信回来吗，不用担心。这人哪，一担心，什么奇怪的梦都会做。"

一二七　际遇兰陵王

周银花的梦做得还真是奇。北周皇帝宇文邕见左志文苦读佛典，带着些遗憾地告诉他，东边有诸多佛雕石窟，是许多鲜卑匠人的石雕杰作，可惜都在北齐境内。左志文一听，立刻说他要去探访。宇文邕摇头说："只怕太过冒险，眼下周齐两国战事正酣，朕不敢保证你的安全。何不等到朕一统北方时再去？"左志文回说："在下云游之计，只争朝夕。北齐我已经去过，手上仍握有那里的使节证明，皇上勿忧。"

当初那个艳丽的鲜卑女子元佳萝，一直伺候在左志文身边，对左志文关爱有加。听说左志文要到北齐地界去，心中忧愁起来。元佳萝凝视着左志文，那双带着忧伤的大眼睛直勾人的魂。然而，当左志文看到那副眼神，便会想起来另一双眼睛，虽然没有那么大，却殷切无比，情深意长。那双眼睛，是他今生的承诺。

这日，左志文取出他离家前银花送给他的平安符，凝神看着。元佳萝进来了，好奇地问："这是什么？好漂亮！"

左志文告诉她："这是平安符，我妻子送给我的。"

元佳萝眼睛端详着那个锦线绣成的平安符，不敢去摸，只是很羡慕地说："你夫人手艺真好！"

几天后，元佳萝给左志文送来了一件貂皮披肩，说出门在外，一定要有这个披肩才会暖和。左志文明白元佳萝的一片心意，却之会伤她的心，便接了下来，还说了句："多谢佳萝！"

元佳萝一双大眼睛大胆地看着他，回道："大人客气了！"

临行前，元佳萝送到门口，大方地叮嘱："左大人多多保重，早点回来！"说着把一个行囊递到他跟前。她自己站在石阶上，一直目送左志文离去。她看见左志文转了一下身，向她挥手，让她回屋。她笑了，放下了门帘。

那是初春时节，薄雪纷撒在各色众花之上，北周的景致有难言之美。左志文从北周进入北齐地界，立即便被北齐哨卡守兵逮住。左志文说，他只是要探访佛教名胜而已。守兵哪里肯依，三下两下便将他送至并州首府。在那里，左志文见到了当时的北齐并州刺史高长恭（兰陵王）。

左志文一见高长恭，便着实地愣住了。兰陵王个高，白皙，脸庞柔美，双眼幽深如高山湖泊。左志文平生还没见过长得如此瑰杰的男子，惊艳之下，拱手作揖道："金陵人左志文拜见兰陵王！"

"金陵可是好地方！"兰陵王一语既出，声如铜铃。

高长恭看上去很冷静，他先是说左志文才学渊博，来中原本为斯文，北齐理应以礼相待。接着便令手下上上等好茶。两人对案而饮。高长恭话语不多，却足让左志文感到他宅心仁厚。两人相叙少许便交相甚欢。

高长恭一听左志文想去探访石窟，便令两个手下陪着一同前往，还告诉志文，他的夫人对佛祖虔心甚笃。

左志文拜别兰陵王，前往平城，那一带有大大小小的佛雕石窟，其中有一处巨佛矗立，气势雄浑。左志文仰望而兴叹："如此惊世巨作，北方各族石工，匠心独运，精诚之至，叫人怎能不敬佩叫好！"

离开平城后，兰陵王的手下回并州府去了，左志文背着他沿路做的记录，和一同随行的季迁一起，准备返回北周。

路上，他突然动了回陈朝的念头。离家已经两年了，他十分想家，家里人也肯定牵肠挂肚，这个时候，无论是北齐还是北周，都是天高皇帝远，正是他脱身的大好时机。

可又一想，不辞而别不是君子所为，况且北周皇帝待自己不薄，元佳萝对自己也情深意长，这样径自离去，实在不厚道。再说，自己在北方任务也尚未完成。兰陵王跟他提过，河西祁连山一带，有更宏大的石窟。虽是靠近大漠，他还是希望趁自己在北方的时候去探访一番。

左志文踌躇再三，终于还是转身朝西而行。

地平线一派迷离，左志文心中也升起来一团模糊的思虑：他的命运，连同他周围人的命运，就在他心意的一念之间，彻底改变了……

一二八　人质

快到北周地界时，意外发生了，左志文再度被一群北齐军人抓住不放，并以此要挟宇文邕。

北齐兵抓住北周客卿左志文当人质的消息传到长安，宇文邕震怒。左右劝说："陛下，那左志文只是南朝一介平民，咱北周犯得着因为这样一个无足轻重的人而与北齐大动干戈吗？"

"你们懂什么？！左志文乃我大周客卿。他在北齐遭难，我大周岂有不救之理？说什么南朝一介平民，左志文的祖籍本就在长安，左氏百年英豪辈出，他千里跋涉，寻根问迹，心志坚定，无人能比！更何况他读千卷书行万里路，眼下的北周正需要此等人才。算了，说了你们也不懂，宇文荣呢？"

随着一声"末将在"，一位年轻的将领走上前来。

宇文邕："北齐人欺人太甚，殊不知我大周早已兵强马壮，岂能忍受他们如此调戏？！你带上你的铁骑，突袭洛州，把人给我要回来！"

宇文荣果断应命："是，陛下。末将一定把左志文带回大周！"

宇文邕没有让宇文荣出击北齐重镇晋阳、晋州等地，却单提洛州，智勇双全的宇文荣领会其意。次日，宇文荣带领他的铁骑，以迅雷不及掩耳之势突袭北齐的洛州，击杀相对薄弱的洛州守军近万，掳走洛州刺史府里文武官员数个，并放回俘虏传话：若不将左志文放回，将尽杀所擒洛州百官！

洛州之变震惊北齐，正在从并州南下的高长恭一听战事的起因竟是因为他才刚刚见过的左志文，震惊且愤怒。他快马加鞭，火速往都城邺城的方向赶。

高长恭见到北齐皇帝高湛，禀告高湛，北齐官兵扣一个南朝文人为质，要挟北周纯属胡闹。如今北齐南线损兵折将，危及京城，且数位要员在北周人手里，为今之计，只有先设法让宇文邕放人，洛州之危应会迎刃而解。

高湛此时心里只想着美女的事情，懒洋洋地问如何能让宇文邕放人，兰陵王说："宇文邕此番并非要北齐土地，所求无非左志文一人，我们就以此人为交换，换回被掳北齐要员。我与左志文有一面之交，我自当修书一封给他，让他劝告宇文邕，此事当就此平息。"

高湛手一甩："就依你，去吧！"

果然不出兰陵王的意料，宇文邕欣然同意交换人质。按照兰陵王的提议，两边人员在北齐境内、黄河北岸的蒲津古渡口互放被扣人员。那日，高长恭亲赴蒲津渡，主持这个人质交换事宜。就在左志文离开北齐士兵的簇拥，即将走向渡口时，高长恭走上前去，亲手将他写给宇文邕的信件交给左志文。"真没想到，我们会这样二度见面。"高长恭说。

左志文郑重接过信件，充满敬意地说："兰陵王宅心仁厚，高风大度，美名不虚！北周皇帝爱才如珍，兰陵王不如与在下一同过河去与北周皇帝一叙，如何？"

高长恭作揖道："多谢先生好意。长恭本当亲送先生过河，无奈有要务在身，还请先生原谅！"

左志文忍不住问："敢问兰陵王是何要务？"见高长恭微笑不言，转而作揖道："在下永生铭记兰陵王的情义。期盼我们后会有期，临风畅谈。兰陵王多多保重，祝阁下万事如意！”

高长恭回礼：“后会有期，子荆一路平安！”

见左志文的渡船行远了，高长恭策马回身：“驾！”和左志文见面的时期，正是他率军北击突厥，东拒北周的关键时期。

左志文携带兰陵王的函件，回到长安，面见皇上。宇文邕看过兰陵王的信后，露出不悦之色。左志文疑惑：“陛下，兰陵王是否写了什么让陛下不悦？”宇文邕说：“这个高长恭说把你归还，并不是因为北齐畏惧，而是因为和你有一面之情。还说我们不图协商解决问题，而是兵戎相见，损了他们一万士兵，今后如果再挑战端，他定不轻饶。”

左志文听了，不作声，内心却深佩兰陵王的道义和胆识。宇文邕皱着眉头唏嘘道：“这个高长恭，智勇双全，品貌并佳，可惜，生错了地方！”

左志文表示深有同感，说着他话题一转，突然在宇文邕面前长跪不起。宇文邕愣住了：“左先生何以行如此大礼？快快请起！”

左志文跪着说：“陛下，此次志文能从北齐生还，全因了陛下的全力救助。一个大周皇帝，为了我南方一介草民，不惜与强邻大动干戈，志文感激于心，不知所语……”

宇文邕笑了：“我就说你们汉人文人心思多。你是我的客人和朋友，朋友有难，我难道不应该出手相救吗？那个高长恭，和你只一面之交，尚且如此侠义，更何况你在大周已经住了一年！快起来吧，你知道朕对你不薄，今后多为大周做点事就好了。”

北周皇帝一席话倒是说到点子上了。本来还想早些返回南方的左志文，如今一时是走不开了。

一二九　元佳萝

左志文离开皇宫前，宇文邕交代了一句：“左先生，佳萝一直在等着你呢，你可要好好待她哦！”

左志文朝自己的住所走去，远远地就见元佳萝迎面向他跑了过来。到了跟前，她双臂开张，搂住了他。“左先生，您回来了，太好了，我太高兴了！”边说眼泪边往下淌。

左志文心生感动，不由得伸出手来，拍了拍她的肩膀：“佳萝，让你担心了……”

元佳萝见左志文身上还披着她送给他的貂皮披肩，眼睛一亮：“谢谢先生，还想着我。”

走进既熟悉又陌生的房子，元佳萝便开始忙活起来。她告诉志文：听说他快回来了，她便把他的卧室重新打点整理了一番。“您看，很干净舒适吧？”

左志文有些疲惫，便靠在了床榻上。趁着他歇息的时候，元佳萝急急到了厨房，准备饮食。

没过多久，她端来了一碗热腾腾的鸡汤。左志文闻到香味，睁开了眼睛。元佳萝端着汤碗，一边吹着，一边走了上来。“我听说你们南方人用鸡汤来强身解乏，特意给您炖了一锅，加上我们北方的蘑菇参草，又鲜美又大补，先生您快趁热尝一尝吧！”

左志文接过碗来一喝，果然鲜美无比！一碗下肚，乏意尽消。

“佳萝，让你费心，谢谢你了！”左志文将空碗递过去，第一次凝神看了看元佳萝。他这一看，倒让元佳萝有些不好意思了。“自家人，说什么谢呢！”她这么说。

他跟她，算是哪门子的自家人呢？可是那话从她嘴里说出，竟然是那样的自然率真，没有丝毫的虚伪修饰。左志文上下端详着她，体内有什么东西萌动了一下。“佳萝。”他禁不住唤了一声。元佳萝听了一愣。

他又叫了一声，还朝她招了招手。她凝视着他，像铁被磁所吸引了一般，她一步一步朝他走来，走到跟前……

这一瞬，他反悔了，可是为时已晚。顷刻间，她脱去外衣，张开一双玉臂，搂住了他的脖子。

那是春风对种子的呼唤，流水对鱼儿的吸力，元佳萝整个的体感和生命力，刹那将左志文融化了……

那一夜情后，左志文心头烦悔，痛恨起自己来了。他心神不宁，斥责自己为何意志如此不坚。悔恨交加中，他决定，准备出行！

一个月后，左志文在季迁等几位跟随下再度出游，这一次是要往西去。大周皇帝叮嘱几位随从：好好照顾左先生！

一三〇　西出阳关

一行人沿着祁连山北麓，走过武威、张掖、酒泉，最后到达敦煌。一路上，旷野茫茫，时见金色的土丘排叠。左志文不清楚那些土丘是自然的山岗还是曾经的城郭，直叫人浮想联翩。快到敦煌的时候，只见一望无际的黄沙滚滚，天高地阔，不时闪过海市蜃楼，甚至有千万雄师的影子，景象既神奇迷离，又赫赫壮观。往北去，就是人说的“瀚海”了吧？左志文知道，西汉武帝年间，年轻的霍去病曾率领八百铁骑，威震匈奴。后来更几度远征河西，为大汉开疆拓土，扫清西展的路途。漠北之战，霍去病封狼居胥，并追击匈奴，直达瀚海。左志文不由得想起临行前宇文邕跟他提到汉武帝刘彻时敬仰加羡慕的神情。“朕就把心里话告诉你吧。”大周皇帝说，“朕准备在八年内统一北方，之后，以整个北方之力将江南也统一过来。再之后，如果上天假以天年，朕将巡视西域……”宇文邕的大志，左志文其实全看在眼里。

左志文一行人马，千辛万苦，终于来到敦煌，看到了宇文邕和高长恭都跟他说过的佛像石窟。一行人虽然疲乏不堪，但一看眼前的景象，都被完全震慑住了。只见石窟排叠，有如金山起伏。走进石窟，真是一窟一洞天。高佛端坐，慈容微笑，似乎在抚慰着远道而来的瞻仰者的身心；壁画如锦，媲美西天梦幻乐园，叫人翩翩欲仙。还有层塔依山，卧佛自在……左志文把这一切都一一记下。

左志文看到了许多汉人生活于此，他们中间有普通百姓，有文人儒士，还有佛家僧侣。看样子，他们和西域有和平往来。耕者耕，商者商，佛家凿石念经，学者钻研……周围没有战事，人人各得其所。他们一行人小住几天，受到当地人的好客款待；偶见吐谷浑百姓到来，也十分热情友善。在这里，左志文也有机会跟僧侣学者请教学习，了解和石窟雕像壁画相关的一桩桩故事。

看完敦煌，一行人原以为要打道回府了，不料左志文决意继续往西，直至大周边陲最西的关隘：阳关。

一望无际的金色沙原上，一座雄伟的城关巍巍矗立。城关之内有内墙和塔楼，有大周守军把守着。四野荒凉，褐色的山丘绵延，却鲜有水色绿影。关外偶见有通商之人或百姓的行踪，给荒凉的西陲增添一点生活的气息。

就在阳关内，左志文碰见了一个异族小女孩，跟着她的父亲一同入关。小女孩头发上结着红蓝黄绿黑色相间的织物，身着蓝底粉花的衣裙，站在左志文面前，一双水灵灵的大眼睛毫无顾忌地看着他。突然，小女孩从她的衣带上解下来一个颜色鲜艳、垂着红色布条的织物，递给左志文。

左志文愣了一下，不敢接受。小姑娘的父亲用不甚流利的汉语说："收下吧，这是我们月氏人的吉礼。"

左志文向父女俩行了一个大礼，连声称谢。

突然想到了什么，他请父女俩稍候，又请左右人速速拿来纸笔，将纸放墙上展开来。他让父女俩站好了，当场便为他们速写了一幅边关月氏图。画好了，毕恭毕敬地交给小女孩。

女孩一见，只见画上寥寥数笔，一片沙野上的阳关，阳关下的父女俩，远处起伏的山丘……全都勾勒得惟妙惟肖。小姑娘高兴地拿过去给父亲看。父亲一看这生动逼真又饶有情趣韵律的画，向左志文伸出了大拇指。父女俩走过来，向左志文弯腰行礼。

他们走了，在阳关孤城留下一串咯咯笑声。

一三一　月碎两半

三个月后，左志文一行回到了长安。宇文邕见了他非常高兴，设宴给他接风洗尘。次日便将他召进宫去。皇宫上，左志文将他的所见所闻所历都告诉了大周皇帝。宇文邕听着，时而若有所思，时而会意点头。“大周江山，天下无比！”宇文邕发出赞叹。末了，他要给左志文加官进爵。左志文坚称谢绝。皇帝问为什么，左志文说：“在下迟早是要回南方的。”宇文邕听了非常失望：“不在其位不谋其政，朕要你做的事，没有官爵你如何做？其他人如何听你的？”

左志文站着无语。

宇文邕站了起来，竖起食指比画着：“左志文你听着，朕命你为‘南来文史方略总知事’，你要替朕好好记录大周的历史地理、人文山川、风俗人情。”

左志文知道，那个官衔是宇文邕随口说出的，他想谢绝都没有出处，只好低头作揖：“在下感谢皇上恩赐，当尽心竭力牛马走为陛下效劳！”

宇文邕听了，略喜。退朝前，他朝左志文瞟了一眼，说：“我看你也别三句不离回南朝。去看看佳萝吧，她……哎，你看着办吧！”

左志文愣住了，不解皇上的话中之话。回来两天，并没有听到佳萝说起什么特别的，更没见她有何异样……

左志文急忙赶回住处，四处寻找，却不见元佳萝的影。问下人，下人说，佳萝出去一个时辰了，还没回来。志文问她去了哪里，下人说，好像是到集上买东西去了。

左志文心神不宁，转身想出去寻找佳萝。刚出门口，就见佳萝拎着一包东西回来了。

“佳萝，你……”左志文迎了上去，却说不出话来。

元佳萝刚才脸上还兴冲冲的，见左志文迎了上来，却有些迷惑了：“先生，您这是要去哪里？”

左志文支支吾吾：“我……你回来了就好。”

元佳萝瞅了左志文一眼，说：“先生放心，佳萝丢不了。先生请……”

进了屋，佳萝拎着包先去了厨房，交代了下人几句，便回到了厅堂。

左志文坐着，有些局促不安。佳萝过来了，就在一旁静立。

“佳萝，刚才在宫里，皇上提到了你，不知是不是有什么特别的事。”左志文问。

“左先生，佳萝怀了你的孩子了。”佳萝说着，坐了下来，脸上的表情十分沉静。

左志文这头却是轰隆一响，惊讶难言，自己一次失足，果然铸成大错。他一时脑中纷繁，不知如何言语。

元佳萝料到左志文一时会难以定夺，还是给他多一点的时间吧，她并不想强迫他什么。“先生刚回来，需要多休息，这件事，改日再说吧。”她说。

“兹事体大，兹事体大……”左志文自言自语。

佳萝不语。

又是一个难眠夜。长安的月亮照下来，在志文的心中碎为两半，一半在北周，一半在江南。他并不想娶佳萝，可是事到如今，他能扔下她不管吗？一旦娶了她，他又要如何去面对银花呢？思来想去，他终于认命：从他失足的那一夜起——不，从决计继续西行的那一刻起，他已经注定要被撕裂，注定要背负双重的情债。

“佳萝，我去跟皇上说一句，就说我要娶你。”第二天见到元佳萝时，他这么说。

元佳萝端详着左志文的表情，说：“要先生真的爱佳萝才好。”

左志文没有想到元佳萝会说出这样的话。自己虽然与她相处了相当长的一段日子，却不是十分了解她。元佳萝，她确是一位不凡的鲜卑女子，一位值得男人爱的女子。想到这里，左志文脱口而出：“我的确喜爱你。”

元佳萝两颊泛红，走了过来，再一次用她温暖迷人的双臂，搂住了左志文。“先生真好！”她由衷地说。

左志文心里一上一下地纷乱。他迟疑着，搂住了佳萝的腰身，轻轻地说：“你知道，志文在老家有发妻银花，这么些年来，她一直照顾我的父母，又痴痴地在等我回去。我俩南北相逢，结下姻缘，可志文的发妻，依旧是银花。你可愿意？”

元佳萝："先生不用担心，佳萝不计第一第二，只求与先生一起便好。"

左志文将头埋进了元佳萝卷卷的发波里："这样就好……"

一三二 华静泣子

左志文离家的七年后，公元569年，南方的陈绍世（陈顼）继承帝位。当上南朝君主后，陈顼每每摊开地图，手抚摸着被北齐夺走的江北淮南大片土地，还有被北周抢去的荆蜀江山，心中无法平息，念兹在兹的，便是北伐的事。

又过了四年，公元573年，北齐内乱。良臣猛将、徐州兰陵郡王高长恭被迫饮毒酒而死。陈顼一看机会终于来了，遂下决心，准备北伐。

这天，左志文的弟弟、二十六岁的左志琼兴冲冲跑回家，告诉母亲和继父：他要随陈朝大军北上战北齐了！

"不行，你不能去！"卢华静一口回绝。

"为什么？"兴头上的左志琼不解。

卢华静焦虑地："还用问吗？你哥哥人还在北方，现在你又要去打仗，这要是有个三长两短，这个家怎么办哪！"

左志琼明白了母亲的担忧，便说出了自己的想法："阿妈，咱们陈朝大片土地都让北齐人占着呢，我们不去收回来，迟早会吃更大的亏！我从小就跟着父亲练武，等的就是打仗的这一天。为国效力是我们的天职！"

卢华静神色非常忧虑："说到北齐人，你大哥就在那头待着，仗打起来，他可怎么办？更回不来了！妈这心，天天没有放下来的时候！"

旁边的周银花听着，眼圈立刻泛红。华静觉察到了，赶紧收了声。

左志琼见此气氛，一边拍拍母亲的背，一边降低声调说："我到了北边，说不定还能见到大哥呢！到时候把大哥带回来，多好的事！阿妈放心，孩儿会当心，一定打胜仗，平安回来！"

自毁长城的北齐果然是不经打。阳春四月，北进的陈朝十万大军与北齐军在大岘交战，大败齐军。孟夏八月，南陈军攻克寿县，夺回淮南。

胜利归来，左志琼受到了左家英雄式的欢迎。左家青看着英姿勃勃的继儿，为他深感骄傲。他一拍左志琼结实的肩膀："好小子，有种！"

卢华静和银花见小伙子荣归，自然超级欣喜。可一问，志琼没有碰见志文，两人又感到说不出的失落。"阿妈，嫂嫂，下次我一定把哥哥找回来！"左志琼使劲安慰两位。

公元 577 年，北周并吞北齐，宇文邕如意统一了北方。南朝陈现在面对的，是比以往都更加强大的北周。

陈顼偏偏就不信这个邪，四年前的胜战，此时还在继续发酵中。他决意，二度北伐。

这一次，运气就没有那么好了。徐州一战，陈朝大军只落得个仅剩的残兵败将返回江南。

很快，建康左家便得到了左志琼战死的消息。

卢华静捶胸顿足，几近疯狂。左志琼是她和左小微最疼爱的小儿子，从小到大都是阳光烂漫、生龙活虎，她怎么也没有办法接受这一事实，报信的人离开后，她嘴里还不断地喊着："他们骗我，他们骗我！"接着哭骂自己没有拦着儿子去打仗，谁都劝不住。

疯狂的痛苦之后，是大哀心死。她不再哭一声，也不再言一语，滴水不入。这个状态把左家青吓住了。左志琼也是他十分喜欢和疼爱的孩子，自从他随母亲来到左宅后，很快就在左家青的调教下成长起来。他视志琼如己出，把自己所知道的所有武艺和知识，尽数传授于志琼。如今，这孩子走了，家青只觉得自己半条命也跟着去了！只是，看到华静绝望的神情，他只能强按自己的悲伤，过来劝解。

"华静，两国交战，生死就成了平常事。此番陈国无归的男儿不计其数，哪一个不是父母养的……我们就都想开一点吧！"

见华静依旧沉默不语，他咬了咬牙，说出了这样的话："我明白你的心思。我们不还有新儿吗？你要是为小微伤心，可以把新儿就当作是小微的儿子，我半点意见都没有。"

一听这番诉衷肠，卢华静那似乎流干了的眼泪，再度狂泻。这一次，她是百感交集：想到两个孩子，想到小微，又想到家青的好……夫妻俩相拥一起。

此时，客卿北周的左志文，还一点都不知道自己的亲弟弟从戎，更不知道志琼战死的事情。

一三三　英君西去，游子南归

公元578年，左志琼战死的第二年五月，左志文随大周皇帝宇文邕北上征战突厥。一个月后，宇文邕病重，他又随驾返回长安。见皇帝弥留之际，眼里闪着泪光，他自己的眼眶里也噙满了泪。他强忍着，不让它们溢出来。

“志文贤卿。”皇帝唤了一声。

“志文在。”左志文应着，凑近前去。

“我一直没得闲谢谢你为朕绘制的这幅地图。”宇文邕抬起手来，指着墙上的一幅大地图，上面有北周疆域，已经被兼并了的原北齐旧围，大江之南的陈朝，北方的突厥，西方的吐谷浑和西南的党项。这幅地图，代表了宇文邕的广阔视野和雄心壮志。

左志文又如何不理解这些，面对一个天不假其年的伟大君主，左志文忍不住哽咽：“陛下，这是臣分内应该做的事。”

宇文邕露出了笑容：“志文贤卿啊，这是你第一次在朕面前称臣。”

左志文连声说：“陛下，愚臣知罪，心中惶恐！”

宇文邕摇了摇头：“不必，我知道你。这样很好，我其实一直都当你为挚友，当年洛州出兵，就是出于朋友之情义。”说着，宇文邕将手伸了出来。

左志文躬身俯首，握紧了宇文邕的手，久久不放。

两天后，年仅三十五岁、雄才大略的北周一代英主宇文邕撒手人寰。在他垂下的头颅上方，是左志文为他绘制的那张地图……盛夏的大周原野，云海苍茫，百花暗淡。

经过了这么多事情，宇文邕在左志文心目中不仅是英武的君主，更是相知的挚友。他的离去，让左志文在悲伤的同时，感到自己继续留在北周已经没有任何意义。他回家的时候终于来到了。

元佳萝一听左志文要回南方去，并不吃惊。她其实一直在准备着这一天的到来。这时他们的孩子左北歌已经十三岁了。元佳萝没有挽留志文，只说她要跟他一同回去。

“这个……”不知道苦守建康的周银花见到元佳萝和左北歌会是什么样的感受，左志文心乱。

元佳萝看出来了，便安慰说：“佳萝早就说过，我不求名分，只要能和你长相守。到了江南，银花姐姐还是先生的正妻，我……住哪里都可以。”

听佳萝这么说，左志文略微放下心来。他抓住她的手说：“谢谢你，如此明白人心事理。请放心，你是北歌的母亲，我不会委屈你的。”

公元578年仲秋的一天，卢华静、周银花婆媳俩正在忙活，忽然听见外面有人喊道：“大少爷回来了！”

婆媳俩对视了一下，即刻放下手里的活儿，匆匆到了房门外。

站在大门外，只见十几步开外，一个男人正在朝这边走来。婆媳俩简直不敢相信自己的眼睛。虽然时光过去了整整十七年，左志文离开了整整十七年，可是他一出现，她们还是立刻认出他来！

“志文我的儿子呀……”卢华静踉踉跄跄，径自往前。对方也在加快步子，并喊着：“阿妈！”瞬间，母子俩已经抱在了一起。

“儿子呀，你怎么走了这么久呀！阿妈愁得肠子都要断了……”华静说着，在儿子怀里呜呜哭了起来。

左志文拥着母亲，嘴里喃喃着他也不清楚的言语，不停地安慰着她。

这时，周银花慢慢地、轻轻地走过来了。

卢华静意识到了什么，连忙擦擦自己的眼睛，抬起头来端详了儿子一会儿，然后转过头去对儿媳说：“来，银花，来呀……”说着站到一边，将儿子让给银花。

左志文看见银花走近来，心里五味杂陈，眼神凝滞。“银花……”他叫了一声。

一直收敛隐忍着的银花，此时十七年的思念苦楚如决堤洪水一泻千里。她踉跄两步，跌进了左志文的怀里，颤抖着抽泣起来。

左志文双手迟疑了片刻，便搂住了发妻。“银花，苦了你了……”

左志文话音未落，银花已经哭成了泪人。她紧紧抱着自己的丈夫，平时寡言少语的她，此时倾吐衷肠：“夫君，你可好？怎么去了这么久……”

左志文点着头：“好，好……你，也好吧？”

银花端详着志文的脸：“夫君，你让为妻等得好苦！”说完再度泪崩。

一三四　苦去甘亦尽

就在这时，左志文身后的马车车篷里，走下来两个人：元佳萝和左北歌母子。慢慢地，他们走到了左志文身后。元佳萝神情肃穆地看着左志文和母亲、妻子相认的这一幕幕，左北歌神情迷惑。

卢华静先看到佳萝母子，然后是周银花。婆媳几乎是同时怔住了。

左志文意识到，最棘手、他最心惊肉跳的时刻来到了。母亲一脸疑惑不安。妻子哭红的双眼顿时止住了泪，眼光在左志文和元佳萝母子之间来回审视。

左志文不说点什么都不行了：“哦，我，我介绍一下。这是，佳萝；这孩子叫北歌。”

周银花：“孩子姓什么？”

左志文口齿不清地：“随，随我姓。”

周银花追问：“那她呢，她是谁？怎么会带着孩子跟你来？”

元佳萝见左志文一脸尴尬为难，便主动走前一步，说：“佳萝见过银花姐姐……”

银花大惊失色。

元佳萝继续说道：“我和先生是在长安认识的。左北歌是我们的儿子。”

银花注视着左志文的眼睛，问了句：“夫君又娶妻生子了？”

左志文看着银花，那双长长弯弯的眉毛依然在她那端庄的脸庞上，依然是那秀气中带着倔强的鼻梁，可当年的青春貌美已经不见，岁月和生活把她雕刻成了另一副模样……

左志文惊慌失措地：“不是的，银花，听我说……”

左家青这时快步走出左宅，奔到了这一群人里。“志文啊，真是你啊儿子！”

左志文一见，叫了声“父亲”，赶过去和父亲拥抱。

“好小子，看上去不错，还算结实！”左家青说完这话，注意到了一旁一高一低两个不认识的人元佳萝和左北歌，又注意到了卢华静和周银花异常的神态。

“你们一起的？”家青指着那母子俩问志文。

左志文低调地：“是的，父亲。”

左家青意识到了什么，便说：“来，都进屋里去吧。十七年的话，进去好好聊！”

这群人，迈着不同的步子，怀揣着各自的满腹心思情绪，走入左家这栋百年老宅。

左志文终于回来了！在左家整整服侍、守候了十七年的周银花，还没有来得及享受和丈夫团聚的甜美幸福欢乐，便掉进了一个深不见底的黑洞里。如果说这过去的十七年是一个漫漫的、时而有曙光映射进来的隧道，现在她所落入的却是往地底方向去、漆黑不见底的黑洞。十七年的等待，左志文已经成了周银花生活中最大的期盼。他是她唯一的男人，下意识中她觉得自己对丈夫来说也是唯一的。她有时甚至能感到和丈夫千里之隔中的神交。他从来不曾远离，只要她想起，他便活生生地来到她的跟前。重逢的那短暂一刻里，她原本以为，苦去甘终于来临，等待着她和丈夫的，是一家人从此平安快乐的日子。而今，左志文竟然带回来另一个女人，比自己年轻，还生了个儿子。如果不是爱和在乎这个女人，他又怎么会千里迢迢将她带到左家？

新婚燕尔，恩爱别离，在周银花的心里，她和左志文的世界无比纯净，断然容不下另一个所爱！

家青夫妇又怎么会不了解眼前的尴尬、困境和挑战。当天夜里，夫妇俩单独找来志文，问志文到底要怎么处理这个关系。

“阿爸，阿妈，说真的，我有些后悔将佳萝带到左家。我知道我很对不起银花。可是，佳萝她很爱我，我们又有了儿子，我对她也有一份道义和担待啊！”

左家青斥道：“你根本就不应该跟这个元佳萝好！你对银花，何止是对不起这么简单！”

华静在一边忧心忡忡道：“是啊，志文，你本来做事很有分寸的，怎么这次这么糊涂啊？！”

志文争辩道：“佳萝说了，她不在乎名分，银花她还是正妻，我去跟她好好说说。”

眼看养子铸成这样一个大错，左家青非常生气，却也百般无奈。对于男女感情，他是主张专情的。当年爱上卢华静，也是在双方都失偶的情形下才敢爱。如今摆在面前的情况是进退维谷，特别是感到对周银花深深的歉疚。“我看银花是个倔女人，眼里容不下沙子。现在你搞出这个事情来，志文，我所能说的就是：你得珍惜银花，她是千里挑一的好女人。如果两人中有一个得走，那也是元佳萝！”

志文低着头弱弱地说：“就不能两人共处吗？”

左家青怒了：“你试试运气吧，好自为之！”

一三五　银花不知何处去，唯见长江天际流

回到厢房里，见一切都整理得井井有条，银花坐在一边，眼睛盯着那件貂皮大衣看。

“那件大衣，是她给你的吧？”银花冷冷地问。

“你怎么知道？”志文问，凑了过去。

“那上头绣着一朵花。”

左志文一听，心头打了个寒战。

“十七年前我给你的那个护身符呢？”银花再问。

左志文两手条件反射般地在周身摸了摸，这才意识到有时日没见那个护身

符了，也许竟是，丢失在河西了！……“银花，我带着那个护身符去了河西，在沙漠中走了几天几夜，想不到，丢在那里了……我对不起你，银花！”

银花只觉得想掉泪，一声不吭。

志文把手放在银花肩膀上：“银花，你别生气了好吗？佳萝说了她不要名分，家里，你还一样是我的妻子，一点都没有变啊！”

银花低着头说：“怎么会一点都没有变？我也不要名分，我要的是心。”

志文在银花身边坐了下来：“我的心在你这儿啊！”

银花回道：“你的心就不在她那里吗？如果不在她那里，那带她回来做什么呢？”

左志文一下子答不出来。他这才发觉，虽然他行万里路，读万卷书，可对自己的发妻，却是那样的不了解。他应该要如何来补这堂课，又该如何补偿银花这十七年望穿秋水的期待？

夜深了，志文情起，搂住了银花。银花低着头，想着十几年来，丈夫不知这么搂着另一个女人多少回，一阵心痛，扭过身去。左志文理智里明白，肉体上却急切，于是一边用力将银花放倒在床，一边说：“银花，我最爱的是你。这十七年，我在梦中不知亲了你多少次了！我知道你很苦，来，让为夫补偿你……”

银花没说话，脸上也没有表情。志文问了句：“银花，十七年了，你难道不想吗？”便将银花的衣衫掀开，在她的身体上猛亲起来。

女人的天然情欲终于在男人的火热下被撩拨了起来。银花说了声：“想！”便软软地敞开了自己。

兴奋之后，身心皆疲的左志文很快便睡着了，而银花，默默穿回衣服，在黑暗中独自淌泪。

第二天，银花一早起来，将里里外外收拾得整齐干净，又到厨房去帮下人们煮饭炖汤。一边忙活，一边交代他们事情：给庄主吃什么好，庄娘喜欢什么口味，要给大少爷滋补什么……通通交代了个遍。

“少奶奶，我们都知道的，您就别费心了。”厨房的阿邵笑呵呵地说。

“我知道你们知道，只是怕你们疏忽了。”银花认真地说。

她又找来几个丫鬟，又是一番叮嘱，连谁的房间里放什么花的事都交代了。

早饭好了，一家人围在一起喝着清汤，就着包子。唯独元佳萝和儿子坐在后座，默默地吃着。银花见了，想了想，便挪到佳萝的座席边上。

佳萝朝她客气地一笑。

“吃得惯吗？”银花问。

佳萝点点头，脱口说道：“先生吃的，我都能习惯。”说完又觉得自己不小心说错了什么。

银花的表情似乎没有变化，只说了句：“那就好。”

当日晌午，突然刮起了强风。周银花只身到了江边。她站在岸上，表情清冷而哀伤。对自己三十三年的人生，她只觉得迷迷糊糊一片幽暗夹杂凄凉。她回了一下头，遥望左家，公婆和丈夫的脸庞一一在眼前，而左志文的形象，依然是十七年前十六岁的小哥哥的形象。转过头来，她已是泪流满面。她抬头仰望苍天，层云似乎开了一个口子。银花看着那神秘幽深甚至带着些许温柔的云天，说了声：“阿爸，阿妈，银花找你们来了！”便纵身投入那波涛滚滚的长江里。

有人看见了，猝不及防，来不及营救，眼睁睁地看着一个如花女子淹没在长江浩渺的烟波里。

左家人闻讯，火急赶到江边，却已经是，银花不知何处去，唯见长江天际流……

四年后，公元 581 年，娶了鲜卑女为妻的杨坚取代北周称帝，建立隋朝。公元 583 年，喜欢诗歌美女的陈叔宝当上了陈朝皇帝。

左家里，三十岁的左成洛已经挑起了家业大梁。四十八岁的左家青除了帮忙弟弟忙些大事，就是舞枪弄棒，也教自己的儿孙各式武术。

左志文有官职在身，也带着一帮私塾学生，一有空闲，便借酒浇愁，唏嘘长叹。

卢华静还照常操持家务和女红，照顾一家子人，只是话更少了。

一日，三十七岁的左志文独自到了江边，立在五年前银花投江之处。层云排空，江水翻腾。浪花里，左志文仿佛看见了银花那张圆圆的脸，一如二十多年前那般青春姣好。腊月出生的孤女银花，怀着深不可测的期盼嫁给了他，无怨无悔地守候了十七年。而他，未曾给过她一丝温暖、一抹甜蜜、一肩依靠！“银花，银花！”左志文朝江呼唤，哽咽不已。

他哀伤的眼睛又眺望江北，自己深爱的弟弟为国牺牲在北齐战场，和他曾经有过深厚缘分的北周也已经不复存在。大隋皇帝剑指南方的日子犹如天边的雷，滚滚而来。不远处的歌楼里，却听歌女委婉轻柔的歌声袅袅传送。

“二十七年前，梁元帝江陵焚书，曰：‘文武之道，尽今夜矣！’今吾曰：华夏南陈将止于此矣！”左志文迎风哀号。过了片刻，又添了一句：“南朝最后一个烈女，亦止于此矣！”

大结局　洛阳：穿越沧海桑田，生死契阔

一三六　精诚所至

公元589年，左平之子，有着“江南运”的左随随着大隋军队浩浩荡荡南下，灭了陈朝。中国南北至此统一。灭陈之战结束后，左随留在了建康，几天后便赶到左家。

这时，左志文已经以父母年事高为由辞官在家，而左门当家人是左任贤的小孙子，左家青之弟左成洛。左成洛虽然辈分上是左志文的叔叔，年龄上却小了志文五岁。

左成洛本叫左一鸣。六岁时，他做了一个梦。梦中的他正在练习写字，突然看到一个五十岁上下的男子向他走来。虽然是陌生人，小一鸣却一点都不生分。“先生，我见过您！”男孩说。那男人笑了，说：“既然见过我，就叫我太爷爷吧！”小一鸣不假思索地就叫了一声“太爷爷”。

男人走过来，问道：“小一鸣，太爷爷教你写字好不好？”男孩说好。于是，男人便把着小一鸣的手，教他写下了两个字：“左梁。”

“记住了，等你长大了以后，不要忘了到这个地方去。”男人说完，霎时消失。

第二天，男孩左一鸣便把昨夜的梦告诉了爷爷，并正确地写下了“左梁”二字。左任贤非常惊讶，问一鸣那“太爷爷”长什么样。左一鸣想了想，说“太爷爷”留短胡子，长方脸，长眉毛，眼睛很亮……“长的有点像爷爷您哦。”

男孩最后补充说。

左任贤沉思着，把手放在男孩肩上，说：“孩子，那位太爷爷，可能就是领着咱左家出左梁的那位太爷爷哦……”左任贤不由得想，儿子是没有希望成全左家的洛阳梦了，眼看现在天下有分久必合的态势，希望孙子会有这份福气和承担！于是便改左一鸣为左成洛。左成洛长得憨，性格朴实、内向而顽强，很得左任贤的喜欢。喜欢归喜欢，左任贤却从来没有娇惯过他，反而是传给他左家的许多家史和先辈训导，各方面都严格要求。

左成洛长到十六岁时，便被一位叔公称有“左家”骨相：长方脸，下巴消瘦，鼻梁坚挺，两道剑眉微扬，嘴角朝下，一副坚毅、不服输的神态，像极了当年领族人出洛阳的左江。叔公说他必有大作为。

这会儿，一听大隋军官到，作为亡国之人，左成洛毕恭毕敬地亲自走到大门外迎接。却不料左随一见左成洛，立即下马，上前作揖道：“左随见过成洛弟！”

左成洛一开始还不明其真意，以为就是一般的同姓之间的寒暄。于是他以同姓的热情代替亡国之民的谦卑，邀请左随入门。

左随一跨进大门，就不住地左右四看，并不住地点头夸赞，说左家不仅经商有道，力盖群贾，在战争中亦英雄辈出。左成洛一听愕然，问左随如何知晓这些事。左随没有马上回答，却问宗堂在哪里。

左氏宗堂里，敬放着左家自从曹魏以来的列祖列宗牌位，还悬挂着从左江开始的几幅左园已故掌门人的画像。左随一进去，拂拍双袖，双膝落地，俯首磕头，然后说：“左岸生第六世孙左随叩拜先祖！”

左成洛一听大吃一惊，意识到这位人高马大、头发微卷的北方男子就是大分离时被迫北上的左家人子孙，连忙跟着下跪叩拜。

左成洛弟弟左杰闻声赶到。接着，左岸生后裔、左随堂弟左从德也到场，与左随激动相认。

当晚，左家大摆宴席，爆竹连天，庆贺左随大将军的到来和左家的空前团聚。当时周遭豪门视隋军为入侵者，冷眼以对左随的到来和左家的庆贺，有人甚至痛骂左家“勾结北贼，乃大汉之奸”。而左门内，也是一样惊讶几样情。左家青夫妇，特别是卢华静，对北方本来是有敌意的。可来的人是同一宗室的血亲，看样子和当年的西魏军兵不是一回事，夫妻俩心里有些迷惑。左志文因为曾游于北方，跟北方特别是北周有了难以割舍的情缘，如今眼见北方下来的宗亲，心里怀有一份亲切，感到欣慰。

远远坐在后方的元佳萝，知道自己的母国被隋所取代，看着大隋将军，心里不是太舒坦。儿子左北歌二十四岁了，看着这场面，看着母亲，心情有些迷离复杂。

左成洛作为一庄之主，自有他站的高点和眼光，更有左氏掌门人一脉相传的血气和家国之情。宴席上的他，脸带阳光的微笑，不时为左随斟酒。酒到酣处，他告诉四座：南北山川相连，语言相像，习俗相传，礼仪皆尚，实乃孔夫子所谓四海之内皆兄弟也！

左成洛又告诉左随，他还很小的时候，爷爷就跟他说，将来有机会一定要到洛阳故土去探访老家的踪迹，他铭记不忘，矢志不移。左随则告诉左成洛：北方左氏一直都想着南下和江左亲人团聚，自己的爷爷年少时亲自过大江探访宗亲，后来常拿《左氏家训》教育子孙，临终前还在叮嘱子孙莫忘江左左家。

左成洛听了感动至深，再度为左随斟酒，和大家碰杯，并当场诵出《左氏家训》诗：

左家先祖，源出关中。
七世戎马，尽公尽勇。
…………
永嘉五年，奔走淮东。
…………
举家再迁，江左圆梦。
唯敬天地，恩泽自然；
唯孝父母，慈爱无穷。

同胞手足，中流砥柱；
子女昌盛，教养之功。
美德载物，仁义礼信，
饮水思源，感念祖宗。
…………

诵到激动处，在座几位也跟着念了起来。

左从德不时端详着这位远道而来的堂兄，感叹道：“多少个甲子年了，左家一代又一代的人盼星星盼月亮，盼的就是这一天。赶上大隋，我们真是生逢其时！”左随颇有同感：“我们南北左家人同心同德，这就是天时地利人和。”

是啊，左成洛心里默默想道：精诚所至，金石为开。这都多少代了，南北两地左家人靠着宗堂，靠着家训家史，互相寻觅，世代传承着家族的情意道义和主心骨。

兄弟和宗亲聊叙畅谈着，起身祝酒。这大团圆的酒香，分外沁人心脾。

卢华静还那样静静地坐在不显眼的地方，轻轻喝着薄酒，时不时地，她会关切地看看左随。时过境迁，可她的心思和秉性，还像三十四年前家青掌门时一样。那年，她带着两个孩子逃难建康，和左家一起迎接堂叔左简……

华静回头，见佳萝母子默默坐在一隅，便到儿子志文那里，在他耳边悄悄说了几句。志文走到北歌身边，说：“儿子，起来，跟你叔叔伯伯们喝一盅去！”

北歌看了看母亲，元佳萝点点头，北歌便随父亲来到了左随跟前。

左随打量了一下左北歌，哈哈笑了起来：“好小子，一看就是咱北边下来的左家人。来，咱爷俩干一杯！”

一三七　江南殇

晚餐席上，左杰一直没怎么言语，神色淡漠。这位左杰曾经渡过长江，想到洛阳去寻找祖迹。途中被东魏兵抓住，没能如愿进入洛阳。还好，后来他被放了。

晚餐完了以后，左成洛问左杰：“杰弟怎么好像有心事的样子？”左杰：“有些话说了怕大哥会不乐意。”左成洛：“杰弟但说无妨。”

左杰说：“这个从北方下来的亲戚，他可是胡人的后代，怎么能算左家的人？”

左成洛：“你没听他说吗，他是左岸生的第六代孙，怎么会不是左家后代？”

左杰：“可他娘是个胡人。你没看他长的那样，跟咱们是一族的吗？还来认什么宗！”

左成洛听了，知道左杰错，可一下又说不清他到底错在哪里。突然，他想到了爷爷左任贤，于是说：“你忘了爷爷怎么教导我们的？当年左之龙叔公从六镇到江东，爷爷怎么接受款待他的？你都忘了？”

左杰一副不屑的神色：“我可没认他是叔公。”

见弟弟这么拧，左成洛不乐意了：“你可是渡过大江北上过的人，怎么不明白百川归海的道理。叔公和他的祖上左岸生，都是堂堂正正的左氏男儿。这门堂亲，我认定了。”

两兄弟的对话，给隔壁厢房里的左随听见了。他顿时觉得不自在起来。想到自己一片赤诚来认祖，左家却有人有如此成见，他心凉了半截。

当天晚上，左随来找左成洛，说他明日一早就渡江北上。左成洛很意外，问：兄长刚到，怎么急着要北上？左随说他想去广陵老宅看看。左成洛觉得这样也合情合理，便主动表示要跟着一起渡江。

次日，左随在左成洛和左从德陪同下，渡江到了广陵，来到左家广陵祖宅。当年左之龙南下后，左任贤重新修葺了广陵祖宅，现在这里还有左岸生的宗亲后裔在住。左随站在宗堂里，看着上面左民和左岸生的画像，心想，先祖当年恐怕无论如何都想不到，他的后代会到了北魏的地界，与鲜卑人通婚融合，从北方发迹，跟着大隋统一的浪潮回到南方老家……其实，连他自己也始料未及，他和他的宗亲会是这样重逢。

在被毁了的广陵左家后园旧址上，祖先的墓依然静卧在那里。亭园不再，但是仍能看出当年这园子的雏形，想见其曾经的美丽。尽管在江左听到左杰的尖刻言语，现在，手抚这里的砖瓦柱石，左随还是爱上了这里。

不巧，很快，左随便被派驻广陵。这个老宅，成了他的第二个家。左成洛几位忙着帮忙安顿，左随告诉他们：“小时候有人给我看过相，说我跟南方有缘。果真给他说中了。”一席话把几位给说乐了。“人有命运，不能不信。”左从德说。

兄弟几位重温家训，说祖宗要左氏后代伺机而行，竭尽所能重返洛阳。以前因为南北隔绝做不到，现在南北通了，该如何着手这件事情。左随表示：过一阵我们几位先到洛阳去看看再说。

左成洛离开前，左随给了他一把弓，介绍说：“这是当年宇文泰将军赠予我父亲的强弓，南下时它一直跟随着我。昨晚宴席上我听左杰说他喜爱弓箭，这把弓，就送给他吧。”

左成洛觉得这把弓箭太珍贵，不忍接下来。左随看出了他的心思，就说：“让杰弟存念也一样值得的。”

此后好一阵没有左随的信息，左成洛急着规划洛阳之行，正要差人去广陵见左随，却收到了从江北传来的噩耗：左随被广陵当地人暗杀身亡！原来，大隋刚刚灭陈，南方豪族等对隋军深怀敌意，便拿左随开刀出气。左家真是喜极悲再来。左成洛掩面，悲戚不已。

消息传到卢华静这里，只听她叫了一声“天哪”，便软软地瘫在了床上。

那以后，卢华静便卧床不起。左成洛携左从德几位匆匆奔赴老宅，处理左随的后事。左志文却只能和父亲一起陪在母亲榻前。几天后，卢华静便告别人间。临终时她告诉儿子：“娘找你爸爸和弟弟去了……”

左志文握着母亲冰凉的手呜呜地哭，左家青老泪双垂，哽咽无语。不说话，可三十四年前的情景历历在目。那时卢华静刚失夫君，携两幼儿从江陵而下，一路颠簸来投靠建康。第一眼，只见她蓬头垢面，衣衫不整，仍然掩盖不住她的秀外慧中，蕙质兰心。

在他的精诚坚持下，华静做出了一般女子不易做出的选择，改嫁于他。这三十多年来，他们一起养儿育女，经历风风雨雨，夫妻体贴入微、相敬如宾，家青没有想到，人之将死，其言也真——却原来，左小微一直都占据着卢华静心底最圣洁的位置，一个生死契阔的地方！

左家人分成了两拨，分别在江北和江南厚葬左随和卢华静。

在左随葬礼上，想到当年那个相士一语成谶，左随生在千里之外的武川，却葬在了淮南，左从德不胜悲意。

左杰也到了。他拿着左随慷慨送给他的那把长弓，久久地看着。这弓好像会说话，它在向他述说着疆场上的许多事。左杰手抚那朱色的弓弰和弹性极好的弓弦，仿佛看到千军万马奔腾的景象。两个世界，在那千军万马中拉近了……没能和这宝弓的主人叙上几句，左杰感到缺失了一点什么，心中怅悔交加，久久说不出话来……

卢华静去世后，志文便经常和养父一起喝酒。虽然他“父亲父亲”地叫，两人年龄其实才相差十二岁。他们默默对酒，有几回，还一同哼起了卢华静从江陵带来的小调：

我问星星，问到天明
为什么你狠心让我久等？
我问桂花，问到花落
为什么你一走再不回头？
…………

一三八 又见左梁

左随之死，让掌门人左成洛更加坚定要重返洛阳探访的决心，为此他一直在做多方准备。公元 311 年左江率众南下时，曾经以十年之限将左园典给了一位叫吕公望的豪强。后来因为战乱，左园成了废墟，而十年早过，左园便成了吕园。刘宋年代，左战英创业荆州时，吕氏后裔也开始了左园的重建。长期以来，断断续续地，左吕两家保持着书信的联系。办完了左随后事不久，左成洛便修书一封，寄往洛阳。

洛阳吕庄园掌门人吕冀梁接书后大喜。原来，吕家祖籍兰陵，当年战乱，豪族纷纷南迁淮南乃至江浙等地，唯独他在微山湖畔硬挺了下来。当初斗胆买下左园，而今却希望能重回兰陵。正在这乡思的当间，意外接到左成洛的信函，吕冀梁脱口而出："天意也！"

其实左成洛信中并没有提什么特别的，只问了一些情况，并告诉他左家在准备洛阳行。吕冀梁很快回了信，除表示欢迎之意外，直截了当问左成洛是否有意将左园买回。

这时因为刚刚改朝换代，江南极度不稳，左家几笔生意血本无归，左成洛下不了决心，便将实情告知吕冀梁，并说，左梁是大乡，左家也许在那里买一块地，盖一栋楼，如此而已。

到了大隋第二位皇帝时，公元605年晚秋时节，左成洛召集家人，开始商讨北上事宜。此时，大哥左家青已经七十一岁了。本来，左成洛不想大哥也去，怕此番路途遥远，年过古稀的大哥经不起这长途折腾。可左家青无论如何也要踏进洛阳。"两百九十四年前我们祖先被逼出洛阳时，有说老人不走吗？"左家青怒问弟弟，"论武功，你们没有一个人比得上我！"

左成洛低头沉思，谁能说大哥说的不对呢？想乱世当年，大哥就凭着武功救了自己一命，这是他永生不忘的一份情。再说，人活着，不就是图一口气，图一个梦吗？何况江南左家人，哪一个不想洛阳？大哥更是如此！他头一点，答应了大哥。

公元606年仲春，五十五岁的左成洛、五十六岁的左从德、四十九岁的左杰，加上七十二岁的左家青、六十岁的左志文和四十五岁的左一新，还有几位年轻小伙子齐聚一起，开始出发。

出发前夕，左成洛十七岁的女儿左于惠吵着要跟着去。于惠是独女，聪慧，倔强，又加任性。经不起她一闹，左成洛便应了她。于是这一行中便多了这位娇女左于惠。

四十一岁的左北歌和母亲元佳萝及其他宗亲留守家中。

这时候，大运河刚刚开凿连通完毕。左家一行此番洛阳行走的，不是当年左江率族南迁的征途，亦不是左民随祖逖南移的路径，也不同于左志文十六岁时孤身北上的路。由于大哥左家青执意跟随北上，左成洛放弃了一开始走陆路的计划。这一次，左家队伍走的是水路——大运河。

左家队伍从京口上船到达长江北岸，从那里转入邗沟古运河航船，驶向淮河。当船跨过淮河，到达泗州的夏丘县时，正值黄昏。左家几位前辈都止不住往淮水上游远眺，激动不已。淮右，气接洛阳，是近三百年来左家一路苦难和奋斗不息的见证和一方驿站。此时，一轮胭脂色的夕阳，就在那个方向上没入淮河。不知是伤感还是激动，左家青开始咳嗽了起来。左成洛提醒左一新："淮北春寒，给你爸添件外衣。"

次日一早，他们从夏丘出发，几个时辰后，驶至砀山。在砀山县渡口换船重新出发时，日头当空，左成洛站在船头，看着雄伟延伸着的运河两岸，晴日下闪闪的波光，想着当年祖先为避战乱取道平顶山南下的坎坷艰辛，而今一朝，南北有了如此通畅的水路，心中感慨万端。又见岸上携农具走过的多为妇老和幼童，左成洛无限唏嘘。

砀山往西北去，春寒越发清洌，两岸也渐现荒凉，有千年、百年老树，枝干枯干。两年来隋廷投入运河的民工数百万，死伤无数。船行时，仍有时而见哀号的死伤民工家属，两旁田野上耕作者稀疏。几头瘦牛，在路旁啃着草根。

左志文和弟弟左一新陪在父亲左家青左右。左家青年纪大了，平时话很少，可这一路，他却不时要问继子一点什么。

"志文，那次你到洛阳时，见到现在庄园的主人了吗？"家青问，忘记继子寻根未果的事。

每次提到这事，左志文都十分的沮丧："父亲，您忘了，当时土匪战乱，我没能进洛阳。后来就再也没有机会了。"

左家青"哦"了一声，指了指前方："不碍事，就快要见到了。"说这话时，左家青心中激动了起来。河上一阵风吹过来，左家青猛地咳嗽了起来。左志文拍了拍继父的背，心里也激荡不已。他是走过万里路的人，可没有一次像这一次这样让他一路翘首企盼。

砀山往北，有的运河段尚未通畅，左家队伍只得临时改行陆路。陆路上有的地方还相当颠簸。左成洛事先知道水陆交叉的情况，却不知道受运河工程的影响，陆路会这样崎岖弯绕。他看着上了年岁的大哥，只见他气喘吁吁，嘴唇发紫。“大哥，你行吗？”他不安地问。

“怎么不行？”左家青倔强地反问，“再怎么样，也比当年前有河挡后有追兵的强吧？”

左成洛不放心，请来随行的霍大夫为大哥看病。霍大夫切过脉后，脸色凝重，悄悄告诉左成洛：大哥情况不好！左成洛一听，脸色刷地变了。他即刻找来志文和一新兄弟俩，还有从德、左杰几个，说要不要打道回府。

几个人都说：现在已经行程过半，只能硬着头皮往前。

接下来的路程，左家青发烧不止，全然靠着，再也没有自己走过一步。左成洛让船靠岸了几次，专门上去寻找药剂。药是喝了，情况却是时好时坏。

一日，雷电大作，左家青将成洛唤到跟前，用沙哑的声音问他：“小洛子，打雷了，你怕不怕呀？”小时候，左成洛非常害怕雷雨天。

左成洛在大哥面前蹲下来，摇摇头说：“不怕。”

左家青微微笑了：“这就对了。小洛子长大了，无论大哥在不在，都不怕。”

左成洛一下抓起大哥的手，紧握不放。左家青手臂上当年为救弟弟而落下的伤痕仍在。左成洛看着那伤痕，强忍泪水。

左志文和左一新两人轮番照看，寸步不离。晚上，左家青睡得不安稳，梦里不是唤自己的爹娘，就是喃喃华静的名字，梦呓深处，清泪沿着眼角的皱纹往下淌，直叫身边的人心疼悲伤。

十多天后，左家人乘坐的小船终于驶入和尹阳河在东南端接口的汝阴河。站立船头，故土左梁村就在眼前！

这是真的吗？一干人等对视了半晌，忽然间像火山喷出一般欢呼雀跃。唯有左志文，虽然之前他千盼万望，等待着双脚踏上四十年前和他擦肩而过的洛阳，现在，他却紧紧抱着弥留之际的继父，泪珠忍不住砰然而坠。

“阿爸，阿爸，快看，我们到洛阳了！”急匆匆的左一新走到船篷下，见到这一幕，话语戛然而止。他扑到跟前，连声叫唤：“阿爸，阿爸，我们到洛阳了，你不是要来看洛阳吗？”

左纳的后人左家青，四十多年前曾经信誓旦旦地对继子和儿子承诺过，要带他们回到洛阳。而今儿子在身边，洛阳在眼前，他的眼睛却再也不能睁开了。他躺在那里，白发稀松，脸庞却显得十分的安详，甚至浮现出一抹幸福。

一三九　北固亭，慈恩楼

左志文久久抱着继父不放。想着自己九岁时江陵丧父，如今，又在尹阳河上诀别像亲生父亲一般教养了自己的继父，哀恸不打一处来。

刚刚踏上故土的左家人，还没有喘过一口气，也还没有来得及笑出声，便要在这块既迷离陌生又无比熟悉的地方埋葬他们的长者左家青。

眼前的村子还叫左梁，庄园却早已姓吕。庄园北端，历经劫难的尹阳河依旧潺潺流淌，不眠不休地唱着一首洛阳的歌。尹阳河南岸长出了新的大树，根深叶茂。大树下，立着一块历经岁月和烽火磨损，三百年不倒的左氏界碑，上面“左公庄园”四个隶书依然清晰可辨。这是左江的父亲左干在左梁左庄园边上所立的界碑，也是义熙十二年时左战英血书过的那个左家界碑。

左家人齐跪界碑前。左成洛泪眼迷离，跪在那里，手轻轻地落在那界碑上，和他的祖先无语神交。

春雨绵绵的一天，悲喜交加的左家人将左家青埋在了尹阳河南岸的大树下，左园界碑的边上。尹阳河温柔的水花，消融了左家人哀伤的抽泣，欢迎并抚慰着她熟悉的这一群人。家青十七岁的侄女左于惠说，她哭着哭着，忽然见大伯轻盈地走在尹阳河上，还回过头来朝她微笑挥手……左志文听了，慷慨曰：往事三百年，生在江南的继父，还真是叶落归根，魂兮北还！

左家青的突然“客死他乡”，改变了左家青儿子们的想法，也翻转了左成洛原先和吕家谈的计划。双方临时商定，左家买回这个北方大园。左家青和卢华静的儿子左一新一家，将要离开江左，恢复祖业，进驻左梁。

为了纪念左家青和因了他的死而回归的左园，左成洛主持建造了一栋“慈恩楼”。这栋三层华楼就矗立在尹阳河南岸，在洛阳城和左梁村的交角，面朝东南。

慈恩楼前立左氏碑和陈情碑。左氏碑上刻着左家三百年南北事迹；陈情碑则刻满了左氏对历代友人的感恩之情，其中有淮安孙掌子、宜昌连家、鱼复丹木，也有兰陵吕公望、吕冀梁，等等。

左成洛与左志文叔侄同立洛阳慈恩楼上。慈恩楼高，站在这里，能俯瞰左梁的大好田园。正是麦子成熟时，满目是金灿灿的一片，庄稼的香气扑鼻而来。脚下的尹阳河，水光闪闪，蜿蜒向东，宛如左梁项上美丽的珠链。

左成洛问：“志文，还记得先祖左战英的那首《北固亭》诗吗？”

左志文点头，随口诵出：

北固亭上思北固，
家园已隔两重天。
大江天堑断缠绵，
何日玉琼花两岸？

诵着战英诗，想着当年把左家人和洛阳隔开的不过是阳世的山水和战火，而今，自己和两个父亲之间却是阴阳永隔，他泪眼模糊，念出了四句：

慈恩楼上念慈恩，
左梁萦梦三百年。
运河有情接南北，

牡丹朝月空缠绵。

左成洛心中大感，他理解左志文心中的痛。昨日，志文告诉叔叔，虽然北方和洛阳是继父传承给自己的信念，也成了他一生的梦想。如今，这个梦已成真，而他心底另一个梦想却默默地藏了一辈子，那就是江陵之梦。江陵是他父母的家乡，他和弟弟的出生地，他生父战死的地方。他马上就要离开洛阳，前去他梦中的凤凰于飞处。

左成洛虽然担心侄儿的年纪，但是他理解侄儿别无选择，他必须去探望他生命里的另一个故乡，圆他的另一个梦。

叔侄俩就在慈恩楼互道珍重。此生大部分光阴在征程上度过的左志文，再次踏上旅途。目送左志文身影远去，左成洛心中祈愿他早日平安归来。毕竟，三百年斗转星移，转不动的，是左家儿女和洛阳深如沧海桑田的情和缘……

尾声

左息澎讲到这里时，四周鸦雀无声，唯有大船与运河水撞击的声响。

这条京杭大运河在隋朝连通、建成。它贯穿中华大地的三条东西大川，宛如一条无与伦比的巨龙，穿越了一个民族几千年跨不过的宿命，携带着她不死的梦想，奔腾向前；又好比是这个民族的脊梁和内聚力，支撑着一个古老文明生命的极限……

“你们左家真是魏晋南北朝的一面镜子！”运河艄公王师傅赞叹。

我没有出声，心却随着波涛而起伏。我为左成洛这一代左家人终于踏上故土，拥抱左梁而深深感动。慈恩楼若还在，应该是洛阳的一方风景了！

左息澎和我回到洛阳，并在这里说再见。伊河畔我拥抱着左息澎，仿佛拥抱着一个失散了一千七百年的姐妹——不是仿佛，我和左息澎，本来就是左家两兄弟的后代，经历了一千七百多年的混沌而重归团聚！

“这可是东晋以后左纳和左民的后代的第一次见面哦！”左息澎说，激动得声音有些发颤。

谁说不是呢！

黄河边上，左息澎与我相约信阳、徽州和扬州。她说下一次我们要到汝南、信阳、寿县、八公山，然后沿淮河而下，直奔江左地区。我听了，仿佛喝下了一大口千年老酒。从河洛，到淮水、长江，在时空的变幻迭代里，那酒越发显得浑厚、醇香、强劲。

回到老家后，我应邀到县城的高中举办和左氏这段历史有关的讲座。“以前读先秦诸子百家的著作，觉得中华文化亲和并恢宏。然而，了解了与自己息息相关的魏晋南北朝历史后，我才深切懂得，中华文化与北方、西方少数民族的融合，佛教的东渐，最终铸造了华夏文化，练就了华夏文化有血有肉、有容乃大的壮阔和浑厚。”

讲座结束了。我走出大教室时，忽然听见身后有人叫我“曾老师”。回头一看，是一个少年。少年额眉清朗峻峭，英气勃勃。

“老师您好，我叫左江涛。”他很大方地向我伸出手来。

“你好！”我也伸出手去，看着他的眼睛，明白他为什么叫住我了。

“我祖籍广西柳州，不知道和您说的这个左家有没有关系。”

（正传结束）

附　录

正传主要人物

左江：字公卿，16 到 52 岁，左家第一代掌门人，带领左家出洛阳，至淮左。西晋。

左纳：14 到 52 岁，左江第三子，左家第二代掌门人，带领左家二度迁徙，到达江左。西晋—东晋。

左民：字石山，16 到 53 岁，左江次子，生母地位卑微，参加东晋北伐，辅佐左纳，后赴闽南寻亲并定居。西晋—东晋。

曾小蝶：14 到 70 多岁，同时被左家两兄弟所爱，随左家南下时落水，被救往大别山。西晋—东晋。

左岸生：约 12 岁时在流浪途中际遇左民，被左民带回左家。后被左江收为养子。左纳带领左家二度迁徙至丹徒时，左岸生坚守广陵左宅。一支后裔流落至北魏武川镇。西晋—东晋。

左战英：14 到 70 多岁，左家南下后第五代，参加刘宋北伐，赴荆西创业，48 岁回江左接掌左家。东晋—刘宋。

左弦飞：左岸生后裔，拓跋焘军队洗劫梁朝淮南诸镇时被掳至北方，后在武川生活，融入北魏。

左之龙：左弦飞孙，千里南下寻亲，后参加过钟离之战。

左随：左之龙孙，随隋朝大军南下灭陈并和江东左家团聚。

左家青：左纳后裔，左成洛大哥，南朝陈时左家掌门人。

左成洛：左纳后裔，隋时江左左家掌门人，实现了左家三百年重返洛阳的梦想。

左志文：字子荆，左小微子，左家青继子，曾云游中原，在北周等地住了17年。

主要人物关系

玉容：左纳和左健的生母。

婉心：24到35岁，左江妾。

焦裕仁：字稼乾，左庄园总管，左江挚友，和左家的交情始于上一辈人。

王东琅：字求均，左园账房总管，后背叛左家。

林乡龙：字出云，广陵士族，王东琅旧友，后成了左纳的岳父。

左文秀：左战英大哥。

左彰鸿：左弦飞大哥，和弦飞一样，被北魏军掳至北方。

左小微：左战英后裔，梁朝末年战死江陵。

卢华静：左小微妻子，后嫁左家青。

周银花：左志文发妻。

元佳萝：左志文妾。

主要世系

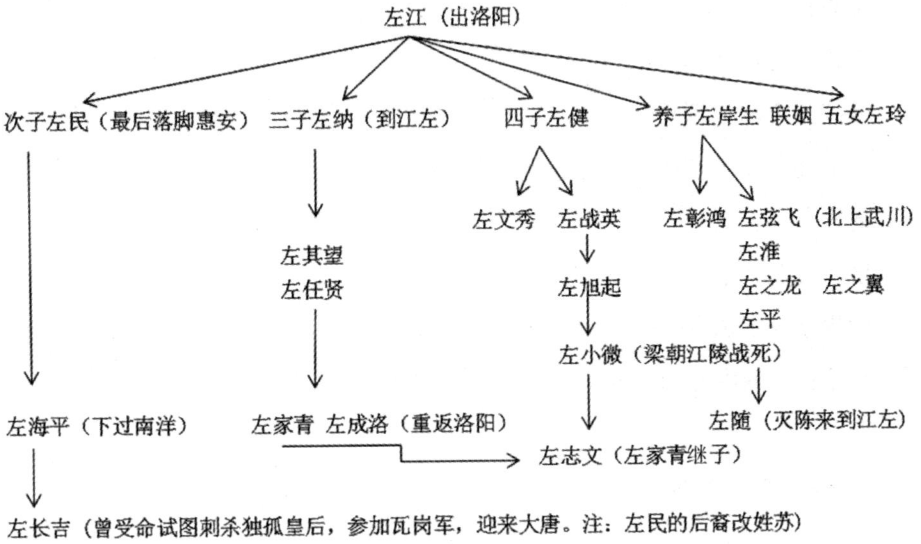

主要地名古今对照

广陵：今扬州

京口 / 丹徒：今镇江

宣城：铜陵

谯城：隶属今安徽省亳州市

长平：今高平

汝阴：今阜阳

汝南：今驻马店

建业、建康：今南京

弘农：今河南灵宝市东边

弋阳：今河南信阳

平城：今大同

马圈城：今河南镇平南

夏首：今湖北沙市东南

怀朔镇：今内蒙古固阳南

颍川：今河南禹州

吴兴：今浙江长兴

江州：今江西九江

江陵：今湖北荆州

砀山县：今安徽宿州内

夏丘：今安徽泗县

梧州：今金华

大岘：今山东省临朐县

临颍：今河南漯河市北

后　记

写在《又见洛阳》影音版发布之际：

我写作《又见洛阳》的动力之一，就是想还原当年先民在危难之际千辛万苦从中原南下的历程。第一部《出洛阳》中的第十章和第十一章（《细雨飘咫尺》和《多福栈外杀声起》）就是描述出洛阳后南下的最初两章。今天走路的时候听《多福栈外杀声起》，让作为作者的我再度感动，这种形式的确让亲临感大增。借着这个话题，我现在就把记录下来的读者评论放这里：

一口气读到第八章，有些欲罢不能的感觉。看来写的是西晋衣冠南渡与永嘉之乱时候的故事。写得有血有肉，使干枯的历史栩栩如生起来。在西晋士族中没记得有左姓人家，是我记错了，还是左家是创作中的人物？写得波澜壮阔，既有历史的纵深，又如历历在目，堪比《白鹿原》。（读者）

你选魏晋南北朝这一时期来写，很有眼力。罗贯中总结中国历史为分久必合，合久必分。大多数人着力写盛世。其实真正的历史蕴藏于纷争的乱世中，乱世出英雄与新思想，是对旧世的否定与新世的奠基。挖掘起来，更有内容。 文如其人，从你朴质柔密的行文中，可以看出你心中有一云中白鹤在高高飞翔，坚韧不拔而立意高远。（读者）

真实而富有历史质感。就像把久远的历史又带到我们的身边一样，使我们能触摸它，感受它。 这个故事迟早要搬上银幕的，让这段历史更加生动地展现出来，让更多人能了解它，并从中更深刻地体会我们文化的精神，从文化层面上理解盛唐的由来，具有现实意义。（读者，考古爱好者）

这是一本非凡之作，波澜壮阔、史诗般的历史小说！两晋和南北朝三百余年，战争不断，王朝频繁更迭，百姓流离颠沛，可以说，它是中国最混乱、最苦难的历史时期。您的小说以这一段漫长的年代为背景，您深厚的历史知识，博大的人文情怀，精湛的文学笔力，尽在此书之中。（加拿大读者）

您的小说，历史、人物、家族，都融入其中，构建了一个小说里的“生态”。它仿佛自带了生命，在小说外也在和现实世界的人、事、物互动着。（八〇后读者）

《又见洛阳》现在有影音版了，敬请关注。对于年青一代来说，这部小说或许可以从一个侧面提供中国魏晋南北朝 300 多年间一些真实的历史剪影和精神因子。这段历史不仅塑造了隋朝，成就了大唐，它更是今天中华民族文明和性格的基底之一。

——曾明路（虔谦）2023 年 9 月 4 日写于贺斯丽峡谷屋